W0350080

SUTTON

Thomas Bienert

Das Vermächtnis der Landgrafen

Ein Wartburg-Roman

Sutton Roman

Über den Autor

Der Historiker Thomas Bienert ist bereits durch zahlreiche Bücher und Artikel über die Thüringer Burgen bekannt geworden. Mit diesem Roman legt er sein Debüt auf dem Gebiet der Belletristik vor.

Sutton Verlag GmbH
Hochheimer Straße 59
99094 Erfurt
www.suttonverlag.de
www.sutton-belletristik.de

Gestaltung und Satz: Sutton Verlag
Lektorat: Stefanie Höfling, Wiesbaden

ISBN: 978-3-95400-391-4

Druck: CPI books GmbH, Leck

I

Mord und Intrigen

1

Thüringen im Jahre des Herrn 1259, Frühling

Ein seltsames Gemisch aus gebratenem Fleisch, Bier, Körperausdünstungen, Rauch und verbrennendem Talg hing schwer in der Luft im engen Saal des Wirtshauses der Stadt Eisenach. Der Mief benebelte die Sinne und ermüdete die Augen. Rasch öffneten der Wirt und seine Mägde die Fensterläden, um die unverbrauchte Frische des Frühlings hereinzulassen. Sie würde die Gäste wieder munterer machen und den einen oder den anderen zu einem weiteren Krug Bier verleiten. Das war gut fürs Geschäft.

Durch die weit aufgesperrten Fenster und die angelehnte Holzbohlentür strömte nun ein kräftiger Luftzug. Die Talglichter und die wenigen Kerzen flackerten lustig in der Windströmung. Es milderte nicht die trunkene, lautstarke Ausgelassenheit.

Das Stimmengewirr, das sich jetzt ungedämpft in der abendlichen Gasse breitmachte, war ein undurchdringliches Knäuel aus Wortfetzen, Lachen und Gesangesstücken. Kein Stuhl oder Schemel war leer, manche Gäste mussten sich sogar mit einem Stehplatz begnügen. In einem Teil des Saales waren unschwer drei Stammtischrunden und doppelt so viele im anderen Teil zu erkennen. Letztere schienen weniger vornehm, was der Stimmung jedoch nicht schadete. Seltsamerweise entsprang der meiste Lärm einem der vermeintlich nobleren Tische.

An einer Tafel gaben sich fünf, sechs Leute einem wüsten Gelage hin. An der Tischmitte saß der Wortführer mit erhitztem Kopf. Sein Antlitz wirkte wenig intelligent, vielmehr strömte es so etwas wie Bauernschläue aus. Hinzu kam ein brutaler Zug um die Mundwinkel. Seine Kleidung verkündete eine adelige Herkunft. Wichtigtuerisch gab er seinen Spießgesellen eine seiner vermeintlichen Heldentaten zum Besten. Nur das Anstoßen der wohlgefüllten Krüge unterbrach immer wieder seinen Redefluss. Mit seiner Prahlerei versuchte er, vor allem vor den beiden Dirnen am Tisch Eindruck zu schinden. In ihren schmutziggrauen Kleidern, mit den zotteligen, ungepflegten Haaren und ihren zügellosen, ja vulgären Bemerkungen passten sie besonders gut zu der angesoffenen Runde. Die zwei Weiber, neben den ausschenkenden Dienstmägden die einzigen Frauen im Raum, würden nie geduldet werden, hätte man nicht die Stadtwachen und den Wirt mit einem Aufgeld des Adligen bestochen. Alle drückten einfach ihre Augen zu. Normalerweise wären sie aus der Stadt gewiesen worden.

Der Edelmann grölte, nicht neun-, nein einen zwölfköpfigen Drachen habe er erschlagen am Hörselsberg, einem Bergmassiv, das sich in Sichtweite nordöstlich der Stadt hinzog. Jeder nüchtern denkende Bürger schüttelte den Kopf ob solcher Aufschneiderei. Freilich, gar manches in den finsteren Wäldern kam einem seltsam vor, und von Zwergen und Gnomen wurde immer wieder gemunkelt. Aber niemand hatte je einen solchen Kobold zu Gesicht bekommen, und ein Drache hier so nahe der Stadt war die dreiste Erfindung eines vom Bier berauschten Hirns. Und so ließ man den Prahlhans einfach unbeachtet und debattierte an den eigenen Tischen über die Marktpreise, Zollerleichterungen oder das Frühjahrswetter.

Als der ritterliche Wirrkopf jedoch lautstark über die angebliche feige Flucht der Eisenacher Bürger vor dem feuerspeienden Ungetüm schwadronierte, regte sich am Nachbartisch, an dem mehrere angesehene Bürger der Stadt ihr Bier tranken, Widerspruch. Erste Schimpfworte wurden zunächst zaghaft geflüstert. Aber irgendein Wort musste der Ritter vernommen haben, denn er sprang wie wild auf. Sein Schemel schlug krachend nach hinten um, was schlagartig für Ruhe sorgte.

»Ich werde euch lehren, über einen Edelmann zu spotten«, brüllte er ziellos in den Raum, »ihr bürgerliches Gesindel!

Beutelschneider, Hundsfötter, stinkender Pöbel!« Seine Stimme überschlug sich.

Heimlich, Ungemach ahnend, schickte der Wirt sicherheitshalber eine der Mägde nach den Stadtknechten.

»Ritter von Hörselgau, wir haben Euch hier unsere Gastfreundschaft angeboten«, ergriff der angesehene, zur städtischen Oberschicht zählende Ratsherr Heinrich von Welsbach das Wort. »Aber es gehört sich auch, dass der Gast die Gepflogenheiten der Gastgeber achtet. Also mäßigt Eure Worte und beleidigt nicht diejenigen, an deren Tischen Ihr sitzt und aus deren Krügen Ihr Eurer Bier trinkt.«

»Ha, welche Laus erdreistet sich da, einem Edelmann einen Rat zu geben?«, gab der Angesprochene mit einem dämlichen Grinsen im Gesicht zurück.

Bei dem Wort Edelmann ertönte irgendwo aus einem anderen Winkel des Schankraumes ein spöttisches und verächtliches »Haha«, was den schmuddeligen Ritter völlig aus der Fassung brachte. Unversehens griff er nach einem Bündel, das unter seinem Mantel verborgen war, und zog aus diesem zur Überraschung aller ein Kurzschwert heraus. Damit hatte niemand gerechnet! Waffen zu tragen war in der Stadt verboten, und jede Ausnahme bedurfte einer ausdrücklichen Genehmigung des Schultheißen oder des Hauptmanns der Wache. Der finstere Geselle musste die Waffe irgendwie durch die Kontrolle am Stadttor gebracht haben. Wütend fuchtelte er mit dem Schwert im Raum herum, und alle zogen schützend ihre Köpfe ein.

»Ich schlitze euch auf und tue ein gutes Werk damit!«, drohte er übermütig.

Zwei Mitglieder der Stadtwache betraten in diesem Moment den Raum. Obwohl sie das städtische Recht durchsetzen sollten, zögerten sie einzuschreiten. Vermutlich hatten sie Angst, es würde ihnen zum Nachteil gereichen, wenn ein einfacher Knecht mit einem Adligen anbändelte.

»Was? Ihr armseligen Würmer wollt einem Mann edelster Herkunft entgegentreten?«, triumphierte der Ritter. »Das würde euch schlecht bekommen.«

Schließlich verließ einer der Knechte die Schankstube und eilte, um den Stadthauptmann zu holen.

Inzwischen steigerte sich Herwig von Hörselgau, dem ein übler Ruf vorauseilte, immer weiter in seine Drohungen hinein.

Von dem Tisch der Stadtbürger, von wo sich der Ratsherr zu Wort gemeldet hatte, erhob sich schließlich ganz ruhig ein Mann. Er mochte wohl knapp dreißig Sommer alt sein. Er war ein wenig größer und kräftiger als der angetrunkene Adelsmann. Mit verblüffendem Selbstbewusstsein trat er auf den Bewaffneten zu. »Ritter von Hörselgau«, sagte er, »Ihr wisst genau, das Tragen von Waffen ist in der Stadt verboten. Also, zeigt mir Eure Genehmigung des Stadtherrn dazu oder übergebt das Schwert der Wache.«

Die Worte seines Gegenübers brachten den Ritter vollends in Rage. »Und du willst mir also drohen? Willst du mir etwa das Schwert wegnehmen? Nur zu. Tue es doch!« Er hüpfte von einem Bein auf das andere, um seine Überlegenheit zu demonstrieren.

»Euch das Schwert zu nehmen, wäre eine Aufgabe für einen Knaben«, fuhr der Stadtbürger im gleichsam ruhigen wie auch provozierenden Ton fort. »Ihr trefft damit ja nicht einmal diesen Krug dort auf Eurem Tisch.« Der Arm des Redners unterstrich den Satz eindrucksvoll.

Die Zornesröte stieg in das alkoholgeschwängerte Gesicht des Ritters. Und so wirbelte er herum und versuchte zunächst, nach dem Krug zu schlagen. Das Holzgefäß fiel polternd und mit Bier um sich spritzend zu Boden. Im gleichen Augenblick jedoch traf ihn die Faust des Stadtbürgers. Mit einem knirschenden Geräusch landete sie genau auf seinem Kinn, und er schlug der Länge nach hin. Mit unglaublicher Geschwindigkeit trat der wackere Bürger dem Ritter auf den Schwertarm. Rasch hatte er die Waffe dem vor Schmerz brüllenden Mann zu seinen Füßen entwunden und warf sie dem Knecht der Stadtwache zu. Es ging alles so schnell, dass keiner der Zechkumpane des Ritters den Versuch unternahm, diesem beizustehen. Vielleicht hielt sie aber auch der aufreizende Beifall davon ab, den der Sieger des Gerangels von allen Seiten empfing.

In diesem Moment traf Gott sei Dank der Stadthauptmann, der Adelsmann Siegfried von Nazza, ein. Er blickte in die Runde und hatte sofort die Situation erfasst. Er wandte sich zuerst an die Tischgefährten des sich aufrappelnden Ritters: »Verlasst sofort das Wirtshaus und nehmt ihn mit Euch! Sein Schwert bleibt bei mir. Über dessen Zukunft entscheidet der Schultheiß.« Der Stadthauptmann drehte sich zu Herwig von Hörselgau um. »Und was Euch betrifft, bin ich mir gewiss, so schnell werdet Ihr die Stadt nicht mehr betreten dürfen. Euer Zutrittsrecht ist erst einmal verwirkt. Das gilt auch für Eure Gefährten.«

Herwig von Hörselgau war inzwischen auf die Beine gekommen, ein feines Rinnsal aus Blut lief an seinem Mundwinkel herab. »Ihr lasst zu, dass man einen Mann Eures Standes so behandelt?«, fuhr er den Hauptmann fassungslos an. »Ihr macht gemeinsame Sache mit diesem Abschaum?« Seine Stimme zitterte vor Erregung.

»Als wirklicher Edelmann hättet Ihr Euch an die Rechte der Stadt gehalten«, erwiderte der Hauptmann, »und wäret ein Vorbild an Ritterlichkeit gewesen. Zu oft schon habt Ihr die Ehre unseres Standes, die Ihr immer anführt, mit unwürdigen Händeln hässlich besudelt. So dauert mich Euer jetziger Zustand keineswegs.«

Wutschnaubend wandten sich die Spießgesellen des Gedemütigten zum Gehen. Die Dirnen machten dabei ein paar obszöne Gesten zu den übrigen Anwesenden. Auf der Türschwelle drehte sich der Ritter von Hörselgau nochmals um. Er blickte den Mann, der ihn überwältigt hatte, unheilvoll an, als er drohte: »Und du, Dietmar Hellgreve, du wirst es noch einmal bereuen, dass du es gewagt hast, an einen Edelmann Hand anzulegen. Darüber ist noch nicht das letzte Wort gesprochen. Wir werden uns wiedersehen. Das ist gewiss.«

2

Thüringen im Jahre des Herrn 1259, Ende September

Der seit Stunden auf die Holzschindeln trommelnde Regen verwandelte die nächtlichen Straßen der Stadt Eisenach in glitschige, sumpfige Wege. Wo vorher noch die Spätsommersonne des Septembers ausgedörrte, staubige Straßen hinterlassen hatte, bildeten sich jetzt tiefe Pfützen. Dass man in der Goldschmiedengasse nicht über eine Mischung aus Regenwasser und Unrat stürzte, hatte man nur dem glücklichen Umstand zu verdanken, dass sie dicht am Markt lag und somit zu den vornehmeren Gegenden gehörte. Hier in diesem Stadtteil waren die Häuser sorgfältiger gebaut, die Straßen und Wege gepflegter. Der tiefliegende, wolkenverhangene Himmel und der dichte Regen ließen kaum einen Lichtschein in die Enge dringen. Etwa in der Mitte der Gasse zeichnete sich die Fassade eines prächtigen Hauses ab. Es konnte sich nur um das Haus eines Markzollers handeln, so nannte man in Eisenach die vornehme bürgerliche Oberschicht.

Hinter den verdeckten Glasfenstern zeugte ein blasser, sofort wieder verlöschender Lichtschimmer von stiller Betriebsamkeit trotz der nächtlichen Stunde. Kaum wahrnehmbar bewegten sich in kurzen Abständen schemenhaft mehrere, in dunkle Gewänder gehüllte Personen auf das Haus zu. Sie bemühten sich geschickt, immer wieder die Schatten der vorkragenden Dächer und Hauswinkel zu nutzen. Die Finsternis machte es schwer, festzustellen, um wie viele Personen es sich handelte. Die Gestalten mussten sich vorher abgesprochen haben, denn sie drängten nicht alle gleichzeitig der Holztür zu. In kurzem Abstand, sich dabei sorgsam vergewissernd, dass niemand sie beobachtete, strebten sie unverzüglich zum Eingang. Rasch und wie von unsichtbarer Hand geführt öffnete sich die Tür und verschluckte die Ankömmlinge. Dem Abergläubischen würde gehörig der Schreck in die Glieder fahren, könnte der dem Geschehen folgen. Niemand wagte, in solch einer Nacht, in der, wie man sagte, die Unholde und Gnome es ungewöhnlich arg trieben, einen Fuß vor die Tür zu setzen. Die Gestalten mussten schon besonders furchtlos sein und auf Gott vertrauen.

Dem Haus mit den rätselhaften Geschehnissen gegenüber stand ein unbewohntes Gebäude, dessen teilweise grob zugenagelte Fensterhöhlen und Türöffnungen in der Dunkelheit wirkten wie die Schlünde gefahrvoller Abgründe. Plötzlich knurrte eine Katze aufgeschreckt und ging missmutig ihres nassen Weges. Bewegte sich da nicht ein Schatten?

Eine geraume Zeit verstrich. Der Regen ergoss sich unerbittlich in großen Mengen über die Stadt und überzog den Gassenuntergrund mit einer morastigen, glitschigen Masse. Aus einer Ecke bogen zwei völlig durchnässte Stadtwächter in die Straße ein. Sie hatten es aufgegeben, ihre kleinen Talglämpchen wieder und wieder zu entzünden. Weder die Lämpchen noch Kienspäne oder Pechfackeln widerstanden dem fürchterlichen Nass. Nachdem die beiden Wachen an zwei, drei Häusern vorübergegangen waren, kam der Größere der beiden auf dem schlüpfrigen Boden ins Rutschen. Nur mit Mühe und der Hilfe seines Kameraden konnte er einen Sturz verhindern. Er stieß leise einen Fluch aus. Schließlich machten beide halt und spähten in die stockfinstere, schmale Straße. Sie schüttelten ihre vom Regen schwer gewordenen Wollumhänge, als könne man so die Feuchtigkeit und die abscheulichen Gedanken zugleich vertreiben. Dann machten sie, ohne ein Wort zu verlieren, kehrt.

Da! Langsam und lautlos öffnete jemand die Tür des vornehmen Hauses. Aus dem dunklen, aus massiver Eiche gezimmerten

Türrahmen trat, vorsichtig in die Gasse blickend, eine Gestalt in die Finsternis. Schließlich schien sie jemandem hinter dem Fenster ein Zeichen zu geben. So wie bei der Ankunft, verließen nun jeweils ein, zwei Personen in kurzen Abständen das Haus. Die Szene wiederholte sich mehrmals.

Zum Schluss folgten zwei Männer in schwarzen Gewändern ihren Gefährten in die nächtliche Dunkelheit. In ihrer Statur wirkten sie sehr ähnlich: mittelgroß, der eine etwas behäbiger und beleibter. Sie wandten sich kurz nochmals um und schritten dann vorsichtig und leise in Richtung Kirche. Ihre Bewegungen ließen Zielstrebigkeit erkennen. Außer Sichtweite der beiden schien es einen Augenblick so, als habe sich in dem Türrahmen noch jemand bewegt, als wolle auch er die Straße betreten oder habe zum Abschied gewinkt. Oder sollte es sich um ein Zeichen für die zwei geheimnisvollen Zuschauer des Geschehens handeln?

Die beiden Männer, die das Haus als Letzte verlassen hatten, verhüllten mit ihren dunklen, maßgeschneiderten, teuren Umhängen und den riesigen Kapuzen ihre Gestalt so, als wollten sie sich nicht nur vor dem Regen schützen. Sie tauchten fast völlig in den schwarzen Hintergrund der Stadtsilhouette ein.

Kurz vor der Marktkirche St. Georg bogen sie, nicht ohne sich vorher noch einmal sorgfältig umzublicken, nach links in die Fleischgasse ein, in Richtung der Kirche St. Marien. Die hellen Mauern des Steinhofes im Hintergrund, in dem der landgräfliche Schultheiß – das Stadtoberhaupt – wohnte, erhellten nur kurzzeitig den Zugang zur Gasse.

Die folgende Seitenstraße war durch eine Biegung schwer einsehbar. Schlagartig blieben beide Männer, kurze Blicke austauschend, stehen. Hatte sich da in der finsteren Ecke nicht etwas bewegt? War ihnen da nicht jemand gefolgt? Sie fühlten unsichtbare Blicke auf sich gerichtet. Hatte die Stadtwache es etwa versäumt, wie üblich vor dem Abend die Bettler aus der Stadt zu weisen? Vernachlässigten die Wächter wegen des Regens etwa ihren Dienst? Und nun war es dem Diebsgesindel gelungen, in die Stadt einzudringen und auf Raub auszugehen? Beide starrten angespannt in die Richtung, aus der sie sich beobachtet fühlten. Schließlich huschte irgendein Tier, eine Katze oder eine Ratte, über die Straße. Erleichtert setzten sie ihren Weg fort.

In der Mitte der Gasse – dort wo es am dunkelsten war – hielt der Schlankere der beiden erneut inne. War da nicht doch jemand hinter ihnen? Sie lauschten in die regennasse, schwarze und bedrohliche Finsternis.

3

Von dem langanhaltenden Regen kündeten am folgenden frühen Morgen nur noch die in rascher Folge vorbeiziehenden Wolken und der kräftige Wind. Die Sonne warf bereits ihre ersten zaghaften Morgengrüße in die erwachende Stadt. Eingebettet zwischen hohen Bergen, die wie ein natürlicher Schutz wirkten, bot der Ort ein friedliches Bild. Dennoch kündete die rundumlaufende, massive Stadtmauer mit ihren Türmen von Wehrhaftigkeit. Der Raum, den die Mauer umschloss, schien den Bewohnern nicht mehr auszureichen, denn an den Ausfahrtsstraßen wurden bereits zahlreiche Häuser und Hütten errichtet. Besonders vor den Toren im Osten und Westen war ihre Anzahl groß. Im Süden dagegen verhinderten die nahen Berge eine größere Ansammlung von Gebäuden. Die dort gelegenen dichten Wälder dampften, Nebelschwaden lagen wie Schleier zwischen den Baumwipfeln. Hoch über der Stadt erhoben sich die Türme der beiden Burgen des Landesherrn und wachten gebieterisch über die ganze Region. Schon von Weitem waren sie zu sehen. Vor allem die am höchsten gelegene Befestigung, die berühmte Wartburg, flößte dem Betrachter Respekt ein.

Die Straßen des Städtchens im Tal waren um diese Zeit fast menschenleer und die Zugänge noch sorgfältig verriegelt. Keine

Spur von dem sonst so geschäftigen Treiben. Den östlichen Durchgang zur Innenstadt schützte das Nikolaitor. Es war nach dem benachbarten Kloster St. Nikolai benannt. Das Tor war der einzige Stadtausgang, der gänzlich aus massiven Quadersteinen bestand. Die übrigen Türme verfügten nur in ihrem unteren Teil über eine Steinmauer, während die darüberliegenden Geschosse aus Fachwerk gefertigt waren.

In der stadtzugewandten Wölbung des Tores lehnte schläfrig gähnend ein Wächter. Die gesichtsoffene metallene Haube saß ihm etwas schief auf dem Kopf, so als hätte er sie gerade erst hastig aufgesetzt. Dazwischen ragte ein bürstenartiger Schnauzbart heraus. Sein Lederwams hatte er nicht gänzlich zugeschnürt. Müde grüßte er die beiden auf ihn zukommenden Männer der Stadtwache.

»Na, Erkenbert, nach dem vielen Nass brauchst du deine Kehle heute wohl nicht mehr zu schmieren?«, rief wohlgelaunt der rothaarige, untersetzte Utz.

»Während du bei deiner Muhme im trockenen Heu gelegen hast, wurde ich eingeweicht wie des Färbers Tücher«, erwiderte der Angesprochene missgelaunt.

»Ach deswegen bist du so rot angelaufen«, witzelte Utz.

»Ich werde gleich ein Loch in dich bohren, du Schandmaul.« Erkenbert hob seinen Speer drohend in die Höhe und fuhr trotzig fort: »Aber ich weiß ein besseres Vergnügen. Ich werde jetzt Löcher in die Fässer des Schankwirts stechen, während du dich am Tor langweilst.«

»Dann schau bis zu deiner Abendwache nur nicht zu tief in die Löcher hinein, sonst wird's dir der Hauptmann mit einer Portion Stockhiebe würzen.« Utz grinste breit, er konnte seinen bekannten boshaften Schalk einfach nicht lassen.

Tilo, ein langer, hagerer Kerl mit schütterem Haar und einer tiefen Narbe am Hals, die von Wehrhaftigkeit zeugte, unterbrach die beiden. Er drängte mit energischer Stimme zum Gehen: »Los, Utz, wir sind spät dran. Du weißt doch genau, der Hauptmann schätzt Unpünktlichkeit nicht. Also heb dir das Schwatzen für die Schenke oder die Händler am Tor auf.«

Utz rückte gemächlich seine metallene Haube zurecht, die nur das Gesicht und die Kinnpartie freiließ, und zupfte an seinem eng geschnürten Lederwams. Sein ständiges breites Grinsen offenbarte Gutmütigkeit. Schließlich klemmte er seine Stoßlanze unter den Arm und schlenderte hinter Tilo her.

Sie nahmen den kürzesten Weg. Dieser führte an der östlichen Stadtmauer entlang, über den Steg am Krimmelbach durch die Löbergasse. Von da war es nicht weit bis zum südlichsten Tor der Stadt, dem Marientor. Hier betraten die Händler, die aus Salzungen, Schmalkalden oder dem Fränkischen kamen, die Stadt. An diesem Tor hatten Utz und Tilo heute Wachdienst.

Sie waren bereits fast an der Löbergasse angekommen, als Tilo plötzlich stehen blieb und sagte: »Sieh mal, Utz, der Steg vom Krimmelbach ist weg, den hat wohl der Regen weggespült.«

»Dann lass uns zurückgehen und über den Steg an der Goldschmiedengasse zum Tor laufen«, meinte sein Gefährte.

Tilo erriet den Hintergedanken von Utz sofort, schließlich kannte er dessen unstillbaren Durst. An keinem Brauhaus oder Marktstand kam er vorbei, ohne einen Krug in einem Zug zu leeren. Deshalb entgegnete er seinem Wächterkollegen: »Das hättest du wohl gern, damit du beim Schankwirt noch schnell durch das Fenster nach einem Krug langen kannst. Nein, kommt nicht in Frage! Da brauchen wir zu lange. Wir nehmen die Leiter an der Stadtmauer und gehen über den Wehrgang bis zum Marientor.«

Missmutig auf sein Kurzschwert an seinem Gurt und auf die Lanze gestützt folgte Utz dem losschreitenden Tilo.

Sie gingen parallel zum Krimmelbach auf die Stadtmauer zu. Schon waren der Wehrgang und die schmale, treppenartige Leiter deutlich auszumachen. Kurz vor der Leiter blieb Tilo urplötzlich erneut stehen. Sein ausgestreckter linker Arm wies zu der Stelle in der Stadtmauer, wo sich der Bach durch ein Gitter nach außen ergoss. Utz, weit hinter Tilo stehend, schaute in die Richtung. Ein großer schwarzer Klumpen hatte sich vor die Öffnung gelegt, und das Wasser bahnte sich nur mühsam seinen Weg ins Freie.

»Da hat der Regen wieder allerhand Unrat mit nach draußen nehmen wollen, so wird die Stadt wenigstens mal sauber«, hörte Tilo hinter sich seinen Kameraden sagen.

Tilo schüttelte heftig den Kopf. »Aber Utz, so schau doch! Das ist kein Unrat. Das ist doch eine Hand!«

Utz begann, sich schon wieder lustig zu machen: »Quatsch doch nicht so ein Zeug. Du hast wohl gestern zu viel Bier getrunken und deine Sinne benebelt.«

Langsam näherten sie sich dem Gitter. Doch in der Tat, aus dem Wasser ragte seltsam verrenkt eine Hand. Daneben lag ein weiterer merkwürdig schwarzer Klumpen. Utz' breites Grinsen war einem ernsten Gesichtsausdruck gewichen. Auch Tilos weit aufgerissene Augen kündeten von dessen Entsetzen.

»Mensch, da liegen ja zwei Tote«, entfuhr es beider Munde zugleich mit stockender Stimme.

»Die haben bestimmt gestern zu viel beim Schankwirt in den Becher geguckt und sind dann in den Bach gefallen.« Utz hatte sich als Erster wieder gefangen. »So wie der Knecht von den Gottschalckens, der im letzten Jahr im Löbersbach ersoffen ist, als der zu viel Wasser führte.«

»Los, Utz«, sagte Tilo kurzentschlossen, »pack mit an, wir ziehen die da raus.«

Beide stellten ihre Lanzen an der Stadtmauer ab und betraten vorsichtig das glitschige Ufer des Grabens. Tilo gab Utz die Anweisung, sich mit einer Hand an einem Mauervorsprung festzuhalten, während er ihn mit der anderen am Gürtel halten würde, damit er nicht das Gleichgewicht verliere. Tilo packte schließlich den Arm des einen Toten. Die schon etwas aufgedunsenen Leichen waren durch ihre mit Wasser vollgesogene Kleidung schwer geworden. So bedurfte es großer Anstrengung, bis es Tilo gelang, die

Leichen zum Uferrand zu ziehen. Mit vereinten Kräften zerrten sie schließlich die leblosen Körper auf die Fläche vor der Stadtmauer. Beide schnauften vernehmbar. Sie nahmen ihre Helme ab, kleine Schweißperlen hatten sich auf ihren Stirnen gebildet.

Utz rang noch nach Atem. »Los, Tilo«, brachte er keuchend hervor, »dreh die beiden um, damit wir ihre Gesichter sehen können.«

Trotz des Schlamms und Unrats in der Kleidung der Toten konnte man unschwer erkennen, dass es sich um teures Tuch handelte. Das waren bestimmt keine einfachen Knechte. Sie legten die Leichen auf den Rücken, um in ihre verschmutzten Gesichter zu sehen.

Tilo beugte sich zu den beiden toten Körpern hinab und betrachtete ihre entstellten Gesichter etwas genauer. »Das ist doch der Wollweber Petz Fachedorf«, sagte er mit bleichem Antlitz und stockender Stimme. »Und der hier ... ist der Schmelzermeister Heinrich Rost.«

Utz' Blick haftete nicht auf den Gesichtern der Toten, sondern auf deren Oberkörpern. Seine Miene verfinsterte sich zunehmend. »Du, die sind nicht ertrunken«, sagte er, »die hat man ermordet. Sieh dort! Ist das nicht ein Pfeilschaft oder der Rest einer Lanze?«

Tilo runzelte die Stirn. »Merkwürdig, dieses Holz«, meinte er schließlich. »Schau dir doch unsere Lanzen an. Für einen Speer ist das Holz zu dünn. Aber für einen Pfeilschaft ist es wieder zu dick.«

Ehe er jedoch weiter darüber nachdenken konnte, hatte Utz schon die nächste schauderhafte Entdeckung gemacht.

»Mensch, denen fehlen ja auch noch Finger! – Das war bestimmt wegen der Ringe«, fügte er nach einer kurzen Pause hinzu. »Der Fachedorf hat doch immer so geprahlt mit seinem dicken Ring.«

Tilo zuckte hilflos mit den Schultern. »Arme Schweine, aber in der letzten Zeit hat sich in der Stadt wirklich viel Gesindel herumgetrieben. Vielleicht ...«

»Was bergt ihr denn da für Schätze?«, hallte es plötzlich hinter ihnen in die morgendliche Stille. Tilo und Utz griffen vor Schreck fast gleichzeitig nach ihren Schwertern und wirbelten herum. Der junge Albert, ebenfalls Mitglied der städtischen Wache und auf dem Weg zum Dienst am Nikolaitor, näherte sich mit entschlossenem Schritt. Dann blieb der noch etwas knabenhaft wirkende junge Mann erschüttert stehen. »Ach du meine Güte, wen hat es denn da erwischt?«

Ohne sich groß mit Erklärungen aufzuhalten, besann sich Tilo als Erster an das, was zu tun war. »Albert, du musst sofort zum Hauptmann! Sofort! Und sage ihm, was passiert ist. Ich bleibe hier und warte auf ihn. Du, Utz, gehst zuerst zum Nikolaitor und sagst dem Erkenbert Bescheid. Er soll zwei Ersatzleute für uns zum Marientor schicken.«

Hauptmann Siegfried von Nazza saß beim Herd in seinem Haus und trank gerade einen Becher stark verdünnten Bieres, als ihn ein heftiges Klopfen störte. Er war um die dreißig Jahre alt und stammte aus einer Familie, die nördlich von Eisenach eine kleine Herrschaft besaß. Seine junge Ehefrau starb im Kindbett an Fieber, und ihr gemeinsames Kind erlag früh einem unbekannten Leiden. Diese Schicksalsschläge ließen den Hauptmann älter erscheinen. Siegfried lebte jetzt etwas einsam und allein in dem Haus, lediglich eine alte Magd und ein ebenso alter Diener standen ihm zur Seite. Der alte Diener schlurfte zur Tür und öffnete sie. Der junge Albert betrat aufgeregt den Raum und rang nach Luft. Er wartete erst gar nicht auf ein Zeichen seines Hauptmanns, sondern berichtete sofort von dem Geschehenen. Nachdem Albert geendet hatte, griff Siegfried zu seinem Schwert, das neben ihm an einen Schemel gelehnt war. Im Gehen warf er sich einen kostbaren bestickten Überwurf über das blank geputzte Kettenhemd. Die Nachrichten, die er hier vernahm, ließen ernste Schwierigkeiten erwarten. Er musste sich seines Amtes würdig erweisen.

Vor der Tür seines Hauses drehte sich Siegfried zu dem ihm folgenden Boten um und befahl, sofort den Schultheißen im Steinhof zu wecken. Albert solle auch die Äbtissin des Nikolaiklosters informieren, damit die Toten dorthin gebracht werden könnten. Der Stadthauptmann beabsichtigte, die beiden Toten schnellstmöglich vom Fundort wegzubringen, um jegliche Unruhe in der Stadt zu vermeiden. Zu einem späteren Zeitpunkt sollten die beiden Leichen ins Dominikanerkloster überführt werden. In der Stadt existierten zwar fünf Hospitäler, aber das des Dominikanerklosters hatte den besten Ruf und die besten heilkundigen Mönche in seinen Reihen. Als Albert dienstbeflissen losrennen wollte, rief Siegfried ihm zu: »Danach gehst du auf dem Rückweg zum Schinder und besorgst einen Karren. Den werden wir wohl brauchen. Und zu niemandem ein Wort, oder ich werde dir deine Zunge kürzen.«

Mit einem »Jawohl, Herr« machte sich Albert auf den Weg.

Gegenüber der Georgskirche stand der Steinhof. Schon der Name verriet, dass es sich um eines der wenigen gänzlich aus Stein errichteten Gebäude der Stadt handelte. Die sorgfältig bearbeiteten und verfugten Quader zeigten, dass der Landgraf von Thüringen auch in seiner Stadt zu Füßen der Wartburg eine standesgemäße, alle Bequemlichkeit bietende Unterkunft besaß. Auch wenn es viele Grafengeschlechter in Thüringen gab, der Landgraf stand noch etwas über ihnen.

Der jetzt regierende junge Albrecht hielt sich zwar zumeist auf seinen Burgen auf, schätzte aber ebenso wie sein Vater den Steinhof. Größtenteils jedoch wurde dieses Gebäude vom jeweiligen Schultheißen bewohnt. Dieser war Stellvertreter des Landgrafen in der Stadt und leitete die Verhandlungen des Schöffenkollegiums, das eine Art Stadtrat bildete. Ihm oblag somit die Erledigung der Gerichts-, Verwaltungs-, Steuer- und Finanzangelegenheiten. Mitglieder des Schöffenkollegiums waren nur einflussreiche und wohlhabende Markzoller.

Schultheiß Werner war adeligen Standes. Er war ein mittelgroßer, älterer, gemütlicher Mann mit weißen Schläfen. Sein kostbares weites Hemd und der wollene Rock zeugten von einem gewissen Wohlstand. Missmutig kaute er auf frischen Pfefferminzblättern herum, um die Zähne zu säubern. Anschließend spülte er seinen Mund mit einem Schluck Wasser aus.

Albert wiederholte seinen Bericht – so wie er ihn schon seinem Hauptmann übermittelt hatte. Werner ahnte das Ungemach, das ins Haus stand. Er räusperte sich. »Wie konnte das passieren?«, fragte er, ohne vom Boten eine Antwort zu erwarten.

»Herr, wir wissen es nicht.« Wie zur Bekräftigung seiner Worte zuckte Albert mit den Achseln.

»Du kannst jetzt gehen und deine Aufträge erledigen, Albert. Sag dem Hauptmann, wir treffen uns in der Nikolaikirche, wenn die Toten dort aufgebettet sind.«

»Wie Ihr befehlt, Herr.«

Albert wurde von der alten Magd des Schultheißen zur Tür geleitet. Als diese zurückkehrte, erhob sich Werner von seinem Schemel und bat sie, seinen Sekretär umgehend zum Nikolaikloster kommen zu lassen und seine Gänsefederkiele sowie Pergament und Tinte mitzubringen.

Inzwischen hatte Siegfried von Nazza die Stadtmauer, wo der Krimmelbach nach außen fließt, erreicht. Obwohl noch kein Mensch auf der Straße zu sehen war, bemühten sich Tilo und Utz, die Stelle so abzuschirmen, dass niemand sich den beiden Toten nähern konnte. Siegfried war mit dem Verhalten der beiden Knechte zufrieden. Sie hatten bei der Ausbildung doch etwas gelernt. Er würde sie bei einer späteren Gelegenheit dafür loben. Während er nun kurz verschnaufte, schlug er vor seiner Brust das Kreuz, als er die beiden Leichen betrachtete.

Einen kurzen Augenblick später erteilte er seine Befehle: »Tilo, du hältst dich heute zu meiner Verfügung, die übrigen gehen ihren

Wachpflichten nach. Utz, du informierst Brun und Tammo, damit sie die Wache von Tilo und Albert übernehmen. Anschließend trommelst du die restlichen Wachleute zusammen. Ihr lauft, so unauffällig wie nur irgend möglich, Streife durch die Straßen. Jeder, der euch verdächtig erscheint, wird erst einmal in Gewahrsam genommen. Sollte euch jemand nach eurem Tun fragen, dann sagt, ihr seid auf der Suche nach einem Betrüger. Ansonsten erwarte ich, dass ihr euren Mund haltet über das fürchterliche Geschehnis. Die Leute werden es schon noch früh genug erfahren.«

Utz packte daraufhin seine Lanze und ging.

Inzwischen traf auch der junge Albert mit einem grob gezimmerten, zweirädrigen Karren ein. Er musste sich höllisch beeilt haben, denn er schwitzte heftig. Albert stellte den Karren neben den beiden Leichen ab und sagte: »Herr, ich habe noch zwei alte Decken mitgebracht, damit wir sie verhüllen können.«

Siegfried würde auch Albert in sein Lob einbeziehen müssen. Aber erst einmal mussten die Toten schnell fortgebracht werden, deshalb sagte er nur: »Ich glaube, aus dir wird noch mal ein brauchbarer Mann, Albert. Nun leg sie auf den Karren, und dann schaffen wir die beiden in die Nikolaikirche. Wir sollten uns beeilen, denn heute ist Markttag, und viele Menschen sind unterwegs. Ich möchte möglichst vielen den Anblick ersparen und unnötige Gerüchte vermeiden.« Seine Eile hatte noch einen anderen Grund: Auch wenn die Chance minimal war, vielleicht führte rasches Handeln dazu, die Täter dingfest zu machen.

Aus den Häusern an der Gasse schauten bereits die ersten Neugierigen aus den Fenstern, denen das Rumpeln des Karrens nicht verborgen geblieben war. Sie tuschelten miteinander. Erste Menschen tauchten auf der Gasse auf. Handwerker öffneten ihre Läden, Küchendünste und andere Gerüche drangen nach außen. Mit großem Tempo strebten der Hauptmann und seine zwei Stadtwachen der Klosterkirche entgegen. Glücklicherweise war der Karren so schmal, dass man durch den Zugang zur Kirche direkt in deren Schiff einfahren konnte. Zwei junge Nonnen verriegelten hinter den Ankömmlingen sofort wieder die Tür. Die Äbtissin wies wortlos zu einer schlichten, kleinen Seitenkapelle. Albert und Tilo schoben das Gefährt mit der furchtbaren Fracht dorthin. Zwei Knechte des Klosters hatten in der Kapelle zwei große Tafeln auf Holzböcke gelegt. Tilo und Albert schoben die beiden Toten mit vereinter Kraft auf die bereitgestellten Tische, währenddessen die Äbtissin ein Gebet murmelte.

Siegfried hörte leise Schritte hinter sich und drehte sich um. Neben der Äbtissin stand nun der benachrichtigte Schultheiß Werner. Mürrisch sagte er irgendetwas Unverständliches zum Gruß und ging dann auf die beiden aufgebahrten Toten zu. Regungslos blickte er auf die Leichen, seine sonst leicht geröteten Wangen hatten alle Farbe verloren. »Es wird wie ein Lauffeuer die Runde machen, dass gleich zwei Markzoller hier mitten in der Stadt umgebracht wurden«, überlegte der Schultheiß mit belegter Stimme. »Und das am Markttag.«

»Markttag, Marktag«, hallte es wie zur Mahnung von den Kirchenmauern wider.

Siegfried von Nazza trat an den Schultheißen heran. »Ich weiß noch nicht, ob die Leute bislang mitbekommen haben, was geschehen ist«, sagte er. »Wir haben uns außerordentlich beeilt, die Leichen hierher zu bringen. Außerdem hatten wir sie in Decken gehüllt. Aber es wird nicht lange dauern, bis die Stadt dennoch von den Morden erfährt.«

Schultheiß Werner schaute seinen Hauptmann an. »Wisst Ihr denn schon etwas Näheres über die Umstände ihres Todes?«

Siegfried schüttelte den Kopf. »Nur das, was Euch bislang durch meinen Boten berichtet worden ist.«

Nach einer kurzen Pause fuhr der Schultheiß fort. »Seit Jahr und Tag ist hier kein Markzoller zu Schaden gekommen. Trotz des letzten Krieges hat es in der Stadt keinen Mord gegeben. Wenn mal jemand eine Missetat begangen hat, dann handelte es sich um eine gestohlene Geldbörse, Viehdiebstahl, Handel mit gefälschten Gewichten oder unreinem Wein. Ich kann mich in der Tat nicht erinnern, wann hier jemals zuvor jemand gemeuchelt wurde. Daher sollten wir diesen Vorfall sehr ernst nehmen.«

»Vielleicht steckt hinter der Sache mehr, als wir denken«, pflichtete der Stadthauptmann dem Schultheißen bei.

Werner überlegte laut, was zu tun sei und wie man die Mörder dingfest machen könnte. Vielleicht waren sie ja noch in der Stadt. Schließlich sagte er zu Siegfried: »Und wenn Ihr mit Euren Leuten die ganze Stadt durchkämmt? Möglicherweise erwischt Ihr die Übeltäter noch.«

Siegfried bezweifelte, dass ein solches Vorgehen von Erfolg gekrönt sein würde. »Ich habe dies bereits veranlasst, Herr. Aber offen gestanden, glaube ich kaum, dass wir sonderlich viel damit bewirken werden. Erstens müssten wir für eine erfolgversprechende Aktion die Stadttore geschlossen halten. Und das am Markttag! Es würde die Leute zutiefst beunruhigen und Gerüchten Vorschub leisten. Zweitens müssten wir in das Haus eines jeden Bürgers dieser Stadt gehen. Ich glaube kaum, dass man uns dies gestatten würde. Und schließlich drittens, woran sollten wir die Mörder erkennen? Glaubt Ihr denn ernsthaft, sie würden sich zu erkennen geben? Die Attentäter sind sicher geflohen. Alles andere wäre töricht.«

»Siegfried, verzeiht, das war dumm von mir. Ihr habt natürlich recht. Wir würden uns damit keinen Gefallen tun«, antwortete Werner. »Jetzt gilt es, stattdessen einen wachen Verstand und ruhiges Blut zu bewahren.

Der Stadthauptmann machte einen anderen Vorschlag: »Ein Mord an zwei angesehenen Bürgern dieser Stadt ist schon – da habt Ihr recht – etwas Ungewöhnliches. Darum sollten wir aufpassen, dass sich hinter der Untat nicht ein Komplott oder eine politische Intrige verbirgt. Ich denke, wir sollten den Landgrafen informieren.«

»Es scheint mir ebenfalls gerechtfertigt, den Landesherrn über das Geschehene in Kenntnis zu setzen«, sagte der Schultheiß. »Mein Sekretär wird ein Schreiben aufsetzen. Wir hatten ohnehin ein Gespräch mit dem Landgrafen für morgen Mittag über die Zollgerechtigkeit anberaumt. Bei dieser Gelegenheit sollten wir die Sache zur Sprache bringen. Ich bitte Euch, mich in dieser Angelegenheit zu begleiten.«

»Sehr wohl, Herr.«

Als der Schultheiß gegangen war, wandte sich der Stadthauptmann an die Äbtissin. Er teilte ihr mit, dass man die beiden Toten am späten Abend, wenn die Dunkelheit eingesetzt habe, in das Dominikanerkloster überführen werde. Die Äbtissin zeigte keinerlei Regung bei den Worten. Siegfried glaubte aber, Erleichterung aus ihren Gesichtszügen zu lesen. Nicht, dass sie dem Dominikanerkloster besonders zugetan war. Nein, sie war sicher nur froh, ihr Stift aus Mord, Intrigen oder was sonst hinter der Sache stecken mochte, heraushalten zu können. Sollten sich doch die kirchlichen Brüder beim Steinhof mit derartigen Dingen herumschlagen. Hier würden sie nur das Klosterleben stören.

4

Am Georgentor, am östlichsten Rand der Stadt, drängten sich an diesem Vormittag die Menschen. In der Hoffnung auf ein gutes Geschäft am Markttag schoben Händler aus dem Hessischen ihre Karren mit allerlei Waren zur Stadt hinein. Sie erschienen hier besonders zahlreich, weil vor dem Tor, in der Vorstadt, die St.-Annen-Herberge lag. Dort übernachteten all jene, die zu später Stunde die Stadttore bereits verschlossen vorfanden.

Die Händler waren immer willkommen. So vertrieben sie doch oft kostbares Tuch, seltene kunstvolle Schmiedestücke, aber auch Gewürze wie Safran und Pfeffer, die vorrangig von den reicheren

Stadtbewohnern erworben wurden. Neben den fremdländischen Kaufleuten kamen vor allem Bauern aus der näheren und weiteren Umgebung. Sie boten Butter, Öl, Eier, Käse, Getreide, Vieh, Geflügel, Wildbret, Fisch sowie Erbsen, Bohnen, Kraut und Brot aus Dinkel, Weizen, Roggen oder Spelt an. Ihr Kommen war für die Versorgung der Bewohner unverzichtbar.

Alles Tun in der Stadt hatte seinen Sinn und alles wurde – so günstig wie nur irgend möglich – verwertet. Die Fleischhauer züchteten Schafe, sie lieferten die Wolle an die Spinner, den Unschlitt gaben sie dem Seifensieder für Kerzen und Seife, und die Häute verarbeitete der Weißgerber. Die Spinner wiederum versorgten die Weber, die daraus den Rasch, einen leichten Wollstoff, sowie den Schetter, einen Futterstoff, oder andere Wolltuche herstellten. Von den Webern gingen die Tücher an die Färber, die sie wiederum den Händlern verkauften. Diese veräußerten die Stoffe zumeist mit Gewinn im Gewandhaus.

Aber es wurde auch allerhand anderes feilgeboten: Messer von den Schmieden, Lederhosen von den Weißgerbern, Bier aus dem eigenen Brauhaus, Weine aus dem Saaletal oder dem Fränkischen. Auf allen drei Marktplätzen der Stadt bot sich dem Betrachter das gleiche Bild dar. Stände, Buden und ausgebreitete Decken ließen die Plätze fast überquellen. Schillernde Farben verdeckten an diesen Tagen die sonst eher düster und trist wirkende Stadtsilhouette. Gerüche von frischem Gemüse und Fleisch vermengten sich mit aromatischen Düften und den Ausdünstungen von Menschen und Tieren. Zusätzlich war alles von lautem Stimmengewirr aus gackernden Hühnern, schnatternden Gänsen, kreischenden Kindern und ihre Waren anpreisenden Händlern durchdrungen. Markttag bedeutete turbulentes Treiben.

Die am Tor lehnenden Wachen beobachteten gelangweilt die in die Stadt eilenden Menschenmassen. Ihnen oblag es, Bewaffneten den Zutritt zur Stadt zu verwehren, wie es das Gesetz vorschrieb. Lediglich die Wachen, die Landesherren oder jene, die ein städtisches Genehmigungsschreiben besaßen, waren davon ausgenommen. Ab und zu fiel ihr Blick auf die zwei Zöllner, die an einem kleinen, groben Holztisch saßen, vor ihnen eine Reihe fremder Händler, die das sogenannte Geleit- und Marktgeld abliefern mussten. Wie auch in anderen Städten gab es am Markttag für die fremden Kaufleute die Möglichkeit, vom Geleitzoll befreit zu werden, wenn sie zusicherten, Eisenacher Waren zu erwerben. Beim Verlassen der Stadt erhielten sie gegen das Vorzeigen von Eisenacher Produkten oder Vertragsscheinen mit örtlichen Kaufleuten den gezahlten Zoll zurück.

Das Geschehen an diesem Tag hatte nichts Ungewöhnliches an sich. So erregte auch der zielstrebige Schritt eines Mönches, der sich aus dem Stadtquartier in der Vorstadt dem Tor näherte, kaum Aufsehen. Seine einfache dunkle Kutte und der Strick um seine Hüfte sahen arg zerschlissen aus. Die Tonsur zwischen den fettigen bräunlichen Haaren war offensichtlich schon seit Langem nicht mehr geschnitten worden. Das ausgemergelte, blasse Gesicht kündete von Entbehrungen. Dennoch hatte sein Antlitz, aufgrund der durchdringenden Augen und des seltsam spitz geformten Mundes, etwas Sonderbares. Er gehörte zu jenen wandernden Mönchen, die bald hier, bald da auftauchten und ihre Predigten hielten. Besonders an den Markttagen und dort, wo viele Menschen zusammenfanden, sah man sie oft. Mit zielstrebigen Schritten folgte er den Händlern, die den drei Märkten der Stadt zustrebten.

Der am nächsten gelegene Marktplatz war der an der Georgskirche. Hier standen bereits die meisten provisorischen Buden. Man hatte über zwei, drei Holzböcke einfach grob gezimmerte Tafeln gelegt. Die Wohlhabenderen unter den Händlern konnten sich kleinere Baldachine auf dünnen Holzlatten leisten. Mit ihnen schützte man sich und seine Waren gegen Sonne, Wind und Regen. An diesem Tag war es für die Spätgekommenen schwer, sich noch einen Platz zu sichern. Scheinbar hatten heute besonders viele

Menschen Geschäfte zu erledigen und ließen sich auf dem Marktplatz zahlreich nieder.

Die Torflügel der Georgskirche waren weit geöffnet. Auch im Inneren des Gotteshauses wurden – wie immer an den Markttagen – Stände und Buden errichtet. Selbst im Kirchenschiff roch es nach Fleisch, Gemüse oder Geräuchertem, hier würde man ebenfalls über Preise von Tuchballen oder Gewürzfässchen feilschen. Eine Ecke im Innenraum blieb dem Marktmeister, dem Warenbeschauer und dem Maßeicher vorbehalten. Der Erstere hatte auf Ordnung und Sicherheit zu achten. Bei ihm beschwerte man sich über ungerechtfertigte Preise, man übergab ihm frisch ertappte Diebe oder holte ihn als Schlichter bei Raufereien zwischen den Händlern. Der Warenbeschauer und der Maßeicher standen dem Marktmeister zur Seite, indem sie die Qualität der Waren begutachteten beziehungsweise die Korrektheit der Gewichte für die Waagen überwachten.

Der seltsame Mönch blickte sich suchend auf dem Marktplatz um. Eine Stelle neben der Kirche fiel ihm auf. Hier, wo das Gelände ein wenig abschüssig war, stellte er sich auf eine kleine felsige Erhebung. Sie hatte etwas von einer Kanzel unter freiem Himmel. Zunächst blieb er stumm mit gefalteten Händen stehen. Obwohl die Bürger Eisenachs an den Anblick von Mönchen – schließlich gab es mehrere Klöster in der Stadt – und auch von fremden Predigern gewohnt waren, blieben ein paar Neugierige stehen. Etwas war anders als üblich.

Sein asketisch wirkendes Äußeres bescherte dem Mönch erstaunliches Interesse. Er war sich seiner Erscheinung offensichtlich bewusst, denn er kokettierte mit den vorbeieilenden Bürgern und schob den Beginn seiner Predigt hinaus. Eine gebieterische Handbewegung kündigte schließlich die Kanzelrede an.

»Sosehr ihr hier fleißig eure Waren feilbietet, sowenig gedenkt ihr eurer Seelen!«

Der erste Satz klang wie ein Peitschenhieb.

»Euer Streben nach Gewinn«, fuhr er fort, »nach dem irdischen Tand, euer Streben nach Geld macht euch zu Sündern. Denn Geld gefährdet die Reinheit der Seele, so sagt es der Herr.« Sein weit ausgestreckter Arm beschrieb einen Kreis um den Markt. »Und ringsherum ihr Geldleiher und Zinsnehmer! Mit dem Zins vergeht ihr euch an der Zeit. Und damit verkauft ihr eure Seele, denn die Zeit ist von Gott gegeben und ist unverkäuflich. Das ist die Zeit, die euch Gott zum Leben geschenkt hat. Irgendwann wird er wissen wollen, was ihr damit angefangen habt. Und er wird dann zu euch sprechen: Ihr Geizhälse, wie vergeudet ihr eure Zeit! Wie armselig werdet ihr sein. Ihr seid verkrüppelte Sünder! Ihr Wucherer, weil ihr Gottes Zeit verkauft, wird unser einziger Gott niemals ruhen können, solange ihr nicht damit aufhört.«

Gleich einer in Stein gemeißelten Statue verharrte der Redner nach diesen Worten auf seinem Platz. Es war nicht klar, ob er die kurze Pause benötigte, um Luft zu holen, oder ob er sie als rhetorisches Mittel einsetzte, um die Spannung zu erhöhen.

Dann predigte er weiter: »Und als ob das nicht schon genug Sünde wäre! Heuchlerisch schwöret ihr nun hier auf dem Markt, wie gut eure Ware sei und was der Käufer für ein Himmelreich erwerben würde. Bei allen Heiligen schwört ihr mehr denn je, um welch einen Kaufschatz es gehe. Und was eigentlich höchstens fünf Schillinge wert ist, verkauft ihr dann leicht um sechs Pfennige höher. Und es hilft dann auch kein Schwur mehr, sooft wie ihr das schon getan habt. Es bleibt dabei: Ihr habt der zehn Gebote eines gebrochen; das ist eine große Hauptsünde! Aber bedenket, ehe ein Jahr ausgeht ist euer Sündenregister gefüllt. Wir prall voll ist dann erst euer Kerbholz nach zehn Jahren!«

Inzwischen war eine ganze Reihe von Menschen auf die schrille Stimme des Fanatikers aufmerksam geworden. Die üblichen Prediger erzählten immer Geschichten und Gleichnisse aus der Bibel oder von Heiligen und deren Taten, die die Leute zur Besserung ermahnen sollten. Er jedoch sprach die anwesende

Menschenmenge direkt an! Eine solche Predigt hatte man bisher nicht gehört. Es schien den Zuhörern, als kenne er die Sünden und die Sünder unter ihnen ganz genau. Der Eindruck verstärkte sich noch, wenn er mit dem ausgestreckten Finger auf manche Händler zeigte und diese errötend den Blick senkten. Er war ein Fremder, und dennoch kam er den meisten Umstehenden seltsam vertraut vor. Seine Redegewandtheit ließ den Zuhörern aber kaum Zeit, darüber nachzudenken.

Als habe er nur das Echo seiner letzten Sätze verhallen lassen, fuhr er fort: »Also sollt ihr eure Beutel redlich ohne Lug und Trug füllen. Denn es werden viele Tausend Seelen verdammt dabei, wenn ihr die Betrügerei, die Falschheit und das verlogene Schwören nicht beendet. Jeder weiß, dass Lug und Trug in eurem Handel immer noch geschäftig ist.« Die nun folgenden Worte schleuderte er dem Publikum in atemberaubendem Tempo entgegen: »Wenn ihr aber ehrliche Buße tut, so entgeht ihr vielleicht der Hölle Pforten und findet den Weg zum Himmelreich. Nun seht, wie gar nützlich die wahre Buße ist! Sie geleitet euch in die Gemeinde der heiligen Christenheit. Aber wisset, die Buße kann die Zeit nicht mehr wieder verschaffen, die ihr unnütz verloren habt. Petrus ist durch die Buße so hoch gekommen wie manche Arme und Mittellose, ebenso Maria Magdalena und manch anderer großer Heiliger. Euch kann die Buße aber auch den Weg lehren. Vielleicht habt ihr verdient, zehn Jahre im Fegefeuer zu brennen. Bei ehrlicher Buße könntet ihr möglicherweise sogar anstatt zehn Jahre leicht nur ein Jahr brennen. Es ist sogar denkbar, wenn ihr besonders demütig und geläutert seid, dass ihr nimmer ins Fegefeuer kommt.«

»Er hat recht«, murmelten zwei ältere Frauen, die aufgeregt an einem zerfransten Warenkorb mit Gemüse und Obst nestelten. Sie schienen zusammenzugehören. Ihre Gesichtszüge ähnelten sich, vielleicht waren sie Schwestern. Der Mönch beanspruchte die Menge jedoch so sehr, dass erst gar keine Zwischenrufe aufkamen.

Da war er wieder, der ausgestreckte Arm des Predigers, während er weiterredete.

»Aber eure Verdammnis wird kommen, und sie wird hundertfach sein, wenn ihr nicht umkehrt mit eurem Wucher. Aber sagt, ihr Beutelschneider, wie riecht die Sünde? Wie fauliges Aas?« Wieder ließ er einen kurzen Atemzug verstreichen. Mit gesteigerter Stimme bellte er dann: »Nein! Wie verfaulter Käse? Nein! Riecht sie wie fauliger Fisch? Stinkt sie etwa nach Jauche? Nein! Sie riecht danach, dass du dem Tode nahe bist! All dies wird bald zu Ende gehen, aber die Qualen der Geizigen und Wucherer werden ewig sein. Ich habe euch von den Sünden und Almosen erzählt, von der Hölle und vom Himmelreich, von Bußen und Beichten, von Teufeln und den Fallen, die sie aufstellen. Jetzt möchte ich von der Gnade unseres Herrn sprechen. Er wird jedem von euch ein Reich geben, wenn ihr bereut. Es wird euch durch ein Zeichen gesendet, auf dass ihr eure Sünde nicht bis zum letzten Tag ausschiebet!«

Obwohl ein paar Leute abfällige Bewegungen in Richtung des Mönches machten und die Ersten bereits weitergingen, wurde die Menschenmenge, die sich um die kleine Erhebung scharte, von Augenblick zu Augenblick größer. Die Sorge um das Seelenheil beschäftigte sowohl den einfachen Handwerker als auch den angesehenen Bürger sehr. Dichtgedrängt blickten sie zu dem Mönch auf.

Ein Raunen ging durch das Publikum. Schließlich fragte ein älterer Mann mit einer schlichten Kappe, unter der schlohweißes Haar hervorquoll, aus der dritten Reihe heraus: »Aber welches Zeichen meint er?«

Erneut ließ der Predigermönch keine nachdenkliche Pause zu: »Sie hatte das Gnadenzeichen schon einmal gesetzt, und ihr in euer sündhaften Stadt habt es missachtet. Ihr hattet sie in eurer Stadt, und ihr wolltet sie nicht, obwohl sie das Zeichen zum Ablass eurer Sünden gesetzt hatte. Höret! Bald wird die Heilige wieder zu uns sprechen.«

»Er meint die heilige Elisabeth!«, rief ein alter Bettler den Umstehenden zu.

Mit wirrem Blick prophezeite der Mönch weiter: »Deutet das Zeichen, und eure Sünden werden euch vergeben. Sie wird durch ihre Kinder und Kindeskinder zu uns sprechen. So wie die Wunder an ihrem Grabe euch nicht zur inneren Einkehr bewegten und eure Buße vergrößerten, so wahrhaft wird euch die Strafe Gottes gewiss sein. Ihr Ungläubigen! Nur der, der auf dem rechten Pfade wandelt, vermag die Wunder und Zeichen zu sehen. Wehe um euer Seelenheil. Wehe um diese sündige Stadt. Lauschet und höret das Zeichen! Elisabethen sendet es euch. Amen!«

Dann ging er durch die Menge, die ehrfürchtig eine Gasse bahnte, und verschwand in der Georgskirche. Einige in der vordersten Reihe konnten ihre Bestürzung über die Verkündung nicht verbergen. Der Ausdruck in ihren Gesichtern zeugte von ihrer Betroffenheit. Das beängstigte Murmeln und die merkwürdige Unruhe zeigten, dass die Predigt des Mönches bei niemandem ihre Wirkung verfehlt hatte.

»Die Stadt hat die Heilige damals geschmäht, und die Stadt wird dafür büßen. Das hat schon meine Mutter gemahnt. Wehe uns, wenn das jüngste Gericht erscheint«, sagte eine ältere Frau zu ihrer Nachbarin.

»Aber er hat doch gesagt, wir sollen auf das Zeichen achten, also gibt uns ein fester Gottesglaube vielleicht doch Hoffnung«, entgegnete jene. Vielleicht wollten sie sich aber auch nur gegenseitig Mut machen.

Das allgemeine Murmeln wurde plötzlich lauter. »Welches Zeichen hat er gemeint?«, erscholl es aus der Menge.

»Hat er nicht gesagt, dass Elisabeth durch ihre Kinder und Kindeskinder spricht?«, mischte sich lautstark der Markzoller und Wollwebermeister Friedrich von Frankenhausen, ein angesehener Bürger der Stadt, ein. »Er meint die Herzogin Sophie und ihren Sohn Heinrich, das Kind von Brabant. Nur davon kann er gesprochen haben. Welche Heilige gab es denn sonst in unserer Stadt? Wann hat sie ihre größte Blüte erlebt? Es muss Elisabeth sein. Ihr zu Ehren wird im Hessischen eine Kirche errichtet, wie sie die Welt noch nicht gesehen hat. Dabei hätten wir für sie in dieser Stadt Altäre stiften, Kirchen bauen und Kapellen nach ihrem Namen benennen müssen. Wehe uns, wenn unsere sündige Stadt für diese Unterlassung bestraft wird!«

»Ja, er hat bestimmt Elisabeth gemeint«, pflichtete ihm ein Großteil der Bürger kopfnickend bei. Die meisten nahmen sich vor, noch schnell ein Gebet zu sprechen, bevor sie sich wieder ihrem Tagwerk widmeten.

5

Die Lage der Wartburg auf dem abgeholzten, kahlen, kühn sich gen Himmel reckenden Felsen südwärts von Eisenach, dem höchsten Punkt der Umgebung, hatte etwas Gebieterisches an sich. Bislang hatte es niemand gewagt, sie anzugreifen. Wer die Steilheit der Felsen, die Festigkeit der Mauern und die Höhe der Türme betrachtete, würde auch am Verstand des Angreifers zweifeln. Ein Vorfahr der Landgrafendynastie mit Namen Ludwig der Springer hatte die Wartburg vor fast zweihundert Jahren erbauen lassen. Man sagte, zwölf Ritter sollen damals die Rechtmäßigkeit des Baues bezeugt haben, indem sie ihre Schwerter bis zum Heft in den Boden des Burghofes stießen.

Ihr Hauptturm, ein großer massiver Wohnturm, und der Palas mit den Fensterreihen boten einen prächtigen Anblick. Es schien, als wolle die Burg dem Näherkommenden deutlich zeigen, dass hier nicht irgendein Adelsmann seinen Wohnsitz hatte. Je mehr man sich ihr auf dem schmalen Pfad näherte, umso leuchtender und strahlender wirkte ihr sorgfältig gefügtes Mauerwerk. Nur die besten Handwerker und Steinmetzen hatten hier gearbeitet. Wie großartig sich die ganze Anlage gegen die dunklen Holzpalisaden und den schmutziggrauen Turm der Burg Metilstein auf der gegenüberliegenden Seite machte. Welch ein Bild!

Der Sekretär des Schultheißen, der sich von der südlichen Vorstadt mühselig den Weg hochquälte, blieb bei dem Anblick unwillkürlich stehen. Eine solche Pracht gab es weit und breit nicht noch einmal zu sehen. Wie glücklich konnte sich der Besitzer dieser Burg schätzen. Wie kühn die Architektur, wie symbolhaft hier die Macht in das Tal strahlte. Welch ein Gleichnis von Stein gewordener Macht.

Neid, Ehrgeiz und Bewunderung kochten in einer seltsamen Mischung in ihm auf. Auch er wollte später einmal zu den Besitzenden gehören. Sein Streben galt zumindest einem der angesehenen Bürgerhäuser, wenn es schon keine Burg sein konnte. Vorbei sollte die Zeit seiner Knechtschaft und Untertänigkeit sein. Nicht die nur durch eine dünne Leiter zu erreichende, winzige Kammer auf dem Dachboden des Schultheißen sollte mehr seine Behausung sein. Nein, er wollte eine gemütliche beheizbare Stube sein eigen nennen! Er müsste dann auch nicht länger irgendwelche Aufträge anderer Leute erledigen und den Dienstboten spielen. Andere würden für ihn schwitzen, wenn eine Nachricht zur Burg zu bringen war. Er musste es einfach schaffen. Egal wie, jeder Weg, jedes Mittel dazu waren ihm recht. Vielleicht halfen ihm seine Kenntnisse als Stadtschreiber, schließlich führte er die Protokolle der Kollegsitzungen, verwaltete die Stadtbücher, in denen Privilegien und Abgaben der einzelnen Bürger aufgelistet wurden, oder verlas die Anordnungen des Schultheißen. Diese nur wenigen Bewohnern der Stadt zugänglichen, vertraulichen Informationen galt es im entscheidenden Moment für seine Sache auszunutzen. Er musste nur auf seine Chance warten, sie würde kommen. Dieser Ehrgeiz ließ neben der Anstrengung des Aufstiegs seinen Puls heftig schlagen. Vielleicht verhalf ihm ja jetzt schon das Wissen um den Inhalt der Botschaft zu seinem persönlichen Fortkommen. Doch allzu lang konnte er mit solchen Gedanken hier nicht verweilen, denn er hatte den Auftrag, das Pergament mit dem Siegel des Schultheißen dem Herrn der Wartburg zu überbringen.

An der tiefer gelegenen Felsterrasse unterhalb des Außentores angekommen, verschnaufte er zunächst, wischte sich mit einem grob gewebten Leinentuch den Schweiß von der Stirn und klopfte sich den Staub aus den Kleidern. Aufmerksam betrachteten zwei mit Lanze und Schwert gerüstete Burgleute den Sekretär, aber sie ließen ihn ungehindert passieren. Der Bote des Schultheißen war ihnen wohlbekannt. Der Weg führte nun steil nach oben zum Haupttor. Dort wachten erneut zwei Bewaffnete. Sie standen links und rechts vor der einfach gezimmerten Holzbrücke, die über den Graben zum Tor führte. Die Brücke war so gefertigt, dass man sie im Belagerungsfalle einfach abbrechen und den Hang hinunterwerfen konnte.

»Ich habe dringende Botschaft für euern Herrn und soll sogleich auf Antwort warten«, rief der Schreiber noch keuchend vom steilen Aufstieg den beiden Torwächtern zu.

»Na, Ihr kennt ja den Weg.« Der linkerhand postierte Knecht, ein vierschrötiger kräftiger Kerl, der den Sekretär um Hauptes-länge übertraf, wies mit einer Hand in Richtung des Burghofes.

Der Schreiber schritt durch das Tor und wandte sich zielgerichtet dem Kernbereich der Burg im hinteren Teil zu. Im ersten Hof, der mit verschiedenen Fachwerkgebäuden bestanden war, herrschte einiger Betrieb. Ein paar Rinder wurden gerade herbeigetrieben, eine Knecht trug zwei Eimer mit Wasser aus der Zisterne, Mägde gingen mit Töpfen einher, aus einer Ecke erklang das aufgeregte Geschnatter und Gegacker von Enten und Hühnern. Gerüche von Gedünstetem mischten sich mit denen von Dung und Rauch. Ein Knecht war mit dem Schleifen von Messern, Schwertern und Streitäxten beschäftigt, während andere Brustharnische und eiserne Helme mit Sand und Wasser blank wienerten. Der geschäftige Anblick erinnerte den Schreiber an die Stadt, wo auch gerade ein heftiges Treiben herrschen musste. Nur war der Lärm hier nicht so ohrenbetäubend wie auf dem Markt.

Der Sekretär blieb respektvoll im Torbogen stehen und wartete. Es schickte sich nicht, als Bote unaufgefordert einen Schritt in der Burg zu tun. Plötzlich stand der hakennasige Diener des jetzigen Burgverwalters gebeugt vor ihm und fragte den Schreiber nach seinem Begehr. Nachdem dieser seinen Auftrag wiederholt hatte, gebot ihm der Diener: »Warte hier, erfrische dich an der Zisterne dort, du erhältst alsbald Antwort von meinem Herrn durch mich.«

Nach geraumer Zeit, die Sonne war bereits in ihre nachmittägliche Stellung getreten, erschien der Diener wieder. Der Sekretär stand sofort auf und erwartete die Antwort des Landesherrn. Der Diener machte es kurz: »Sag deinem Herrn, dass die ganze Geschichte gleich morgen bei der großen Mittagstafel besprochen werden soll. Dem Wunsch des Schultheißen, den Hauptmann der Stadtwache mitzubringen, hat mein Herr zugestimmt. Bis dahin möge er in der Stadt für Ruhe sorgen.«

Der Sekretär signalisierte mit einem Nicken, dass er die Botschaft verstanden hatte. Unverzüglich machte er sich auf den Rückweg den steilen Berg hinunter.

Am nächsten Tag um die Mittagszeit ritt ein kleines, farbenfroh herausgeputztes Gefolge in die Wartburg ein. Mehrere Mägde eilten noch mit ein paar Krügen über den Hof in den Palas, um die letzten Vorbereitungen für das Mahl abzuschließen. Ein Diener stand mit einem hockerartigen Schemel bereit, der den Ankömmlingen beim Abstieg von ihren Pferden behilflich sein sollte. Der beleibte Schultheiß Werner machte davon gerne Gebrauch. Sein Begleiter, der Stadthauptmann Siegfried von Nazza, konnte darüber nur innerlich den Kopf schütteln. Ein Mann sollte noch alleine vom Pferd steigen können! Er jedenfalls schlug die Hilfe der Diener mit einem freundlichen »Habt Dank, aber nein« aus. Nachdem sie ihre Kleider zurechtgerückt hatten, begleiteten sie die Diener ins Innere des Gebäudes.

Der Schultheiß, in prächtigem Gewand, das Haar unter einer bunten Kappe verborgen, betrat als Erster den Speisesaal im ersten Obergeschoss des Palas der Wartburg. Es war ein kunstvoll gestalteter Raum. Ein Kamin mit aufwendigen Säulen als Rauchfangträger spendete Wärme. Im ganzen Raum war eine lange umlaufende Tafel mit Bänken, Schemeln und Kästen als Sitzgelegenheiten aufgestellt. Sie war geschmückt mit Teppichen und Tüchern, worauf Becher, Näpfe, Schüsseln aus Holz, Ton, Zinn, zuweilen auch aus reinstem Silber standen. Dazwischen lagerten in Abständen kleine hölzerne Salzfässchen und kunstvolle Aquamanile in Tierform. Das waren Gefäße, aus denen man das Wasser zur Säuberung der Hände reichte.

Der Schultheiß und der Stadthauptmann, der zu dieser Gelegenheit sein bestes Wams trug, wurden von einem Diener an einer Seite unweit des Burgherrn platziert. In der Mitte saß Albrecht, der junge Landgraf von Thüringen, zu seiner Rechten sein Stiefonkel, Graf Hermann von Henneberg, zur Linken der alte Rudolf von Vargula, dessen Vorfahren schon das Hofamt des Mundschenken innehatten. Neben diesen Herren hatten der Burgverwalter, Ludwig der Jüngere von Brandenburg, und die Ritter Friedrich von Treffurt, Ludwig von Wangenheim, Rotemund von Sättelstädt und Hermann von Lupnitz Platz genommen. Entgegen den sonstigen Gepflogenheiten saßen die Adelsfrauen nicht an der Seite ihrer Gatten, sondern etwas abseits, da man sich vornehmlich mit Schultheiß Werner und Hauptmann Siegfried von Nazza austauschen wollte. Die übrigen Plätze nahmen verschiedene Angehörige des Hofes ein.

Bunt gekleidete Diener trugen große tönerne Krüge mit kostbaren Weinen aus dem Rheinischen herein, die man den einheimischen Sorten vorzog. Sogleich wurden die Becher gefüllt und schon folgte die nächste Schar Diener mit zahlreichen Platten, auf denen die Speisen verteilt waren. Es gab gebratenes Huhn mit Zwetschgen, geröstete Bücklinge mit Senf, gesottenen Aal in Öl mit Pfeffer, Schweinekeule mit Gurken, Stockfisch in Öl und Rosinen, Schaffleisch mit Zwiebeln, Eierkuchen mit Weinbeeren und Honig, gebratene Gans mit roten Rüben, gesalzenen Hecht mit Peterlin, gelbes Schweinefleisch mit Safran und dergleichen mehr. Wie üblich hatte jeder der Teilnehmer sein eigenes Besteck mitgebracht. Im Hintergrund spielten einige bunt gekleidete Musikanten Flöte und Schalmei.

Nach einem Trinkspruch zu Ehren des Gastgebers, des jungen Landgrafen, langten alle Gäste kräftig zu. Der Burgverwalter Ludwig der Jüngere, der von einer Burg unweit von Eisenach entstammte und dessen Vorfahren seit Jahrzehnten das Amt des Kastellans der Wartburg wahrnahmen, fiel jedoch in der Runde besonders auf, weil er herausgeputzt war wie ein Pfau. Ludwig war für seinen verschwenderischen Lebensstil bekannt. Er war stets nach der neuesten Mode gekleidet. Die Kleider für diesen Anlass waren, einem Buntspecht gleich, in schrillen Farben gehalten und saßen eng am Körper. Damit wollte er seine kräftige Figur betonen, aber leider verbarg der Aufzug auch nicht Ludwigs Bauchansatz. Auffällig waren auch seine zweifarbigen Schnabelschuhe, eine Mode, die am französischen Königshof sehr beliebt war. Die Schuhe mussten sündhaft teuer gewesen sein.

Ludwig strich sich schließlich über sein langes blondes Haar, das sorgfältig gescheitelt war, und sagte, dem Schultheißen zugewandt: »Nun denn, Schultheiß, bevor wir zu den Forderungen Eurer Pfeffersäcke in der Stadt da unten kommen, berichtet uns von den beiden Toten. Wie ich hörte, soll es sich um zwei Markzoller gehandelt haben. Unser junger Herr«, er verbeugte sich leicht in Richtung Landgraf Albrecht, »beabsichtigt im Allgemeinen nicht, sich mit derartigen Dingen in seinen Städten zu befassen. Dazu gibt es Bedienstete, wie Ihr es seid. Aber für die Bewohner seiner Stadt Eisenach hat er doch ein offenes Ohr.«

Der Schultheiß hasste die arrogante Art des Ritters, der eigentlich auch nichts Besseres war als er: ein niederer Edelmann in Diensten eines Herrn. Aber Werner nahm sich zusammen, erhob sich von seinem Platz und berichtete von den beiden gemeuchelten Bürgern. »Ihr wisst, Herr, dass die beiden Bürger sehr angesehen waren«, fügte er am Ende hinzu. »Sie standen auch der Herrin von Hessen, Herzogin Sophie von Brabant, nahe und haben sich stets als ihre Befürworter zu erkennen gegeben. Ich befürchte, dass die Bürger glauben könnten, man habe sie wegen ihrer Parteinahme bewusst aus dem Weg schaffen wollen. Noch nie hat sich in dieser Stadt jemand an einem Markzoller vergriffen.«

Herzogin Sophie von Brabant, die direkte Nachfahrin der im Mannesstamm erloschenen alten thüringischen Landgrafendynastie, machte Landgraf Albrecht das Land Thüringen streitig und beanspruchte es für sich. Albrechts Vater dagegen war der Neffe des letzten verstorbenen Landgrafen aus der alten Dynastie. Und selbstverständlich galten männliche Erbansprüche höher als weibliche. Aber das wie ein Flickenteppich weit verteilte Erbe, das von der Unstrut bis in die Rheinregion reichte, war ein Sammelsurium unzusammenhängender Gebiete. Jeder dieser kleinen Herrschaftsbereiche war ein prosperierendes und damit begehrtes Universum – und wohl einen Krieg wert.

Die Andeutung des Schultheißen ließ die Stimmung im Saal sofort umschlagen. Landgraf Albrecht, dessen Gesichtsfarbe aufgrund seines Jähzorns rasch ins Dunkelrot überging, sprang auf. Sein Stuhl fiel dabei mit lautem Krachen um, was sofort für Ruhe und Aufmerksamkeit zugleich sorgte. Selbst die flüsternden und leise kichernden Adelsfrauen verstummten unverzüglich.

»Willst du etwa behaupten, jemand aus unserer Mitte hätte Befehl zu einem Mord gegeben?« Albrechts Stimme überschlug sich regelrecht. »Was erdreistest du dich an meiner Tafel?« Der junge Landgraf, dem ein aufbrausendes und eigenwilliges Wesen nachgesagt wurde, konnte sich gar nicht beruhigen. Sein langwallendes

Haar und der zarte Flaum um die Mundwinkel schienen vor Erregtheit regelrecht zu zittern. Seine Hand ballte sich zur Faust. Derweil war ein Diener eiligst bemüht, den umgekippten Stuhl wieder aufzustellen.

Hermann von Henneberg, der auf Wunsch des Vaters des jungen Albrechts als dessen Berater und Vormund fungierte, legte ihm beruhigend eine Hand auf die Schulter und zog ihn vorsichtig wieder auf seinen Sitz herunter. »Aber, Albrecht, so mäßigt Euch«, sagte er mit beschwichtigender Stimme, »das hat der Schultheiß nicht sagen wollen. Er wollte nur darauf hinweisen, dass man bei einem Mord an zwei brabantinischen Parteigängern automatisch eine landgräfliche Verschwörung dahinter vermutet. Ich würde auf das Gerede der Leute nicht so viel geben.«

Albrecht wollte sich jedoch nicht beruhigen und polterte weiter: »Aber es kann uns nicht einerlei sein, dass die Leute Euch oder mich als Anstifter bezichtigen. Als ihr Herr verlange ich Respekt von ihnen. Ich glaube, unter solchen Voraussetzungen brauchen wir über die Steuererleichterung für die Stadt erst gar nicht zu reden. Sie sollen mir erst als Landesherrn huldigen, bevor sie Vergünstigungen einfordern. Ich habe nicht vergessen, wie sie vor fünf Jahren eher zu der brabantinischen Herzogin aus Marburg tendierten als zu meinem Vater.« Albrecht legte drohend die Hand auf sein Schwert, das an seinem Schemel lehnte. »Ich werde sie lehren, mich zu beschuldigen.«

»Albrecht!«, Hermann wurde nun doch ungehalten. »Euer Vater hat mich nicht an Eure Seite gestellt, damit ich Euch voreilige Schritte erlaube. Nun setzt Euch und überlegt einmal vernünftig, was zu tun ist. Über die Forderungen der Städter sprechen wir später.«

Der Mann zur Linken des jungen Landgrafen, Rudolf von Vargula, räusperte sich vorsichtig. Er war knapp fünfzig Jahre alt, hatte graues Haar und einen dichten grauen Bart. Trotz seines Alters wirkte er noch sehr beweglich. Rudolf wurde, wie einst sein Vater und sein Onkel, ob seiner Taten weit über die Grenzen des Landes hinaus gerühmt. Auf solch einen erfahrenen Mann und seine Meinung mochte man nicht verzichten. Das Räuspern genügte, um ihm die Aufmerksamkeit der Runde zuteil werden zu lassen. Er wirkte in diesem Moment besonders nachdenklich.

»Herr, die ganze Geschichte gefällt mir überhaupt nicht, sie taugt auch nicht dazu, die Städter zu strafen«, sagte er. Die Achtung vor seiner Person hätte ihm sicher einen forscheren Ton erlaubt. Aber wenn dieser wackere Ritter so behutsam begann, hatte er Wichtiges mitzuteilen. »Was mich beunruhigt, ist die Tatsache, dass es sich um zwei Anhänger der Brabantiner handelt. So muss doch der Verdacht erst recht auf diese Tafel fallen. Folglich muss jemand ein Interesse daran gehabt haben. Für mich scheiden dabei die Bürger aus.« Die kurze Pause, in der er Luft holte, schien seiner Meinung nur Nachdruck zu verleihen. »Die Städter müssen doch um ein gutes Einvernehmen mit Euch bemüht sein, wenn sie mit Euch über Erleichterungen für ihre Geschäfte verhandeln wollen. Ich glaube nicht, dass sie etwas tun würden, was dieses Verhältnis verschlechtern würde. Dafür denken sie zu sehr an ihren Gewinn.«

Friedrich von Treffurt, der Besitzer von Burg Metilstein, mischte sich ein: »Die Pfeffersäcke würden jedem nachgehen, der ihnen mehr Reichtum verspricht. Heute ist es der Landgraf, morgen die Herzogin und übermorgen der Erzbischof von Mainz.«

»Aber Ihr nehmt es mit den Parteien, denen Ihr Euch zuwendet, auch nicht so genau«, erwiderte Rudolf, darauf anspielend, dass Friedrich, dessen Besitzungen genau zwischen den landgräflichen Territorien und denen der Herzogin lagen, schon mehrfach im Gefolge der Herzogin Sophie aufgetreten war.

Friedrich lehnte sich, missmutig an einer Hühnerkeule nagend, zurück.

»Vielleicht hat die Herzogin es selbst veranlasst, die beiden zu meucheln. Oder möglicherweise hat der Braunschweiger Herzog die Finger im Spiel«, äußerte sich der blonde Burgverwalter Ludwig von Brandenburg. »Es passt diesen beiden nicht, dass Ihr seit zehn Jahren Frieden haltet mit allen Thüringer Grafen. Sie stört immer noch die Belehnung Eures Vaters mit der Landgrafschaft Thüringen und der Pfalzgrafschaft Sachsen vor sieben Jahren durch König Wilhelm von Holland. Und was der Neue auf dem erzbischöflichen Stuhl in Mainz zu tun gedenkt, obwohl Ihr einen Vertrag mit seinem Vorgänger habt, ist auch noch nicht klar.«

»Welches Motiv sollte denn die Herzogin haben, ihre eigenen Anhänger zu ermorden?«, merkte Rudolf von Vargula an.

»Weil sie vielleicht die Seiten gewechselt haben!«, erwiderte der Kastellan.

»Ich kann sie mir nicht als Auftraggeberin vorstellen«, gab Rudolf erneut zu bedenken. »Ich glaube zwar, sie würde es sich sehr wünschen, Eisenach zu besitzen, und sie ist eine energische, zielstrebige Frau, aber sie hat mit ihrer Klugheit bereits viel erreicht. Außerdem schätzt sie simple Ränke nicht. Sie würde nichts veranlassen, was ihrer Sache abträglich sein könnte. Eisenach ist die Stadt ihrer Mutter, der heiligen Elisabeth, und die Stadt ihrer Kindheit. Sophie ist schließlich hier aufgewachsen und den Eisenacher Bürgern verbunden, und diese in gewisser Form auch ihr.« Die Zweifel in seiner Stimme waren nicht zu überhören.

Der junge Landgraf, der sich inzwischen wieder etwas beruhigt hatte, meinte: »Aber was ist es denn, was Sophie will? Ihr wisst, letztes Jahr hat sie ihren Sohn mit der Schwester des Braunschweiger Herzogs verlobt, und ihre Tochter Elisabeth ehelichte den Braunschweiger selbst. Ich glaube, sie will uns den Besitz in Thüringen wieder einmal streitig machen und hat sich dazu mit dem Braunschweiger verbündet. Hessen reicht der gierigen Brabantinerin nicht. Schon damals, als sie meinen Vater als Vormund für ihren Sohn akzeptierte, tat sie das nur vorübergehend, weil sie keine andere Wahl hatte. Jetzt wagt sie einen neuen Anlauf!«

»Aber Albrecht«, entgegnete sein Stiefonkel Herman, »unsere Macht in Thüringen ist gefestigt, keiner der thüringischen Grafen würde es wagen, gegen Euch oder Euren Vater vorzugehen. Außerdem hat Sophie immer noch genug mit dem Erzbischof von Mainz zu tun. Ich glaube nicht, dass sie momentan die Kräfte hätte, es mit Euch aufzunehmen. Eher fürchte ich da den Braunschweiger, der alles tut, um sein Gebiet auszudehnen. Wie Ihr wisst, nennt er immer noch die Besitzungen bei Witzenhausen sein eigen und hat dort sogar eine neue Burg errichten lassen.«

»In der Tat beunruhigt mich im Moment die Haltung des Braunschweigers ebenfalls«, meinte Rudolf. »Bestimmte Schliche würde ich ihm zutrauen. Aber auch bei ihm sehe ich kein logisches Motiv für einen Mord in der Stadt Eisenach, da er sich doch mit Sophie verbunden hat. Ich wäre dafür, die Sache schleunigst untersuchen zu lassen. Von jemandem, der diskret handelt.«

»Nun denn, Ludwig«, der junge Landgraf wandte sich an den Burgverwalter, »ich glaube, ich sollte Euch die Sache übertragen.«

»Mit Verlaub, Herr!«, mischte sich der Schultheiß wieder in das Gespräch ein. »In solch städtischen Belangen, die auch unsere Gerichtsbarkeit berührt, sollte man das lieber einem Angehörigen der Stadt übertragen, um die Bürger nicht zusätzlich zu reizen.«

Ehe Albrecht erneut auffahren konnte, hatte sich bereits Hermann von Henneberg erhoben. »Albrecht, der Schultheiß hat recht. Es erscheint mir klüger, jemanden aus der Stadt mit der Sache zu betrauen. Schultheiß, habt Ihr jemanden, dem wir vertrauen können?«

»Ich würde unseren Stadthauptmann vorschlagen«, sagte der Schultheiß, ohne zu zögern.

»Ich hielte es für besser, den Hauptmann bei seinen Aufgaben zu belassen. Schon aus taktischen Gründen wäre ein angesehener Bürger der Richtige. Einer, der der Parteinahme für eine bestimmte Seite unverdächtig ist. Er könnte der Stadt zeigen, dass auch dem Landgrafen an einer ehrlichen Aufklärung gelegen ist. Fällt Euch nicht noch jemand ein?«, entgegnete Rudolf von Vargula.

Der Schultheiß blickte den Stadthauptmann fragend an. Der hob den Kopf und sagte: »Ich könnte mir gut den Dietmar Hellgreve vorstellen. Der ist beliebt in der Stadt und hat sich bislang aus allem rausgehalten.«

Schultheiß Werner zuckte nervös mit den Augenbrauen: »Ich weiß, der Hellgreve ist Euer Freund. Aber ich glaube nicht, dass er der richtige Mann ist.«

»Weshalb nicht?«, fragte Rudolf.

»Weil er ein widerspenstiger Kerl ist, der immer auf seinem Recht als Markzoller beharrt«, meinte der Schultheiß trotzig.

»Er hat nur auf das Stadtrecht gepocht, Schultheiß«, bemerkte Siegfried, der die Gründe für die ablehnende Haltung Werners kannte.

»Und das sah so aus, dass er meine beiden Knechte verprügelte.«

»Aber er war im Recht!«, widersprach Siegfried. »Ich hätte genauso gehandelt.«

Rudolf unterbrach den Disput: »Ach, ich erinnere mich an den Hellgreve. Das war vor einem halben Jahr. Ist er damals nicht auch im Wirtshaus dem Ritter von Hörselgau entgegengetreten und hat ihm das Schwert abgenommen, als der sich weigerte, es der Wache zu übergeben? Der Vorfall war eine Woche lang Gespräch in der Stadt und auf der Burg.«

Siegfrieds Kopfnicken beantwortete Rudolfs Frage, worauf der Ritter von Vargula ergänzte: »Mut hat dieser Mann, das muss man ihm lassen.«

»Aber reicht Mut allein aus?«, fragte Graf Hermann von Henneberg.

Siegfried von Nazza schaute in dessen Richtung und sagte: »Dietmar Hellgreve ist schon mehrfach mit kniffligen Aufgaben betraut worden und hat sie immer zur vollsten Zufriedenheit gelöst. Für seine Untadeligkeit verbürge ich mich, Herr.«

»Auf welcher Seite steht der Hellgreve?«, bohrte Hermann nach.

»Er hat sich bei den Flügelkämpfen in der Stadt immer aus allem herausgehalten. Als die Stadt vor fünf Jahren den Einzug der Herzogin feierte, hielt er bewusst Distanz.«

»Aber er schlug sich auch nicht auf unsere Seite damals!«, konterte der Burgverwalter.

»Er hat immer versucht, die Position der Stadt und ihrer Bürger zu vertreten, nicht die irgendwelcher Wortführer«, entgegnete Siegfried.

»Was ihn durchaus geeignet erscheinen lässt für eine derartige Aufgabe«, beendete Rudolf von Vargula den Disput. »Wahrscheinlich ist er der Richtige, um die Untersuchung zu führen. Schultheiß, Ihr werdet ihn über seine Aufgabe informieren.«

»Mit Eurer Erlaubnis, Landgraf, lasse ich ihn morgen in den Steinhof rufen«, sagte der Schultheiß missmutig.

Landgraf Albrecht zog, obwohl er zustimmend nickte, ein Gesicht, als habe er sauren Wein getrunken. Dem Schultheißen schien das ein schlechtes Zeichen für die anstehenden Verhandlungen über die Zoll- und Steuererleichterungen zu sein.

Nach dem Essen sprach Werner noch geraume Zeit mit den Herren am Tisch über städtische Belange, jedoch ohne nennenswerten Erfolg. Als die meisten der Anwesenden gegangen waren, erhoben sich Landgraf Albrecht, sein Oheim Hermann und Rudolf von Vargula von ihren Plätzen und zogen sich in einen angrenzenden Raum zurück. Dieser war nicht weniger prächtig ausgestattet als der Speisesaal.

Nachdem die rundbogige Tür zugeschlagen war, begann Albrecht sofort mit der Frage, die ihn nicht mehr losließ. Sein erneut gerötetes Gesicht zeigte seine Unzufriedenheit, dennoch überwog der Respekt vor dem auch von seinem Vater geschätzten Rudolf. »Weshalb habt Ihr so rasch zugestimmt, dass ein Bürger den Vorfall untersucht?«, brachte er ungeduldig mit einer Stimme hervor, in der ein gereizter Ton nachklang. »Als Landgraf liegt die

Gerichtsbarkeit in meinen Händen, in der Stadt gehört sie zu den Pflichten des Schultheißen. Weshalb unterstützt Ihr ein solches Vorgehen? Wollt Ihr meine Macht untergraben?«

Rudolf von Vargula, dem Albrechts Verfassung nicht verborgen geblieben war, strömte dennoch wie gewohnt Ruhe aus. »Im Gegenteil, Albrecht!«, sagte er mit seiner festen Bassstimme sowie einem Lächeln auf den Lippen. »Das Vorgehen ist eher geneigt, das Vertrauen der Bürger zu gewinnen. Eine Stadt sicher zu wissen, ist in diesen chaotischen Zeiten überaus wichtig. Und momentan hat sich eine merkwürdige Unruhe breitgemacht. Ich spüre, da braut sich etwas zusammen. Wenn mich meine Kriegswunden schmerzen, weiß ich: Ungemach steht ins Haus!«

»Glaubt Ihr wirklich, dass wir der Aufklärung der Sache dienen, wenn wir einen Bürgerlichen damit beauftragen? Denkt Ihr wirklich, er ist der Aufgabe gewachsen?«, wandte Hermann skeptisch ein und reichte seinen Gesprächspartnern einen Becher Wein.

»Was man von ihm hört, so denke ich schon. Aber selbst wenn nicht, so kann Euch niemand der Vertuschung bezichtigen. Im Gegenteil, man wird nach der landgräflichen Gerichtsbarkeit verlangen. Zur Not können wir die Bürger der Unfähigkeit bezichtigen, ihre Geschicke selbst zu leiten.«

»Rudolf, Ihr seid ein alter Fuchs«, meinte anerkennend Hermann von Henneberg.

Landgraf Albrechts Gesichtszüge erhellten sich augenscheinlich. Insgeheim bewunderte er Rudolf für seinen klaren Verstand und seine Weitsicht. Er hätte eigentlich von selbst auf eine solche Idee kommen müssen und nahm sich zum wiederholten Mal vor, von Rudolf von Vargula zu lernen und ihn aufmerksam bei seinem Tun zu beobachten.

6

Der Hof der Familie Hellgreve lag in der Nähe des Georgentores. Er war für die Stadt ungewöhnlich, denn man hatte ihn im Gegensatz zu den meisten Fachwerkhäusern aus massiven Steinquadern gebaut. Das Anwesen bestand aus einem großen rechteckigen Haupthaus an der einen Seite und einer umlaufenden Mauer, die einen Innenhof umschloss. Das hell gekalkte Haupthaus verfügte vor allem hofseitig über mehrere schöne Fenster. Die Fenster besaßen teure und luxuriöse Holzrahmen, in die Butzenscheiben aus Glas eingelassen waren. Zum Schutz vor Unwettern konnte man die Öffnungen zusätzlich mit hölzernen Fensterläden schließen. Ebenso wie die Fenster zeugte auch die schwere eichene Eingangstür von vorzüglicher Zimmermannsarbeit. Bereits der Großvater Dietmar Hellgreves hatte vor fünfzig Jahren die aus dem Ungarischen stammende kleine Elisabeth, die später heiliggesprochene Landgräfin, bei ihrer Ankunft in Eisenach bewirtet. Ein Privileg, das nur wenigen städtischen Familien gestattet wurde und von ihrer vornehmen Gesinnung zeugte.

Dietmar führte als Familienoberhaupt die Geschäfte der Familie, die sich vor allem auf weitreichenden Tuchhandel spezialisiert hatte. Er war ein großer und kräftig gebauter Man mit freundlich dreinblickenden dunklen Augen und einem wettergebräunten Gesicht. Sein langes braunes Haar war sorgfältig nach hinten gekämmt und der Bart kurz geschoren. Seine gesamte Erscheinung zeugte von einer gewissen Weltoffenheit. Das dunkle, von einem breiten ledernen Gürtel zusammengehaltene Gewand ließ einen geübten und trainierten Körper erahnen. Überhaupt spürte man, dass er nicht nur mit dem Schreibgriffel umgehen konnte, sondern auch das Schwert zu führen vermochte. Diese Fähigkeit war für einen Kaufmann auf seinen Reisen nützlich. Dennoch galt seine Vorliebe eher den Büchern und Schriften. Er hatte viele für teures Geld erworben und in seiner Kammer gesammelt. Und so kannte er die Schriften eines Ulrich von Lichtenstein, eines Konrad von Würzburg oder eines Albertus Magnus, aber auch ein Exemplar des Ritterromans »Parzival« nannte er sein eigen. Er beschäftigte sich mit den Legenden um Franz von Assisi oder um die heilige Elisabeth aus Eisenach. Zurzeit interessierten ihn jedoch die Weissagungen des Italieners Joachim von Fiore, der eine neue Weltenordnung ab dem Jahr 1260 voraussagte. Im Wirtshaus bespöttelte ihn die Freunde mitunter. Vielleicht wollten die Zechkumpane damit auch nur ihre Unwissenheit verbergen, wenn sie Dietmar bei so manchem Disput nicht folgen konnten. Dann taten sie seine Gedanken als religiöse Schwärmerei ab. Oft suchte Dietmar daher das Gespräch mit dem gebildeten Prior des Dominikanerklosters.

An diesem späten Vormittag schichtete er gemeinsam mit seinem Knecht Bruno im Hof lagernde große Tuchballen auf einen zweispännigen Planwagen. Ihnen zur Hand gingen der circa zehn Jahre jüngere Bruder Dietmars, Götz, und Dietmars Sohn Henrich, ein Bursche von acht Jahren. Sie waren mit der Vorbereitung für eine längere Kauffahrt beschäftigt. Man vertrieb in der Fremde die Tuche und kaufte für den Erlös andere Waren ein, die man dann gewinnbringend weiterveräußerte. Gerade vorgestern auf dem Jahrmarkt hatte Dietmar mit den aus Nürnberg mitgebrachten Seidentüchern ein erkleckliches Sümmchen zusammenbekommen. Davon brauchte er nur einen kleineren Teil wieder für die Tuche aufzuwenden, womit der Gewinn die Mühen doch deutlich überwog.

Das Unternehmen lief so gut, dass er nicht mehr jede Kauffahrt selbst begleiten musste. Dank des tadellosen Rufes der Familie akzeptierten seine Geschäftskollegen anstatt des Geldes beglaubigte Wechsel zur Zahlung, die sie anderweitig wieder einlösten. Dadurch konnte man sich das Mitführen von größeren Mengen Geldes auf den Reisen ersparen, was auf den Straßen, die zuweilen von allerlei Diebesgesindel unsicher gemacht wurden, von großem Vorteil war. Zwar vermochten Dietmar und auch sein Knecht Bruno im Ernstfall mit den mitgeführten Waffen umzugehen, Dietmar hatte sogar bei einem städtischen Turnier einmal einen Zweikampf gegen einen Rittersmann gewonnen, aber manchmal waren die Räuber in der Überzahl. Dann musste man froh sein, nur geplündert und nicht an Leib und Leben geschädigt zu werden. In der letzten Zeit tat man sich daher oft mit anderen Reisenden zusammen oder lieh sich gegen Entgelt Knechte der Stadtwache aus.

Gerade, als Dietmar den letzten Ballen verstaut hatte, betrat ein Bote des Schultheißen den Hellgrevehof. Der Hausherr nahm dessen Schriftstück entgegen.

»Wenn ich das Siegel des Schultheißen so betrachte, dann glaube ich, dass es sich um etwas Wichtiges handeln muss«, meinte er. »Gut denn«, wandte er sich dem Boten zu, »lass dir von unserer Magd einen Becher Bier geben, auf dass du dich stärkst für den Rückweg.«

Während der Bote sich artig bedankte, rief Dietmar seinen fleißigen Helfern zu: »Götz, Bruno, Henrich, ich glaube, wir sollten erst einmal eine Pause einlegen. In der Zeit kann ich die Nachricht lesen.«

Dietmar ließ sich auf einem leeren Fass in der vorderen Hofecke nieder und wischte sich mit einem Tuch den Schweiß von Gesicht und Händen. Dann erbrach er das Siegel. In dem Pergament wurde er aufgefordert, sich am heutigen Nachmittag beim Schultheißen im Steinhof in einer wichtigen Angelegenheit einzufinden.

Auch das noch!

Die Anordnung passte ihm überhaupt nicht, sie kam zum denkbar ungünstigsten Zeitpunkt. Er war nämlich mit seinem Freund, dem Messerschmied Heinrich Meinradis, verabredet. Dieser wollte ihm für die Handelsreise ein paar kunstvoll gefertigte Dolche anvertrauen, die er in dessen Namen verkaufen sollte. Bei der Gelegenheit gedachte man auch, über weitere Geschäfte zu reden. Er würde den Nachmittag jetzt anders planen müssen.

Nach dem Mittagbrot, es gab einen Brei aus Getreide mit Gewürzen und Kräutern, machte er sich auf den Weg zum Steinhof, der nicht allzu weit entfernt lag. Dietmar musste lediglich das Dominikanerkloster hinter sich lassen, und schon konnte er in die Gasse einbiegen, die direkt zum Eingangstor der landgräflichen Stadtresidenz führte. Der Steinhof hatte hinsichtlich seiner Anlage gewisse Ähnlichkeiten mit dem Anwesen Dietmars. Auch hier dominierte ein großes steinernes Gebäude, und eine Mauer umschloss einen Innenhof. Dennoch war er nicht mit dem Hellgrevenhof zu vergleichen, alles war viel geräumiger und feiner.

Im Saal im Erdgeschoss wartete der Schultheiß bereits mit seinem Sekretär auf Dietmar. Man bat ihn an den großen Tisch, der auch für die Sitzungen des Schöffenkollegiums diente.

Schultheiß Werner begann das Gespräch mit einem gequälten Lächeln. »Dietmar, ich freue mich, Euch so gesund wiederzusehen. Ihr seid viel auf Reisen gewesen. Wie ich hörte, wart Ihr kürzlich erst in Nürnberg. Gehen die Geschäfte im Fränkischen gut?«

Der Schultheiß hat sich noch nie für meine Geschäfte interessiert, es sei denn, es ging um das Eintreiben der Abgaben, dachte Dietmar. Wenn der Schultheiß so anfing, sagte ihm die Vernunft, vorsichtig zu sein. Er nahm sich deshalb vor, seine Antworten sorgfältig abzuwägen. Schließlich entgegnete er kurz und bündig: »Ich bin zufrieden.«

»Und wie steht es um Eure Familie? Ich hörte, Euer Sprössling war krank.«

»Nichts Ernstes, wie die Buben nun mal so sind, Schultheiß.« Dietmar dauerte die Zeit, die er mit solcherart Gerede vertrödelte.

»Ja, ja, es ist bei unserem Ludwig auch so. Nun, wie ich hörte, rüstet Ihr bereits zur nächsten Fahrt. In welchen Gefilden wollt Ihr diesmal Euer Geschäft betreiben?« Im Hintergrund lächelte der Sekretär listig.

Dietmar spürte, dass man etwas von ihm wollte, und ahnte nichts Gutes. »Ich will morgen nach Leipzig fahren und hatte meine Reisevorbereitungen fast abgeschlossen …«

»Fast? Wollt Ihr damit andeuten, Euch kommt unser Treffen ungelegen?« Schultheiß Werner schien regelrecht auf Kritik zu warten.

Dietmar antwortete ehrlich und direkt: »Ich will offen zu Euch sein, Schultheiß. Ich muss noch ein paar Dinge erledigen, daher wäre ich Euch zu Dank verpflichtet, wenn Ihr zur Sache kommen würdet. Also, was wünscht Ihr von mir?«

Der Schultheiß lehnte sich in seinem Stuhl zurück und holte tief Luft. »Nun denn, Dietmar, Ihr habt sicher davon gehört, dass wir zwei tote Markzoller zu beklagen haben.«

Dietmar nickte. »Natürlich, es gibt ja in den Brauhäusern und auf dem Markt kein anderes Thema.«

Die Gesichtszüge Werners wurden ernst. »Eine schreckliche Sache. Zumal alle Welt glaubt, die beiden seien ob ihrer großen Parteinahme für die Brabantiner gemeuchelt worden.«

»Ja, Schultheiß, so munkelt man in der Stadt«, pflichtete ihm Dietmar bei.

Der Schultheiß bemühte sich, dem Tuchhändler so behutsam wie möglich die ihm zukommende Aufgabe klarzumachen. »Ihr werdet daher verstehen, dass ich und mein Herr allergrößtes Interesse daran haben, die Sache schnell aufzuklären und den Mörder dingfest zu machen.« Werner stand auf und ging zu einem der rundbogigen, mit teuren Butzenscheiben verglasten Fenster. »Dazu benötigen wir jemanden, der in der Stadt Vertrauen genießt.«

»Ich glaube, Siegfried von Nazza wird die Sache schnell erledigen.« Dietmar dachte an seine Geschäftsfahrt.

Schultheiß Werner zuckte jedoch bedauernd mit den Schultern. »Der Hauptmann hat andere Dinge zu erledigen. Wie Ihr wisst, wurde erst kürzlich wieder eine ganze Herde Vieh vor den Toren der Stadt weggetrieben. Und mancher kleine Adlige glaubt, auf jedem Berg eine Burg bauen zu müssen, um die städtischen Händler zu berauben. Vor allem die berüchtigte Raubritterbande von der Burg auf dem Hermannstein bei Waltershausen hat schon viel Schaden angerichtet. Mal unternimmt sie Raubzüge in der dortigen Gegend, mal taucht sie vor unserer Stadt auf. Ich habe schon mehrfach die Landesherren gedrängt, dagegen vorzugehen.«

»Das braucht Ihr mir nicht zu sagen. Ich will Euch ersparen aufzuzählen, wie oft ich auf meinen Kauffahrten mit irgendwelchem Diebsgesindel die Klingen kreuzte. Für unsereins macht es keinen Unterschied, ob man sein Hab und Gut vor einem gemeinen Strauchdieb oder einem plündernden Rittersmann schützen muss. Ein Dieb bleibt eben ein Dieb.«

»Also brauche ich Euch nicht groß zu erklären, warum der Hauptmann diesen Problemen nachgehen muss. Er hat die Stadt zu beschützen und für Ruhe zu sorgen. Deshalb habe ich an Euch gedacht.«

Nun war es heraus! Dietmar hatte es bereits vermutet, und doch hatte er noch gehofft, sich zu irren. Er wollte sich nicht kampflos geschlagen geben und wenigstens einen Versuch unternehmen, dem Vorhaben des Schultheißen zu entrinnen. »Aber, Herr, ich bin Tuchhändler und kein Richter. Gibt es denn nicht andere in Frage kommenden Personen? Wie wäre es mit dem Stellvertreter des Hauptmanns?«

»Bleibt mir vom Leib mit diesem Einfaltspinsel, Dietmar! Der ist ja nicht mal in der Lage, den geregelten Wachdienst an den Stadttoren zu organisieren. Nein, für diese Geschichte benötige ich jemanden, der in der Stadt Vertrauen genießt. Jemanden, der vor allen Dingen nicht im Verdacht steht, für irgendeine Seite zu arbeiten.«

Dietmar war überrascht, wie freimütig Schultheiß Werner seine Motive bekannte. »Wenn ich den Fall untersuche, werde ich aber vielleicht für eine Seite arbeiten müssen«, widersprach er zaghaft.

Der Schultheiß setzte sich wieder an die Tafel. »Ihr könnt uns glauben, uns ist an einer Aufklärung des Falles ernsthaft gelegen. Ich war gestern auf der Burg beim Landgrafen. Auch er ist der Auffassung, Ihr solltet Euch der Sache annehmen. Ihr tut es für die Bürger unserer Stadt.«

Dietmar bezweifelte ernsthaft, dass Landgraf Albrecht über einen gemeinen Stadtbürger wie ihn nachdachte. Er war nicht seines Standes. Dietmar kannte die hochadeligen Herren. Sie schätzten die Bürger gering, zumeist verachteten sie sie sogar. Daher fragte er nach einer kurzen Pause ungläubig: »Der junge Landgraf soll mit meiner Person einverstanden gewesen sein? Herr, das kann ich Euch nicht glauben. Landgraf Albrecht kennt mich doch gar nicht. Woher will er wissen, ob ich dieser Aufgabe gewachsen bin?«

»Nun ja, es gab Befürworter.« Schultheiß Werner wurde langsam ungeduldig, und seine Stimme bekam nun einen mürrischen Unterton. »Jedenfalls ist es der Wille des Landesherrn, dass Ihr die Sache diskret untersuchen sollt.«

Dietmar resignierte enttäuscht. »Ich werde vermutlich keine andere Wahl haben, als den Auftrag auszuführen. Nicht wahr?«, sagte er mit einem Seufzer.

Schultheiß Werner nickte heftig. »So ist es, Dietmar. Aber wenn Ihr ihn zur Zufriedenheit ausführt, soll es Euer Schaden nicht sein.«

Schon begann Dietmar zu überlegen, wie er zumindest die Durchführung seiner Kauffahrt absichern konnte. »Herr, Ihr müsst mir aber etwas Zeit geben, um meine Geschäfte zu regeln. Ich kann meine Fahrt nicht absagen.«

Schultheiß Werner drängte jedoch zur Eile. »Kann nicht Euer Bruder die Fahrt übernehmen? Alt genug scheint er zu sein, und beim letzten Turnier hat er sich wacker gehalten.«

In Dietmar kam jetzt der Händler durch. Wenn der Schultheiß schon seine Hilfe haben wollte, dann zu einem Preis. Deshalb meinte er listig: »Aber wir wollten diesmal allein auf Fahrt gehen. Dass dies ungleich gefährlicher ist, brauche ich Euch nicht zu sagen. Ihr erwähntet selbst die Raubzüge des Gesindels vor den Toren.«

Werner hatte allerdings mit diesem versteckten Hinweis gerechnet. Deshalb sagte er: »Nun gut, mein Sekretär wird Euch mit ein paar Mark ausstatten. Damit Ihr zwei, drei Knechte anwerben könnt.« Er gab seinem Sekretär einen Wink und fügte hinzu: »Ich hoffe, dass Ihr damit einverstanden seid.«

»Es ging mir weniger um das Geld als um die Geschäftsbeziehungen. Die bringen mir mehr ein«, erwiderte Dietmar. Aber er fügte sich in sein Schicksal, denn er wusste, weiterer Widerstand wäre zwecklos. Zumindest hatte er eine Art Entschädigung durchsetzen können.

Ohne auf Dietmars letzten Satz einzugehen, beendete der Schultheiß das Gespräch: »Lasst Euch vom Stadthauptmann über alles informieren. Die Toten liegen in der Dominikanerkirche aufgebahrt. Und ich wünsche, dass ich laufend über die Dinge unterrichtet werde.«

Werner drückte Dietmar zum Abschied die Hand und verließ durch eine kleine rundbogige Tür den Saal. Der Sekretär hatte inzwischen einer großen, verschließbaren Truhe eine prall gefüllte Lederbörse und ein in Leder gebundenes, dickes Buch entnommen. Beides legte er auf den Tisch. Von einem hölzernen Schreibpult holte er Feder und Tinte. Anschließend zählte er fünf Geldstücke aus der Börse und schob sie dem Tuchhändler zu. Dann öffnete er das Buch und meinte: »Ihr müsst mir die erhaltene Summe quittieren.«

Dietmar setzte seinen vollständigen Namen in die Tabelle. Dann wandte sich der Tuchhändler mit sorgenvoller Miene zum Gehen. Viele Gedanken schossen ihm durch den Kopf. Er versuchte, sie zu ordnen und einen Plan zu schmieden, was zu tun sei. Er musste jetzt als Erstes mit Götz reden, während Bruno die Dolche bei Heinrich Meinradis abholte. Und er musste sich um zuverlässige Knechte kümmern, die seinen Bruder auf der Fahrt begleiten würden.

7

Als Dietmar missmutig den Steinhof verließ, geriet er direkt hinter dem Tor der Umfassungsmauer in eine größere Menschenmenge. Da er die meisten Umstehenden um eine halbe Haupteslänge überragte, fiel ihm sofort der predigende Mönch auf, um den sich die Menschen scharten. Während er sich einen Weg durch die dichtgedrängten Zuhörer bahnte, schnappte er ein paar Wortfetzen auf. Immer wieder war von einem Zeichen die Rede, von Buße durch die sündige Stadt, von drohendem Unheil und vom bevorstehenden Untergang der Welt. Er hatte in der Stadt schon eine Menge Prediger erlebt, aber selten hatte einer so viel Zulauf erfahren. Es würde schon Gründe dafür geben, denn zweifelsohne waren in der Stadt einige Sünden zu verzeichnen. Daher blieb er kurz stehen.

Der Mönch hob gerade belehrend den Zeigefinger. »... jeder der Dienste ist wichtig«, dozierte er. »Auch ich selbst habe einen Dienst: Die Predigt – das ist mein Dienen.« Er machte wie bei den vorherigen Predigten eine spannungssteigernde Pause. »Die Dienste sind weise verteilt, nicht so, wie wir es uns wünschen würden, sondern nach dem Willen des Herrn. Manch einer wünscht sich, vielleicht lieber ein Ritter zu sein, aber er wird immer Bauer bleiben. Wer würde denn für uns die Erde pflügen und Getreide anpflanzen, wenn ihr alle Herren wäret? Und wer würde die Stiefel zusammennähen? Ihr müsst das sein, wozu Gott euch bestimmt hat. Der eine ist zum Papst ausersehen, der andere zum König oder zum Bischof oder zum Ritter. Und wenn ihr einen niederen

Dienst verseht, dann jammert nicht, dass der Herr euch ein so schweres Leben gegeben hat, während andere über Ehre und Reichtümer verfügen. Ihr müsst dem Herrn vielmehr danken für all seine Gnade, die er erwiesen hat und noch erweisen wird.« Der Mönch zeigte auf einen der Zuhörer und sprach ihn direkt an. »Ihr aber jammert weiter. Ihr wäret gerne Herren, aber ihr müsst die Erde pflügen. Ihr wäret gerne Grafen, aber ihr seid Schuster. Dasselbe sag ich allen, die arbeiten. Wenn Gott alle zu Herren gemacht hätte, dann wäre die Welt schlecht eingerichtet, und im Land gäbe es keine Ruhe und Ordnung.« Er breitete mit großer Geste die Arme aus. »Der Herr hat das Gericht und die Macht den freien Herren übergeben. Die Oberen müssen die Untergebenen vor Diebstahl, Raub und Brandstiftung bewahren. Den Höchsten verlieh der Herr eine hohe Ehre, Reichtum, ein gutes Leben. Aber euer Schachspiel, eure Vogeljagd und euer Zeitvertreib muss die Sorge um eure Seelen sein. Anstelle von Jagd und Spiel solltet ihr Herren euch um die Untergebenen kümmern. Und ihr Armen müsst alle treu dienen, dann wird euch Schutz zuteil.« Er hob wieder seinen rechten Zeigefinger und sprach eindringlich weiter. »Wehe uns, wenn das Reich ins Wanken gerät. Wer soll die Ordnung unserer Welt garantieren in dieser kaiserlosen, schrecklichen Zeit? Diese da oben«, er reckte den Finger noch weiter in die Höhe, als seien der Wartburgherr oder die Obrigkeit überhaupt gemeint, »seien verflucht. Um des irdischen Tands willen üben sie sich im Beischlaf mit allen Sünden dieser Welt. Verdammt sollen sie sein! Ihre Qualen in der Hölle werden ungezählt sein! Aber sie stürzen nicht nur unsere Welt, sondern auch ihr Reich in die Verderbnis. So wir ohne Kaiser sind, so werden wir auch ohne Ordnung sein, und so wir ohne Ordnung sein werden, werden wir auch ohne Welt sein. Dunkelheit wird sich über uns legen, erhellt nur durch das ewig lodernde Fegefeuer. Unsere Martern werden auch ihre sein. Und die Finsternis wird herrschen über diese Welt.« Der Mönch machte eine kurze Pause und schaute mit fanatischem Blick über die Menge hinweg. Die Gesichter der Umstehenden spiegelten Entsetzen, Ängste, ja Panik wider.

»Aber noch ist Hoffnung für euch irdische Sünder!«, fuhr er fort. »Vernehmet den Lichtschein, den der Herr uns gesendet!« Die Mienen der Zuhörer erhellten sich sogleich, und jedermann erwartete mit Spannung den Hinweis des Mönches für die Erlösung.

»Es wird bald jemand zu euch sprechen durch den Mund der Kinder und Kindeskinder. Vernehmt ihr die Stimmen? Vernehmt ihr leise, wie von Ferne die Verkündung? Ihr habt die Heilige vertrieben! Ihr habt sie nicht gewollt! Sie hat für euch Buße getan! Aber ihr habt sie geschlagen, und sie hat euch die andere Wange hingehalten! Und ihr habt sie nochmals geschlagen! Dafür müsset ihr Buße tun. Und deshalb wartet auf das Zeichen! Auf dass ihr dem Zeichen dann folget, und es wird auf ewig Friede herrschen. Es ist nicht mehr lang bis dahin.«

Es würde Dietmar schon interessieren, was der Mönch mit dem Zeichen wohl meinte. Aber er glaubte, den tieferen Sinn der Botschaft des Mönches zu verstehen. Schon als er ein Kind war, sprachen die Menschen in Eisenach oft von den Wundertaten der heiligen Elisabeth und ihrer Barmherzigkeit. Dem Vorbild der Elisabeth eiferten nicht wenige Frauen nach. Selbst hier in der Stadt hatte sich eine solche Gemeinschaft gebildet, Beginen wurden sie allgemein genannt. Auch die Legenden, die man über den heiligen Franziskus verbreitete, waren noch immer lebendig. Seine Großmutter hatte den Kindern an kalten Winterabenden davon berichtet. So wie sie die Taten berühmter Kriegshelden bestaunten, faszinierten sie die selbstauferlegte Askese und Demut der mit nackten Füßen vorbeiziehenden Bettelmönche.

In jener Zeit hatte Dietmar begonnen, sich für verschiedene theologische Schriften zu interessieren. In seiner Kammer lagen in einem Wandbord Bücher, wie man sie, abgesehen von der Bibliothek im Nikolaikloster, sonst nirgends in Eisenach finden konnte. Kaum jemand in der Stadt hatte jemals dergleichen gelesen. Für einen theologischen Disput, den Dietmar sehr schätzte, blieben ihm als Gesprächspartner lediglich die Äbte und Priore der Klöster der Stadt. Aufgrund seiner Belesenheit konnte der Tuchhändler die Anspielungen des Predigermönches durchaus deuten. Sollten sie sich gar auf die Prophezeiung einer neuen Weltordnung des Italieners Joachim von Fiore beziehen?

Aber noch etwas anderes beschäftigte ihn, irgendwie kam ihm die Predigt bekannt vor. Er hatte die Menge bereits ein ganzes Stück hinter sich gelassen, als es ihm wieder einfiel. Er blieb stehen und schaute zurück. Nicht die Worte, sondern die Art und Weise der Predigt war ihm geläufig. Er erinnerte sich an eine Geschäftsreise nach Süddeutschland vor etwa einem Jahr. Damals hielt ein Franziskaner vor den Toren der Stadt Augsburg auf einem Podest eine Rede. Dem Prediger eilte ein großer Ruf voraus, Wunderdinge wurden ihm nachgesagt. Dietmar hatte noch nie so viele Menschen bei einer Predigt versammelt gesehen. Es war eine solch ungeheure Menge, dass die hinteren Reihen, die die Worte kaum hören konnten, sich von den Vorderen den Inhalt der Ansprache erklären ließen. Damals gelang es ihm durch Vermittlung eines Geschäftspartners, einen der Plätze weiter vorn einzunehmen. Sowohl die Predigt als auch der rege Zulauf an Menschen hatten ihn außerordentlich beeindruckt. Er entsann sich jetzt auch des Namens des Franziskaners. Er nannte sich Berthold von Regensburg und wetterte ebenfalls gegen Kaufleute und Händler, drohte mit Verlust des Seelenheils und sprach vom Ende der Welt.

Ihn schauderte damals doch etwas. Deshalb hatte er gleich nach der Rückkehr nach Eisenach dem Dominikanerkloster eine größere Spende übermittelt. Obwohl er noch nie mit gefälschten Gewichten Geschäfte gemacht hatte, kannte er einige aus Eisenach, die durchaus einmal den Daumen in die Waage legten, um den Verkaufserlös zu erhöhen. Ganz unbegründet war die Drohung des Mönches vor Augsburg also nicht.

Und was dieser Prediger hier in Eisenach von den Sünden des Adels und von fehlender Ordnung erzählte, war berechtigt. Er hatte jedoch jetzt keine Zeit, den Gedanken nachzugehen oder dem Mönch weiter zuzuhören. Seine Geschäfte duldeten keinen Aufschub. Deshalb eilte er dem Hellgrevehof zu, um mit Götz über die Fahrt zu sprechen und Bruno zum Messerschmied Heinrich Meinradis zu schicken. Seinen Sohn Henrich entsandte er zum Hauptmann der Wache, den er am morgigen Vormittag treffen wollte.

Am frühen Morgen des nächsten Tages rollte ein schwer bepackter Planwagen aus dem Hellgrevehof. Dietmars Bruder Götz saß vorn auf dem Kutschbock. Als Begleitung dienten ihm der treue Knecht Bruno und dessen beide Vettern, die sich damit ein Zubrot verdienten. Es war abgesprochen, dass sich Götz ab Gotha oder Erfurt mit anderen Händlern zusammentun sollte. Von dort gingen ständig Warenzüge Richtung Leipzig. Obwohl Dietmar glaubte, alles zu seiner Zufriedenheit vorbereitet zu haben, war ihm schon etwas seltsam zumute. Er glaubte zwar, dass sein Bruder der Aufgabe gewachsen war. Immerhin hatte er schon mehrfach Aufträge mit großer Gewissenhaftigkeit ausgeführt. Aber es waren unruhige Zeiten. Das Volk war allerlei Raubgesindel ausgesetzt. Auch Adelsleute versuchten, mit Raubzügen schnell ihre Börsen aufzubessern. Erst vor Kurzem exkommunizierten die Mönche vom Kloster Reinhardsbrunn eine Raubburg bei Waltershausen, dem Nachbarort Eisenachs, die ihnen großen Schaden zugefügt hatte. Selbst diese schwerwiegende Maßnahme brachte die Bösewichter weder zur Einsicht noch zur Besinnung.

Der Tuchhändler seufzte bei diesen Gedanken. Es war keine Änderung in Sicht. Die Deutschen hatten ja nicht einmal einen König auf dem Thron, der die Herren in die Schranken wies. Insofern musste er schon der Predigt des fremden Mönches am gestrigen Tag zustimmen, dass man das Gefühl hatte, die Welt gerate aus den Fugen. Er pflichtete dem Prediger auch bei, dass jeder bei seinem Stand bleiben und seinen Dienst tun sollte.

Der Tuchhändler hatte, während er vor sich hin grübelte, seinen Planwagen bis zum Tor begleitet. Als das Gefährt das Tor passierte, winkte er seinem Bruder ein letztes Mal zu. Anschließend nahm er sich vor, in der Kirche ein Gebet zu sprechen. Nachdem der Planwagen in der Vorstadt verschwunden war, begab er sich zum Dominikanerkloster, wohin die beiden Leichen bereits umgebettet waren.

Das Dominikanerkloster war das jüngste in der Stadt. Es bestand gerade mal zwanzig Jahre, hatte sich in dieser Zeit jedoch einen guten Ruf erworben. An der Klosterpforte angekommen, führte ihn ein Mönch sofort zum langgestreckten Kirchenbau, von dem mehrere kleine Seitenkapellen abgingen.

»Der Prior wird in Kürze eintreffen, ebenso der Stadthauptmann«, teilte der Mönch wortkarg mit.

Dietmar bekreuzigte sich kurz und kniete am Altar nieder, um für die Kauffahrt und vor allem für die Rückkehr seines Bruders zu beten.

In der anderen Seitenkapelle schlugen zwei Mönche die Tücher auf, die bislang die beiden Toten bedeckt hatten. Sie begannen, die Leichen für die Begräbnisfeier vorzubereiten. Als Dietmar sein Gebet beendet hatte, bemerkte er, dass bereits der Hauptmann und der Prior sowie der Mönch Albustin auf ihn warteten. Er hatte sie nicht eintreten hören.

»Seid gegrüßt, Dietmar.« Prior Paul verneigte sich leicht. Er war ein älterer Mann in einer schlichten Wollkutte, der schon geraume Zeit die Geschicke des Klosters leitete. Der Klostervorsteher mochte Dietmar, weil er mit ihm trefflich über Gott und die Welt philosophieren konnte.

Dietmar grüßte höflich zurück und nickte dann seinem Freund Siegfried von Nazza sowie dem Mönch Albustin zu.

»Nun, ich weiß bereits, dass Ihr mit der Sache betraut worden seid. Ich hoffe«, der Prior bekreuzigte sich, »Ihr könnt den Übeltäter bald der Gerichtsbarkeit überstellen.«

»Bevor Ihr Wunderdinge von mir erwartet, muss ich mich allerdings erst einmal mit der Geschichte vertraut machen. Außerdem ist dergleichen eigentlich nicht mein Geschäft«, brummte Dietmar.

»Man wird sich schon etwas dabei gedacht haben, Euch dazu auszuwählen«, sagte der Prior.

»Dietmar«, mischte sich Siegfried von Nazza mit entschuldigendem Gesichtsausdruck ein, »ich glaube, ich bin derjenige, dem du zürnen darfst. Denn ich fürchte, auf meinen Rat hin hat man dich ausgewählt.«

Dietmar runzelte die Stirn. »Bislang dachte ich immer, du seiest mir wohlgesinnt. Die nächsten Runden im Brauhaus wirst du nun auf deine Rechnung nehmen müssen. Du kannst damit heute Abend anfangen.«

Siegfried lachte erleichtert, weil Dietmar ihm offensichtlich nicht böse war. Dann legte er die Hand auf die Schulter seines Freundes und erklärte: »Ich hoffe, du ruinierst einen armen Stadthauptmann nicht. Ich verspüre wenig Lust, mich bei dir als Knecht zu verdingen.«

»Das Bild würde ich gerne sehen«, antwortete der Tuchhändler.

Der Prior unterbrach mit bedauernder Geste das Gespräch. »Dietmar, ich habe leider noch wichtige Dinge zu erledigen. Die Geschicke unseres Klosters bedürfen meiner Aufmerksamkeit. Außerdem werde ich Euch kaum von Nutzen für Eure Aufgabe sein, da ich auch nicht viel mehr weiß als Ihr. Aber Albustin«, der Prior drehte sich etwas zur Seite, »hat die beiden Toten untersucht und wird Euch Rede und Auskunft stehen. Ich hoffe, Ihr entschuldigt mich jetzt. *Pax vobiscum.*«

»*Pax vobiscum,* Prior«, erwiderten Dietmar und Siegfried den Abschiedsgruß gleichzeitig.

Nachdem der Klostervorsteher gegangen war, begaben sich die drei zu den beiden Mönchen, die die Toten für die Beerdigung vorbereitet hatten. Sie hatten ihre Aufgabe mit aller gebotenen Sorgfalt erledigt. Deshalb winkte Albustin ihnen zufrieden zu, woraufhin sie sich wortlos entfernten.

Dietmar musterte die beiden Toten aufmerksam. Er wollte sich so viele Details wie möglich einprägen. Vielleicht würden sie einmal von Bedeutung sein. »Nun, Albustin«, wandte er sich an den kleinen, rundlichen Ordensbruder, »Ihr habt die beiden untersucht. Was ist Euch aufgefallen?«

Albustin galt als gute Seele des Klosters, mochte um die siebzig Jahre alt sein und hatte nur noch wenige weiße Haarspitzen auf dem Kopf. Er war des Heilens kundig, konnte Arzneien und Tinkturen herstellen, Gelenke richten oder jemanden zur Ader lassen. Auch hatte er die antiken Schriften des Hippokrates und des Galenus studiert, deren Therapieempfehlungen ihm geläufig waren. Zumeist vertraute er jedoch auf die Heilwirkung der Pflanzen aus dem klostereigenen Kräutergarten und die Gnade des Himmels. Der feste Glaube an Christus war durch nichts zu ersetzen. Außerdem hatte er im Laufe seines langen Lebens viele praktische Erfahrungen gesammelt. Bei ernsthafteren Verletzungen ging man daher nicht zum Bader in der Stadt, sondern suchte zumeist seinen Rat.

Der greise Mönch begann mit sorgenvoller Miene seinen Bericht. »Die beiden sind nicht im Bach ertrunken, sondern durch diese zwei merkwürdig kurzen Pfeile zu Tode gekommen. Ich verstehe ja nicht viel vom Kriegshandwerk, mit diesen Waffen werdet Ihr Euch besser auskennen. Sie waren jedenfalls so tief in die Körper eingedrungen, dass die Spitzen am anderen Ende herausragten. Es muss eine ungeheure Wucht gewesen sein, die die Pfeile beschleunigte.«

Der Mönch legte die beiden vom Blut gereinigten Geschosse nebeneinander auf den Tisch. Dietmar und Siegfried betrachteten sie sich etwas genauer.

Der Stadthauptmann beendete als Erster die kleine Pause. »Das sind Armbrustbolzen, so wie wir sie auch bei der Bewaffnung der Stadt oder auf der Wartburg verwenden. Dietmar, kannst du dich noch an das Schützenfest im vorigen Jahr erinnern? Da wurden doch die neuen Armbrüste vorgeführt. Die Menge raunte damals, als der aus geringer Nähe abgeschossene Bolzen eine dicke Eichenbohle glatt durchschlug.«

Der Tuchhändler, dessen Blick noch immer auf den Armbrustbolzen ruhte, stimmte den Worten seines Freundes zu. Er grübelte, ob seinem Freund bewusst war, was seine Äußerung bedeutete. Siegfried hatte gewollt oder ungewollt einen schwerwiegenden Zusammenhang hergestellt.

»Wenn die Bolzen so tief in die Körper eingedrungen sind«, sprach Siegfried weiter, »muss der Täter aus kurzer Distanz auf sie geschossen haben.«

»Mhm«, Dietmar räusperte sich. »Aber wenn beide aus nächster Nähe getroffen wurden, kommen entweder zwei Mörder in Betracht, oder man hat ihnen gesondert aufgelauert. Denn nach dem Tod des einen Mannes wäre sein Begleiter doch sicher davongelaufen und hätte um Hilfe gerufen. Du weißt doch, dass eine Armbrust nicht so schnell nachgeladen werden kann. Es dauert eine Weile, bis der nächste Bolzen eingelegt ist. Ich denke daher, es wäre logisch, von mehr als einem Attentäter auszugehen. Ein einzelner Verfolger hätte viel mehr Zeit benötigt und wäre ein höheres Risiko eingegangen, weil er zwischen den beiden Morden hätte entdeckt werden können.«

»Mehrere Leute hätten jedoch meinen Wachen auffallen müssen«, sagte Siegfried. »Sie haben in jener Nacht gewissenhaft ihre Runden gedreht, dafür verbürge ich mich. Es gab keinerlei Besonderheiten. Auch die Waffenkammer, wo die Armbrüste aufbewahrt werden, war sorgfältig verriegelt, und nur ich und der Waffenmeister haben einen Schlüssel dazu.«

Der alte Albustin gab zu bedenken: »Herr Hauptmann, bei diesen Verletzungen hätten Eure Leute doch aber Blutspuren finden müssen.«

»Nicht in jener Nacht, als es goss wie aus Kübeln«, erwiderte Siegfried.

»Ach ja, ich vergaß. Es war, als hätte der Herr eine neue Sintflut auf die Erde entsandt.« Die Worte des Mönchs klangen fast entschuldigend.

»Siegfried, bist du sicher, dass deine Wachen bei solch einem Wetter gewissenhaft ihre Runden gedreht haben?«, vergewisserte sich Dietmar nochmals.

»Ja, ich war selbst noch in der Nacht zu einer Kontrolle unterwegs und traf die jeweils Eingeteilten auf ihren Posten an.«

»Und auch Euch ist nichts aufgefallen?«, fragte Albustin den Hauptmann.

»Nein, ich bin dort in der Nähe zwar vorbeigekommen, wo die Toten gefunden wurden. Aber man hätte bei dem starken Regen und den Geräuschen, die er verursachte, vermutlich auch keinen Todesschrei vernommen.«

»Offensichtlich hatten der oder die Mörder den Zeitpunkt gut gewählt. Noch wissen wir ja gar nicht, wo sie umgebracht wurden. Denn ihre Häuser stehen vom Krimmelbach ziemlich weit entfernt«, meinte Dietmar. Er starrte auf die beiden Todesgeschosse, irgendetwas an ihnen kam ihm merkwürdig vor. Aber er wusste nicht, was seine Aufmerksamkeit erregte.

Während sich Albustin halb zu den Toten wandte, sagte er: »Ich muss Euch noch etwas berichten. Den beiden Herren fehlen jeweils die Ringfinger und vermutlich auch die Ringe.«

»Die Ringfinger? Was soll denn das bedeuten?«, hallte Dietmars Stimme fragend durch die Kirche.

»Vielleicht war jemand auf Raub aus!« Siegfried von Nazza äußerte den naheliegendsten Verdacht.

»Da bin ich mir nicht so sicher«, meinte Albustin, »denn der Petz Fachedorf hatte unter seinem Gewand einen kostbaren Dolch verborgen. Der andere trug noch eine vergoldete Kette. Die Dinge liegen in dem Bündel dort hinten auf der Bank.« Er wies auf eine unscheinbare Holzbank im Hintergrund. »Wenn jemand die beiden berauben wollte, dann hätte er es sicher gründlicher getan.«

»Vielleicht haben sie einen falschen Schwur geleistet und sollten dafür büßen?«, vermutete Siegfried.

Der greise Mönch widersprach erneut. »Aber es war nur bei dem einen die Schwurhand, bei dem anderen war es der Finger der linken Hand.«

Dietmar zog die Augenbrauen hoch, und seine Schläfe zuckte kaum merklich, ein sichtbares Zeichen, dass er angestrengt nachdachte. »Ich glaube, zunächst sollten wir einmal in Erfahrung bringen, was für ein Geschäft die beiden zu nächtlicher Stunde in der Stadt zu erledigen hatten. Es muss schon eine wichtige Sache gewesen sein, wenn man sich wider die städtischen Regeln und zudem bei einem solchen Wetter in die Gassen Eisenachs wagt. Siegfried, ist dir etwas bekannt, was in der Stadt vorging?«

»Nein, ich wüsste nichts, was uns verdächtig erscheinen könnte.«

»Albustin, bei Euch verkehren doch wegen dieser und jener Beschwerden eine Menge Leute. Berichtete jemand von irgendetwas Ungewöhnlichem?«

Der Angesprochene schüttelte bedauernd den Kopf. »Es war immer der übliche städtische Tratsch, der die Mehrzahl beschäftigte. Da hatte jemand ein besseres Rezept für eine Salbe gegen die Gicht erfahren, andere wussten von gepanschtem Bier oder aufgewärmten Braten zu erzählen.«

»Siegfried, ich bitte dich, bei deinen Wachen nachzufragen. Vielleicht ist ihnen doch etwas Merkwürdiges vorgekommen.

Fremde, die im Ort verblieben sind, oder nächtliche Besucher. Albustin, verehrter Mönch, haltet bitte ebenfalls die Ohren offen.«

»Gut, ich werde sehen, was ich in Erfahrung bringen kann.« Albustins Zustimmung war von einem freundlichen Nicken begleitet.

»Ich werde mich heute Abend beim Neckelwirt und bei meinen Bekannten umhören«, sagte Dietmar. »Siegfried, bevor wir gehen, noch eine Frage: Ist dir dieser Mönch aufgefallen, der dort vor St. Georg von den Zeichen predigt? Seit wann ist der in der Stadt?«

»Keine Ahnung. Ich weiß nur, dass ihm sehr viele Leute zuhören.«

Als die drei sich schon zum Gehen wandten, wirbelte Dietmar plötzlich herum. Zur Überraschung seiner Gesprächspartner rief er aus: »Jetzt weiß ich es!« Albustin und Siegfried schauten ihn fragend an.

Dietmar zeigte mit dem rechten Finger auf die beiden Armbrustbolzen. »Seht euch das Holz an. Die Schäfte ähneln denen aus dem Waffenarsenal der Stadtwache, und doch stammen sie nicht von dort. Unsere Pfeilschäfte sind aus Eiche, und diese sind aus Buche. Wir sollten die Pfeile miteinander vergleichen, ich beabsichtige ohnehin, mit deinem Einverständnis, Siegfried, ein Gespräch mit dem Waffenmeister zu führen.« Dietmar nahm die beiden Geschosse an sich.

Ihre Wege trennten sich, nachdem sich jeder beim Verlassen der Kirche bekreuzigt hatte.

Die Sonne wandte sich bereits gen Abend und verlor allmählich ihre Kraft. Auf den Straßen der Stadt herrschte dennoch geschäftiges Treiben. Händler und Bauern der umliegenden Dörfer drängten wieder zum Stadttor hinaus. Das steinerne Brauhaus des Neckelwirts – so benannt nach seinem Besitzer – bildete einen großen saalartigen Raum, der durch zwei gemauerte Säulen in zwei separate Hälften geteilt war. Die rechte Seite wirkte etwas vornehmer. Die linke Seite der Schankstube machte keineswegs einen schäbigen Eindruck, aber ihre Tische waren schlichter.

Zu dieser frühen Stunde des Abends war noch nicht viel los. Nur in der rechten Ecke hockten mehrere Personen beieinander, unter ihnen Heinrich von Welsbach, der Goldschmiedemeister, und dessen Bruder. Heinrich war einer der reichsten Männer der Stadt und älter als Dietmar Hellgreve. Sie unternahmen immer wieder gemeinsame Kauffahrten. Auf einer dieser Fahrten hatte ihn Dietmar aus einer gefahrvollen Situation gerettet, seitdem waren sie befreundet. Der jüngere Bruder Giseler war oft bei den Hellgreves zu Gast, da er im gleichen Alter wie Dietmars Bruder Götz war.

Neben den zwei Goldschmiedemeistern saß Heinrich Meinradis, der Messerschmied, dessen Dolche Dietmars Bruder gerade nach Leipzig transportierte. Dazu gesellten sich Siegfried Merke, der Fleischhauer, ein Mann mit muskulösen Oberarmen, und Heinrich, der von allen nur Lusso gerufen wurde. Er war ein niederer Adelsmann, der in einem ähnlich prachtvollen Hof wie Dietmar wohnte und verschiedene Verwaltungsaufgaben im Auftrag des Schultheißen wahrnahm. Auch betrieb er ein wenig Landwirtschaft vor den Toren der Stadt.

Am Ende des Tisches saß, etwas zur Seite gelehnt, sodass er alle sehen konnte, Dietmar Hellgreve. Siegfried von Nazza betrat als Letzter die Schankstube und nahm auf einem der zwei freien Sitze Platz. Der ungenutzte Stuhl gebührte Dietmars Bruder Götz. Es war eine feste Stammrunde, die sich hier regelmäßig traf.

Vor sich hatte jeder einen großen Holzbecher, gefüllt mit dem besseren Bier der Stadt, dem Bräuhahn. Das war ein auf besondere Weise hergestelltes Weizenbier, dessen Wasser extra durch eine hölzerne Leitung zum städtischen Brauhaus geleitet wurde. Nicht jeder konnte es sich leisten, denn es war sorgfältiger gebraut als das sonst übliche Bier, und deshalb teurer. Für ärmere Leute gab es nur ein Einfachbier, das man Kofent nannte.

»Und wieso hat man dich damit betraut?«, fragte Lusso, nachdem Dietmar von seinem Auftrag berichtet hatte. »Schließlich ist für die Stadtgerichtsbarkeit der Schultheiß zuständig. Und dessen Freund bist du nicht gerade.«

»Ich weiß, dass der Schultheiß es nicht freiwillig tat«, antwortete Dietmar. »Vielmehr ist dies von höherer Stelle befohlen worden.«

Siegfried wollte Dietmar die bohrenden Fragen der Freunde ersparen und erzählte in kurzen Worten vom Zusammentreffen auf der Wartburg.

Heinrich von Welsbach lehnte sich vorsichtig zurück, sein weites Gewand spannte sich über dem Bauchansatz. Er warnte: »Du solltest dich vorsehen, Dietmar. Irgendetwas geht da nicht mit rechten Dingen zu. Wenn sich die Adligen den Bürgern zuwenden, sollte man misstrauisch sein. Und gerade der jähzornige Knabe auf dem Landgrafenstuhl«, das Gesicht des Goldschmieds drückte seine Verachtung beeindruckend aus, »ist unberechenbar.« Die Goldschmiedefamilie hielt sich zwar aus allen Streitigkeiten heraus, aber jedermann wusste, ihr Herz schlug für die hessische Herzogin Sophie von Brabant. Heinrich von Welsbach mochte vor allem den jungen, ungestümen Landgrafen Albrecht nicht.

Dietmar hielt sich damit nicht auf. »Da ich nun mit der Sache betraut bin, muss ich nach dem Anfang des Rätsels suchen. Und dazu hoffe ich auf eure Hilfe. Was ich euch fragen will, ist Folgendes: Ist euch irgendetwas Ungewöhnliches in der letzten Zeit aufgefallen an den beiden Toten? Sind sie irgendwelchen anderen als den üblichen Geschäften nachgegangen? Oder habt ihr fremde Leute gesehen, mit denen sie zu tun hatten? Mit wem trieben sie gerade Handel?«

»Bevor du dich nach fremden Leuten erkundigst, solltest du der Frage nachgehen, ob es vielleicht auch jemand aus der Stadt gewesen sein könnte«, sagte Lusso. »Ich würde an deiner Stelle auch diesen Aspekt in die Untersuchungen einbeziehen.«

Giseler von Welsbach glaubte nicht an einen einheimischen Täter. »Aber ihr kennt doch die Gesetze! Ihr wisst, Waffentragen ist verboten. Waffen hätte man den Leuten doch abgenommen.«

»Aber den adligen Herren ist das Tragen zumindest eines Dolches erlaubt!«, entgegnete Siegfried Merke.

Dietmar nahm einen schnellen Schluck aus seinem Becher und gab zu bedenken: »Sie wurden jedoch von einer Armbrust getötet und nicht mit dem Messer. Jemand mit einer Armbrust wäre sicher aufgefallen. Sie lässt sich nur schwierig verbergen. Außerdem sind meines Wissens die Waffen der Rüstkammer registriert und verschlossen.«

Siegfried von Nazza nickte zu diesen Worten.

Lusso konnte seinem Tischnachbarn nur beipflichten. »Es stimmt, die Waffen sind unter Verschluss. Man sollte jedoch bedenken, dass man für den Erwerb einer Armbrust schon ein erkleckliches Sümmchen hinlegen muss. Ein solches Kriegsgerät kann sich nur ein Vermögender leisten. Der nächste Waffenschmied, der sich der Fertigung von Armbrüsten verschrieben hat, wohnt in Erfurt.« Lusso zwinkerte listig mit einem Auge und fuhr fort: »Für mich fertigt er eine Armbrust zu einem Sonderpreis. Die Lieferung müsste eigentlich schon hier sein, wer weiß, warum sie sich bislang verzögert hat.«

Die Trinkgefährten starrten Lusso an, er war nicht für Prahlereien bekannt.

»Du hast dir eine Armbrust anfertigen lassen?«, fragte Siegfried von Nazza, der als Erster die Sprache wiederfand, deshalb ungläubig.

Lusso nickte triumphierend in die Runde. »Ja, ich war bei der Vorführung auf dem damaligen Schützenfest so begeistert, dass ich nach einem Waffenschmied fragen ließ. Ich verspreche euch eine Demonstration ihrer Künste, sowie ich sie habe.«

Dietmar wurde nachdenklich, Wenn man sich also schon in Erfurt eine solche Waffe besorgen konnte, würde die Suche nach dem Mörder oder den Mördern schwierig werden. Er wollte so viel wie möglich darüber erfahren. »Sag mal, wer außer dem Erfurter Schmied fertigt noch solche Waffen an?«, fragte er deshalb.

»Also, ich habe nicht lange suchen müssen«, antwortete Lusso, »der Tipp kam vom Waffenmeister unserer Stadt. Der Waffenschmied in Erfurt behauptet von sich, er sei weit und breit der Einzige.«

Siegfried von Nazza ergänzte: »Wir haben unsere Waffen von dort bezogen, und wenn ich mich nicht täusche, wurden die Armbrüste auf der Wartburg ebenfalls von diesem Erfurter gefertigt.«

Dietmar kam auf eine Idee. »Lusso, könntest du für mich herausbekommen, wie viele solcher Kriegsgeräte er hergestellt hat, und wer außer dir aus dem Thüringischen welche bestellt hat? Zudem würde mich das Material interessieren, aus dem er die Schäfte für die Pfeilbolzen herstellt.«

Lusso grinste. »Na klar tue ich das für dich«, und fügte im Scherz hinzu: »… für zwei Becher Bräuhahn. Nein, im Ernst, ich wollte den Schmied ohnehin anschreiben, wann die Waffe eintrifft. Nach unserer Vereinbarung ist sie eigentlich überfällig. Ich kann dem Brief dann gleich deine Fragen beifügen.«

Heinrich Meinradis, dessen wettergebräuntes Gesicht und dessen kostbares, mit farbigen Rändern abgesetztes Gewand sich von der weiß getünchten Wand abhoben, hatte bislang geschwiegen. Nun mischte er sich in das Gespräch ein. »Armbrust hin oder her. Es gibt noch etwas anderes, was mich beschäftigt. Ich bin nicht ganz sicher, aber es wurde hinter vorgehaltener Hand von einem geheimen Treffen von Markzollern gesprochen.«

»Was für ein Treffen?«, erscholl es neugierig aus mehreren Mündern gleichzeitig.

»Ich weiß es auch nicht, ich war ja nicht dabei.«

Siegfried von Nazza schaltete sich nun ebenfalls ein. »Ich habe es nur für ein Gerücht gehalten, als einer von der Stadtwache heute Nachmittag davon erzählte. Ich maß dem Geschwätz keine Bedeutung zu. Schließlich ist es ja üblich, die Treffen der Markzoller vorher offiziell zu verkünden. Aber wenn du, Heinrich, jetzt auch damit anfängst, sollte ich mich doch bei meinen Leuten weiter erkundigen.«

»Ich glaube kaum, dass es jemand wagen würde, entgegen den städtischen Gesetzen zu handeln. Schließlich beschneidet dies die Zunft- und Stadtordnung.« Giseler von Welsbach war immer noch überzeugt, dass niemand aus der Stadt in Frage kam.

»Was meinst du mit ›hinter vorgehaltener Hand‹, Heinrich? Wer behauptet so etwas?«, wandte sich Dietmar an Heinrich Meinradis.

»Mir hat mein Knecht berichtet, dass sein Schwager, der Knecht bei den Fachedorfes ist, gesehen habe, wie sein Herr mehrfach spät in der dunklen Nacht noch seinen Hof verlassen hat«, antwortete Meinradis.

»Heinrich von Welsbach, du bist so schweigsam. Weißt du nichts davon? Du kennst doch die brabantinische Partei«, warf Lusso ein, der bei seinem Gegenüber eine ungewohnte Verschlossenheit bemerkte.

»Von einem Treffen habe ich auch munkeln hören, aber mehr ist mir nicht bekannt«, brummte der Goldschmiedemeister.

Heinrich Meinradis fuhr fort: »Wenn der Mörder ein Fremder war, muss er die Stadt ja irgendwie betreten und auch verlassen haben. Oder er hatte einen Komplizen, der ihn vorübergehend verbarg. Dietmar, vielleicht solltest du mal mit dem Bettler Hugo reden, der alles und jeden kennt in der Vorstadt. Wenn jemand hier eingetroffen oder etwas Ungewöhnliches passiert ist, dann weiß er es. In manch delikater Angelegenheit war er mir bereits zu Diensten.«

Dietmar Hellgreve dankte für den Hinweis, aber eine Frage hatte er noch an alle. »Ich muss noch einmal auf die Armbrust zurückkommen. Wisst ihr, wer eine solche Waffe besitzt, außer den Herren auf der Wartburg natürlich? Oder kennt ihr jemanden, der beauftragt wurde, eine Armbrust zu besorgen?«

Die Männer schüttelten einer nach dem anderen den Kopf. Schade. Er musste sich zu diesem Aspekt anderweitig umhören. Trotz des Bemühens seiner Freunde, ihn zu unterstützen, würden sie ihm heute nicht weiterhelfen können.

Schließlich wechselte die Runde das Thema. Im Mittelpunkt standen nun die Geschäfte am Markttag, die Preise der Bauern, das Missgeschick irgendeines Händlers und die neu verkosteten Weine aus dem Saaletal. Obwohl es mitunter recht lustig zuging, folgte Dietmar Hellgreve den Diskussionen an der Tafel kaum. Er war in Gedanken bereits bei den nächsten Tagen. Er nahm sich vor, zuerst mit den Angehörigen der beiden Toten und insbesondere mit dem Knecht der Fachedorfs zu sprechen. Auch wollte er den empfohlenen Bettler konsultieren und sich nach Armbrüsten erkundigen.

Dietmar merkte, wie ihm der vierte Becher Bräuhahn allmählich zu Kopfe stieg. Er hatte wohl zu schnell getrunken, deshalb verabschiedete er sich mit den Worten: »Habt Dank für die nette Runde, aber ich mache mich auf den Heimweg. Ich bin ziemlich müde.«

8

Die Stadt Marburg duckte sich unter der auf einem steilen Bergsporn gebauten mächtigen Burg. Besonders die umlaufende Wehrmauer und die zwei hochaufragenden Türme erzeugten einen trutzigen Eindruck. Auf dem südlichen Teil der Wehrmauer hatte man vor neun Jahren einen neuen Flügel errichten lassen.

Am kunstvoll gestalteten Fenster des Saales im ersten Obergeschoss des neuen Flügels wartete die Herzogin Sophie von Brabant auf ihre Getreuen. Es sollte eine wichtige Sitzung stattfinden. Vor allem ging es – wie schon oft in den letzten Jahren – um die Sicherung der Gebiete der Herzogin. Besonders die jüngsten Übergriffe des neuen Mainzer Erzbischofs erzürnten sie.

Seit Jahren schwelte der Konflikt zwischen Sophie und dem erzbischöflichen Stuhl, dem die immer mächtiger werdende Herzogin ein Dorn im Auge war.

Die Herzogin war eine Frau von circa fünfunddreißig Jahren, wirkte aber älter. Ihr bereits angegrautes Haar unter der Haube und die ersten tiefen Falten um die Mundwinkel kündeten von einem Leben voller Entbehrungen und Schicksalsschläge. Hinter ihr im Raum unterhielt sich Sophies etwa fünfzehnjähriger Sohn Heinrich leise mit Walther, dem langjährigen Kaplan der Herzogin und Lehrer des Jungen. Heinrichs Gesichtszüge ähnelten unverkennbar denen der Herzogin. Vor allem die dunklen Augen und die hochgezogenen Brauen ließen keinen Zweifel an seiner Herkunft.

Wenn die Herzogin in Richtung ihres Sohnes blickte, gewann man den Eindruck, sie überkomme ein Lächeln. Dieser kurze Augenblick genügte, um zu erkennen, dass sie eine liebevolle Mutter war. Sophie selbst hatte nie die Liebe ihrer berühmten Mutter genossen. Sie hatte sie kaum gekannt. Elisabeth, die in selbstverleugnender Hingabe zu den Kranken und Verachteten alle Schranken fürstlicher Standesgebundenheit durchbrach, war um Gottes Willen mehr auf das Wohl bedürftiger fremder Kinder bedacht als auf das ihrer eigenen. Sie wandte sich deshalb von ihren leiblichen Kindern ab und gab jenen anderen Speise, weil sie bettelarm waren. Die einzige Bezugsperson für Sophie war daher ihre Großmutter gewesen, von der sie und ihre Geschwister Nestwärme empfangen hatten. Aber selbst dies war nur von kurzer Dauer, da sie bald starb, und ihr Tod war ein schmerzlicherer Verlust als derjenige der leiblichen Mutter. Sophies Schwester Gertrud überließ man früh einem Kloster bei Wetzlar. Und ihr Bruder Hermann, der eigentlich auf den Landgrafenstuhl von Thüringen folgen sollte und zu dem sie ein äußerst vertrauensvolles Verhältnis hatte, siechte unter einer unbekannten Krankheit dahin. Bis heute wurde sogar gemunkelt, ihr Oheim, der bis zur Mündigkeit Hermanns die

Regierungsgeschäfte führte, habe die Krankheit absichtlich über ihn gebracht, um selbst Landgraf zu werden.

Der Oheim war es auch, der die Heiratspläne schmiedete und es zur Doppelhochzeit kommen ließ. Er ehelichte Beatrix von Brabant, und Sophie verheiratete er mit deren verwitwetem Vater Heinrich. So wurde Sophie Stiefmutter der eigenen Tante. Ihr Mann verstarb bereits früh, ein weiterer bitterer Schicksalsschlag für die Herzogin. Obwohl ihr Mann und seine Verwandten ihr stets freundlich gesinnt waren, blieben ihr die brabantinischen Lande fremd. So sah sie mit dem Tod ihres Oheims in Thüringen die Stunde gekommen, für ihren Sohn Heinrich ein eigenes Fürstentum zu gewinnen. Und wenn schon nicht die alte Landgrafschaft Thüringen zu haben war, sollten es doch wenigstens die hessischen Teile der Landgrafschaft sein. Diesem Ziel hatte sie alles untergeordnet, dafür würde sie alles tun. Und sie hatte schon einiges erreicht!

Dem neuen Landgrafen von Thüringen, der zugleich Markgraf von Meißen war, hatte sie vor Jahr und Tag in einem handstreichartigen Zug die Vormundschaft über ihren damals noch minderjährigen Sohn übertragen. Dennoch war der Schritt wohlüberlegt. Sie, die Tochter einer Heiligen, bediente sich dazu des Namens ihrer berühmten Mutter. Wenn diese schon zu Lebzeiten für ihre Kinder nicht sonderlich viel getan hatte, so sollte sie ihnen doch wenigstens im Tod einen Dienst erweisen. Hier in Marburg waren Brüder des Deutschen Ordens der Heiligentradition verpflichtet. Das war der Ort, wo Sophie am ehesten Verbündete für ihre Pläne finden konnte.

Der Orden seinerseits erkannte rasch die einmalige Chance, die aus einer Verbindung mit der Heiligentochter erwuchs. Sophie erlangte sofort Zugang zu den Angehörigen des ortsansässigen Adels, der in vielfältiger Weise mit dem Orden verquickt war. Diese gewollte Allianz gab Sophie die Sicherheit, dass der Meißner Markgraf die Situation in Bezug auf Hessen kaum auszunutzen vermochte. Auch der Mainzer Erzbischof ließ sich damit immer wieder in die Schranken weisen. Einen Wermutstropfen gab es jedoch, Sophie musste ihre Ansprüche auf Thüringen endgültig an den Meißner fallen lassen. Ihr politischer Realismus machte ihr ohnehin bald klar, dass sie die gesamten thüringischen Kernlande nie und nimmer einnehmen, geschweige denn auf Dauer halten konnte. Einen Wunsch hatte sie allerdings noch immer nicht aufgegeben: die Hoffnung, ihre Heimatstadt Eisenach und die Wartburg, auf der sie geboren wurde, zu gewinnen. Vor sieben Jahren hatte sie beides schon für kurze Zeit in ihrem Besitz gehabt, musste es aufgrund ihrer geringen Kräfte aber wieder aufgeben. Die Wiederinbesitznahme war ihr einziges egoistisches Ziel. Alle ihre sonstigen Aktivitäten, ihr Streben, ihre Anstrengungen unternahm sie nur für ihren Sohn. Da entfaltete sie eine ungeahnte Energie. Aber Eisenach und die Wartburg waren mehr als eine Stadt und eine Burg im Thüringischen, sie waren ihre Heimat. In dieser Anschauung wurde sie auch dadurch bestärkt, dass damals die Mehrzahl der Eisenacher Bevölkerung auf ihrer Seite stand. Aus den Nachrichten, die regelmäßig aus der Stadt bei ihr eintrafen, spürte man noch immer einen gewissen Zuspruch für ihre Sache.

Um ihre Ziele zu erreichen, benötigte sie Verbündete. Vor allem, weil neben dem Erzbischof auch der Meißner eine unsichere Größe darstellte und sich diese beiden Parteien schon früh zu arrangieren wussten. Sophie konnte sich somit ihrer Besitzungen noch nicht endgültig sicher sein. Was lag daher näher, als mit dem natürlichen Gegner des Meißners, dem Braunschweiger Herzog, eine Union einzugehen? Deshalb gab sie ihre Tochter dem Herzog zur Ehefrau, und ihr Sohn Heinrich ging die Verlobung mit einer Braunschweigerin, der Schwester des Herzogs, ein. Auch wenn ihr der junge Braunschweigische Herzog Albrecht mit seiner kriegerischen Natur und manch anderen Dingen nicht ganz geheuer vorkam, sie hatte keine andere Wahl. Am Ende blieb es bei dem Kräfteverhältnis, und keine der einander gegenüberstehenden

Parteien vermochte in irgendeiner Weise einen entscheidenden Vorteil zu erlangen.

Als Sophies Blicke sich wieder der unterhalb der Burg gelegenen Stadt zuwandten, betrat eine Reihe von Personen den Saal. Es waren diejenigen, die ihre Treue gegenüber der Herzogin schon mehrfach bewiesen hatten. Da waren der verdienstvolle, mit ihr etwa gleichaltrige Ritter Konrad von Elben, die Deutschordensbrüder Konrad und Volpert sowie die Ritter Johann Gulden von Grünberg, Gerhard von Wildenburg, Widerold von Nordeck, Gumpert von Hohenfels und Guntram Schenk von Schweinsberg. Sophie wusste, dass sie sich auf sie verlassen konnte. Deshalb suchte sie oft bei ihnen Rat oder Zuspruch. Die Männer bedeuteten ihr sehr viel. Ein jeder von ihnen machte den vielgepriesenen ritterlichen Tugenden alle Ehre. Heute mussten sie beraten, wie sie sich zu den erneuten Übergriffen von Anhängern des Mainzer Erzbischofs verhalten sollten. Wieder waren erzbischöfliche Ritter plündernd, mordend und brandschatzend in hessische Gebiete eingefallen.

Am hochroten Gesicht Gumperts von Hohenfels, eines tapferen Ritters, der einem Tal beim Städtchen Biedenkopf unweit von Marburg entstammte, sah Sophie, dass dieser wütend war. »Diesen Bastard auf dem Stuhl zu Mainz müsste man einmal ordentlich züchtigen! Wenn Ihr mir die Genehmigung gebt, Herrin, werde ich mit meinen Rittern dafür sorgen«, Gumpert griff zu dem auf einem Tisch liegenden Schwert, »dass er vor meiner Klinge schwören wird, unsere Territorien nicht wieder zu verletzen.« Sein dicker schwarzer Schnauzbart zitterte regelrecht.

Der kleingewachsene Widerold von Nordeck fügte hinzu: »Ich glaube, wir sollten zur Abschreckung ebenso verfahren, wie es vor drei Jahren der Herzog von Braunschweig mit dem Grafen von Eberstein tat, und die Übeltäter kurzerhand aufhängen.«

Der in seinem weißen Gewand mit dem schwarzen Kreuz neben der Tafel stehende Deutschordensbruder Volpert, ein vornehm wirkender Herr mit glatt rasiertem Gesicht und leicht ergrautem, kurz geschnittenem Haar, meinte hingegen: »Ich glaube, wir sollten uns nochmals an den Papst wenden. Damals, als Euch der Mainzer Erzbischof mit dem Bannfluch belegte, hob doch der päpstliche Legat die Sache gleich wieder auf. Der Papst wird keinen offenen Konflikt mit unserem Orden wagen, zumal dieser mit der Wahl des neuen Erzbischofs auch nicht so ganz glücklich zu sein scheint. Vielleicht sollten wir in Rom intervenieren.«

Konrad von Elben, einer der Ritter, der immer an der Seite Sophies zu finden war und auf dessen Rat die meisten Rücksicht nahmen, widersprach seinem Gegenüber: »Ich glaube kaum, dass der Mainzer sich von dem Römer viel sagen lässt, Bruder Volpert. Bei dem Bannfluch damals hatten wir ein anderes Kräfteverhältnis, und zudem war auch der Meißner Markgraf davon betroffen. Der Legat musste damals so handeln. Das ist heute anders, außerdem können wir nicht bei jedem Konflikt den päpstlichen Stuhl um Hilfe bitten. Wir sollten die Sache selbst in die Hand nehmen und, wie Widerold vorschlägt, eine Vergeltungsaktion üben. Denn große Hilfe werden wir in einem Land ohne einen rechtmäßigen König von niemandem erwarten können. Zumindest hat der Meißner ja momentan mit dem Braunschweiger zu tun. Auch wenn ich seinem Sohn, dem ungestümen Albrecht, nicht so recht traue, sehe ich aus dem Thüringischen zurzeit weniger Gefahr. So können wir durchaus einen Zug gegen erzbischöfliche Territorien wagen. Vor allem sollten wir einen von dessen Verbündeten, zum Beispiel den Battenberger Grafen, empfindlich schädigen. Ihr solltet zu einer kurzen Heerfahrt rüsten, schon um Wehrhaftigkeit zu demonstrieren, Herrin.«

Sophie richtete sich in ihrem Schemel, auf dem sie mittlerweile Platz genommen hatte, auf. »Möglicherweise habt Ihr recht, Konrad …«

Bevor die Herzogin jedoch fortfahren konnte, betrat der getreue Ritter Heinrich von Blumenstein den Saal. Die Blicke der Anwesenden im Saal richteten sich unwillkürlich auf den Ankömmling. Sein Auftritt ließ schlechte Nachrichten vermuten. Heinrich – gänzlich in ein Kettenhemd gewandet, über dem er einen hellen Umhang mit farbigen Absetzungen und Bordüren trug – verbeugte sich kurz vor der Tafel. Sophie gab ihm ein Zeichen zu sprechen.

Heinrich holte tief Luft, als müsse er sich erst sammeln. »Ich habe soeben Nachrichten von einem mir Vertrauten erhalten, die Grund zur Beunruhigung geben.«

»Was führt der Erzbischof denn nun schon wieder im Schilde?«, erboste sich Gumpert von Hohenfels erneut.

»Es hat weniger etwas mit dem Mainzer zu tun, vielmehr mit Geschehnissen im Thüringischen«, erwiderte Heinrich. Schließlich berichtete er von dem Mord an den beiden brabantinischen Bürgern in Eisenach. Sophie, die die beiden Kaufleute, die auch in Marburg ihren Geschäften nachgegangen waren, flüchtig kannte, schüttelte den Kopf.

»Offensichtlich will man sich der Opposition in der Stadt gänzlich entledigen«, entfuhr es dem Deutschordensbruder Volpert.

»Aber, was schert uns der Tod des Pöbels aus Eisenach«, gab Gumpert zu bedenken.

Konrad von Elbens Blick und sein selbstsicheres Herantreten an den Tisch sicherten ihm die Aufmerksamkeit. »Edle Herren, Ihr wisst doch, dass die Herrin die Leute kannte und sie noch immer ihrer Heimatstadt verbunden ist. Deshalb ist es durchaus möglich, dass hinter der Sache mehr steckt, als wir vermuten. Möglicherweise haben die Landgräflichen von Euren Plänen mit Eisenach Kenntnis erhalten. Und zweifellos fürchten sie, die Bürger der Stadt würden Euch bedingungslos folgen. Vielleicht gibt es auch eine Absprache zwischen dem Meißner und dem Erzbischof. Der soll Euch hier in Hessen beschäftigen, während man Eisenach von Euren Anhängern säubert. Der Wettiner muss sich doch seines Bollwerkes am Westende seiner Territorien sicher sein. Vor allem jetzt, wo der Herzog von Braunschweig an diesen Gebieten aufmarschiert.«

Gerhard von Wildenburg, der sich bislang noch gar nicht geäußert hatte, mischte sich nun auch in das Gespräch ein. »Wir sollten vorsichtig sein. Ich fürchte, da kommt Ungemach auf uns zu.«

»Heinrich«, wandte sich Sophie wieder dem Überbringer der Nachrichten zu, »gibt es irgendeinen Hinweis, dass der junge thüringische Landgraf seine Finger im Spiel hat oder zum Kriege rüstet?«

»Nein«, antwortete Heinrich, »im Gegenteil, die haben erst kürzlich ganz sorglos ein großes Gelage auf der Wartburg gegeben.«

Beim Klang des Namens sah Sophie die Burg ihrer Ahnen in Gedanken ganz deutlich vor sich.

»Das kann auch eine Schliche sein!«, warnte Gumpert.

Heinrich fuhr, ohne sich um den Einwurf zu kümmern, fort: »Auch über die Zusammenziehung von Truppen um Eisenach ist nichts bekannt geworden. Merkwürdig ist, dass man auf Weisung von der Wartburg – sozusagen von höchster Stelle – mit der Untersuchung des Falles nicht den Stadthauptmann, sondern extra einen Bürger betraute.«

»Vielleicht will man ja doch irgendetwas vertuschen«, spekulierte Gumpert.

»Mein Informant sagt ...«, Heinrich blickte in die Runde, »bei dem Bürger, der den Fall untersuchen soll, handelt es sich um jemanden, der nicht in dem Ruf steht, den Landgräflichen sehr nahe zu stehen. Es ist ein Dietmar Höllgraf oder so ähnlich.«

Sophies Miene veränderte sich sogleich. »Heinrich, Ihr meint sicher Hellgreve, oder?«

Heinrich nickte. »Ja, so könnte der Name lauten.«

Sophie kannte die Familie, deshalb sagte sie zu ihren Rittern: »Der alte Hellgreve war ein respektabler Mann. Von dem Sohn, der jetzt die Geschäfte führt, weiß ich nicht allzu viel. Wenn er nach dem Vater kommt, ist man mit seiner Beauftragung ernsthaft an der Lösung des Falles interessiert. Aber diese ganze Unruhe stört meine Pläne empfindlich. Ich habe immer gedacht, dass man die ganze Angelegenheit um Eisenach auf diplomatischem Weg lösen kann. Eine solche Lösung wird dadurch immer unwahrscheinlicher. Vor allem wäre es wichtig zu wissen, wer in der Stadt noch auf unserer Seite ist.«

»Vielleicht sollten wir über die thüringischen Morde erst einmal mehr in Erfahrung bringen, bevor wir etwas unternehmen«, meinte Konrad von Elben. »Wir sollten nichts überhasten. Besonders nicht vor dem Hintergrund der Feldzüge des Mainzer Erzbischofs. Es erscheint mir unwahrscheinlich, dass der Thüringer Landgraf jetzt noch Krieg gegen Hessen führen will. Seine Auseinandersetzungen mit dem Braunschweiger sind noch gar nicht ganz beendet. Wenn er bei Eisenach einen Einfall in unsere Gebiete wagen würde, liefe er Gefahr, sich einem Zweifrontenkrieg auszusetzen. Der Landgraf hat mit dem alten Rudolf von Vargula einen ausgesprochenen Fuchs als Heerführer, der lässt sich meines Erachtens nicht auf solche Wagnisse ein.«

Der neben Konrad stehende Johann Gulden, der einer Burg bei Gießen entstammte, die zu den Grenzbefestigungen gegen die mainzischen Territorien zählte, hatte bisher beharrlich geschwiegen. Nun erhob er erstmals das Wort. »Herrin, ich möchte Konrad beipflichten, dass wir zunächst exaktere Informationen benötigen. Überstürzte Handlungen dienen bloß dem Gegner. Geschätzter Heinrich, wie zuverlässig sind denn die Berichte Eures Spions?«

Heinrich von Blumenstein entgegnete: »Ich hatte bislang keinen Anlass, an dessen Aufrichtigkeit zu zweifeln. Und ich glaube auch seinem Hinweis, dass er selbst ebenfalls in Gefahr geraten könnte.«

Johann Gulden fuhr angesichts dieser Worte fort: »Herrin, wenn die Sache so steht, wird es das Klügste sein, einen Spion hinzuschicken oder den Informanten Heinrichs zu nutzen, um sich vorsichtig umzuhören.«

Die meisten der Anwesenden nickten zustimmend.

Heinrich von Blumenstein gab jedoch zu bedenken, es müsse jemand sein, der dort nicht bekannt sei. Es sei für seinen Informanten ohnehin nicht ungefährlich, vielleicht sollten andere diese Mission übernehmen.

Konrad von Elben mischte sich nun erneut in das Gespräch ein. »Die Anforderungen an denjenigen, der die Aufgabe übernimmt, sind sehr hoch. Wenn er sich unauffällig bewegen soll, müsste er sich in der Stadt auskennen und mit städtischen Gepflogenheiten vertraut sein. Aber er sollte auch mit dem Schwert umgehen können, wenn es angebracht ist. Von der notwendigen Treue für die Sache der Herzogin ganz zu schweigen.«

Sophie blickte Konrad an. »Für diese Angelegenheit müssen wir uns dieser Person absolut sicher sein, da habt Ihr recht Konrad. So kommt folglich nur jemand aus unserem engsten Umkreis in Betracht.«

Nach kurzem Nachdenken schlug Heinrich von Blumenstein schließlich seinen jüngeren Bruder Warmund vor. Er habe mehrfach seine Ergebenheit bewiesen und gelte als besonnener Mann. Darüber hinaus kenne er die Stadt Eisenach. »Schließlich gehörte er vor fünf Jahren, wenn auch nur als Knappe, zum Gefolge der Herzogin in der Stadt. Seit damals ist er sehr gewachsen und trägt zudem jetzt einen Bart. Da wird ihn kaum jemand wiedererkennen.«

Gumpert von Hohenfels ergänzte: »Dann soll er meinen Sohn Meinhilf mitnehmen. Die beiden hocken sowieso oft zusammen, und Meinhilf lechzt als unser jüngster Ritter danach, sich zu beweisen. Ich denke, mit Warmund an seiner Seite, zu dem ich vollstes Vertrauen habe, könnte man ihn mit der Aufgabe betrauen.«

Sophie überlegte einen kurzen Moment, willigte aber schließlich ein. »Nun, dann sei Gottes und unser Segen mit ihnen.

Informiert die beiden und setzt alles daran, damit wir bald etwas erfahren. Johann Gulden und Heinrich, Ihr werdet die zwei trotz aller Eile sorgfältig vorbereiten. Ich will nicht, dass sie sich unnötigen Gefahren aussetzen. Und Ihr, Konrad, Ihr solltet dennoch mit den Vorbereitungen für einen Feldzug gegen den Battenberger Grafen beginnen.«

Die Ritter verabschiedeten sich mit einer Verbeugung von Sophie und verließen den Saal, ihr Sohn Heinrich eilte ihnen hinterher. Durch eine kleine, pfortenartige Tür begaben sich Sophie und Kaplan Walther in ein Nebengelass.

Sophie sank auf einen Schemel nieder und nippte in Gedanken versunken an einem Becher Wein. Nach einigen Zügen blickte sie zu ihrem Kaplan, der seinen Becher bereits zur Hälfte geleert hatte und an der kühlen Außenwand lehnte, und meinte: »Je länger ich über den Bericht Heinrichs nachdenke, um so mehr habe ich ein ungutes Gefühl. Sagt Walther, was haltet Ihr von der Geschichte?«

Der Geistliche nestelte nachdenklich an seiner Kutte und antwortete: »Ich bin mir nicht sicher, Sophie. Einerseits könnte man der Auffassung Gumperts von Hohenfels folgen, der es für eine Angelegenheit des Pöbels hält. Vielleicht zankten sich wirklich nur ein paar Kaufleute um ihren Gewinn. Ein Streit, der einen tödlichen Ausgang nahm. Andererseits riecht die ganze Geschichte nach einer handfesten politischen Intrige. Leider haben wir bislang zu wenig verwertbare Informationen, um Genaueres zu sagen. Ich glaube darum, dass die Entsendung der zwei Ritter richtig ist.«

Sophie legte viel Wert auf den Rat und den Beistand des Beichtvaters. Sie schätzte sein besonnenes Wesen, deshalb sprach sie: »Walther, ich kenne Euch nun so viele Jahre, um zu wissen, dass das nicht alles war, was Ihr mir mitteilen wolltet. Oder?«

Um den Mund des Kaplans legte sich ein Lächeln. Wie wahr, sie kannte ihn gut. Er nickte freundlich und fuhr fort: »Es ergeben sich aus meiner Sicht eine Vielzahl von Fragen. Zum einen beschäftigt mich der Zeitpunkt, zu dem diese Tragödie passiert. Gerade jetzt, wo Ihr Euch bemüht, die Stadt Eisenach auf diplomatischem Weg zu erlangen, geschehen Morde. Sollte es sich wirklich um Zufälle handeln? Zweitens: Ich weiß nicht warum, aber mir erscheint es äußerst unlogisch, eine Beteiligung der landgräflichen Partei zu vermuten. Auch wenn diese, nüchtern betrachtet, davon profitiert, wenn die Anhänger der Gegenpartei beseitigt werden. Selbst ein Schwachkopf würde dahinter den Landgrafen als Drahtzieher vermuten. Das ist mir zu einfach. Auch eine dritte Sache verstehe ich nicht recht: Warum beauftragt der junge Landgraf einen Bürger mit der Untersuchung des Falles? Noch dazu jemanden aus angesehenem Haus und mit einem guten Leumund. Geht es um Aufklärung oder Vertuschung?« Er machte eine kurze Pause und trank seinen Becher aus. Dann ergänzte er: »Ich glaube, es gibt nur zwei Möglichkeiten. War es ein innerstädtischer Streit unter Händlern, dann hätten die Geschehnisse für uns keine große Bedeutung. Spinnt jedoch eine unbekannte Macht hier eine Intrige, ist Vorsicht geboten. In diesem Fall sollten wir schnell herausbekommen, wer die Hintermänner sind. Vielleicht können wir die Geschichte dann zu unseren Gunsten ausnutzen.«

Walther hatte Sophie aus dem Herzen gesprochen, sie bedankte sich dafür bei ihm: »Es ist immer förderlich, auf Euren scharfsinnigen Verstand zu vertrauen, Walther. Auch mir scheinen hier politische Verwicklungen heraufzuziehen. Bedauerlich ist, dass wir momentan nur die Hände in den Schoß legen können und auf Informationen warten müssen.«

9

An der unteren Werra erhob sich die Burg Fürstenstein. Es war die neueste Anlage in der Gegend, der Vater des jetzigen Braunschweiger Herzogs hatte die Burg erst vor elf Jahren errichten lassen. Das geschah, als er zu Beginn des Krieges um das Erbe der Thüringer Landgrafen die Mark Duderstadt und das Städtchen Münden in seinen Besitz gebracht hatte. Die Burg war wegen ihrer räumlichen Enge und ihrer nur wenig Bequemlichkeiten bietenden Zimmer nicht als Residenz des Herzogs gebaut worden. Vielmehr oblagen ihr der Schutz und die Absicherung beziehungsweise Kontrolle der Territorien, die nun zum Braunschweigischen zählten.

Unterhalb der kleinen Burg hatte man eine Reihe von Zelten errichtet, die unzweifelhaft auf eine größere Heerschar hinwiesen. Im engen Hof der Burg tummelten sich schnaubende Rosse, die ob ihres gepflegten Äußeren von der hochadligen Herkunft ihrer Reiter kündeten. Im Hauptgebäude der Burg, in einem notdürftig hergerichteten kleinen Saal, gruppierten sich mehrere Ritter um eine große, auf Holzböcken liegenden Platte, auf der verschiedene oberflächliche Kartenzeichnungen ausgebreitet waren.

Im Mittelpunkt des Kreises stand ein junger Mann, so um die zwanzig Jahre, der allein schon wegen seiner ungeheuren Körpergröße die Aufmerksamkeit der um ihn Stehenden genoss. Seine Gestalt – er überragte manche der Anwesenden um fast zwei Haupteslängen – hatte er von seinem Vater geerbt, der einstmals bei seinem Erscheinen in einer fremden Stadt sogar Menschenaufläufe verursachte. Es war der Braunschweigische Herzog Albrecht, dem man gemeinhin den »Großen« nannte. Albrecht wirkte wegen seiner hageren Figur etwas hölzern, was aber durch seine zielstrebigen, keinen Widerspruch duldenden Gesichtszüge und die hakenförmige Nase wettgemacht wurde. Er trug einen großen weißen Umhang mit einem roten gesäumten Rand über dem Kettenhemd, auf seiner Brust prangte ein dreieckiges Wappenschild mit zwei goldenen Leoparden auf rotem Grund. Obwohl er bereits seit sieben Jahren regierte, erhielt er erst vor fünf Jahren die Schwertleite, die ihn zum Ritter machte.

Seit seinem Amtsantritt als Herzog lag er ununterbrochen im Krieg, mal stritt er sich mit dem Meißner Markgrafen, mal hatte er eine Fehde gegen den Erzbischof von Magdeburg zu bestehen, oder irgendein anderer Rittersmann durchkreuzte seine Pläne. Schon als Kind war Albrecht fasziniert von den Liedern, die über seinen Urgroßvater Heinrich den Löwen gesungen wurden. Welch ein Reich hatte er regiert! Von der Ost- und Nordsee bis nach Bayern reichten die Besitzungen. Jetzt hingegen hatte er Mühe, die Stammlande in Sachsen zusammenzuhalten, zumal sogar sein Bruder aus dem Erbe die nördlichen Teile um Lüneburg beanspruchte. Bislang war es Albrecht gelungen, eine Teilung des Landes zu verhindern und sich mit seinem Bruder zu arrangieren.

Aber von Kindesbeinen an träumte er dennoch von der Wiederherstellung des alten Herzogtums. Schon bald wurde ihm jedoch bewusst, dass er ohne Bundesgenossen kaum Aussicht auf Erfolg haben würde. So musste er sich wohl oder übel nach Partnern umsehen. Deshalb stimmte er auch der Verlobung seiner Schwester Adelheid mit dem Sohn der Herzogin von Brabant zu. Er selbst nahm deren Tochter zur Frau. Ein kluger Schachzug für die künftig gen Süden gerichteten Ambitionen. Immerhin hatten sie dieselben Gegner, den Landgrafen von Thüringen und den Erzbischof von Mainz. Letzterer verfügte über umfangreichen Besitz im Eichsfeld, das dicht an die Territorien um die Werrastädte grenzte.

Weitere Gebiete in der Region, die für seine Besitzausweitung und -sicherung wichtig waren, hatte er in seinem seit einem Jahr geführten Feldzug gewonnen. Jetzt zeigte es sich, dass sein Vater strategisch richtig gehandelt hatte, als er den Fürstenstein, auf dem sie gerade zum Kriegsrat zusammenkamen, erbauen ließ. Die Burg war ein idealer Ausgangspunkt für den glücklichen Ausgang des Feldzuges. Gänzlich sicher konnte er sich des Besitzes zwar noch nicht sein, aber die thüringischen Landgrafen vermochten es bislang nicht, ihm die Eroberung wieder streitig zu machen.

Über rechtlichen Hindernisse – schließlich war sein Kriegszug eine offene Okkupation – machte er sich kaum Gedanken. Mochte ihn der Landgraf von Thüringen auch des Rechtsbruches bezichtigen, welches Gericht sollte Recht sprechen? Einen richtigen König gab es nicht, der Thron war vakant. Die Knochen des letzten staufischen Imperators, Friedrichs II., waren schon seit neun Jahren verblichen. Er hatte sich ohnehin fast nur in Italien aufgehalten und das Reich aus der Ferne verwaltet. Sein Gegenspieler Wilhelm von Holland wurde von den heidnischen Friesen elendig wie ein Hund erschlagen. So nahm das Unglück seinen Lauf.

Heutzutage regierte die Willkür. Also musste ein Herrscher sein Schicksal selbst in die Hand nehmen. Zur Not konnte er immer darauf verweisen, dass die Städte der Region ihn zum Eingreifen aufgefordert hätten. Schließlich war er für seine großzügige Förderung des Handels bekannt. Freilich hatte er die Bedeutung und die Finanzkraft der Städte erkannt, ein Tatbestand, der für seine Zielsetzung außerordentlich wichtig und nützlich war. Auf seiner Seite stand sogar die mitten im Thüringischen gelegene freie Reichsstadt Mühlhausen. Ihr Aufbegehren führte so weit, dass man die in der Stadt befindliche Reichsburg gründlich zerstörte, was Albrecht nicht unbedingt gutheißen konnte. Ein solches Beispiel sollte besser nicht Schule machen. Aber er wollte seinen Bundesgenossen nicht verlieren und schwieg zu den Geschehnissen.

Nachdem Albrecht die Anführer der einzelnen Heereskontingente in ihre Aufgaben eingewiesen hatte und sie nach und nach den Raum verließen, konnte er sich dem Burgverwalter zuwenden. Dieser hatte ihm bedeutet, dass es noch etwas Wichtiges gebe. Im Zimmer verblieben lediglich der Verwalter und einer der engsten Berater des Herzogs.

»Also, Kuno, nun redet nicht lange um den heißen Brei herum, sondern sagt, was Ihr mir zu sagen habt«, forderte ihn der Herzog auf.

Kuno von Fürstenstein, zwei Köpfe kleiner als sein Landesherr, machte eine tiefe Verbeugung, die ihn winzig erscheinen ließ. Eine Geste, die Albrecht überhaupt nicht mochte. Leute dieses Schlages waren ihm immer suspekt. Zumeist verbeugten sie sich tief und gaben sich unterwürfig, wenn sie aus irgendeiner Sache für sich einen Nutzen ziehen wollten. Diese Haltung hatte für ihn etwas Unritterliches an sich. Was mag mein Vater nur an diesem Kerl gefunden haben, dass er ihn mit solchen Rechten ausgestattet hatte? Gewiss hatte der Burgverwalter die Vorbereitungen für den Feldzug gut gemeistert, dennoch vermutete Albrecht immer eine Schliche bei Kuno.

»Mein Herzog«, eröffnete Kuno mit leiser Stimme, als befänden sich außer den drei Personen im Raum noch weitere Zuhörer, für die diese Botschaft nicht bestimmt sei. »Ich habe Nachricht aus Eisenach. Dort wurden Anhänger der hessischen Herzogin gemeuchelt. Es geht das Gerücht, der thüringische Landgraf hätte das veranlasst, um die Stadt noch besser unter seine Kontrolle zu bringen.«

Albrecht überlegte kurz. Die Stadt Eisenach lag nur zwei bis drei Tagesmärsche vom Fürstenstein entfernt und hatte wichtige Verbindungen zu den Werrastädten. Sollte er die Stadt in seinen Besitz bringen wollen, würde er vermutlich in Konflikt mit seiner Schwägerin und Schwiegermutter Sophie geraten. Er kannte deren Interesse für ihre Heimatstadt. Vielleicht ließ sich aber anderweitig aus der Sache Kapital schlagen. Möglicherweise bot sich die Gelegenheit, die Werrastädte endgültig zu behalten, wenn man Sophies Ansprüche auf Eisenach befriedigte. Deshalb musste Albrecht Genaueres darüber wissen. »Wie zuverlässig sind Eure Nachrichten? Steht es wirklich so schlimm um die Stadt Eisenach, dass der Landgraf sich schon an den Städtebürgern vergehen muss?« Sollte das Gesagte stimmen, wäre der junge Landgraf ein Dummkopf. Mit solchen Methoden machte man die Bürger kaum fügsam.

Kuno verbeugte sich, bevor er auf die Frage seines Herrn einging, erneut. Albrecht kam es vor, als bekäme selbst der Gesichtsausdruck des Burgverwalters einen unterwürfigen Zug. »Mein Herzog, es sind Informationen von einem Mann aus der Stadt, der sich bislang als absolut vertrauenswürdig erwiesen hat. Er steht fest auf unserer Seite.«

»Meint Ihr auf Eurer oder auf der Braunschweigischen Seite?«, murmelte Albrecht.

Mit einem listigen Lächeln erwiderte sein Gegenüber: »Die Sache Braunschweigs liegt mir zu sehr am Herzen, mein Herzog, als dass ich zuvörderst meine eigenen Ziele verfolgte. Das bin ich schon Eurem Vater schuldig.«

Albrecht ging auf die Bemerkung nicht weiter ein. Er richtete sich zu voller Größe auf und sah Kuno von Fürstenstein von oben herab an. Wenn der Herzog diese keinen Widerspruch duldende Haltung annahm, wusste jedermann, dass er eine Weisung erhielt, die es unbedingt zu erfüllen galt. »Wir werden in der Sache zunächst nichts unternehmen. Jegliche Unruhe in der Region dort gereicht zuallererst dem Landgrafen zum Schaden und zwingt ihn, seine Kräfte andernortst statt gegen uns einsetzen zu müssen. Von daher warten wir ab.« Albrecht dachte sich, es sei am besten, den Burgverwalter zu beschäftigen, bevor dieser auf eigene Gedanken kommen konnte, dessen geschäftlichen Aktivitäten in den Werrastädten waren ihm schließlich nicht verborgen geblieben. Also ergänzte er nach eine kurzen Pause: »Dennoch will ich – wenn Ihr schon so gute Verbindung nach Eisenach habt – auf dem Laufenden darüber bleiben, was sich dort tut.«

Kuno von Fürstenstein verbeugte sich erneut tief und nickte mehrmals. Dann verließ er den Raum.

Der Herzog blickte zu seinem Vertrauten hinüber und sagte: »Ich traue diesem Kerl einfach nicht, deshalb sorge dafür, dass ihn ständig jemand beobachtet.« Er legte eine kurze Pause ein, dann fügte er hinzu: »Diese Geschichte aus Eisenach ist seltsam. Ich würde gern wissen, was das zu bedeuten hat.«

Sein Gegenüber, ein junger Ritter, der ebenso alt wie der Herzog war, kratzte sich an seinem glatt rasierten Kinn und schüttelte den Kopf. »Der ungestüme Landgraf von Thüringen hat doch momentan genug Ärger am Hals, warum eröffnet er da noch ein weiteres Schlachtfeld? Sollte er völlig den Kopf verloren haben? Nein, das passt alles nicht zusammen. Aber wer könnte sonst ein Interesse an solchen Morden haben? Ich bin gespannt, wie Eure hessische Verwandte auf die Nachrichten reagiert.«

Albrecht nippte an einem Becher Wein und meinte: »Ich hoffe, sie lässt sich nicht zu voreiligen Aktionen hinreißen. Mir wäre es lieber, sie bekämpft weiterhin den neuen Erzbischof von Mainz. Solange dieser in seinen Gebieten beschäftigt ist, kommt er uns bei unseren Plänen nicht in die Quere. Also warten wir ab, was geschieht. Vielleicht ist die ganze Angelegenheit ja völlig belanglos, und wir zerbrechen uns unnötig die Köpfe.«

Der Rittersmann stimmte seinem Herzog zu: »Wir sollten erst einmal abwarten. Ich werde mir unterdessen etwas für den listigen Burgverwalter einfallen lassen.«

10

Dietmar Hellgreve stellte den Krug Wein, der mit einem Kräuteraufguss versetzt war, auf den Holztisch und erhob sich von seinem Schemel. Dann trat er aus der Tür in den Hof und machte sich in einer Ecke zu schaffen. Die im Hintergrund des Hauptraumes des Hellgrevenhofes beschäftigte Katarina, Dietmars Frau, wusste, was es zu bedeuten hatte, wenn ihr Mann still und leise im Hof geschäftig tat. Es war wohl am Abend zuvor nicht nur bei drei Krügen Bräuhahn geblieben. Am besten ließ sie ihn jetzt in Ruhe, denn meist pflegte er in solchen Situationen brummig zu sein. Deshalb konzentrierte sie sich darauf, dass ihr Sohn Henrich wohl gerüstet zur Schule im Dominikanerkloster ging. Er sollte schließlich auch einmal die Tuche und Taler zählen oder einen Wechsel in Leipzig oder in Nürnberg ausstellen können.

Nachdem sich Henrich auf den Weg zur Klosterschule begeben, Dietmar zwei leere Fässer hin- und hergerückt und bei ein paar Ballen die Riemchen angezogen hatte, ging er in den hinteren Raum der Kemenate. Dort legte er seine Oberkleider ab, wusch sich an einer mit Wasser gefüllten hölzernen Schüssel Gesicht und Hände. Danach legte er ein frisches Hemd und sein Wams an, putzte sich über die Lederschuhe und zupfte den Rock gerade. Dann informierte er Katarina, dass er noch einige Gespräche zu führen habe und bei den Familien der Ermordeten zu finden sei. Außerdem wolle er noch einen Besuch in der Vorstadt machen. Er sei erst gegen Abend wieder zurück.

Sein Weg führte quer über den Marktplatz am landgräflichen Steinhof vorbei zur Fleischergasse. Das vorletzte Haus auf der rechten Seite am Ende der Gasse gehörte der Familie Rost. Das Haus war ein sorgfältig errichteter Fachwerkbau, dessen Gefache erst jüngst einen neuen Anstrich erhalten hatten, was es von den übrigen Häusern, die durchaus einen gepflegten Eindruck hinterließen, etwas abhob. Bei diesem Haus waren allerdings die Fenster und Türen sorgfältig verschlossen, was den hellen, einladenden Anblick dämpfte. Dietmar begann zunächst, vorsichtig an der Tür zu klopfen. Nachdem keinerlei Reaktion erfolgte, klopfte er etwas lauter. Schließlich vernahm er hinter der Tür klappernde Geräusche, so als ob jemand in hölzernen Pantinen herbeischlurfte. Die Tür wurde um einen Spalt geöffnet, und eine ältere Frau blickte ihn an. »Ihr wünscht, Herr?«

»Ich möchte gern mit der Meisterin sprechen, ich komme im Auftrag des Schultheißen«, schilderte Dietmar den Grund seines Besuches.

Die Alte – sie mochte wohl um die 50 Jahre alt sein – ließ Dietmar herein. »Ich werde Euch zu ihr führen, aber ich will Euch warnen: Die Herrin ist in keinem guten Zustand.«

Dietmar wurde die Holztreppe hinaufgeleitet zu einem Raum, der aufgrund der verschlossenen Fenster, die mit milchig-durchsichtiger Ochsenhaut bezogen waren, finster wirkte. Er musste sich erst an die Dunkelheit gewöhnen, sah aber in der einen Ecke die Frau des Ermordeten mit herabhängenden Schultern sitzen. Ihre Kopfhaube saß schief, und die geröteten Augen und das blasse Gesicht kündeten von dem großen Unglück, das über die Familie hereingebrochen war. Neben der Frau klammerten sich zwei kleine, vielleicht zwei oder drei Jahre alte Burschen ängstlich an ihren Rock. Es waren die Zwillingssöhne des Toten, deren verblüffende Ähnlichkeit in ganz Eisenach bekannt war.

Dietmar wusste nicht, wie er anfangen sollte, und es tat ihm leid, dass die Familie ohne den Vater auskommen musste. Allein dieses Anblicks wegen musste es gelingen, den oder die Übeltäter zu fassen und der Strafe Gottes zu übergeben. Zwar würde die Familie nicht der Armut ausgesetzt sein, dafür würde die Zunft sorgen. Die Zusammenschlüsse der Handwerker sahen in solchen Unglücksfällen die gegenseitige Unterstützung, zum Teil sogar Versorgung vor. Aber das alles konnte den Vater nicht ersetzen. Und in diesen unruhigen Zeiten war jede Familie froh, wenn sie ein paar kräftige und schützende Männerhände in ihren Reihen hatte. Vielleicht würde die Frau wieder heiraten. Dietmar schob den Gedanken beiseite, dennoch war ihm nicht wohl, in dieser Angelegenheit hier zu sein.

Mit belegter Stimme erläuterte er der Witwe sein Kommen. »Frau, entschuldigt, dass ich in diesen schweren Stunden zu Euch kommen muss und Eure Trauer störe. Aber ich bin vom Schultheißen beauftragt worden, den Fall zu untersuchen, und muss Euch deshalb ein paar Fragen stellen.«

Gertrud Rost begann leise zu weinen. »Mir ist Euer Kommen bereits angekündigt worden. Ich werde mich bemühen, Eure Fragen zu beantworten, auch wenn mir das gegenwärtig sehr schwer fällt.« Sie schob die beiden Kleinen in Richtung ihrer alten Magd, die mit ihnen wortlos den Raum verließ.

Dietmar schaute Gertrud an. »Zunächst würde mich interessieren, was Euer Mann an jenem Abend getan hat beziehungsweise wozu er noch einmal das Haus verlassen hat.«

Die Frau zuckte bedauernd mit den Schultern und antwortete: »Ich würde Euch gern helfen, aber ich weiß selbst nicht, um was für Angelegenheiten es sich handelte. Er hat mir gegenüber mit keiner Silbe erwähnt, was er vorhatte in jener Regennacht. Ich wollte ihn noch abhalten, bei dem Unwetter wegzugehen. Aber er ließ sich nicht beirren und murmelte nur, dass es sein müsste und er mir versprechen würde, es sei das letzte Mal.«

Dietmar wurde neugierig, spielte die Frau auf die geheimen Treffen an? Darum erkundigte er sich näher. »Verzeiht, aber bedeutet das, er war mehrmals zu nächtlicher Stunde weg?«

»Ja, es war bereits das vierte Mal. Zunächst dachte ich, es stecke eine andere Frau dahinter. Aber er hat mir geschworen, es ginge nur ums Geschäft.«

»Aber im Allgemeinen pflegt man seinen Geschäften am Tag und auf dem Marktplatz nachzugehen und nicht in der Nacht. Wisst Ihr denn, mit wem er diese Geschäfte machen wollte?« Dietmar ließ nicht locker, es musste doch irgendeinen Anhaltspunkt geben.

»Nein, eben nicht. Er hat nicht einmal angedeutet, um welche Geschäfte es sich handelte.« Sie schluchzte und verbarg die Tränen nicht. Dietmar ließ sie gewähren, bevor er weiter nachfragte.

»Mit wem hat er denn zuletzt Geschäfte gemacht in der Stadt und außerhalb?«

»Mit den üblichen Kunden, also nichts Ungewöhnliches.«

»Hatte Euer Mann irgendwelche Feinde?«

»Feinde hat jeder, der ein Markzoller ist. Wo Reichtum herrscht, sind Neid und Missgunst nicht weit. Das müsstet Ihr doch selbst wissen. Glaubt Ihr, dass es Leute waren, die auf Raub aus waren?«

»Das will ich nicht ausschließen. Aber ich stehe erst am Anfang der Untersuchung und will daher jeder noch so kleinen Spur nachgehen.« Dietmars Stimme verriet Entschlossenheit.

Nach einer kurzen Pause bat die Frau um eine Auskunft. »Dietmar Hellgreve, seid bitte offen zu mir und nehmt mir meine Frage nicht übel. Aber es ist ungewöhnlich, dass ein Markzoller die Morde untersuchen soll. Weshalb hat der Schultheiß Euch und nicht den Stadthauptmann mit den Ermittlungen betraut?«

Dietmar versuchte zu lächeln. »Ich nehme Euch die Frage überhaupt nicht übel. Um ehrlich zu sein, ich wüsste selbst auch gern genauer, warum die Wahl auf mich fiel. Ich glaube schon, dass der Stadthauptmann die Aufgabe zur Zufriedenheit aller erfüllen würde. Aber mir wurde mitgeteilt, er habe andere wichtige Pflichten zu erledigen. Ihr könnt mir glauben, ich werde mein Bestes geben, um die Täter dingfest zu machen. Deshalb habe ich noch eine letzte Frage an Euch. Eurem Mann fehlt der komplette Ringfinger. Was für einen Ring hat er dort getragen, und wo hat er ihn her?«

Allein der Gedanke, dass ihr Mann auch noch verstümmelt wurde, ließ Gertrud Rost wieder in Tränen ausbrechen. »Der Ring war ein Geschenk von mir und wurde vom Goldschmiedemeister Heinrich von Welsbach persönlich gefertigt«, brachte sie schließlich mit Mühe hervor.

»Heinrich von Welsbach?«

Gertrud nickte und fügte weinend hinzu: »Mein Mann hatte meinen alten Eltern in einer Notsituation geholfen. Ihr Haus in Waltershausen war bis auf die Grundmauern abgebrannt. Sie konnten nur sich und das, was sie auf dem Leib trugen, unter großer Mühe retten. Mein Mann zögerte keine Sekunde, sie hier bei uns aufzunehmen. Später sorgte er sogar dafür, dass das Haus wieder aufgebaut wurde. Der Ring war eine Geste der Dankbarkeit. Er trug ihn seit über einem Jahr. Ich glaube kaum, dass Heinrich von Welsbach mit der Sache irgendetwas zu tun hat.« Die letzten Worte waren mit Gewissheit gesagt.

Dietmar nickte energisch. »Ich kenne Heinrich von Welsbach ziemlich gut und kann mir ebenfalls nicht vorstellen, dass er an solchen Dingen beteiligt ist. Ich würde mich für ihn verbürgen. Außerdem wäre er kaum so dumm, eine solche Spur zu sich selbst zu legen.« Dann setzte er hinzu: »Wenn Euch noch etwas einfallen sollte, was für die Aufklärung des Falles von Nutzen wäre, wisst Ihr, wo Ihr mich findet.«

Gertrud Rost nickte, als wäre alles besprochen. Aber die Bestimmtheit, mit der sie eine Beteiligung des Markzollers von Welsbach ausgeschlossen hatte und ihre besorgten Gesichtszüge hinterließen in Dietmar das Gefühl, sie verberge etwas.

»Dietmar Hellgreve, ich weiß nicht, warum man Euch auserkoren hat, die Sache zu untersuchen. Aber eines müsst Ihr mir versprechen: Ihr müsst den Mörder meines Mannes finden! Sorgt dafür, dass der, der den Kindern den Vater und mir den Mann nahm«, die Witwe schluchzte laut auf, »dafür mit seinem Leben bezahlen muss.«

»Ich werde tun, was in meiner Macht steht.« Die Stimme des Tuchhändlers erhielt einen Klang, der an einen Schwur erinnerte. In der Tat nahm er sich vor, den oder die Übeltäter zu fassen. Wer ihn kannte, wusste, nichts würde ihn davon abhalten können.

Dietmar war schon an der Tür angelangt und wollte sich nur noch verabschieden, als die Schmelzermeisterin leise hervorbrachte: »Das alles ist die Schuld der Dominikaner. Schon immer wollten sie unserer Familie etwas Böses antun. Ich habe daher auch die Rückführung des Leichnams meines Mannes in die Nikolaikirche angeordnet.«

Obwohl sie die Worte nur flüsternd hervorstieß, kam es Dietmar vor, als seien sie von einem Donnerhall begleitet worden. Es war der schwerwiegendste Vorwurf, der bisher erhoben wurde. Was sollte das bedeuten? Die Sache wurde immer verwirrender. Mit erschrockenem Blick starrte er die Markzollerin an. »Wisst Ihr, was Ihr da für einen ungeheuerlichen Verdacht erhebt? Wenn Ihr diese Worte ohne Beweise wiederholt, wird es Euch und Euren Buben schlecht ergehen.«

Es schien jedoch, als steigere der laut ausgesprochene Verdacht ihre Überzeugung. Schließlich fragte sie mit fester Stimme: »Wisst Ihr, wie die Dominikaner voller Angst und Verachtung beim einfachen Volk genannt werden?« Ohne eine Antwort ihres Gegenübers abzuwarten, fügte sie hinzu: »*Domini canes,* Hunde des Herrn.«

Dietmar hatte von dem Schimpfwort gehört, es bezog sich auf die Rolle der Dominikaner als Ketzerverfolger, als vom Papst höchstpersönlich bestellte Vertreter der Inquisition. Vorsichtig wollte er herausfinden, welchen konkreten Verdacht die Witwe hatte: »Aber Ihr könnt doch einen Orden nicht aufgrund eines Schimpfwortes des Mordes bezichtigen.«

Sie widersprach heftig: »Nicht aufgrund einer beleidigenden Bezeichnung, die sie zu Recht tragen, sondern ob ihrer Taten.«

»Und welches sind ihre Taten?«

Gertruds Augen funkelten. »Es ist schon Jahre her. Ich war damals ebenso wie Ihr noch ein kleines Kind. Erinnert Ihr Euch nicht an Brunhild Gottschalck?«

Dietmar waren die Familie Gottschalck und ihr Schicksal wohlbekannt. Gertrud Rost entstammte dieser Familie. Aber worauf die Markzollermeisterin hinauswollte, war ihm nicht klar, daher schüttelte er den Kopf.

»Die heilige Landgräfin Elisabeth war gerade gestorben, als ihr Beichtvater und Defensor, der Dominikanerprediger Konrad von Marburg, als Ketzerverfolger durch die Lande zog. Als hätten nicht seine Opfer, sondern er selbst den Leibhaftigen in sich, so wütete er im Land. Jeder, der in den Verdacht geriet, ein Häretiker zu sein, war des Todes. Erinnert Ihr Euch immer noch nicht?«

Der Tuchhändler wusste einiges über eifernden Konrad von Marburg, der viele im Namen des Kreuzes auf dem Scheiterhaufen brennen ließ. Er machte auch vor dem Adel nicht halt. Das wurde ihm vermutlich zum Verhängnis, denn eines Tages wurde er erschlagen aufgefunden. »Ich habe von seinen Taten und auch seinem Ende gehört. Aber das ist bald dreißig Jahre her, und ein Dominikanerkloster existierte zu dieser Zeit noch gar nicht in Eisenach. Also was hat das alles mit unserem Fall hier zu tun?«

»Sehr viel, Dietmar, hört nur die Geschichte weiter. Bei einem seiner Aufenthalte in Eisenach wurde auch meine ältere Schwester Brunhilde der Ketzerei beschuldigt. Grund der Anklage waren ihre Worte über Elisabeth, die dem Verfluchten anvertraut war. Dabei hatte Brunhilde lediglich gesagt, dass Elisabeth vor lauter Streben nach Barmherzigkeit selbst unbarmherzig geworden sei, weil sie ihre leiblichen Kinder vernachlässigte. Aber allein diese Worte genügten, um auf den Scheiterhaufen zu kommen. Aller Zuspruch unserer Familie war umsonst. Wir wurden nicht einmal zur Verteidigung gehört, sondern noch dafür bestraft. Und wenn sich nicht die Zünfte eingesetzt hätten, gäbe es eine Familie Gottschalck heute nicht mehr. Was meint Ihr, warum meine Eltern in die Stadt Waltershausen umsiedeln und ihr Haus meinem Bruder überlassen mussten?«

Dietmar hörte gebannt zu. An einige Begebenheiten von damals konnte er sich dunkel erinnern.

Die Witwe, deren Stimme zuletzt lauter geworden war, dämpfte den Ton wieder. »Die Familie Rost, in die ich eingeheiratet habe, war meinen Angehörigen immer freundschaftlich verbunden. Auch sie war nur knapp einer Bestrafung entgangen. Ich dachte, die Sache sei nach dem schmählichen Tod des Ketzerverfolgers vergessen. Vor einem Jahr entschlossen sich mein Mann und ich, unsere beiden Buben nicht in die Schule im Dominikanerkloster zu geben, sondern der Obhut der Benediktinernonnen im Nikolaikloster. Kurz nachdem dies angekündigt wurde, brannte das Haus meiner Eltern nieder. In Waltershausen will man kurz vor dem Brand einen Dominikanermönch gesehen haben. Das war gewiss kein Zufall.«

Der Tuchhändler pfiff ungläubig durch die Zähne. »Frau, ich kenne Paul, den Prior des Dominikanerklosters, ganz gut. Wo soll da ein Zusammenhang bestehen? Es gibt Familien in der Stadt, die ebenfalls ihre Kinder zur Erziehung in andere Klöster überwiesen haben, ohne jemals Schaden genommen zu haben. Die Dominikaner im Ort haben niemals einen Alleinanspruch als Schule erhoben. Die Vorwürfe scheinen mir wenig glaubwürdig.«

»Wir haben Untersuchungen zu dem Brand angestellt. Die Umstände konnten nie geklärt werden. Merkwürdig ist auch der Zeitpunkt, zu dem mein Mann zu Tode gekommen ist. Er hatte vor zwei, drei Wochen, als im Wirtshaus die Nachricht von einer Ketzerverbrennung durch Dominikaner bei Erfurt die Runde machte, die Rechtmäßigkeit der Inquisition in Frage gestellt. Er kritisierte nicht die Ketzerverfolgung an sich, sondern dass sich die Angeklagten nicht verteidigen können. Einmal als Häretiker bezichtigt, ist man des Todes.«

Das war durchaus ein neuer Aspekt, von dem Dietmar nichts wusste. »Aber bei uns ist doch der letzte Ketzer vor zehn Jahren auf den Scheiterhaufen gebracht worden! Und wie Ihr vielleicht noch wisst, hatte das nichts mit den Dominikanern zu tun. Der Ketzer hatte die Hostie in der Georgskirche gestohlen. Im Wald fing man ihn dann, als er sie mit seinem Urin und dem Blut einer schwarzen Katze besudelte. Das ganze Volk verlangte seine Bestrafung. Ansonsten ist noch niemand wegen eines kessen Wortes im Brauhaus verdächtigt worden.«

Die Witwe ließ sich aber so leicht nicht von ihrem Verdacht abbringen. »Dietmar Hellgreve, es gibt noch mehr Merkwürdiges zu berichten«, flüsterte sie ermahnend. »Glaubt mir, die Dominikaner verfolgen meine Familie. Unter den Leuten wird auch gemunkelt, man schreibe im Kloster alles auf, was in der Stadt gesagt werde. So sollen von vielen Familien Notizen vorhanden sein. Außerdem wisst Ihr sicher um den Disput zwischen dem Prior Paul und meiner Schwägerin, die Vorsteherin des Beginenhauses ist. Mein Mann hatte versucht zu vermitteln. Und jetzt ist er tot. Geht der Sache nach, und Ihr werdet die Schuldigen finden.«

Dietmar hatte für heute genug gehört. Er verabschiedete sich höflich, nicht ohne seine Hilfe bei der Versorgung der Familie durch die Zünfte anzubieten. Aber als er das Haus verlassen hatte, blieb er auf der Straße einfach stehen. Die Menschen, die an ihm vorbeigingen, nahm er kaum wahr. Zu sehr klangen ihm die Worte der Witwe in den Ohren. Er kramte im Geiste nach allem, was ihm zu diesem Thema einfiel. Natürlich verfolgten die Dominikanerorden unnachgiebig Ketzer. Das empfand er nicht als verwerflich. Es konnte nur gut sein, wenn die Welt von dem ungläubigen Gesindel befreit würde. Manche Vertreter des Ordens taten sich dabei jedoch besonders eifrig hervor. Er wusste aus den Erzählungen seines Vaters, dass zur Zeit Konrads von Marburg viele Opfer zu beklagen waren. Hartnäckig hielt sich das Gerücht, man habe sich bei dieser Gelegenheit zugleich einer Reihe interner Kritiker entledigt. Aber das war schon lange her und ließ sich wohl kaum mehr beweisen. Man musste jedoch auch sagen, dass seit dem Tode Konrads diese Art von Verfolgungen nur noch vereinzelt vorkamen.

Dietmar konnte keinen Zusammenhang zwischen den damaligen Ereignissen und dem heutigen Kloster erkennen. Das Eisenacher Kloster wurde erst sieben Jahre nach dem Ableben Konrads begründet. Die Vorsteher des Stifts waren seither alle für ihre tadellose Gesinnung und Integrität bekannt. Man brachte auch dem jetzigen Prior wegen seiner geschickten und intelligenten Art viel Achtung entgegen. Seine Kirche war sogar vor einigen Jahren Verhandlungsort für Sophie von Brabant und Heinrich den Erlauchten, den Markgraf von Meißen und jetzigen Landgraf von Thüringen. Dort waren die bestehenden Verhältnisse geregelt worden. Eine Beteiligung der Dominikaner an den beiden Morden erschien ihm daher völlig abwegig.

Was allerdings Gertrud Rost mit dem Hinweis auf Notizen über die Eisenacher Familien meinte, beschäftigte ihn dennoch. Er hörte davon zum ersten Mal. Es war üblich, von den Befragungen der Ketzer Protokolle anzufertigen, so war man auch beim

Verhör des Schänders der Hostie der Georgskirche verfahren. Aber das hatte nichts mit der Andeutung der Witwe zu tun. Was für Papiere sollten das sein? Von der dritten Andeutung, dem Streit zwischen dem Kloster und den Beginen, hatte er hingegen bereits gewusst. Das war nichts Besonderes. Die Beginen, so nannte man die Frauen, die kein Ordensgelöbnis abgelegt hatten, aber in einer Gemeinschaft lebten und sich der Krankenpflege, Armenspeisung sowie der Erziehung von Kindern verschrieben hatten, eiferten eben auf andere Weise den Taten der heiligen Elisabeth nach. Sie bewohnten ein Haus beim Dominikanerkloster, und ihre Vorsteherin war die Schwester des ermordeten Schmelzermeisters Rost. Der Streit entzündete sich daran, dass die Gemeinschaft keinem Orden angehörte, das wurde auch von manchem Eisenacher Bürger kritisch gesehen. Irgendwie passten die Äußerungen Gertrud Rosts nicht zusammen.

Dietmar schob die Gedanken zunächst beiseite und versuchte, sich auf seinen anstehenden Besuch bei der Familie Fachedorf zu konzentrieren. Auf dem Weg zur zweiten Familie, die einen Toten zu beklagen hatte, ging sein Blick unwillkürlich zum Bach, in dem die beiden Toten gefunden worden waren. Er blieb kurz stehen und schüttelte den Kopf. Man musste sie in unmittelbarer Nähe ihrer Häuser ermordet haben. Entweder wurden sie von einem einzelnen Mörder mit größerem zeitlichen Abstand zwischen den Taten gemeuchelt, oder es waren mindestens zwei Täter, die rasch und gleichzeitig handelten. Jegliches Geräusch wäre verräterisch gewesen. Aber wie hätte ein einzelner Täter unentdeckt so lange warten können zwischen den beiden Morden?

Als Dietmar an das Tor klopfte, öffnete ihm der Knecht und fragte nach dem Begehr. Wenig später stand er vor der Witwe des ermordeten Wollwebers. Sie machte einen ähnlich niedergeschlagenen Eindruck wie Gertrud Rost. Sie wirkte jedoch größer und kräftiger als diese. Neben ihr an der Tafel hatte der mit der Familie befreundete Markzoller Friedrich von Frankenhausen

Platz genommen. Im Hintergrund stand der wenig Vertrauen erweckende Knecht des Markzollers am Fenster. Niemand wusste, woher Friedrich diesen Kerl hatte. Er war einfach irgendwann da gewesen, man kannte nicht einmal seinen Namen. Er wirkte zwielichtig und grobschlächtig. Sein Äußeres mit dem vernarbten Gesicht erinnerte eher an einen Verbrecher als an einen Diener. Aber überall, wo Friedrich sich aufhielt, traf man auch seinen Knecht, stets wie ein Wachhund an seiner Seite. Es war etwas Merkwürdiges, was die beiden verband.

Friedrich von Frankenhausen beobachtete Dietmar argwöhnisch. Dieser Frankenhausen war Dietmar von je her unsympathisch. Es gab keine Sache, bei der er nicht seine Finger im Spiel hatte, und stets war er in der Nähe des Schultheißen zu finden. Ein Wunder, dass dieser nicht auch noch hier war. Es gab kaum eine Sitzung im Steinhof, bei der Dietmar und Friedrich nicht aneinandergerieten.

Von der Witwe erfuhr Dietmar noch weniger als aus dem vorigen Gespräch. Sie wirkte seltsam verschlossen. Auch sie wusste nicht, wer sich da zu nächtlichen Sitzungen getroffen hatte. Auch ihr Gatte hatte den Ring bei von Welsbach in Auftrag gegeben, allerdings nur, weil ihm das Schmuckstück an Heinrich Rost so gefallen hatte. Schließlich mischte sich Friedrich von Frankenhausen ein. Seine kleine beleibte Figur, der aufgedunsene Kopf mit den listig blickenden Augen und die einen unangenehmen Klang verbreitende Fistelstimme machten ihn Dietmar noch unsympathischer.

Friedrich giftete: »Wir wissen schon, warum man Euch mit der Suche nach den Mördern beauftragt hat. Man will sich von jeder Schuld reinwaschen. Es waren bestimmt die landgräflichen Parteigänger.«

Dietmar unterbrach ihn barsch: »Ich hoffe, Ihr behauptet dergleichen auch einmal in Gegenwart des Schultheißen. Da redet Ihr nämlich zumeist mit anderer Zunge.«

Friedrich machte ein unschuldiges Gesicht. »Aber wer außer ihnen sollte denn in der Stadt ein Interesse daran haben, die beiden ehrenwerten Bürger aus dem Weg zu räumen und ihre Kinder zu Waisen zu machen.«

»Ihr habt Euch doch nie um dergleichen gekümmert, woher der Sinneswandel?«, zürnte Dietmar, da er die Skrupellosigkeit seines Gegenübers kannte. Er glaubte kaum, dass Friedrichs Anwesenheit etwas mit echter Anteilnahme am Unglück der Familie zu tun hatte.

Den Disput der beiden Streithähne unterbrach die Witwe verärgert: »Schämt Ihr Euch nicht! Ihr stört unnötig die Trauer meines Hauses. Ich wünsche nicht, dass man sich jetzt hier streitet. Und von Euch, Hellgreve, hätte ich erwartet, wenn Ihr die Sache schon untersucht, dass Ihr Euch dann auch dementsprechend verhaltet.«

Dietmar war die Situation unangenehm. Er hatte wegen seines Gegenübers kurz die Beherrschung verloren. Das durfte ihm nicht wieder passieren. Daher entschuldigte er sich höflich und erkundigte sich noch obligatorisch nach der Unterstützung durch die Zunft. Im Gehen stellte er fast beiläufig eine letzte Frage: »Entschuldigt, aber eines würde mich noch interessieren, welche Schule besuchen Eure Kinder?«

»Selbstverständlich die im Dominikanerkloster, es ist schließlich die Beste der Stadt«, antwortete die Witwe.

Mit einer kurzen Verbeugung verließ Dietmar den Raum in Begleitung des Knechtes der Familie Fachedorf.

An der Eingangstür wandte er sich an den Bediensteten: »Ich weiß, du hast deinen Herrn an jenem Abend gehen sehen. Weißt du, wohin er wollte?«

»Nein, Herr, er ging in diesen Fällen immer ohne Begleitung aus dem Haus.«

»In diesen Fällen? Also war er oft zu nächtlicher Stunde unterwegs?«, hakte Dietmar nach.

Der Knecht blickte sich kurz um und vergewisserte sich, dass sie keine Zuhörer hatten. Dann antwortete er flüsternd: »Insgesamt vier Mal, Herr!«

»Noch eine letzte Frage. Weißt du, welche Richtung er eingeschlagen hat?«

»Er ging wohl Richtung Steinhof«, antwortete der Bedienstete gedämpft.

»Ich danke dir.«

Als Dietmar wieder auf der Straße stand, kreiste ihm eine ganze Reihe Gedanken durch den Kopf. Er musste erst einmal alles sortieren und lief deshalb für einige Zeit ziellos durch die Gassen der Stadt. Schließlich kehrte er im Brauhaus ein, um seinen Durst mit einem Krug Bräuhahn zu löschen und gründlich nachzudenken.

Es war inzwischen Nachmittag geworden, und Dietmar verspürte Hunger. Dennoch nahm er sich vor, das von seinem Freund Heinrich Meinradis vorbereitete Treffen mit dem Bettler Hugo wahrzunehmen. Dazu musste er sich in die Vorstadt am Nikolaitor begeben. Hier lebten die ärmsten Schichten der Stadt, dementsprechend schäbig und heruntergekommen sahen die Häuser aus, die man mehr zu den Hütten zählen musste.

Weit abseits von diesen Hütten und schon etwas außerhalb der eigentlichen Vorstadt lagen einige Wiesen und Ackerflächen mit verschiedenen Obstbäumen. Nachdem er eine mit dichtem Gestrüpp überwucherte Stelle hinter sich gelassen hatte, erreichte er einen großen, kräftigen Apfelbaum. Er bemerkte, dass der Platz von der Stadt nicht einsehbar war. Gut so! Es war vermutlich besser, wenn er nicht mit dem Bettler gesehen würde. Er ließ sich an dem Baum nieder und wartete.

Dietmar konnte sich nicht erklären, wieso der Bettler plötzlich vor ihm stand. Wie konnte er nur ungesehen die Wiesen überqueren? Hugo war mittelgroß und in einen abgewetzten, sackartigen

Umhang gekleidet. Trotz seiner Behinderung – sein linker Fuß war verkrüppelt – machte er einen flinken Eindruck.

»Nun, Herr, Ihr wartet hier auf mich?«, fragte der Bettler keck.

»Ja, du bist mir empfohlen worden.«

»Empfehlungen sind in meinem Geschäft durchaus nützlich. Ich werde sehen, was ich für Euch tun kann.« Die Worte kündeten von Selbstbewusstsein.

»Also, ich benötige Informationen über die Nacht des Unwetters, in der die zwei Markzoller zu Tode kamen. Und du kannst eventuell einiges darüber wissen.«

»Lasst uns erst übers Geschäft reden«, entgegnete der Bettler dreist.

»Wenn du mir brauchbare Informationen bietest, soll es dein Schaden nicht sein«, brummte Dietmar.

»Ihr wollt also alles über die besagte Nacht wissen?«

»Man sagte mir, du hast deine Ohren überall in der Stadt. Also sag mir, wer in jener Nacht seinem blutigen Geschäft nachging.«

Hugo hielt die schmutzige Hand auf. Dietmar legte eine Münze hinein und fügte hinzu: »Es können weitere dazukommen. Es liegt bei dir.«

»Ich werde mich umhören. Ich werde mich in spätestens drei Tagen melden.«

So urplötzlich wie er aufgetaucht war, war der Bettler auch schon wieder zwischen dem Gesträuch verschwunden.

Als Dietmar zu Hause eintraf, hatte die Sonne schon ihren Zenit überschritten, und es begann alsbald zu dämmern. Henrich, sein Sohn, spielte in einer Hofecke mit einem Nachbarsjungen. Mit einem Holzschwert gerüstet, übten sie sich im Zweikampf. Dietmar beobachtete die beiden. Obwohl des Nachbars Nachwuchs ein ganzes Stück größer als Henrich war, kämpfte dieser mit einer besonderen Verbissenheit. Wenn er zurückdrängt wurde, dann verfinsterte sich seine Miene, und er setzte nach, um seine Position wieder zurückzugewinnen.

»Er ist schon genauso hartnäckig wie sein Vater«, flüsterte plötzlich Katarina, die hinter Dietmar aufgetaucht war, und mahnte sogleich: »Mir wäre lieber, er würde sich den Lektionen in der Klosterschule mit dem gleichen Eifer widmen, den er für den Holzstock aufbringt. Seitdem du ihm das Schwert gefertigt hast, vergeht kein Tag, an dem er sich nicht auf dem Hof an irgendwelchen Pfosten austobt.«

»So sind die Burschen eben in diesem Alter. Lass sie doch ruhig auf diese Weise ihre Gemüter kühlen.«

»Aber in unserem Geschäft sind ein klarer Verstand und gute Rechenkünste mehr von Nutzen«, widersprach Katarina.

»Es kann dennoch nicht schaden, wenn man sich seiner Haut zu wehren weiß«, bemerkte Dietmar und betrat den Raum des Steinbaues. Er hatte jetzt andere Sorgen, als sich um den Übermut des Jungen zu kümmern.

Er setzte sich an den großen Tisch. Die Magd brachte ihm unaufgefordert einen großen Becher Bräuhahn, den er mit beträchtlichen Schlucken sofort zur Hälfte leerte.

Als Katarina den Raum betrat, sah sie sofort, dass Dietmar in Gedanken versunken war. »Willst du darüber reden?«

Dietmar bewunderte Katarina immer wieder für ihren Spürsinn, wann er einen Rat benötigte. Sie war schon eine ungewöhnliche Frau. Die meisten Ehen der Markzoller kamen aus Geschäftsinteresse zustande. Achtung oder gar Liebe waren selten im Spiel. Sicher, Katarina stammte aus angesehenem Haus, aber dies war nicht der Grund, warum er sie damals umwarb. Es war ihr ganzes Wesen, das ihn bei ihrem ersten Zusammentreffen sofort für sich einnahm. Mit ihrem Stolz und ihrer Anmut machte sie zunächst einen unnahbaren Eindruck auf ihn. Aber er spürte, dies war nur ein Schutzmantel, der eine sensible Seele verbarg. Nach außen wirkte sie so stark, in ihrem Inneren jedoch war sie ein feinsinniger und leicht verletzlicher Mensch. Gerade in diesem Augenblick wurde ihm wieder bewusst, wie sehr er sie immer noch liebte. Er verehrte sie wie keinen Menschen sonst. Sie vereinte für ihn die Ehefrau, die Geliebte sowie den engen Freund und Ratgeber in einer Person.

»Willst du darüber reden?«, erneuerte Katarina ihre Frage.

Dietmar nickte. »Ich habe das Gefühl, je mehr ich mich mit der Sache beschäftige, desto unklarer und verworrener werden die Verhältnisse. Vor mir liegen mehr Rätsel und Spuren als zu Anfang. Und ich schwanke innerlich hin und her, was ich eigentlich genauer verfolgen soll. Ich muss das alles erst einmal sortieren. Erst dann sollte ich überlegen, wie ich weiter vorgehe.«

»Vielleicht wollten sie doch nur jemanden berauben?«, versuchte Katarina eine einfache Erklärung.

Ihr Mann schüttelte den Kopf. »Das glaube ich kaum. Es sollen mehrere streng geheime Treffen stattgefunden haben, ohne dass ich weiß, wer außer den beiden Toten noch daran teilgenommen hat.«

Geheime Treffen klangen für Katarina nach Verschwörung. »Wer sollte einen Grund haben, solche Treffen zu organisieren und wozu?«

Dietmar zuckte nachdenklich mit den Schultern. »Das ist es ja, was mir Unbehagen bereitet. Bei den letzten Sitzungen des Schöffenkollegs beim Schultheißen ist mir nichts aufgefallen, was auf derartige Unternehmungen hindeutet. Zumindest haben sich die beiden Opfer damals nicht anders benommen als sonst. Natürlich haben wir heftig gestritten, wie wir die Rechte der Stadt in Zukunft unter dem jungen Landgrafen Albrecht sichern wollen. Seine Vorstellungen bergen durchaus die Gefahr der Beschneidung des Stadtrechts. Aber er ist nun mal unser Landesherr.« Nach einer kurzen Pause, in der Dietmar einen tiefen Luftzug nahm, fuhr er fort: »Was mir jedoch nicht so richtig in den Sinn will ist: Da begeben sich zwei Markzoller bei einem fürchterlichen Unwetter auf die Straße, obwohl sie riskieren, von der Stadtwache entdeckt zu werden.«

»Dann muss es schon um gewichtige Dinge gegangen sein«, pflichtete Katarina den Bedenken ihres Mannes bei.

»Aber in welchem Zusammenhang dazu stehen die gestohlenen Ringe? Sie wurden beide von Heinrich von Welsbach gefertigt«, warf Dietmar die nächste Frage auf.

Katarina wusste um das gute Verhältnis zwischen Heinrich und ihrem Gatten. Auch sie zweifelte, dass der Goldschmied ernsthaft mit der Geschichte in Verbindung zu bringen war. »Du kennst doch Heinrich sehr gut. Glaubst du wirklich, dass er mit der Sache etwas zu tun hat?«

»Ich kann mir nicht vorstellen, dass er darin verstrickt ist. Außerdem ist Heinrich kein Narr. Er würde sich doch nicht selbst in Verdacht bringen. Alle Welt wusste, wie schnell man die Herkunft der Ringe klären könnte.«

Katarina setzte sich zu ihrem Mann und nahm einen kleinen Schluck aus seinem Krug. Dann versuchte sie eine andere Erklärung: »Dietmar, vielleicht will man ja gerade den Verdacht auf deinen Freund lenken.«

»Das wäre möglich. Was mich jedoch genauso beschäftigt ist: Warum wurden die Männer hier mitten in der Stadt ermordet? Das Waffentragen ist doch verboten, das heißt, auch der oder die Mörder riskierten, von der Stadtwache entdeckt zu werden. Vor allem müssen sie ja irgendwo die Armbrüste verborgen haben. Die Rätsel scheinen einfach kein Ende zu nehmen.«

»Um einen solchen sperrigen Gegenstand unter dem Gewand verbergen zu können, müssen es große Umhänge gewesen sein. Und das soll niemandem aufgefallen sein?«, bemerkte Katarina.

»Angeblich hat niemand etwas gesehen«, erwiderte Dietmar.

»Ich glaube, da gibt es nur einen Schluss: Er oder sie hatten in der Stadt mindestens einen Komplizen, der die Waffen aufbewahrt hat!«

»Es gibt noch eine andere Möglichkeit, Katarina. Eine Seite, die wir noch nicht betrachtet haben.«

Katarina schaute ihrem Mann gespannt ins Gesicht. Dietmar erhob sich von seinem Schemel und sah, den Krug in der Hand, durch die Butzenscheiben des Fensters in den Hof. »Es ist gewagt, es auszusprechen. Aber es könnte sich auch um jemanden handeln, bei dem es niemand wagen würde, ihn oder sein Gepäck zu kontrollieren. Zum Beispiel einen höheren Adligen. Außerdem verfügt nicht jeder über die Mittel, eine Armbrust zu erwerben. Nur die vornehmsten Ritter besitzen sie. Ein einfacher Straßenräuber wird kaum im Besitz einer solchen Waffe sein. Selbst Lusso, der sich gerade eine Armbrust von dem Waffenschmied aus Erfurt, der unsere Stadtwache beliefert, zu einem Sonderpreis anfertigen lässt, betont die hohen Kosten.«

»Aber nicht alle Adligen dürfen in der Stadt Waffen tragen«, warf Katarina ein.

»Manche mit der Genehmigung des Landgrafen oder des Schultheißen schon, Katarina«, gab Dietmar zu bedenken.

»Das trifft doch nur auf höhergestellte Persönlichkeiten zu. Ein ungeheuerlicher Verdacht, Dietmar!«

Die Blicke, die sie nun austauschten, signalisierten Unbehagen. Beide hatten das Gefühl, gefährlichen Geheimnissen auf der Spur zu sein. Geheimnissen, die sie vielleicht um ihr Leben und das ihrer Familie fürchten lassen mussten.

»Ich habe auch noch keine Erklärung dafür, warum die Schäfte der Armbrustbolzen aus Buchenholz sind. Die der Stadtwache sind aus Eiche.«

Katarina fragte mit blassem Gesicht: »Sollte man etwa die Bolzen extra für diesen Mord angefertigt haben? Das würde dann dafür sprechen, dass jemand die Sache von langer Hand geplant hat.«

»Das ist durchaus möglich, ich habe mich daher an Lusso gewandt. Er wollte ohnehin mit dem Waffenschmied aus Erfurt

Kontakt aufnehmen, bei der Gelegenheit wird er ihn nach Buchenbolzen befragen.«

Dietmars Frau versuchte, einem weiteren Gedanken nachzugehen: »An welcher Stelle wurden die beiden denn ermordet?«

Ihr Mann zuckte mit den Schultern. »Das ist eben nicht herauszubekommen. Der Regen hat damals alle Spuren beseitigt. Ich glaube jedoch kaum, dass die Mörder die Leichen weit durch die Stadt geschleppt haben. Die Gefahr, entdeckt zu werden, wäre zu groß gewesen.«

»Möglicherweise hatten sie doch Komplizen.« Katarina war jetzt überzeugt, dass es sich so verhielt.

»Heinrich Meinradis hat mir den Bettler Hugo empfohlen, der wohl über fast alles in dieser Stadt – Gott weiß woher – informiert ist«, sagte Dietmar schließlich.

»Kannst du ihm trauen?«

»Ich weiß es nicht, aber ich habe gegenwärtig kaum eine andere Wahl, etwas herauszufinden. Als ich bei der Witwe Fachedorf war, traf ich dort den Friedrich von Frankenhausen an. Er hat gleich die Landgräflichen beschuldigt, wie es der Pöbel ja auch tut. Je mehr mir jeder einzureden versucht, der Landgraf habe seine Finger im Spiel, umso stärker hege ich Zweifel. Zu viele haben ein Interesse daran, den Landgrafen zu beschuldigen.« Dietmar wiegte wie zur Bekräftigung seiner Zweifel den Kopf hin und her.

»Aber der junge Landgraf ist alles andere als der Stadt wohl gesonnen. Zur Versorgung seiner verschwenderischen Hoffeste sind wir Städter gut genug. Und dass er die verbrieften Rechte antasten will, ist auch kein Geheimnis. Genau das haben die beiden Toten doch angeprangert, das hast du mir selbst erzählt.« Katarina war auf den jungen Herrscher ebenfalls nicht gut zu sprechen.

»Ja, natürlich, aber des Landgrafen Haltung hat das gesamte Schöffenkolleg – also auch ich – kritisiert. Und wir sind nicht alle umgebracht worden. Irgendetwas stimmt an dieser Theorie nicht.«

»Dann war der Doppelmord vielleicht zur Einschüchterung gedacht, sozusagen als Warnung. Und dich haben sie beauftragt, um zu demonstrieren: Wir haben nichts damit zu tun.« Katarina traute dem Herrn der Wartburg offensichtlich solche Schliche zu.

Dietmar wirkte ratlos, es gelang ihm nicht, auch nur einen Ansatz für die Lösung des Falles zu finden. Schließlich seufzte er: »Es sind noch viel mehr Fragen, die bislang unbeantwortet sind.« Schließlich erzählte er seiner Frau ausführlich von den Anschuldigungen gegen die Dominikaner, die die Witwe des Schmelzermeisters Heinrich Rost ausgesprochen hatte.

Katarinas Gesicht kündete von großem Erstaunen, als sie sich wieder äußerte: »Gertrud Rost war noch nie gut auf die Dominikaner zu sprechen. Die Vorfälle um ihre Schwester und ihre Eltern hat sie nie verwunden, das ist sogar verständlich. Ich wüsste nicht, wie wir uns verhalten hätten, wäre uns dergleichen widerfahren. Aber es ist so lange her, ich weiß schon gar nicht mehr, wann wir hier den letzten Ketzer überführt haben. Kein Mönch des Klosters war bislang an der Verfolgung von Häretikern beteiligt. Ein solcher Verdacht erscheint mir unbegründet. Das gleiche trifft auf den Streit mit den Frauen im Beginenhaus zu, ich würde das nicht überbewerten. Ernster sollte man da den Verdacht nehmen, dass man über die Bürger der Stadt Notizen angefertigt hätte.«

Beim letzten Satz schaute Dietmar überrascht auf. »Du glaubst auch daran? Ich dachte, es sei Unfug. In der Stadt werden so viele Gerüchte verbreitet, von denen nur ein Bruchteil zutrifft.«

»Erinnere dich, als vor eineinhalb Jahren Bruder Michael im Kloster starb. Es ging das Gerücht, in seiner Zelle habe man derartige Papiere gefunden. Rasch wurde die Sache seitens des Klosters verneint. Möglicherweise ist doch etwas dran.«

Dietmar entsann sich jetzt, er hatte dem damals keinerlei Bedeutung beigemessen. Ehe er weiter nachdenken konnte, sagte seine Frau: »Nun lass uns noch einmal alle Punkte zusammenfügen.

Eine Spur führt zu den geheimen Treffen, die zweite zu den Dominikanern, die dritte zu den Armbrüsten. Was ist also zu tun?«

Dietmar war Katarina für die Zusammenfassung dankbar. »Ich werde die Nachrichten Lussos von dem Waffenschmied abwarten, dann mit Heinrich von Welsbach wegen der Ringe reden, danach den Waffenmeister der Stadtwache befragen. Eigentlich müsste ich dergleichen auch auf der Wartburg tun. Aber man wird das dort sicher gleich als Anschuldigung werten.«

Katarina legte den Arm auf seine Schulter. »Sprich mit Siegfried darüber, der kennt Rudolf von Vargula ganz gut. Er wird für dich bei dem alten Ritter vermitteln. Rudolf kann man noch am ehesten vertrauen. Und ich, ich werde mich mal unter den Frauen umhören. Vielleicht erfahre ich ja da etwas. Aber du musst mir versprechen, auf der Hut zu sein. Die ganze Angelegenheit ist mir nicht geheuer, ich habe Angst. Ich möchte nicht in der Kirche um dich trauern müssen.«

Dietmar brummte etwas Unverständliches, was so viel wie Zustimmung bedeutete. Dann stand er auf, nahm Katarina in den Arm und küsste sie zärtlich auf den Mund. Vorsichtig tasteten sich seine Hände zu ihren aufreizend wippenden Brüsten, er hatte jetzt durchaus Lust, sich mit ihr zurückzuziehen.

Stattdessen flog die Tür auf, und das strahlende, von Schweißperlen übersäte Gesichts Henrichs verkündete, wer aus dem Zweikampf mit dem Nachbarsjungen als Sieger hervorgegangen war. Katarina errötete leicht, befreite sich rasch aus Dietmars Armen und schickte Henrich zum Badezuber.

Der Hausherr blieb im Zimmer zurück und überlegte sich eine Strategie, wie er seine Ermittlungen auf der Wartburg fortsetzen könnte. Schließlich kam ihm der Gedanke, Rudolf von Vargula in einer Botschaft sein Begehren zu begründen. Rudolf war im Gegensatz zu fast allen Hofangehörigen auf der Wartburg des Schreibens und Lesens kundig. Dietmar musste nur dafür sorgen, dass der Brief nicht in die falschen Hände geriet. Er rief die Magd, sie sollte ihm nach dem Abendessen Feder, Tinte und Pergament an sein Schreibpult im Kontor legen.

11

Am nächsten Morgen stand Dietmar Hellgreve früher als sonst im Nebenraum seines Hofes. Er wirkte übermüdet, die am Pult geschriebene Botschaft – er musste seine Worte außerordentlich sorgfältig abwägen – hatte viel Zeit gekostet.

Dietmar nahm heute an der Beerdigung der beiden Toten teil. Darum hatte er sich herausgeputzt, und deshalb musste auch Henrich heute nicht zur Schule im Dominikanerkloster. Nachdem Dietmar eine Scheibe Brot verzehrt hatte, erklang im Hintergrund das Glockengeläut der Dominikanerkirche. Er machte sich daher unverzüglich auf den Weg zur Klosterkirche, wo die Leiche von Petz Fachedorf immer noch aufgebahrt war. Dieser sollte als Erster beigesetzt werden, anschließend folgte die Beerdigung des anderen Toten auf dem Friedhof des Nikolaiklosters. Dietmar musste sich sputen, er durfte nicht zu spät kommen.

Als er die Kirche durch das Portal betrat, staunte er über die große Zahl von Menschen, die sich hier versammelt hatten. Das Kirchenschiff war voll wie bei einer Sonntagspredigt. Vom Schultheißen angefangen bis hin zum einfachen Zunftmeister hatten sich die meisten Würdenträger der Stadt eingefunden. Alle wollten Abschied nehmen von den Freunden, Geschäftspartnern, Nachbarn. Selbst Leute aus dem einfachen Volk, sei es nun aus Anteilnahme oder aus Neugier, füllten die Kirche. Es herrschte eine seltsame Ruhe. In der Seitenkapelle war schon die Trage mit den kleinen Holzstelzen aufgestellt. Sie hielt den noch offenen Holzsarg, in dem der mit feinstem Tuch bekleidete Tote lag. Die Menschenmenge formierte sich vor und hinter dem Sarg zu einem Zug. Die Reihenfolge war seit ewigen Zeiten streng geregelt. An der Spitze stand, mit einem Kruzifix in der Hand, der alte Prior des Klosters. Den vier Mönchen hinter ihm oblag das Tragen des Sarges. Im Anschluss folgten direkt die Familien der Toten und weitere nahe Verwandte, hinter jenen reihte sich die Oberschicht der Stadt, die Markzoller, ein. Den letzten Platz nahm das gemeine Volk ein. Dietmar drängelte sich zur Gruppe der Markzoller durch, die vom Schultheißen angeführt wurde.

Das laute Gebet des Priors, das jetzt begann, war das Signal für den Aufbruch. Mit gedämpften Geräuschen wurde der Sargdeckel aufgelegt und vernagelt. Anschließend setzte sich die Kolonne in Bewegung und verließ in feierlicher Prozession die Kirche durch einen Nebeneingang. Obwohl sich auf den Straßen zu dieser Stunde ziemlich viele Menschen bewegten, drang kein Laut bis zum Friedhof vor, der innerhalb des Klosterbezirks lag. Es herrschte im wahrsten Sinne des Wortes Todesstille.

Auf dem Friedhof angekommen, bildete die Menge einen Halbkreis um das bereits ausgehobene Grab. Der Prior sprach mit fester Stimme das Abschiedsgebet für die geschundene Seele, während die Angehörigen leise weinten. Dietmar empfand ebenfalls Trauer, obwohl er nie eng mit den beiden Toten befreundet war.

Dennoch warf er einen Blick in die Menge. Unweit von seinem Platz stand der ihm verhasste Friedrich von Frankenhausen mit seinem seltsamen Knecht. Die Blicke der beiden Markzoller begegneten sich kurz, und jeder schleuderte dem anderen wortlos seine Verachtung entgegen. Einige Meter weiter hatte sich der wandernde Predigermönch eingefunden. Obwohl er ein Fremder war, wagte es niemand, ihm die Teilnahme an der Beerdigung zu verwehren. Stumm die Hände gefaltet, betete auch er für die beiden Toten. Dietmar musste unwillkürlich wieder an dessen seltsame Predigt denken. Merkwürdig, dass der Prediger gerade zu diesem Zeitpunkt in Eisenach auftaucht war. Aber Dietmar hielt sich nicht lange mit solchen Gedanken auf. Er grübelte über seinen Brief nach, den er unter dem Wams versteckt hatte, und wog zum wiederholten Mal alle Argumente für und wider eine schriftliche Kontaktaufnahme mit Rudolf von Vargula ab. Hoffentlich verfehlte die Botschaft nicht ihr Ziel, aber er musste es einfach riskieren.

Die vier Mönche, die den Sarg transportiert hatten, betätigten sich jetzt als Totengräber. Vorsichtig ließen sie die Holzkiste in die Grube hinab. Danach harrten alle Anwesenden einen kurzen Moment still aus, bis sich der Prior umdrehte und wieder die Führung des Zuges übernahm. Die Menge folgte ihm zurück ins Innere der Kirche. Anschließend begab sich ein Großteil der Menschen, vor allem die Würdenträger der Stadt und mit ihnen Dietmar, in die Nikolaikirche, um der zweiten Beerdigung beizuwohnen. Es war schon ein seltsames Bild, wie der Zug durch die Stadt marschierte. Es wurden kaum Worte ausgetauscht, lediglich die Glocken der Klosterkirche beim gleichnamigen Stadttor spendeten ein Abschiedsgeleit.

In der Nikolaikirche angekommen, spielte sich das gleiche Zeremoniell wie im Dominikanerkloster ab. Hier führte jedoch die Äbtissin der Benediktinerinnen den Zug an und hielt die Grabesrede. Es waren auch keine Mönche, sondern die Knechte des Klosters, die den hölzernen Sarg in die ausgehobene Grube gleiten ließen. Nachdem dies geschehen war, strebte die Trauergemeinde entweder dem eigenen Haus oder der Werkstatt zu oder ging anderem Tagwerk nach.

Dietmar Hellgreve blieb seitwärts am Portal der Nikolaikirche einfach stehen und starrte den Davoneilenden hinterher. Er wartete hier auf seinen Freund, den Stadthauptmann Siegfried von Nazza. Diesem hatte er mit einer Handbewegung bedeutet, dass es noch etwas zu besprechen gab. Obwohl Siegfried nicht weit entfernt war, beeilte er sich nicht sonderlich, zu dem Tuchhändler zu kommen. Offensichtlich dachte er, Dietmar sei es recht, wenn sie ohne Zuhörer wären.

Nach kurzer Zeit waren die meisten Menschen verschwunden. Ab und zu eilte zwar irgendjemand durch das Stadttor oder die naheliegende Gasse, aber niemand störte die Unterredung der beiden Freunde oder konnte sie gar belauschen. »Es sind doch ziemlich viele Menschen gekommen, die Abschied nehmen wollten«, begann der Stadthauptmann.

»Nun ja, so manchen wird nur die Neugier hierher getrieben haben.«

Siegfried nickte zustimmend. »Ja, da magst du recht haben. Aber was gibt es Dringendes zu besprechen?«

Dietmar verspürte die Eile in den Worten, darum wollte er es kurz machen. »Ich komme nicht weiter und brauche deshalb deine Hilfe.«

»Wenn ich etwas für dich tun kann, dann sage es frei heraus.«

»Mir fehlen Informationen über die Armbrüste. Lusso hat seinen Brief an den Waffenschmied aus Erfurt abgeschickt. Wir warten jetzt auf eine Antwort. Aber du kennst selbst die Entfernung dorthin, es wird also dauern. Mich beschäftigt allerdings die Frage, ob die Spur die richtige ist. Was machen wir, wenn es doch einen Zusammenhang mit der landgräflichen Partei gibt und die ganze Geschichte nur vertuscht werden soll? Ich zweifele zwar immer noch stark an dieser Version, vermag aber nicht, sie gänzlich auszuschließen.«

Siegfried von Nazza zog ein nachdenkliches Gesicht. »Wie willst du das in Erfahrung bringen, und wie kann ich dir dabei helfen?«

Dietmar unterbreitete jetzt seinem Freund Stück für Stück sein Vorhaben. »Glaubst du, dass man dem alten Rudolf von Vargula wirklich vertrauen kann?«

»Rudolf von Vargula ist ein tugendhafter Mann, auch den Oheim des Landgrafen schätze ich als vertrauenswürdig ein. Selbst wenn es wirklich eine Verschwörung auf der Wartburg geben sollte, glaube ich kaum, dass die beiden damit zu tun haben. Aber ich ahne, was du vorhast: Du willst mit jemandem über deine Bedenken reden und ihn veranlassen, auf der Wartburg nachzuforschen. Stimmt's?«

»Ja«, bekannte Dietmar freimütig. »Kannst du mir eine Unterredung mit Rudolf von Vargula oder eben auch mit Hermann von Henneberg vermitteln?«

Siegfried zögerte einen Moment. Dietmar konnte seine Zurückhaltung verstehen, daher fuhr er gleich fort: »Ich weiß, dass die Sache schwierig ist. Meine Untersuchungen auf die landgräfliche Residenz auszudehnen, lässt einen ungeheuren Verdacht erahnen. Und es kann sein, man lehnt daher das Ansinnen brüsk ab und ist empört. Aber es muss auch im Interesse von Rudolf und Hermann sein, die landgräfliche Partei von jeglichem Verdacht zu befreien oder einen Verräter in den eigenen Reihen dingfest zu machen. Deshalb sollte uns das Ansinnen zumindest einen Versuch wert sein. Ich habe –« Dietmar unterbrach seinen Satz abrupt, als zwei Knechte mit einem Karren dicht an ihnen vorbeizogen. Einer der beiden war der grobschlächtige Knecht Friedrichs von Frankenhausen. Wollte der Kerl sie etwa belauschen, oder war es nur purer Zufall, dass er hier vorbeikam? Der Tuchhändler zupfte den Stadthauptmann kurz am Ärmel, und sie schlenderten in die entgegengesetzte Richtung, in die Gasse, die zum Marktplatz führte. Hier verkehrten zwar mehr Menschen, aber in dem Gewimmel war es auch schwieriger, ihren Worten zu folgen.

Schließlich sagte Siegfried: »Komm, wir besprechen den Rest doch in der Nikolaikirche. Dort werden wir hoffentlich ungestört sein. Aber wir müssen uns etwas sputen, ich habe noch eine Reihe von Dingen zu erledigen.«

Ohne die Antwort seines Freundes abzuwarten, überquerten sie den Marktplatz, der heute nicht so überfüllt war wie am Markttag. Am Portal der Kirche vergewisserten sie sich unauffällig, dass niemand sie beobachtete. Nichts schien ihnen auffällig, als sie die schwere Holztür hinter sich schlossen. Sie mussten sich erst einen kurzen Moment an die spärliche Beleuchtung im Kirchenschiff gewöhnen. Am Altar kniete eine ältere Frau und betete, ansonsten war die Kirche menschenleer. Sie setzten sich auf eine der hölzernen Bänke an der Seite.

Dietmar fuhr nun leise flüsternd fort: »Ich habe einen Brief geschrieben, in dem ich meine Gründe für eine Audienz darlege. Das Schreiben muss direkt zu Rudolf von Vargula gelangen, ohne dass es durch weitere Hände geht. Wer weiß, wer sonst mit der Sache zu tun hat. Meine Fragen, die mir während der Ermittlungen gekommen sind, stehen selbstverständlich nicht in dem Papier. Würde es in falsche Hände gelangen, wüsste man genau über die Untersuchung und über die Verdachtsmomente Bescheid. Du bist seines Standes und kommst daher eher und unauffälliger an Rudolf heran als ich. Ich bin durch das Schöffenkolleg darüber informiert, dass der Schultheiß morgen Vormittag zusammen mit dir zu einer Beratung auf der Wartburg erwartet wird. Die heimliche Übergabe eines Briefes an Rudolf von Vargula birgt für dich natürlich ein hohes Risiko, dessen bin ich mir bewusst. Aber ich weiß mir keinen anderen Rat.«

Siegfried war skeptisch. Nicht, dass er Angst hatte, dem Freund zu helfen, nein. Er befürchtete jedoch Unannehmlichkeiten für Dietmar. Deshalb meinte er: »Ich werde es für dich wagen. Aber glaubst du nicht, es wäre besser, den Schultheißen einzubeziehen? Wenn er sich übergangen fühlt, wirst du ernsthafte Schwierigkeiten bekommen.«

Dietmar schüttelte den Kopf. »Schultheiß Werner würde niemals gestatten, auch nur ansatzweise einen Verdacht gegen die landgräfliche Partei zu äußern. Ich halte ihn nicht für verdächtig, aber er ist nicht weitsichtig genug. Ich fürchte, er würde die Aufklärung eher behindern, denn befördern.«

Der Argwohn des Stadthauptmanns war noch nicht gänzlich beseitigt. »Nehmen wir einmal an, ich übergebe den Brief. Was ist, wenn man dein Anliegen in der Tat ablehnt?«

»Dann haben die Herren auf der Wartburg wider Erwarten wohl doch etwas mit der Sache zu tun, und dann ...«, Dietmar stockte der Atem bei den Worten, »dann sind möglicherweise meine Familie und ich in Gefahr. Aber das Wagnis gehe ich ein, denn es geht nicht nur um mich. Es geht um die Bürger dieser Stadt, die Schaden genommen haben. Das darf nicht ungestraft bleiben.«

Siegfried hatte verstanden. Dietmar nestelte an seinem Wams, holte ein sorgfältig versiegeltes Stück Pergament hervor und reichte es dem Freund. Dieser ließ es rasch in seinem Umhang verschwinden. Noch immer kniete die alte Frau am Altar, auch sonst ließ sich niemand in der Nähe blicken, als sie gemeinsam die Kirche verließen.

Vor der Kirche sahen sie sich einer kleinen Menschenmenge gegenüber, die gespannt auf irgendetwas zu warten schien. Die Freunde schauten sich an und ahnten, dass der Wandermönch gleich wieder zu predigen beabsichtigte. In der Tat hatte sich dieser nun einen Platz für seine Predigt ausgesucht. Völlig überraschend schwieg er jedoch und wandte sich Richtung Nikolaikirche. Hatte er Dietmar Hellgreve und den Stadthauptmann bemerkt und verzichtete daher auf eine weitere aufwieglerische Predigt? Oder war er schon zum Ende gekommen? Dann wäre es eine kurze Ansprache gewesen, denn lange hatten sich die beiden Freunde nicht in der Kirche aufgehalten. Dieser Mönch war schon seltsam.

Am folgenden Vormittag waren auf der Wartburg sechs Männer eifrig mit Besprechungen über die Bewaffnung der Stadt beschäftigt. Der Stadthauptmann hatte vor geraumer Zeit darauf aufmerksam gemacht, dass einige Speere, Schwerter und Kopfhauben der Stadtwache, trotz sorgfältiger Pflege, rostig seien. Da die Rüstkammer der Wartburg auf Befehl des jungen Landgrafen völlig neu ausgestattet worden war, beabsichtigte man, die ausrangierten Kriegsgeräte gegen Entgelt der Stadtwache zu überlassen. Die Verhandlungen vonseiten der Stadt führte der Schultheiß. Vorher jedoch inspizierte der Stadthauptmann den Waffenberg, der in einer der Fachwerkstallungen der Vorburg aufgeschichtet war. Siegfried suchte mit gekonntem Blick nur die Waffen aus, die noch zu gebrauchen waren. Anschließend trugen der Rüstmeister der Burg und der Sekretär des Schultheißen die Geräte auf einem provisorischen Tischchen in eine Liste ein. Nachdem alles zur Zufriedenheit beider registriert war, übergaben sie das Pergament dem Burghauptmann, dem eitlen Ludwig von Brandenburg.

Schultheiß Werner unterbreitete dem Burghauptmann ein Angebot zur Bezahlung.

Ludwig von Brandenburg fing in seiner gewohnten Überheblichkeit an zu lachen, bevor er sagte: »Diese Summe reicht nicht einmal für die Hälfte der Waffen. Euer Angebot ist doch wohl ein Scherz!«

Der Schultheiß empörte sich: »Die Waffen haben doch für Euch gar keinen Wert mehr. Sie liegen hier in der Scheune, um eingeschmolzen zu werden. Wenn wir nicht dafür Interesse zeigen würden, sähet Ihr überhaupt kein Geld.«

Siegfried von Nazza und Rudolf von Vargula zogen sich von dem beginnenden Disput zurück. Sie beabsichtigten nicht, sich in den Streit einzumischen. Sollten das die beiden Krämergesellen unter sich ausmachen. Siegfried war froh, dass Rudolf ihm bedeutete, zusammen mit ihm den Raum zu verlassen. So musste er erst gar nicht nach einem Vorwand suchen, um mit dem geschätzten Ritter des Landgrafen ungestört zu sein. Ohne Umschweife kam der Stadthauptmann daher auf das Anliegen seines Freundes zu sprechen.

»Rudolf, ich habe eine dringende Botschaft an Euch von Dietmar Hellgreve, den Ihr mit der Untersuchung der beiden Mordfälle beauftragt habt.« Siegfried überreichte dem alten Mann das versiegelte Pergament und fuhr fort: »Es ist von höchster Dringlichkeit, dass Ihr mit ihm allein sprecht. Die Ernsthaftigkeit, mit der er in dem Fall ermittelt, gestattet nur diesen Weg. Er bittet Euch auch darum, die Sache außerordentlich vertraulich zu behandeln.

Nehmt ihm diesen ungewöhnlichen Vorstoß nicht übel. Versprecht mir bitte, ihn anzuhören.«

Rudolf von Vargula schaute den Stadthauptmann interessiert an, als er nach der Botschaft griff. »Meine Vermutung, es könnte sich bei der Mordtat um ein Komplott handeln, bewahrheitet sich wohl?«

Siegfried von Nazza antwortete: »Das ist nicht so richtig klar. Aber für die Untersuchung benötigt Dietmar Hellgreve Eure Hilfe.«

Der Ritter des Landgrafen verstand sofort. »Ich werde sehen, was ich tun kann. Später lasse ich Euch eine Antwort zukommen. Übermittelt sie dann dem Tuchhändler.«

Inzwischen waren der Schultheiß und der Burghauptmann handelseinig geworden. Mehrere Knechte begannen daher, die Lastesel mit den Waffen zu beladen. Schließlich bestieg die städtische Delegation ihre Pferde und ritt zur Stadt zurück.

12

Am gleichen Tag trafen in der Vorstadt vor dem Westtor der Stadt Eisenach zwei Reisende ein. Ihrer Kleidung nach zählten sie zu den vornehmeren Kaufleuten. Obwohl ihnen die Übernachtungsmöglichkeiten in der Stadt selbst ohne Weiteres zugänglich waren, stiegen sie in der Herberge der Vorstadt ab. In den dortigen Schlafsälen pflegten zwar auch die betuchteren Reisenden zu nächtigen, jedoch nur, wenn sie zu spät vor der Stadt ankamen und die Tore schon verschlossen vorfanden. Den beiden Kaufleuten gingen zwei Knechte zur Hand, die damit beschäftigt waren, das Gepäck in einen separaten Schlafraum zu bringen. Der Wirt wunderte sich zwar, dass die beiden nicht die Herbergen in der Innenstadt vorzogen und zu allem Überfluss noch auf ein separates Zimmer bestanden. Aber der Beutel klingender Münzen ließ ihn nicht lange überlegen. Das gute Geschäft vor Augen, stellte er ihnen eine Kammer zur Verfügung, die eigentlich nur für private Zwecke genutzt wurde.

Die Kammer lag in Richtung zur Stadt. Vom Fenster aus konnte man das Stadttor sehen. Der Raum selbst war nur mäßig groß und mit einem Bettgestell, einer Truhe und einem einfach gezimmerten Tisch sowie einem Schemel ausgestattet. Ein Stallknecht des Hauses bemühte sich gerade, einen zweiten Holzverschlag als Bett aufzurichten, während die Magd, ein hübsches junges Ding mit drallen Hüften und ausladenden Brüsten, einen Krug Wein und zwei Becher auf den Tisch stellte. Der eine der beiden Reisenden, ein jüngerer, kräftig gebauter Mann mit jugendlichem Flaum um die Lippen, betrachtete aufmerksam die junge Magd, die ihm offensichtlich zu gefallen schien.

Als alles zur Zufriedenheit hergerichtet war und Knecht und Magd den Raum verlassen hatten, gossen sie sich Wein in die Becher. Der jugendhaft wirkende Kaufmann grinste lüstern. »Warmund, ich weiß, wie ich mir hier zusätzlich etwas Zeitvertreib verschaffe.«

Der Angesprochene drehte sich zum Fenster. »Meinhilf, wir haben für so etwas jetzt keine Zeit. Die Herzogin hat uns eine Aufgabe gestellt, die wir zu erfüllen haben. Diese ist brenzlig genug und erfordert unsere ganze Aufmerksamkeit und Konzentration. Wenn wir das erledigt haben, wirst du noch genügend Mägde für dein Bett finden. Bis dahin zügele deine Wollust.«

Meinhilf von Hohenfels knurrte: »Aber wenn ich mich schon mit der Kleidung eines Bürgerlichen tarnen muss, dann muss wenigstens etwas dabei herausspringen. Eigentlich geziemt es sich nicht für jemanden unseres Geblüts, sich solcher Maskerade hinzugeben.«

Warmund hob warnend den Zeigefinger. »Du weißt, es war der Wunsch der Herzogin, möglichst nicht aufzufallen. Also hüte dich, die ganze Sache aufs Spiel zu setzen. Du bringst sonst Schande über deine Familie. Ich hoffe, dir ist es mit unserer Ritterehre so ernst wie mir. Es gibt leider nicht mehr viele, die dieser Auffassung sind.«

Meinhilf nickte und gab mit einem Seufzer klein bei. »Du hast ja recht, aber darf man nicht auch ans Vergnügen denken?«

Warmund von Blumenstein, nur unwesentlich kleiner als sein Gefährte Meinhilf von Hohenfels, lächelte kaum merklich. Dann machte er sich an einem Bündel zu schaffen und zog aus dem Packen zwei kostbare Dolche hervor, deren Griffe kunstvoll verziert waren. Beide verbargen die Waffen sorgfältig unter ihren hellen Gewändern. Danach griff Warmund zu einer Rolle Pergament und erbrach das Siegel. »So, nun lass uns nachsehen, was uns der Reiter, der uns unterwegs abgefangen hat, für eine Nachricht übermittelt hat.«

»Sollten wir nicht vorsichtiger sein mit solcherlei Boten? Wer sagt uns denn, dass uns nicht jemand in die Irre führen will?«, gab Meinhilf zu bedenken.

Warmund wischte dessen Zweifel beiseite: »Erstens wissen nur wenige Leute von unserer Mission, und zweitens hat mein Bruder mit seinem Informanten ein Zeichen ausgemacht, das zusätzlich zum Siegel als Erkennungsmerkmal dient. Hier ist das Zeichen. Genau an der Stelle, wo es sein soll.«

»Was steht denn nun drin?« Meinhilf wurde jetzt doch neugierig.

»Es ist eine Wegbeschreibung. Wir sollen Richtung Wartburg gehen und uns dann rechts am Wald halten, sodass wir etwas oberhalb des Klosters, das wir rechterhand gesehen haben, ankommen. Dort werden wir uns heute Nachmittag mit jemandem treffen, der uns genauere Informationen gibt.«

Meinhilf und Warmund verließen die Kammer und verriegelten sorgfältig die Tür. Dem Wirt trugen sie unter Überlassung einer weiteren kleinen Summe auf, ein Auge auf die Tür zu werfen und Fremden jeglichen Zutritt zu verwehren. Als sie den Hof verließen und an den Stallungen vorbeikamen, befahlen sie einem der beiden sie begleitenden Knechte, auf die Kammer sowie den Wirt zu achten. Dessen Neugier war ihnen nicht entgangen, darum schien es ihnen klüger, sich doppelt abzusichern.

Der andere Knecht machte sich mit ihnen auf den Weg zu dem vereinbarten Treffpunkt. Warmund beabsichtigte, den Platz noch vor dem Informanten zu erreichen, um sicher zu gehen, dass sie allein und unbehelligt sein würden. Der Knecht sollte daher vorangehen und sich in der Nähe etwas umsehen. Da sie, um nicht aufzufallen, zu Fuß gingen, benötigten sie natürlich viel mehr Zeit.

Meinhilf glaubte zwar nicht, dass diese Vorkehrungen notwendig waren, aber sein Freund galt als vorsichtige Natur. Er würde schon wissen, was zu tun war. Sie schlugen den beschriebenen Weg ein. Auf dem staubigen Weg herrschte einiger Betrieb, verschiedene Bauern begleiteten kleine, von Ochsen gezogene Karren mit Gemüse und dergleichen mehr. Einzelne Kaufleute strebten mit ihren Planwagen Richtung Süden oder wollten einfach nur die Stadt umfahren. Zwischenzeitlich tauchte eine Schar Reiter auf, die unzweifelhaft zu einer landgräflichen Patrouille gehörte. Kurze Zeit später verschwand sie wieder im Tal. Es würde also gar nicht auffallen, wenn Meinhilf und Warmund die Straße entlangzogen und dann in den Waldweg einbogen. Selbst auf diesem Weg begegneten ihnen noch vereinzelte Leute: Menschen, die zum Katarinenkloster oder in die Stadt wollten, ein rußgeschwärzter Köhler, der noch vor der Dunkelheit zu seinem Meiler in den dichten, undurchdringlichen Wäldern eilte. An Warmunds Miene konnte Meinhilf erkennen, dass ihm noch zu viel Verkehr war. Bald jedoch sah er einen weiteren abzweigenden Pfad, der die Höhe hinaufführte.

Warmund bedeutete dem Knecht voranzugehen. Dieser tat, wie ihm geheißen, während Warmund prüfend Richtung Sonne blickte. Der Zeitpunkt war vermutlich früh genug gewählt, um den Treffpunkt noch einmal zu inspizieren. Sorgfältig achteten sie darauf, dass niemand ihnen folgte. Es mochte so achthundert

Schritte bergauf gegangen sein, als sie eine kleine Lichtung betraten. Sie erlaubte einen weiten Blick über die Gegend. Mit leinenen Tüchern wischten sich die drei den Schweiß von der Stirn und sahen sich dann gründlich um. Zur Lichtung führten drei Wege, der, den sie gekommen waren, einer kam direkt aus dem oberhalb gelegenen Wald, und der dritte ging an der Bergseite weiter.

Meinhilf und Warmund setzten sich zwischen den beiden letzteren Wegmündungen in den dichten Wald, sodass sie jeden Ankömmling auf der Lichtung beobachten konnten. Ihr Knecht suchte die Umgebung ab und wartete dann etwas weiter oberhalb im Tannendickicht, aber noch nah genug, um im Ernstfalle eingreifen zu können.

Nachdem sie reichlich eine Stunde gewartet hatten, sahen sie, wie ein Mann von der Bergseite kommend die Lichtung betrat. Er war gänzlich in einen braunen Umhang gehüllt, zu dem auch eine Kapuze gehörte, die er sich nach Art der Mönche tief ins Gesicht gezogen hatte. Zielgerichtet ging er zu der Stelle, wo Meinhilf und Warmund saßen, und bedeutete ihnen mit einer Handbewegung, dass er der Erwartete sei.

Beide Ritter sahen sich an, offensichtlich war ihre Tarnung doch nicht so gut, wie sie geglaubt hatten. Nochmals blickten sie in die Runde, um zu sehen, ob der Verhüllte auch wirklich allein war.

Schließlich trat Warmund auf die Lichtung und schaute den Besucher an. Er konnte sein Gesicht jedoch nicht erkennen, nur sein Kinn ragte etwas hervor. Seine Statur war etwas beleibt, und sein leises Keuchen und einige Schweißperlen um das Kinn zeigten, dass er wohl ein Stück des Weges gelaufen sein musste.

Meinhilf gesellte sich zu ihnen, und Warmund begann die Unterredung mit den Worten: »Nun, wenn Ihr der Mann seid, für den ich Euch halte, sollten wir gleich zur Sache kommen.«

Sein Gegenüber holte Luft und äußerte mit seltsam näselnder Stimme: »So Ihr die brabantinischen Abgesandten seid, müssen wir in der Tat einige Dinge miteinander bereden. Ihr seid bereits darüber informiert worden, dass zwei Markzoller umgebracht wurden?«

Warmund nickte. »Uns würde interessieren, was das zu bedeuten hat.«

»Ich habe ernstzunehmende Informationen darüber, dass Heinrich und sein Sohn Albrecht, ihres Zeichens Markgrafen von Meißen und Landgrafen von Thüringen, planen, beim bevorstehenden Kampf um die Werrastädte auch in die hessischen Gebiete Eurer Herzogin einzudringen. Daher hat man heimlich mit den Stadtoberhäuptern Verbindung aufgenommen. Eisenach soll dabei als Basis dienen für den Feldzug, dazu muss man sich der Stadt sicher sein. Ihr wisst aber wohl, dass ein Großteil der Menschen in der Stadt eher der Herzogin, der Tochter der Heiligen, zugeneigt ist.«

»Also hat man kurzerhand die sich Widersetzenden im Stadtregiment umgebracht!«, unterbrach Warmund den Kapuzenmann.

»Ja, so ist es gewesen«, pflichtete ihm der geheimnisvolle Gesprächspartner bei.

»Und warum wird dann der Fall von einem Bürgerlichen untersucht?« Warmund zweifelte an den Worten des Kapuzenmannes. Seine Erklärung hörte sich viel zu simpel an.

»Von wem wisst Ihr denn davon?« Der Informant blickte überrascht zu Warmund, und für einen kurzen Moment war die eine Hälfte seines Gesichts zu sehen.

»Das tut nichts zur Sache. Aber aus welchem Grund sollte sich der Landgraf so viel Mühe machen, den Fall zu untersuchen?« Warmund, dem die Überraschung seines Gegenübers – oder war es Verunsicherung? – nicht verborgen geblieben war, spürte, dass irgendetwas nicht zusammenpasste.

»Es soll kein Verdacht auf die landgräfliche Partei fallen!« Die Stimme des Informanten bekam einen unangenehmen Klang.

Warmund schaute den Mann wenig überzeugt an. »Mir sind über die Person, von der Ihr sprecht, andere Informationen zugetragen worden.«

Die verhüllte Gestalt zog sich die Kapuze wieder etwas tiefer ins Gesicht und meinte: »Da hat man Euch aber schlecht informiert. Der Hellgreve, der mit der Untersuchung betraut ist, hält es mit den Landgräflichen. Erst kürzlich war er sogar bei einem Bankett auf der Wartburg dabei.«

Warmund hielt einen kurzen Moment inne. Von einem kürzlich ausgerichteten Gelage auf der Burg hatte er gehört. Wäre dort ein Städtebürger zugegen gewesen, hätte man ihm von dieser ungewöhnlichen Begebenheit bestimmt berichtet. Er konnte sich nicht vorstellen, dass man ihm etwas so Außergewöhnliches verschwiegen hatte. Aber er wollte dem jetzt nicht weiter nachgehen und sagte: »Wie auch immer. Vielmehr interessiert mich jedoch: Wie ist die Stimmungslage in der Stadt? Wie viele Anhänger würde denn unsere Herrin im Ernstfall auf ihrer Seite haben?«

»Ich würde schon dafür sorgen, dass sie Einlass in die Stadt erhielte«, sagte der Kapuzenmann vieldeutig.

Warmund traute dem Informanten nicht. »Und was verlangt Ihr als Gegenleistung?«

»Darüber lasst uns zu gegebener Zeit reden«, antwortete die braun gewandete Person listig.

Warmund kehrte zum Ausgangspunkt der Unterhaltung zurück. »Ich vermochte bislang, außer einer kleinen Schar Reiter, keine Anzeichen für Rüstungen zu erkennen. Auch liegen mir keine Informationen dazu vor. Ich weiß, dass Auseinandersetzungen mit dem Braunschweiger geführt werden, aber hier um Eisenach war doch bislang alles ruhig.«

»Dann ist es den Landgräflichen offensichtlich gelungen, Euch zu täuschen.« Die Stimme des Mannes bekam wieder diesen seltsamen Klang.

»Hört zu, wir bleiben noch ein paar Tage im Hof vor dem Tor. In dieser Zeit müssen uns noch einige Informationen mehr zugetragen werden, die uns davon überzeugen, dass wir mit einer kriegerischen Auseinandersetzung zu rechnen haben.« Der gebieterische Tonfall Warmunds ließ keinen Widerspruch gelten.

»So soll es sein.« Der Mann mit dem Umhang wandte sich zur Seite und ging zu dem bergaufwärts führenden Weg. Nach ein paar Schritten drehte er sich nochmals um und sagte: »Ihr könnt Euch die Mühe sparen, mir zu folgen oder Euren Knecht hinter mir herzuschicken. Das Messer, das er zurzeit an seiner Kehle spürt, würde ihn noch in diesem Wald finden.« Kaum ausgesprochen, verschwand der Mann im Wald am Berghang.

Warmund blickte seinen Freund Meinhilf an. »Ich traue dieser Person nicht. Solche Informanten verkaufen doch alles und jeden. Wer garantiert uns, dass er die Wahrheit sagt?«

»Warmund, dein Bruder hat doch da noch jemand anderen als Spion. Vielleicht sollten wir uns an den wenden. Es soll ein Bettler sein, der Hugo heißt und sein Bein nachzieht.«

»In der Stadt gibt es sicher Dutzende von Bettlern mit verkrüppelten Körperteilen. Ohne aufzufallen, werden wir den wohl kaum finden.« Warmund machte ein angestrengtes, nachdenkliches Gesicht, aber sie würden wohl keine andere Wahl haben. Daher willigte er in den Vorschlag seines ritterlichen Freundes ein: »Du hast recht, vielleicht sollten wir einen der Knechte mit der Suche beauftragen.«

Warmund hatte kaum ausgesprochen, als ihr Knecht mit kreidebleichem Gesicht aus dem Dickicht die Lichtung betrat. Er brauchte ihnen nichts zu sagen, die beiden Männer ahnten, was ihm widerfahren war.

Meinhilf von Hohenfels fragte dennoch: »Weißt du, wer dein Gegner war? Konntest du seine Gestalt, sein Gesicht erkennen?«

Der Knecht stammelte mit stockender Stimme: »Mir ist unerklärlich, wie er unbemerkt so nah an mich herankommen konnte. Ich spürte seinen Atem im Nacken, während er mir das Messer an die Kehle hielt. So schnell und geräuschlos wie er kam, so schnell war er wieder weg. Ich habe nicht einmal seine Kleidung ausmachen können, als er von mir ließ. Das Tannendickicht hatte ihn sofort wieder verschluckt.«

Die beiden hessischen Ritter schüttelten den Kopf. Offensichtlich würde ihre Mission komplizierter als erwartet. Die verwirrenden Nachrichten beschäftigten die beiden Adligen, als sie sich gemeinsam auf den Rückweg machten. Sie mussten irgendwie mehr über die ganze Sache in Erfahrung bringen. Über der Stadt begann es allmählich zu dämmern, als sie an der Herberge ankamen.

Sie ließen sich zunächst von ihrem zurückgelassenen Knecht versichern, dass ihre Kammer unberührt geblieben war. Zusätzlich erkundigten sie sich nach dem Wirt und dessen Tagwerk. Anschließend betraten sie beruhigt ihre Kammer.

13

Warmund von Blumenstein und Meinhilf von Hohenfels hatten an diesem Morgen wieder ihre hellen Kaufmannsgewänder angelegt. Ihre kleinen, kunstvoll verzierten Dolche ließen sie diesmal in ihrer Kammer. Wie in anderen Städten auch, war das Waffentragen in Eisenach verboten, und eine der Bedingungen für den Erfolg ihrer Mission war, nicht aufzufallen. Genau aus diesem Grund wollten sie heute einen Stadtbesuch machen. Auf einen Kaufmann, der länger als einen Tag in einer Herberge vor einer Stadt abstieg und am nächsten Tag nicht die Stadt besuchte, würde man aufmerksam werden. Darum beschlossen beide, den Markttag zu nutzen, um dort geschäftig zu tun. Es war nicht ungewöhnlich, dass fremde Kaufleute ohne eigene Waren in die Stadt kamen. Mitunter wollten manche Händler nur Kontakte zu anderen Kaufleuten zwecks späterer Geschäfte knüpfen. Diesen Anschein wollten sich die beiden hessischen Edlen auch geben.

Im Hof bedeuteten sie einem ihrer Knechte, ihnen zu folgen. Der andere Gefolgsmann sollte wie am Vortag Wirt und

Unterkunft im Auge behalten. Langsam schlenderten die drei in Richtung Georgstor, wo die Bauern und Kaufleute vor den Tischen der Zöllner Schlange standen.

»Lass uns geschäftig tun und uns vorsichtig bei anderen Knechten nach dem Bettler Hugo erkundigen«, flüsterte Warmund. Als er und Meinhilf am Tisch der Zöllner an der Reihe waren, entrichteten sie zunächst den Markt- und Geleitzoll. Warmund fragte den Zöllner höflich, auf welchem Platz sich die Stände der Goldschmiede- und Tuchmachermeister befanden.

Schließlich begaben sie sich auf Anraten des Zöllners zum Markt an der Kirche. Auf dem Platz, der sich allmählich mit Buden, Ständen und Menschen füllte, wurde der Lärm immer stärker. Es war Markttag mit dem üblichen geschäftigen Treiben, dem Krach und Geschrei, den Gerüchen und Düften.

Warmund und Meinhilf versuchten, sich zwischen dem Stimmengewirr und den vielen Warenbergen zu orientieren. In Richtung des landgräflichen Steinhofes – Warmund kannte den Bau noch von früher, als Knappe durfte er einmal davor Wache halten – befanden sich die Stände der Tuchhändler und Kunsthandwerker. Die Ritter mischten sich hier unters Volk. Mal betrachteten sie interessiert die Produkte eines Schmiedes, mal erkundigten sie sich nach dem Preis eines Tuches.

Am Stand eines Kunstschmiedes verharrten beide. Warmund beabsichtigte, mit dem Händler ins Gespräch zu kommen. Sollte jetzt noch irgendjemand die beiden Hessen beobachten, dann würde er nur an Geschäftsleute denken.

»Da habt Ihr ja einen wahren Recken neben Euren Stand gestellt«, begann Warmund mit einem Lächeln das Gespräch, wobei er mit dem Kopf auf einen seitwärts stehenden Knecht wies, der die Umgebung aufmerksam beobachtete.

Der Kunstschmied antwortete sogleich: »Man muss bei den vielen Langfingern in der Stadt schon gewaltig aufpassen. Da verstrickt dich jemand in ein Gespräch, und ehe du dich versiehst, hat er dich in der Zwischenzeit um deine Börse erleichtert. Aber was kann ich für Euch tun, mein Herr?«

»Nun, eigentlich will ich mich zuerst einmal informieren, welche Waren hier in Eisenach feilgeboten werden. Mein Freund und ich«, Warmund zeigte auf den neben ihm stehenden Meinhilf, »sind Kaufleute aus dem Hessischen und wollen hier möglicherweise Geschäftsbeziehungen aufbauen. Bislang haben wir hauptsächlich mit Tuchen gehandelt. Zu Eurem Stand hier bin ich gekommen, weil ich für meine Frau einen Ring oder ein hübsches Amulett mitbringen soll.« Warmund wusste natürlich, dass es zu den Gepflogenheiten gehörte, irgendetwas zu kaufen, außerdem würde er dadurch den Geleitzoll zurückerhalten.

Der Kunstschmied witterte sofort ein Geschäft und kramte aufgeregt in seinen Zeichnungen. »Ich zeige Euch gern meine Arbeiten, hier stehen ja einige Modelle. Ich kann Euch auch in meine Werkstatt einladen, wo ich noch weitere Schmuckstücke habe.«

Warmund betrachtete interessiert die Zeichnung eines Ringes, dann sagte er schließlich zu Meinhilf: »Was meinst du, würde dieser Ring Agnes gefallen?«

Meinhilf kannte gar keine Agnes, verstand aber Warmunds Absicht und spielte das Spiel mit. »Na ja, ich weiß nicht, sie liebt doch eher die schlichteren Sachen.«

Der Kunstschmied legte ihn sofort weitere Zeichnungen vor. »Vielleicht ist darunter etwas zu finden. Aus welcher Stadt in Hessen kommt Ihr?«

»Aus Wetzlar«, log Warmund, ohne auch nur rot zu werden.

»Wetzlar? Der Name kommt mir bekannt vor, wo liegt der Ort genau?«, fragte der Handwerker neugierig. Vielleicht, so dachte er insgeheim, ließen sich neue Handelspartner finden, möglichst viele Beziehungen konnten einem Geschäft nur dienlich sein.

»Im südlichen Teil des Landes«, sagte Warmund. Mit dem Finger zeigte er auf die Zeichnung eines einfachen Ringes ohne große Verzierungen. »Was soll dieser Ring hier kosten?«

»Eine Mark Silber.« Der Schmied versuchte, den listigen Händlerblick zu verbergen.

»Für das bisschen Schmuck eine Mark Silber? Das ist nicht Euer Ernst!«, entfuhr es Meinhilf, und seine Augen funkelten böse.

»Nun, er wird aus reinem Gold sein«, rechtfertigte der Kunstschmied seinen Preis.

»Ich biete Euch eine halbe Mark Silber, Schmiedemeister«, ließ sich Warmund auf einen Handel ein.

»Wollt Ihr mich an den Bettelstab bringen, Herr?«, seufzte der Schmied.

»Aber ich kann keine Mark Silber bezahlen. Also, eine halbe Mark biete ich«, beharrte Warmund.

Der Kunstschmied rechnete in Gedanken. »Eine drei Viertel Mark und kein Stück darunter. Dann soll der Ring an Eure Agnes gehen.«

»Gut, so besiegeln wir das Geschäft«, zeigte sich Warmund einverstanden. Den Ring würde er einem der Hoffräulein in Marburg schenken, vielleicht der hübschen, lebenslustigen Adelheid oder der spröden, unnahbaren Isolde.

Der Schmied begann, die hinter ihm befindliche Truhe aufzuschließen, um den Ring herauszunehmen und zu verpacken. Dann heuchelte er: »Noch mehr solche Geschäfte, und ich stehe vor dem Ruin.«

Auf einen Moment wie diesen hatte Warmund nur gewartet. Geistesgegenwärtig nutzte er die Situation aus. »Aber, Kunstschmied, so arm könnt Ihr hier in Eurer Stadt gar nicht sein. Ich habe noch keinen einzigen Bettler gesehen. Offensichtlich geht es Euch doch gut in Eisenach. In Wetzlar wäre der Markt umringt von Bettlerscharen.«

»Wenn ich nicht gerade hier meinem Geschäft nachgehen müsste, würde ich Euch eine Menge Bettler zeigen. Besonders in der östlichen Vorstadt sind sie zahlreich zu finden. Aber heute werdet Ihr auch noch genügend sehen, vor allem während der

Predigt des Mönches«, entgegnete der Feinschmied und hob zur Bekräftigung einen Finger.

In der östlichen Vorstadt müssen wir also anfangen, nach dem Bettler Hugo zu suchen, dachte Warmund. »Welche Predigt meint Ihr?«, hakte er nach.

»Seit geraumer Zeit hält dort drüben, gegenüber der Kirche am Steinhof, ein Predigermönch seine Reden. Ihm hören immer viele Menschen zu. Die Gruppe der Zuhörenden ist dann immer von Bettlern umschwärmt, wie ein Topf Honig von den Fliegen. Besonders auf die vermeintlich eifrig lauschenden Bettler müsst Ihr achten.« Der gestenreiche Griff des Schmiedes an die Lederbörse an seinem Gürtel unterstrich das Gesagte und warnte vor Diebstählen.

»Bei uns in Wetzlar sind die Bettler meist in Banden organisiert und müssen ihre Beute immer an einen heimlichen Hauptmann abgeben«, bemerkte Warmund listig.

»Das ist in Eisenach nicht anders, Herr. Auch hier gibt es einen Anführer, der residiert in einer alten baufälligen Hütte in der östlichen Vorstadt. Keiner konnte ihm bislang nachweisen, der Hauptmann zu sein. Aber jeder weiß, er ist es.« Der Schmied übergab den in feines Tuch eingeschlagenen Ring an Warmund, der ihm seinerseits einen kleinen Lederbeutel entgegenhielt. Danach verabschiedeten sie sich höflich voneinander.

Meinhilf blickte seinen Freund Warmund an. Sein breites Grinsen signalisierte, dass er Warmunds geschickten Auftritt bewunderte. Sie gaben ihrem Knecht ein Zeichen. Dieser möge nach der vom Feinschmied erwähnten Hütte in der östlichen Vorstadt Ausschau halten und, wenn möglich, bald ein Treffen vereinbaren.

Beide taten nun geschäftig an anderen Ständen. Sie testeten hier eine Ware auf ihre Festigkeit, nahmen dort ein Messer in die Hand oder rochen an dargebotenen Gewürzen. Wenig später begaben sie sich ins Brauhaus des Neckelwirts am Ausgang der großen

Judengasse. Auf dem Weg dorthin fiel ihnen der vom Feinschmied erwähnte Predigermönch auf, der sich anschickte, seine Ermahnungen an die Gläubigen zu richten. Es war schon erstaunlich, wie viele Menschen auf seine Worte warteten. Aber die beiden gingen ihren Weg weiter.

Im Brauhaus setzten sie sich an einen Tisch auf der vornehmeren Seite des Lokals und ließen sich einen Krug Wein und etwas Hühnchenfleisch vorsetzen. Meinhilf flüsterte seinem ritterlichen Gefährten lachend zu: »Dein Trick war vorzüglich. Ich musste mich zusammenreißen, nicht loszubrüllen, als du den Händler ausgequetscht hast. Dieser Tölpel!«

Statt zu antworten, nagte Warmund an seiner Hühnerkeule. Meinhilf bemerkte die Nachdenklichkeit seines Gegenübers und fragte daher: »Meinst du, der Knecht wird ein Treffen vereinbaren können? Vielleicht ist dieser Bettlerkönig ja auch gerade auf Raubzug in der Zuhörermenge bei dem Prediger.«

Warmund schluckte das Fleisch hinunter und entgegnete: »In Marburg geht der Anführer der Bettler dem Geschäft nicht mehr selbst nach. Das haben die nicht mehr nötig, dafür haben sie ihre Leute. Mich sollte schwer wundern, wenn es hier anders wäre. Dashalb lass uns jetzt etwas essen, ich bin hungrig.«

Nach dem sie gespeist hatten, gingen sie, wie mit ihrem Knecht verabredet, zum Markt am Nikolaitor. Dort wartete der Bedienstete bereits zwischen den ebenfalls zahlreichen Ständen und Buden. Es waren weniger als an der Georgskirche, aber das Treiben war nicht minder geschäftig. Der Gefolgsmann teilte seinen Herren stolz mit, dass er mit seiner Mission erfolgreich gewesen sei. Am Nachmittag wolle man sich weit außerhalb der östlichen Vorstadt treffen.

Wiederum taten Warmund und Meinhilf so, als interessierten sie sich für die ausgelegten Waren. Danach schlenderten sie zum Nikolaitor hinaus. Beim Zöllner erhielten sie unter Vorzeigen des Ringes ihren Geleitzoll zurück.

Nach einer halben Wegstunde in Richtung der Berge sahen sie, wie ihnen am Waldesrand jemand zuwinkte. Nachdem sie sich vergewissert hatten, dass ihnen niemand folgte oder sie gesehen wurden, gingen sie dem Mann hinterher. Trotz einer Behinderung, sein linker Fuß war verkrüppelt, bewegte er sich außerordentlich flink. Nach wenigen Metern hatte der dichte Wald die kleine Gruppe verschlungen. An einer Stelle, wo die Bäume spärliche Lichtstrahlen auf den Boden fallen ließen, trafen sie mit dem Bettler zusammen. Er trug einen heruntergekommenen, sackartigen Umhang.

Hugo setzte sich auf den vermoderten Stamm eines umgestürzten Baumes. »Nun, meine Herren, es muss etwas sehr Wichtiges sein, wenn Ihr so rasch eine Unterredung mit einem Bettler wünscht.«

Meinhilf empörte dieses Selbstbewusstsein, und er schaute den Bettler unwirsch an. Doch ehe er darauf eingehen konnte, führte Warmund bereits das Wort.

»Du scheinst in vielen Gewerken zu Hause zu sein. Aber das soll uns jetzt nicht interessieren. Jedenfalls behauptet man, du seist immer wohl informiert, was die Stadt Eisenach betrifft.«

»Es gehört zu meinem Broterwerb, Herr. Was wollt Ihr wissen? Gegen eine kleine Summe werde ich Euch sagen, wo Ihr die besten Dirnen findet, wo der Wein am besten schmeckt oder in welcher Schenke Euch der Wirt einen aufgewärmten Braten vom Vortag serviert und ihr folglich nicht speisen solltet.«

»Derlei Begehr haben wir momentan nicht. Vielmehr möchten wir wissen, warum die Landgräflichen zum Kriege rüsten?«, sagte Warmund und nestelte vieldeutig an seiner unter dem Gewand verborgenen Lederbörse.

Hugo schaute den hessischen Ritter mit einem breiten Grinsen an. »Das hat Euch der Kapuzenmann erzählt, nicht wahr?«

Warmund war verblüfft. Er starrte den Bettler an, dieser wusste offensichtlich, mit wem sie sich getroffen hatte. Schließlich nickte der Ritter.

Hugo blickte dem hessischen Adligen direkt ins Gesicht. »Herr, Ihr solltet nicht alles glauben, was Euch erzählt wird.«

»Sind die Kriegsrüstungen Lüge?«, fragte Warmund.

»Es mag immer irgendwo Kriegsrüstungen geben. Aber weder in Eisenach noch in den Nachbarstädten sind gegenwärtig Anzeichen für einen Kriegszug zu bemerken. Oder habt Ihr irgendwo ein Heerlager ausmachen können?« Die Dreistigkeit und die Art, mit der der Bettler die beiden Edelmänner anredete, als wären sie seinesgleichen, waren frech.

Meinhilf ging jedoch nicht darauf ein, sondern fragte weiter: »Wie kommt der Kapuzenmann dazu, so etwas zu behaupten?«

»Herr, Ihr seid noch sehr jung, darum solltet Ihr gut überlegen, wem Ihr glaubt. Ihr solltet Euch immer fragen, wem nützt welche Meinung«, antwortete der Bettler kühn. Meinhilf fühlte sich belehrt, musste jedoch zugeben, dass an den Worten etwas dran war.

Warmund pflichtete dem Bettler bei, auch er hatte das Gefühl gehabt, gezielt falsch informiert zu werden, und ergänzte: »Aber was hat es mit jenen Morden auf sich?«

»Ich kann Euch dazu auch nicht viel sagen …«, der Bettler hielt die Hand auf und Warmund ließ eine Münze aus seiner Lederbörse gleiten. »Ich weiß erst seit heute, dass zwei Mörder die Stadt in jener Nacht heimlich verlassen haben. Einer war in das Gewand eines Ritters gekleidet. Mehr vermag ich nicht zu berichten, denn die Bettler werden, wie Ihr sicher wisst, des Nachts aus der Stadt verwiesen.«

»Das Gewand eines Ritters?«, fragten Meinhilf und Warmund fast gleichzeitig. »Seit wann meucheln Ritter Städtebürger?«

»Seit wir Krieg in thüringischen Landen haben, ist nichts mehr, wie es war. Ritter werden zu gewöhnlichen Räubern und Strauchdieben. Sie treiben es schlimmer als je zuvor. Wir Bettler ersuchen nur um ein Almosen, sie aber nehmen sich mit Gewalt, was sie haben wollen«, seufzte Hugo.

»Hat vielleicht der Landgraf seine Finger im Spiel?« Warmund interessierte die ganze Angelegenheit nun doch. Er spürte, da steckte mehr dahinter.

Hugo zuckte mit den Schultern, fügte jedoch hinzu: »Der junge Landgraf hat mit Rudolf von Vargula einen erfahrenen Krieger und Diplomaten an seiner Seite. Ich kann mir nicht vorstellen, dass dieser sich auf solcherart Ränkespiele einlassen würde. Darüber hinaus existieren Gerüchte über geheime Treffen von Bürgern. Und die Witwe des Schmelzermeisters Rost verkündet überall heimlich, die Dominikaner hätten etwas mit dem Tod ihres Mannes zu tun. Mir scheinen hier mehr die Intrigen der Bürger untereinander dahinterzustecken. Warum wendet Ihr Euch nicht an den Markzoller Hellgreve, der den Fall untersuchen soll?«

»Du weißt genauso gut wie ich, wir dürfen nicht weiter auffallen. Wenn nicht mein Bruder dich empfohlen hätte, hätte es auch kein Gespräch hier gegeben«, sagte Warmund. Nach kurzem Überlegen fügte er hinzu: »Wir bleiben nicht mehr lange in der Stadt, wenn du noch etwas herausfindest, lasse es uns wissen!«

Damit trennten sich ihre Wege.

Nachdem der Bettler verschwunden war, machten sich beide mit ihrem Knecht auf den Rückweg zur Herberge.

Als alle Personen außer Sichtweite waren, betrat, ohne einen Laut zu verursachen, ein stämmig gebauter Mann mit einem dunklen Umhang den Platz, auf dem die Unterhaltung stattgefunden hatte. Für einen Moment war im Dämmerlicht eine mit Narben übersäte Gesichtshälfte zu sehen.

14

Dietmar Hellgreve hatte an diesem Tag endlich einmal die Zeit gefunden, seinen Freund Heinrich von Welsbach aufzusuchen. Er wollte das nun endlich erledigt haben, da ihm nicht wohl dabei war, einen Freund zu befragen. Außerdem blieb nur der Vormittag übrig, da am Nachmittag das Schöffenkolleg tagte. Man wollte sich vor allem auf eine gemeinsame Linie bei den Verhandlungen mit den landgräflichen Beauftragten zu den städtischen Rechten einigen.

Als er den heimatlichen Hof verlassen hatte, sah er den predigenden Mönch wieder. Wie lange hielt der sich jetzt schon hier auf? Es mussten mindestens zwei Wochen sein, seit Dietmar mit den Recherchen zu den Mordfällen befasst war. Die Zeit verging geschwind. Das lange Verweilen des Mönches an einem Ort war in der Tat seltsam, normalerweise handelte es sich bei ihnen um unstete Geister, die spätestens nach drei, vier Tagen weiterzogen. Aber so ungewöhnlich wie der Mönch selbst war, so ungewöhnlich waren auch seine Predigten. Wie all die Tage zuvor, hatte sich wieder eine beachtliche Menge um ihn geschart. Dietmar ging etwas näher heran.

»Den Menschen, die in Sünden und Üppigkeit aufgewachsen und deshalb durch die Bosheit ihres Herzens gleichsam abgestumpft sind, fällt es freilich schwer, etwas für wahr zu halten, was man mit leiblichen Augen nicht erblicken kann. Um den Verstockten die Möglichkeit zu nehmen, sich für ihre Sünden zu entschuldigen, hat der allmächtige Gott zu verschiedenen Zeiten, für fast jede Generation, immer aufs Neue viele Zeugen auftreten lassen. Sie sollten nicht nur vom Hörensagen die qualvollen Strafen der Schuldigen und die glanzerfüllten Stätten der Gerechten kennen, sondern sie auch selbst klar und unverhüllt mit eigenen Augen betrachten, um zu erfahren, wie es den Seelen ergeht, wenn sie sich vom Körper gelöst haben, welche Straforte und welche Strafarten es für jede einzelne Sündenart gibt und mit welchen Fürbitten sie nach dem Tod entsühnt werden können. Jesus aber sprach zu ihnen: Der Prophet gilt nirgends weniger denn im Vaterland, und er konnte allda nicht eine einzige Tat tun; außer einigen wenigen Siechen legte er die Hände auf. Ihr beklagtet, ihr habet die Zeichen und Wunder nicht gesehen. Aber diejenigen, die festen Glaubens sind, konnten sie erkennen. Und so prüfet eure Frömmigkeit, denn nur dann könnt ihr die Zeichen erkennen.«

Unruhe breitete sich unter den Leuten aus, einige schauten bestürzt drein. Verschiedene bekreuzigten sich und murmelten ein Gebet.

»Aber wehe jenen, die vom rechten Glauben abgewichen! Und das in eurer Stadt! In der Stadt, die eine Heilige beherbergte!«

Dietmar Hellgreve musste zugeben, dass die eindringlichen Worte des Mönchs nicht ohne Wirkung waren, aber er wunderte sich, wie sehr sich die Leute von ihm beeinflussen ließen.

Irgendwie beschlich ihn ein merkwürdiges Gefühl. Nicht nur das lange Verweilen des Mönches, auch der Zeitpunkt seines Auftretens beschäftigte ihn nun doch. Konnte das ein Zufall sein, dass der Mönch genau einen Tag nach dem Mord angefangen hatte, hier zu predigen? Er wandte sich zum Gehen. Aber der Gedanke ließ ihn nicht los, ob es irgendeinen Zusammenhang zwischen dem Mönch und den Geschehnissen in der Stadt gab. Es beunruhigte ihn ebenfalls, dass sich eine merkwürdig aufgeheizte Stimmung unter den Bewohnern ausbreitete. Erst gestern Abend war es im Brauhaus zwischen den Leuten zu einer wüsten Rauferei gekommen, nur weil einer die Prophezeiungen mit Spott bedacht hatte. Nur die herbeigerufene Stadtwache konnte den Streit beenden.

In der Goldschmiedengasse war ein Teil der Häuser im Untergeschoss als Steinbau errichtet, was äußerst selten war und von Reichtum zeugte. Auch Heinrich von Welsbachs Haus gehörte dazu. Als Dietmar klopfte, wurde ihm umgehend aufgetan, offensichtlich erwartete man ihn schon.

Im großen Raum in der linken Hausseite standen der Hausherr persönlich sowie sein jüngerer Bruder Giseler und begrüßten Dietmar. Giseler gab Dietmar freundlich die Hand, verabschiedete sich aber sogleich mit dem Hinweis auf unaufschiebbare Geschäfte.

»Nun«, begann Heinrich ohne die geringste Spur von Verärgerung, »ich weiß schon, was du mich fragen musst.«

Dietmar seufzte dennoch ein klein wenig. »Heinrich, es fällt mir schwer. Ich möchte nicht, dass du den Verdacht hegst, ich würde denken, du hättest mit der Sache etwas zu tun. Aber es bleibt mir nichts anderes übrig, als dich zu befragen. Es geht vor allem um die zwei fehlenden Ringe und diese angeblichen geheimen Treffen.«

»Ich habe vor dir nichts zu verbergen, Dietmar. Also werde ich dir erzählen, was ich weiß. Vor ungefähr zehn oder zwölf Wochen – ich weiß nur noch, dass es damals ziemlich heiß war – wurde ich das erste Mal von Petz Fachedorf auf meine Meinung zur brabantinischen Herzogin angesprochen. Ich fand das ungewöhnlich, weil meine Haltung in der Stadt ja bekannt ist, und ich auch nie einen Hehl daraus gemacht habe. Dennoch stehe ich zu unserem jetzigen Herrn. Als ich dann wissen wollte, was er mit dieser Frage bezwecke, antwortete er mir vieldeutig, ich würde zu einem bestimmten Treffen eingeladen, wo man darüber reden wolle. Ich habe ihm gesagt, dass aus meiner Sicht die Würfel gefallen seien, wer unser Landesherr nun sei, und man das Beste daraus machen müsse. Ich wollte wissen, was man mit einem solchen Treffen erreichen sollte. Er wich mir damals aus und sagte, ich würde schon informiert werden, wenn die Sitzung stattfinde. Da ich keinerlei Nachricht erhielt, war für mich die Sache erledigt. Ich vermutete, dass so ein Treffen nie stattgefunden hat. Folglich sah ich keine Veranlassung, mich damit weiter zu beschäftigen.«

»Und dir ist nie wieder irgendetwas davon zu Ohren gekommen?«, fragte Dietmar nach.

Heinrich schüttelte den Kopf. »Ich gebe zu, ich hörte von einem Gerücht, man habe zu nächtlicher Stunde hier in der Goldschmiedengasse eine Sitzung abgehalten. Aber so etwas wäre mir sicher aufgefallen. Hier wohnen über ein Dutzend Familien, die sich alle kennen. Ich bin dem auch nicht weiter nachgegangen. Erst seitdem wir die zwei Toten zu beklagen haben, mache ich mir Gedanken darüber.«

»Und wenn du nachdenkst, wem aus deiner Straße würdest du die Abhaltung solch geheimer Treffen zutrauen?«

Heinrich atmete tief durch, überlegte kurz und antwortete: »Wir haben zu allen hier in der Straße ein gutes Verhältnis. Ich wüsste nicht, gegen wen ich misstrauisch sein sollte.«

»In der Straße wohnt auch der Friedrich von Frankenhausen –«

Der Tuchhändler konnte nicht weiterreden, weil ihn Heinrich von Welsbach mitten im Satz unterbrach. »Aber Dietmar! Nur, weil ihr beide euch spinnefeind seid, macht es ihn für mich nicht verdächtig.« Heinrich kannte Dietmars tiefe Abneigung gegen Friedrich und fragte sich, woher diese wohl kommen mochte. Schließlich fuhr der Goldschmiedemeister fort: »Ich will nicht sagen, dass wir befreundet sind, aber so etwas traue ich ihm nicht zu. Er mag ja so manches uns seltsam vorkommende Geschäft getätigt haben. Aber ich traue es ihm einfach nicht zu. Außerdem, erinnere dich! Auch wir beide haben uns, als wir den Handel mit der Leipziger Kaufmannsgilde so schnell abwickeln mussten, einmal nachts getroffen. Du lässt dich zu sehr von deinem persönlichen Hass auf meinen Nachbarn leiten. Was hat er dir getan, dass du ihn solcher Dinge für fähig hältst?«

Dietmar schluckte. Wieder hatte er seiner Abneigung gegen den Markzoller freien Lauf gelassen. Obwohl Friedrich von Frankenhausen ihm persönlich nie ein Leid angetan hatte, waren beide im Schöffenkollegium oft aneinander geraten.

»Verzeih, Heinrich, aber ich bin anderer Meinung«, bekannte er. »Es ist seine hinterhältige Art, die mich immer wieder in Rage bringt. Und seine Skrupellosigkeit. Um seines persönlichen Vorteils willen, vergisst er schnell einmal die Zunftregeln. Solche Menschen sind eine Gefahr für die städtische Gemeinschaft. Sie setzen ihres Profits wegen den Zusammenhalt in der Stadt, der uns gegen alle Obrigkeit stark macht, aufs Spiel. Denke nur daran, wie er damals den Ruin der Familie Ackermann herbeigeführt und Frau und Kind vom Hof gejagt hat, den er jetzt auch noch besitzt. Die Zunft musste ihm Einhalt gebieten, damit er die Witwe Ackermann nicht an den Bettelstab brachte. Ich bin überzeugt, er hat damals Melchior Ackermann in den Selbstmord getrieben! Dieser Mann ist zu allem fähig, auch zu einem Komplott.«

»Aber Dietmar, Friedrich konnte nie eine Schuld nachgewiesen werden«, widersprach Heinrich.

Der Tuchhändler gab sich mit dieser Erklärung nicht zufrieden. »Er war jedoch der Einzige, der aus der Sache Nutzen zog. Außerdem umgibt er sich mit Leuten, die nicht den besten Ruf haben. Der Knecht, der ihm immer folgt wie ein Hund, ist schon mit allerlei zwielichtigen Gestalten gesehen worden.«

Heinrich schüttelte ob dieses Verdachts den Kopf. »Und nun vermutest du bei der Mordsache, die du zu untersuchen hast, eine Schliche Friedrichs. Ich glaube, damit gehst du zu weit. Warum sollte er dergleichen tun?«

Dietmar zuckte mit den Schultern und versuchte, sich wieder zu beruhigen. »Das große Problem ist: Mir fehlt ein schlüssiges Motiv für den Mord.«

Heinrich nahm einen Schluck aus seinem Krug und lehnte sich zurück. »Was ist mit den Ringen? Vielleicht war wirklich jemand nur auf Raub aus, und die beiden hatten lediglich ein wichtiges Geschäft vorzubereiten, wie wir damals.«

Dietmar erzählte nun davon, dass die beiden Toten nicht auch aller übrigen Habseligkeiten beraubt worden waren. Außerdem deutete die Mordwaffe, eine Armbrust, nicht auf einen mittellosen Meuchelmörder. Zurzeit versuche er, mehr über die Waffe, genauer gesagt über die Bolzen, herauszufinden. Aber vielleicht tauchten die Ringe irgendwo wieder auf. In diesem Falle müsste man sie wiedererkennen können, daher bat er: »Kannst du mir die Ringe genauer beschreiben?«

»Nicht nur das. Ich kann dir sogar die Zeichnungen geben, nach denen ich sie gefertigt habe. Am besten, mein Geselle zeichnet sie für dich ab.«

Dietmar bedankte sich. Nach einer kurzen Pause fuhr er weiter fort: »Etwas beunruhigt bin ich auch über die Anschuldigungen von Gertrud Rost gegen die Dominikaner. Ich kann sie nicht so richtig in den Fall einordnen.« Er schilderte seinem Freund die Begegnung mit der Witwe des Schmelzermeisters.

Heinrichs Gesichtsausdruck wurde nachdenklich. »Das Gerücht mit den Notizen über Eisenacher Bürger habe ich im Gegensatz zu allen anderen sehr ernst genommen. Ich führte darüber mit dem Prior ein langes und ausführliches Gespräch. Zu dieser und den anderen Behauptungen solltest du den Klostervorsteher selbst befragen. Ich glaube jedoch nicht, dass das etwas mit dem Tod von Heinrich Rost zu tun hat.«

»Mit dem Prior habe ich mich bereits verabredet«, entgegnete Dietmar. Dann stützte er die Ellenbogen auf die Tischplatte und fragte: »Ist dir eigentlich schon der Predigermönch bei der Georgskirche aufgefallen?«

Heinrich von Welsbach nickte. »Ja. Seit Tagen heizt er hier die Stimmung an. Ich würde zu gerne wissen, wo der herkommt.«

»Ich habe im Süden, als ich aus Augsburg kam, mal so einen ähnlichen Prediger erlebt. Berthold von Regensburg nannte der sich. An den erinnert er mich ein bisschen. Aber irgendwie kommen mir die Predigten nicht geheuer vor.«

»Der Schultheiß hat schon überlegt, ihn in den Turm werfen zu lassen, wegen der Aufläufe vor dem Steinhof. Außerdem wiegelt er die Leute auf. Bislang hat der Schultheiß sich aber wohl nicht getraut, zu ernsthafteren Maßnahmen zu greifen.«

»Merkwürdig finde ich den Zufall, dass der Prediger gleich nach dem Mord hier auftauchte.«

Heinrich wischte sich mit dem Ärmel seines Gewandes über die Stirn. »Das ist mir noch gar nicht aufgefallen. Das ist wirklich seltsam. Nun, Dietmar, lass uns noch über die Sitzung heute Nachmittag reden, wir haben noch einiges zu überlegen.«

Als der Nachmittag sich seinem Ende neigte und Dietmar Hellgreve sowie die anderen Markzoller den Steinhof verließen, waren die Gemüter erhitzt. Es hatte wieder heftige Auseinandersetzungen zwischen dem Schultheißen und den Markzollern gegeben. Schon seit Jahren schwelte der Streit zwischen den Bürgern und dem Landesherrn, dessen Vertreter der Schultheiß war. Stück für Stück kämpften die Markzoller für die Lockerung der Steuererhebungen und die Erweiterung ihrer Rechte. Ihr langfristiges Ziel war es, die Verwaltung der Stadt selbst zu organisieren. Als Vorbild diente die nahe Reichsstadt Mühlhausen. So weit wie die dortigen Bürger, die als Zeichen ihrer Unabhängigkeit sogar die königliche Burg zerstört hatten, wollte man nicht gehen. Der Landesherr sollte schon seine Burg behalten und seinen Anteil bekommen. Aber die Eisenacher sollten zumindest selbst entscheiden, welche Steuern erhoben werden und welche Abgaben zu leisten waren. Wer könnte besser als sie einschätzen, welche Verfügungen der städtischen Wirtschaft schadeten und welche ihr nützten. So hätte nicht jeder Verbesserungsvorschlag und jede Kleinigkeit langwierige und zähe Verhandlungen mit dem landgräflichen Beauftragten zur Folge. Sie würden nach ihren Maßstäben entscheiden, wie sich die dem Landgrafen zustehende Summe zusammensetzte. Das wäre in Not- und Mangeljahren ein unverzichtbarer Vorteil.

Aber des Landgrafen und des Schultheißen Angst vor einem Machtverlust war größer als die Aussicht auf gesicherte, vielleicht sogar bessere Einnahmen. Und so führten die Sitzungen im Steinhof mit steter Regelmäßigkeit zu Zank. Mal stritt man sich über die Verfügungsgewalt über Tore und Mauern, mal über den Geleitzoll. Mancher der Markzoller dachte daher bei sich: Vielleicht wäre es ja schon hilfreich, wenn wenigstens das Schultheißenamt mit einem der unseren besetzt wäre.

Bei der gerade beendeten Beratung ging es zum wiederholten Mal um das sogenannte Ungeld. Diese bei den Bürgern unbeliebte Verbrauchssteuer, die eigentlich für die Ausbesserung der Stadtmauern oder den Erwerb von Waffen für die städtische Wache erhoben wurde, stand auch diesmal der Stadt nicht in voller Höhe zur Verfügung. Ein Teil der Summe behielt der Landesherr einfach für sich und bezahlte damit die Neuausstattung der Waffenkammer auf der Wartburg. Auf diese Weise finanzierten die Eisenacher Bürger die Wehrfähigkeit der landgräflichen Trutzburg zusätzlich mit. Die Vorgehensweise führte zu heftigen Protesten. Die Markzoller beabsichtigten, Geschlossenheit zu demonstrieren, indem sie drohten, den Geleitzoll nicht in voller Höhe abzuliefern.

Das Schwierige war jedoch, dass der städtischen Seite ausgerechnet in diesem Moment einer der ihren, Friedrich von Frankenhausen, in den Rücken gefallen war. Daher bemerkte der Schultheiß spöttisch, man solle sich erst einmal selbst einig werden, bevor man mit ihm verhandle. Dietmar war vor allem erbost über die Haltung Friedrichs, der ohne Vorankündigung die Situation verschärft hatte. Friedrich musste sich deshalb von seinen Kollegen zu Recht schwere Vorwürfe gefallen lassen. Das ließ ihn jedoch völlig kalt. Dietmars Freund Heinrich Meinradis verlor darüber völlig die Fassung und konnte nur mit Mühe davon abgehalten werden, den Widersacher mit der Faust zu traktieren.

Auf dem Weg nach Hause gedachte Dietmar, erst einmal im Wirtshaus seinen Ärger hinunterzuspülen, als er von jemandem angerempelt wurde. Noch ehe er sich darüber empören konnte, war derjenige schon um die Ecke gebogen. Als Dietmar weitergehen wollte, bemerkte er den ihm zugesteckten Zettel. Es war eine Botschaft von dem Bettler Hugo, der ihn unbedingt sprechen müsste.

Dietmar machte sich unverzüglich auf den Weg, denn er wollte noch vor dem Schließen der Stadttore zurück sein.

Am alten Treffpunkt angekommen, wartete der Bettler schon hinter dem Baum auf ihn.

»Habt Ihr an die Bezahlung gedacht?«, begann Hugo das Gespräch.

»Du wist deinen Lohn schon bekommen, so du mir weiterhilfst«, entgegnete Dietmar unwirsch.

»Nun, ich glaube, mir fällt im Moment nicht mehr ein, was ich Euch mitteilen wollte.« Der Bettler setzte bei diesen Worten wieder sein gewohnt freches Grinsen auf.

Dietmar murrte, er hatte jetzt keine Lust und keine Zeit zum Streiten, also entnahm er dem Lederbeutel an seinem Gürtel ein paar Münzen.

»Diese gegen deinen Gedächtnisschwund und diese«, er zeigte auf weitere Münzen im Lederbeutel, »wenn ich mit deinen Informationen etwas anfangen kann.«

Hugo blickte sich rasch um, so als fürchte er, belauscht zu werden. Dann flüsterte er: »Ich habe Euch bereits gestern gesucht, aber ständig wart Ihr in irgendwelchen Sitzungen. So erfahrt Ihr meine Neuigkeiten erst heute. Also, in besagter Nacht des großen Unwetters waren doch ein paar Leute in der Stadt unterwegs.«

»Nun, das habe ich auch ohne deine Hilfe herausgefunden«, antwortete Dietmar schroff.

»Wartet ab!« Der Bettler machte eine Pause, um die Spannung zu erhöhen. »Diese jedenfalls, die ich meine, waren zwei Personen in dunklen Umhängen mit Kapuzen, sodass man ihre Gesichter nicht erkennen konnte. Auch trugen sie keinerlei Wappen oder Zeichen, die auf ihre Herkunft hätten schließen lassen. Auf sie wartete außerhalb der Stadt, in der Nähe des Marientores, ein Mann mit drei Pferden. Die beiden haben die Stadt durch jenes Tor verlassen.«

Dietmar musste das sofort mit Siegfried von Nazza besprechen. Die beschriebenen Gestalten konnte wohl nur jemand von der Wache hinausgelassen haben.

»Ich habe aber noch eine wichtige Information für Euch«, ergänzte der Bettler und hielt erneut grinsend die Hand auf. »Von einem der beiden konnte man erkennen, dass er Sporen und ein Kettenhemd trug.«

Dietmar starrte seinen Gesprächspartner entgeistert an. Dieser nickte zur Bekräftigung seiner Worte heftig mit dem Kopf. Dietmars erste Gedanken waren: Ein Ritter aus landgräflichem Gefolge. Und dann noch an dem Tor, das den Zugang zur Burg Wartberg bildete. Das Bild passte zusammen, hatte also doch Landgraf Albrecht die Finger im Spiel? War alles eine sorgsam geplante Intrige? Hatte es jetzt noch Sinn, mit jemandem von der Wartburg zu reden? Drohte vielleicht nun seiner Familie und ihm Gefahr?

Dietmar gab dem Bettler die restlichen Münzen, bedankte sich und eilte in die Stadt.

Am Nikolaitor versah gerade der untersetzte rothaarige Utz seinen Dienst. Dietmar befragte ihn nach dem Aufenthalt des Stadthauptmanns. Der habe noch beim Schultheißen zu tun, und danach gehe er wohl die Wachen inspizieren, wie üblich.

Dietmar schlug den kürzesten Weg zum Steinhof ein. Dort angekommen, bedeutete man ihm, Siegfried von Nazza sei bereits auf dem Rundgang. Folglich beschleunigte Dietmar seine Schritte in Richtung Georgstor. Als er in die Georgsgasse eingebogen war, blickte er nochmals kurz zu seinem Haus, dann sah er schon den Stadthauptmann und holte ihn ein.

Siegfried schaute sichtlich erstaunt: »Was ist denn mit dir los? Was gibt es?«

»Ich habe soeben erfahren«, Dietmar rang nach Luft, »es waren zwei Mörder mit einem dritten Komplizen, und sie haben die Stadt durch das Marientor verlassen.«

Siegfried hielt einen kurzen Moment inne, dann schüttelte er ungläubig den Kopf. »Unmöglich! Ich habe alle Wachen befragt, auch jene, die in der Nacht am Marientor Wache hatten. Sie haben mir versichert, dass niemand aus dem Tor hinaus- oder hineingelangt ist.«

»Aber könnte es nicht doch so gewesen sein?«

»Von wem hast du die Information?«

»Von dem Bettler Hugo. Heinrich Meinradis ist er auch manchmal zu Diensten.«

Der Stadthauptmann hatte Kraft seines Amtes viel mit Bettlern zu tun und hielt diese nicht für sonderlich vertrauenswürdig. Daher zweifelte er: »Ich weiß nicht, ob man einem Bettler Glauben schenken sollte. Für ein paar Münzen erzählt dir mancher eine hübsche Geschichte.«

Dietmar wurde bei den Worten Siegfrieds unsicher. Vielleicht hatte ihn der Bettler wirklich zum Narren gehalten. Er schob den Gedanken jedoch beiseite. Es musste etwas dran sein. »Siegfried, ich bitte dich, lass uns der Sache noch einmal nachgehen.«

Der Stadthauptmann lenkte seinem Freund zuliebe ein, überzeugt, nichts Neues zu erfahren. »Nun gut, wir werden die beiden Wachen holen lassen.« Er wandte sich an die Wächter in seiner Begleitung: »Erkenbert, schick sofort nach Kunz und Apel! Sie mögen auf der Stelle hierherkommen, auch wenn ihr Dienst schon beendet ist.«

Siegfried und Dietmar ließen sich in der Torstube nieder, während sich der andere Wächter vor dem bereits verschlossenen Tor postierte.

Vor der Ankunft der zwei Gerufenen nutzte Dietmar die Gelegenheit, seinem Freund die Ängste um seine Familie mitzuteilen, sollte an den Äußerungen des Bettlers etwas dran sein. Siegfried sicherte ihm seine Hilfe zu und versprach, die Nachtwache anzuweisen, seinen Hof im Auge zu behalten. Dankbar und etwas erleichtert lehnte sich Dietmar auf der Bank in der Torstube zurück.

Nach einer geraumen Zeit erschienen die zwei Männer der Wache mit missmutigem Blick. Offensichtlich hatten sie wenig Verständnis dafür, dass sie erneut zum Tor beordert wurden, und vermuteten Zusatzwachen. Als sie sich vor dem Tisch, an dem Dietmar und Siegfried saßen, aufbauten, lag der Geruch von Bier in der Luft. Das war wohl der wahre Grund für ihren genervten Gesichtsausdruck.

Siegfried begann ohne Umschweife: »Apel, Kunz, ich frage euch nun noch einmal, und ich erwarte eine ehrliche Antwort. Hat in der Nacht bei dem Unwetter vor über zwei Wochen, als der Mord an den Markzollern geschah, irgendjemand am Marientor die Stadt verlassen?«

Apel schluckte und schaute seinen Wächterkollegen an, dann stammelte er: »Ich glaube, nein.«

Siegfried sprang auf, und sein Schemel fiel laut krachend nach hinten um. »Was heißt, du glaubst? Als ich euch das letzte Mal befragt habe, sagtet ihr Nein. Also, hat nun jemand die Stadt verlassen oder nicht?«

Apel lief rot an. »Also, wir wissen es nicht. Es kann sein.«

»Wofür werdet ihr von der Stadt entlohnt? Ich lasse euch für ein paar Tage in den Turm setzen!«, tobte der Hauptmann.

Dietmar unterbrach den wütenden Siegfried. »Was heißt das? Was habt ihr gesehen?«

Kunz antwortete für den zitternden Apel: »Eigentlich haben wir niemanden ein- oder ausgehen sehen.«

Dietmar spürte, das war noch nicht alles, was es über die Mordnacht zu berichten gab. Daher fragte er: »Und was ist passiert?«

Kunz druckste herum. »Es war so ein unangenehmes Wetter, deshalb ist Apel noch einmal losgegangen und hat für uns einen großen Krug Kofent aus dem gegenüberliegenden Brauhaus besorgt.« Er zog laut den Rotz hoch und fuhr fort: »Derweil habe ich den Schinken und das Brot, das wir mit gebracht hatten, in der Wachstube in Portionen geschnitten.«

»Und was ist dann passiert?«

»Na nichts. Apel kam ein wenig verspätet, aber dafür mit zwei Krügen zurück, weil er vom Knecht Friedrichs von Frankenhausen aufgehalten worden war. Apel hat mit ihm ein Fass in die Tenne beim Brauhaus getragen. Der Knecht hat zum Dank die zwei Krüge spendiert und gesagt, er sei froh, dass sich zu so später Stunde noch jemand bereit erklärt habe, ihm zu helfen. Apel fragte mich dann, ob ich jemanden hinausgelassen hätte. Schließlich habe er bei seiner Rückkehr das kleine Wachtor unverriegelt vorgefunden. Wir haben es dann gleich wieder verschlossen. Ich schaute zwar nach Leuten vor dem Tor, aber wegen des Regens konnten wir nichts erkennen.«

Dietmar hatte aufgehorcht, als die Rede vom Knecht Friedrichs von Frankenhausen war. Sollte dies wirklich ein Zufall sein?

»Wie lange war das Tor unbewacht?«, schnaubte Siegfried wütend.

»Zum Brauhaus sind es nur wenige Schritte. Trotz Apels Verspätung hätte es sich nicht gelohnt, die Sanduhr zu stellen.«

Siegfried hatte Mühe, seinen Zorn im Zaum zu halten, und polterte los: »Das wird euch noch eine gehörige Strafe einbringen. Ihr lasst hier einfach jeden ein- und ausgehen! Und jetzt geht mir aus den Augen!«

Betroffen schlurften die beiden von dannen.

»Nun beruhige dich wieder, Siegfried«, sagte Dietmar. »Es ist jetzt sowieso nicht mehr zu ändern. Lass uns morgen zusammensetzen und den ganzen Fall beraten.«

Dietmar verließ das Stadttor, während Siegfried, immer noch aufgebracht, seinen Rundgang begann. Er würde einige Zeit brauchen, um den Vorfall zu verdauen.

Dietmar Hellgreve nahm sich vor, von nun an sehr behutsam zu sein und alles zu vermeiden, was seine Familie in Gefahr bringen könnte. Solange sein Bruder Götz und ihr Knecht Bruno von der Kauffahrt nicht zurückgekehrt waren, musste er allein für Sicherheit sorgen. Vorsichtshalber würde er heute sein Schwert neben das Bett stellen.

15

Als Dietmar Hellgreve schon zu früher Morgenstunde erwachte, hatte er eine miserable Nacht hinter sich. Bei jedem Geräusch, jedem Knarren im Dachgebälk schlug er die Augen auf, immer wieder kreisten seine Gedanken um das, was er gestern von dem Bettler erfahren hatte. Katarina wälzte sich neben ihm noch einmal herum und blinzelte verschlafen. Die Unruhe ihres Mannes hatte sich auch auf sie übertragen. Schon die Geste Dietmars, sein Schwert mit in die Dachkammer zu nehmen, löste bei ihr arge Befürchtungen aus. Seine Worte, im Brauhaus habe es wieder Raufereien gegeben und sie seien im Haus zurzeit ja ohne Knecht, waren wenig glaubwürdig. Sie kannte ihren Mann dafür zu gut. Sie spürte, es gab Anlass zur ernsthaften Besorgnis und er sagte ihr nicht die Wahrheit.

»Quälgeist«, murmelte sie Dietmar vorwurfsvoll im Halbschlaf zu.

Dieser brummte irgendetwas und erhob sich aus dem Bettkasten. Er legte seine Beinkleider an, die auf der Truhe lagen. Dann klemmte er sich sein wollenes Hemd, das Lederwams und das Schwert unter den Arm und schritt die Treppe hinab. Im kleinen Nebenraum hatte die alte Magd, die kurz vor ihm ihrem Bettlager hinter der Treppe entstiegen war, bereits Wasser in eine Holzschüssel gegossen und zwei Pfefferminzzweige bereitgelegt. Dietmar schaute sich im Haus um und warf dann einen Blick aus dem Fenster. Alles war wie gewohnt, nichts Ungewöhnliches oder gar Verdächtiges konnte er wahrnehmen. Beruhigt widmete er sich seiner Morgentoilette. Vielleicht verhielt es sich gar nicht so, wie er glaubte.

Nachdem er etwas zu sich genommen hatte, ging er ins Kontor. Dort gab es einiges zu tun. In den letzten Tagen war ziemliche Unordnung eingekehrt. Durch die Untersuchungen und die verschiedenen Sitzungen hatte er seine eigentliche Tätigkeit als Tuchhändler vernachlässigen müssen. Er hoffte, dass sein Bruder und der Knecht bald zurückkehrten. Er konnte nicht alles gleichzeitig erledigen. Wo würde sich die Reisegruppe wohl jetzt befinden? Eigentlich müssten sie bereits auf dem Rückweg sein.

Dietmar wusste nicht, wie lange er im Kontor verbracht hatte, als die alte Magd erschien. Zumindest eine Raumhälfte wies jetzt eine gewisse Ordnung auf. Die Handelsgüter waren sorgfältig in Regalen verstaut und mit Zetteln versehen. Zudem waren drei Seiten des Kontorbuches vollgeschrieben. Er konnte also mit sich zufrieden sein. Die Arbeit hier im Lagerraum hatte ihn bis zum Erscheinen der Magd von den Vorfällen um die Morde abgelenkt, dafür war er dankbar. Die Magd übermittelte Dietmar nun jedoch, dass der Stadthauptmann Siegfried von Nazza ihn im Hof mit Neuigkeiten erwarte.

Die Magd hatte ihm freundlicherweise ein Schüssel mit Wasser und ein Leinentuch neben den Türeingang gestellt, damit er sich den Schweiß abwischen konnte. Mit einem freundlichen Danke beeilte er sich, um seinen Freund nicht warten zu lassen.

Im Hof hatte sich Siegfried auf einem kleinen, leeren Fass niedergelassen. Er trug wieder sein Kettenhemd, die metallene Haube mit der Pfauenfeder hatte er auf seinem Knie abgelegt. Katarina hielt ihm gerade einen Krug Bier entgegen, der andere in ihrer Hand war für Dietmar gedacht. Nach einem kurzen Gruß nahm jeder einen großen Schluck. Die Hausherrin, mit dem feinen Gespür ausgestattet, wann sie die beiden Freunde besser allein lassen sollte, entfernte sich mit dem Hinweis, nach der Magd zu rufen, wenn man noch einen Krug benötige. Siegfried schaute hinter Katarina her, dann sagte er zu seinem Gegenüber, der sich gerade ein anderes Fass herangerollt hatte: »Du hast eine wundervolle Frau.«

Dietmar, der großen Anteil am Tod von Siegfrieds Frau und Kind genommen hatte, wusste um dessen Kummer. Er versuchte daher, den Hauptmann zu trösten: »Unser Schicksal liegt in der Hand des Herrn. Alles hat seine Bestimmung. Wer weiß, vielleicht wirst du irgendwann wieder heiraten. Aber wenn du dich nur in deiner Kemenate verkriechst, wird keine Frau auf dich aufmerksam.«

Siegfried seufzte und wechselte das Thema. »Ich habe nicht allzu viel Zeit, denn ich muss meinen Pflichten nachgehen. Darum will ich es kurz machen. Ich habe ein langes Gespräch mit unserem Waffenmeister geführt. Da wir ohnehin die von der Wartburg erworbenen Waffen gegen die ausgedienten und rostigen austauschen wollten, gab es dazu eine günstige Gelegenheit.«

Dietmar hörte aufmerksam zu, was sein Freund zu berichten hatte. Der Edelmann erzählte, wie sie zunächst das gesamte Arsenal an Kriegsgerät inspiziert und mit den Stadtbüchern verglichen hätten. Die Bewaffnung der Wachen auf ihren Rundgängen beziehungsweise bei der Kontrolle der Stadttore sei immer die gleiche, Stoßlanze und Schwert. Armbrüste existierten in der Rüstkammer insgesamt fünfzehn Stück. Alle seien registriert, jeweils einem bestimmten Angehörigen der Stadtwache zugeordnet und würden die meiste Zeit unter Verschluss gehalten. Die Schützen übten sich zwar regelmäßig einmal in der Woche im Gebrauch ihrer Waffe, aber dies geschehe nur am Tag. Nach jedem Manöver würden die Armbrüste in der Rüstkammer wieder eingeschlossen. Der Waffenmeister persönlich überprüfe die Vollständigkeit und besitze die alleinige Schlüsselgewalt. Überhaupt kontrolliere er tagtäglich den Bestand in der Kammer. Zum Zeitpunkt der Morde sei alles vollständig und sorgfältig verriegelt gewesen. Der Rüstmeister übe diese Tätigkeit jetzt seit dreißig Jahren zur vollsten Zufriedenheit aus. Er wohne ja sogar direkt neben dem Arsenal und würde es bemerkt haben, wenn sich jemand unbefugt Zutritt verschafft hätte. Es gebe daher keinen Grund, an seinen Worten zu zweifeln.

Was die Herkunft der Waffen beträfe, so sei der Lieferant in der Tat ein Schmiedemeister aus Erfurt. Sowohl die Schäfte der Armbrüste als auch die Bolzen selbst bestünden sämtlich aus Eichenholz.

Die Nachrichten überraschten Dietmar überhaupt nicht. Irgendwie hatte er damit gerechnet. Seit er von der Beobachtung des Bettlers erfahren hatte, glaubte er nicht mehr an einen einheimischen Attentäter. Und dies spürte auch der Stadthauptmann, als er seinen Worten hinzufügte: »Dieses Resultat war ja zu erwarten. Und es ist auch nicht der eigentliche Grund, weshalb ich zu dir gekommen bin. Vielmehr habe ich Botschaft von Rudolf von Vargula erhalten. Er will dir bereitwillig noch heute Nachmittag Auskunft geben.«

Dietmars Gesicht erhellte sich. »Das ist eine gute Kunde. Ich danke dir für deine Vermittlung.«

»Das ist schon in Ordnung«, entgegnete Siegfried. »Nachdem du die Aufgabe mehr oder weniger mir zu verdanken hast, will ich dich zumindest unterstützen. Andererseits will auch ich wissen, wer die Täter waren. Aber wir können uns heute Abend im Brauhaus ausführlicher unterhalten. Ich muss zum Dienst.« Siegfried erhob sich.

Dietmar hatte eigentlich für heute Nachmittag ein Gespräch mit dem Prior des Dominikanerklosters vereinbart, aber angesichts der jüngsten Informationen schien ihm diese Spur ohnehin nicht sehr vielversprechend zu sein. Eine Verlegung auf den nächsten Tag würde kein Problem darstellen, ein Treffen mit dem alten Vargula schien ihm jetzt dringlicher.

Als die Spätherbstsonne gerade ihren höchsten Punkt erreichte, machte er sich auf den Weg. Er hatte sich mit einer leichten Jacke bekleidet, denn der Aufstieg zur Wartburg war steil, und er wollte nicht zu stark verschwitzt erscheinen. Obwohl der Weg zur Burg überwacht wurde, steckte er sich zur Sicherheit einen Dolch in den Gürtel. Ähnlich dem Sekretär des Schultheißen, der vor einigen

Tagen die gleiche Route eingeschlagen hatte, bewunderte auch Dietmar beim Näherkommen die Pracht der landgräflichen Residenz.

Aber Dietmar war nicht nur ein zutiefst gläubiger Christ, der die bestehende Ordnung akzeptierte, sondern auch ein praktisch veranlagter Mensch und mit Leib und Seele Kaufmann. Er schwelgte nicht in irgendwelchen Träumen, sondern verließ sich auf seinen Verstand und seinen Geschäftssinn. Und dieser sagte ihm, nüchtern betrachtet, war der Besitz einer solchen Anlage für einen Händler unrentabel. Sämtliche Waren müssten immer den steilen, schmalen Weg hinauftransportiert werden. Das würde immense Kosten verursachen. Außerdem bot die Anlage keinen Platz für einen Markt, dabei war es für einen Kaufmann sinnvoll, in der Nähe eines Marktes zu wohnen.

Am prächtigen Burgtor angekommen, erkundigte er sich bei den großgewachsenen, eisenbewehrten Wachen nach dem Heerführer des Landgrafen. Diese wiesen ihn in den Vorhof. Einige Male war der Tuchhändler bereits in der Burg gewesen, und jedes Mal beeindruckte ihn die Anlage aufs Neue. Plötzlich zog ihn ein Diener am Ärmel und bedeutete ihm mit wenigen Worten, in einen unscheinbaren, an die Burgmauer gelehnten Fachwerkbau zu gehen. Feuchte Kälte schlug ihm beim Betreten entgegen, auch an das spärliche Licht musste er sich erst gewöhnen. Mitten im Raum sah er den alten, mit einem Kettenhemd bekleideten Adligen stehen, seinen engsten Vertrauten an der Seite. Dietmar kannte diesen jungen Ritter jedoch nur vom Äußeren, sein Name war ihm nicht geläufig. Rudolfs schlohweißes Haar und der dichte graue Bart hoben sich von dem dunklen Hintergrund ab. Trotz seines hohen Alters war er immer noch eine stattliche, Respekt, aber auch Vertrauen einflößende Persönlichkeit. Die linke Hand auf den Knauf seines Schwertes gestützt, das am Gürtel befestigt war, hieß er den Ankömmling mit einem freundlichen Lächeln willkommen. Dietmar erwies mit einer Verbeugung seine Ehrerbietung und bedankte sich für das rasche Zusammentreffen. Mit einer Handbewegung forderte der Ritter ihn auf zu sprechen.

»Als ich um ein Gespräch mit Euch bat, ahnte ich noch nicht, wie dringend notwendig es werden würde. Ursprünglich wollte ich lediglich einiges über die Armbrüste in Erfahrung bringen, aber jetzt habe ich noch mehr Fragen.«

»Nun, Hellgreve, sprich nicht in Andeutungen, sondern komm zur Sache«, sagte Rudolf mit tiefem Bass.

»Seit gestern weiß ich, in der Mordnacht verließen zwei Gestalten heimlich die Stadt durch das Marientor. Vorm Tor wurden sie von einem weiteren Komplizen erwartet. Von einem der Übeltäter ist bekannt, dass er Sporen und ein Kettenhemd trug.«

Bei den letzten Worten Dietmars runzelte der landgräfliche Heerführer die Stirn. Er wusste, was diese Information zu bedeuten hatte. Die Gerüchte in der Stadt, die landgräfliche Partei sei in die Mordsache verstrickt, würden dadurch neue Nahrung erhalten. Er überlegte, ob es gelingen könnte, die Botschaft zunächst zu verheimlichen. Daher fragte er: »Wer weiß bislang davon?«

Dietmar antwortete: »Mir hat es ein Spion zugetragen. Um die Behauptung des Schnüfflers zu überprüfen, haben der Stadthauptmann und ich daraufhin die zwei verantwortlichen Wächter befragt. Schließlich mussten sie zugeben, dass das Stadttor in der Tat kurzzeitig nicht verschlossen war.«

Rudolf ließ nicht locker. »Haben wir Aussicht, dass die Auskunft mit Verschwiegenheit behandelt wird?«

Dietmar zuckte mit den Schultern. »Siegfried von Nazza hat sie zwar zu Stillschweigen verpflichtet, aber es ist nur eine Frage von Stunden, wann diese Sache in der Stadt die Runde machen wird.«

Der weißhaarige alte Ritter begrub rasch seine Hoffnung und wog die Worte des Tuchhändlers nochmals im Geiste gegeneinander ab, bevor er erneut sprach. »Weiß man, in welche Richtung die Gestalten geritten sind? Es muss ja nicht zwangsläufig bedeuten, dass es jemand von der Wartburg war. Der Weg von dieser Stelle der Stadt aus führt nicht nur hier herauf. Wer beispielsweise in die dichten Wälder will, ist gut beraten, ebenfalls diesen Weg zu wählen. Von dort gelangt er am schnellsten in den Wald …«, er zögerte einen kurzen Augenblick und fuhr dann fort: »Außerdem würde einer unserer Ritter seinen Rückzug sorgfältiger planen. Es ist doch zu offenkundig, dass nun ein Verdacht auf die landgräfliche Partei, also auf Burgmannen von Wartburg oder Metilstein, fällt. Eine solche Torheit begeht nur ein Narr oder ein Intrigant, der eine falsche Fährte legt.«

Dietmar bewunderte den scharfsinnigen Verstand seines Gegenübers, stimmte ihm zu, gab aber zu bedenken: »Stutzig macht mich vor allem, dass ein Ritter der Übeltäter sein soll.«

»Das darfst du nicht überbewerten. Du weißt selbst, dass eine Reihe von Rittern es nicht wagen sollte, dieses Wort im Munde zu führen. Ihre Taten sind nicht gerade eines Edelmannes würdig. Sie besaufen sich sinnlos, umgeben sich mit Dirnen und plündern Kaufleute und Händler wie dich aus. Vor einem unbewaffneten Bauern spielen sie sich in Überzahl auf. Wie weit es mit ihrer Kraftmeierei bestellt ist, siehst du, wenn sie sich unverhofft einem Gewappneten gegenüber sehen. Da suchen sie dann schnell das Weite, die elenden Feiglinge. Für ein paar Münzen findet sich auch unter Adligen schnell jemand für einen Meuchelmord. Aber was soll man bloß machen in einem Land ohne König, in dem die Fürsten mehr mit sich selbst als mit dem Wohl des Landes beschäftigt sind.«

Die Worte des landgräflichen Parteigängers klangen in Dietmars Ohren nach und sie waren zweideutig genug, dass auch der junge Landgraf Albrecht damit gemeint sein konnte.

Rudolf von Vargula kratzte sich schließlich am Bart und setzte dann etwas spöttisch hinzu: »Ich bin mir ziemlich sicher, dass in jener Nacht kein landgräflicher Ritter aus der Burg ausritt. An jenem Abend saßen sie an der Tafel des jungen Landgrafen zusammen. Einige wären nicht im Stande gewesen, ein Pferd zu besteigen, geschweige den eine Armbrust gezielt abzufeuern ...« Er unterbrach sich und forderte den Ritter an seiner Seite auf, den Torwächter zu rufen. Außerdem sollte er einen Boten zum Metilstein schicken, um herauszufinden, ob dort jemand die Burg verlassen oder betreten hatte.

Schließlich ging er zu den Armbrüsten, dem ursprünglichen Anliegen Dietmars, über. »Du willst Genaueres über die Armbrüste der Wartburg erfahren? Nun, leider gibt es da nicht viel zu berichten. Sie werden in unserer Rüstkammer verschlossen aufbewahrt und sind sämtlich aus Eichenholz. Bei der Erneuerung des Kriegsgeräts wurden lediglich die Bolzen ausgetauscht, auch die sind aus Eiche. Die ausgetauschten Geschosse liegen noch vollständig beim Schmied, der den Auftrag hat, die Schäfte zu erneuern.«

Dietmar grübelte, dann räusperte er sich und meinte, er werde wohl die Spur mit den Armbrüsten nicht weiterverfolgen. Schließlich berichtete er Rudolf, dass auch er die dringende Vermutung hege, man wolle dem Landgrafen den Mord in die Schuhe schieben. Ihm sei jedoch bislang ein schlüssiges Motiv verborgen geblieben. Dann erzählte er von den Ringen, die Heinrich von Welsbach angefertigt hatte, und den Verdächtigungen, die Gertrud Rost gegen den Dominikanerorden erhoben hatte. Als Letztes ging er auf die Gerüchte um die geheimen Treffen der Markzoller ein.

Rudolf hatte geduldig zugehört, als jedoch die Sprache auf die Treffen kam, verkündeten seine Gesichtszüge gesteigerte Aufmerksamkeit. Geheime Sitzungen? Das roch nach Verschwörung, nach Ränkespielen. Er hatte ein feines Gespür für Gefahr, und hier war es wieder. Es schien ihm außerordentlich wichtig, darüber mehr zu erfahren. Daher sagte er: »Das ist vermutlich die wichtigste Spur. Ich bin mir sicher, es gibt einen Zusammenhang zu den Mordfällen. Erzähl mir noch einmal ganz genau, was du darüber weißt. Jede dir noch so belanglos vorkommende Kleinigkeit könnte von Bedeutung sein.«

Dietmar brachte sein Bedauern zum Ausdruck, nachdem er alles sorgfältig wiederholt hatte. Er musste bekennen, dass ihm konkrete Anhaltspunkte fehlten.

Sie wurden unterbrochen, als der Vertraute Rudolfs mit einem Knecht erschien. Rudolf wandte sich in befehlsgewohntem Ton an den Burgmann. Er wollte wissen, ob jemand in der Mordnacht einen Schritt vor die Tore der Burg gesetzt hatte.

Dieser verneinte jedoch. Bei jenem Unwetter hätte es niemand gewagt, die Burg zu verlassen. Selbst zwei Knechte, die ihren Dienst beendet hatten, seien gar nicht erst zu ihren Familien in der Stadt aufgebrochen, sondern hätten im Stall genächtigt. Die Wege waren in jener Nacht viel zu glitschig und rutschig. Keiner wollte riskieren, beim Abstieg danebenzutreten und sich womöglich an den Steilhängen den Hals zu brechen. Nein, das Tor sei die ganze Nacht fest verriegelt gewesen.

Dietmar war einerseits froh, dass eine Beteiligung von Angehörigen der Wartburg immer unwahrscheinlicher wurde. Die Worte des Burgwächters klangen glaubwürdig. Er würde es auch kaum wagen, Rudolf von Vargula zu belügen. Es würde ihn den Kopf kosten. Und wie stand es mit den Angehörigen der anderen Burg, des Metilsteins? Würde da jemand den gefährlichen Ab- oder Aufstieg gewagt haben? Er hielt dies ebenfalls für unwahrscheinlich. Andererseits überkam Dietmar Ratlosigkeit, und er grübelte, wo er mit weiteren Recherchen ansetzen sollte.

Der Knecht hatte bereits den Raum verlassen, als Rudolf den Stadtbürger aus seinen Gedanken riss. »Mir gefällt das alles ganz und gar nicht. Heimliche Zusammenkünfte werden in der Stadt abgehalten. Ein seltsamer Prediger taucht urplötzlich auf und schürt Unruhe unter dem Volk. Sollte das nur ein Zufall sein?«

Dietmar pflichtete dem Ritter bei: »Das beschäftigt mich genauso wie Euch.«

»Die entscheidende Frage ist, wem nutzt Unruhe im Volk?«, fuhr Rudolf ohne darauf einzugehen fort. »Sollte es sich bloß um einen Streit unter Zunftmeistern handeln? Oder steckt eine politische Macht dahinter? Wer hätte Interesse an Konflikten in der Stadt Eisenach?«

Dietmar glaubte zunächst, es könnte nur Sophie von Brabant gemeint sein.

Aber Rudolf von Vargula ging weiter. »Ich habe eine Information für dich, Dietmar Hellgreve, der du nachgehen solltest. Südlich von Eisenach sind vor über zwei Wochen in den dichten Wäldern Bedienstete des Erzbischofs von Mainz gesichtet worden. Angeblich befanden sie sich auf dem Weg zu den erzbischöflichen Besitzungen im Eichsfeld. Meine Spione vermuten, sie haben ihre Reise unterbrochen und sich mit jemandem getroffen. Vergiss auch nicht den Braunschweiger Herzog, der froh sein wird, wenn wir in den eigenen Landen beschäftigt sind. Also beziehe diese Gedanken in deine Untersuchungen mit ein!« Es klang wie ein Schlusssatz, aber Rudolf fügte noch etwas hinzu: »Ich glaube, die Entscheidung, dich die Sache untersuchen zu lassen, war gut. Du hast dich als der richtige Mann erwiesen. Was der Bote vom Metilstein zu berichten hat, lasse ich dir zukommen.«

Dietmar hatte nicht damit gerechnet, dass der landgräfliche Heerführer so offen seine Anerkennung für seine Bemühungen aussprechen würde. Er nahm das Lob dankbar an.

Beim Abstieg von der Burg überkam ihn ein Gefühl der Erleichterung. Die Worte Rudolfs bestärkten ihn darin, dass die Herren von der Wartburg nichts mit den Geschehnissen zu tun hatten. Sollte jemand darin verstrickt sein, dann ohne Wissen Rudolfs. Davon war er überzeugt. Mehr beschäftigten ihn nun die Hinweise auf eine mögliche Beteiligung des Braunschweiger Herzogs oder gar des Erzbischofs von Mainz. Der Mainzer Stuhl hatte doch vor ein paar Jahren mit dem Landgrafen Frieden geschlossen. Akzeptierte der neue Erzbischof die Verträge seines Vorgängers etwa nicht? Wie sollte er als einfacher Tuchhändler ein politisches Komplott solcher Größenordnung untersuchen? Was hatte ein

Städtebürger den Ränkespielen solch hochrangiger Fürsten entgegenzusetzen? Überschätzte ihn der Heerführer da nicht?

Als Dietmar solcherart vor sich hin grübelnd im heimatlichen Hof ankam, war es später Nachmittag. Sein Blick zur Sonne, die immer wieder von dicken grauen Wolken verdeckt wurde, bestätigte die Tageszeit. Die Audienz auf der Burg hatte doch nicht so lange gedauert, wie erwartet. Er konnte also getrost bis zum Anbruch der Dunkelheit im Kontor für Ordnung sorgen.

Kurz vor der Mittagszeit des nächsten Tages machte sich Dietmar, nachdem er erneut Regale eingeräumt und Stoffballen beschriftet hatte, auf den Weg zum Dominikanerkloster. Der Prior Paul erwartete ihn im Kreuzgang des Klosters. Dietmar mochte diesen Teil der Ordensgebäude ganz besonders. Die filigrane Wölbung des Ganges, die kunstvolle Gestaltung der Kapitelle und die wohlgeformten, spitzbogigen Fenster, die einen schönen Blick in den Hof ermöglichten, zogen den Besucher in ihren Bann. In den Fensternischen befanden sich jeweils steinerne Bänke, die zum Verweilen einluden. Einer dieser Plätze hatte sich an wärmeren Tagen regelrecht zum Stammplatz für die Gespräche zwischen dem belesenen Markzoller und dem Klostervorsteher entwickelt. Obwohl die beiden nicht immer der gleichen Meinung waren, schätzten sie einander. Es bereitete ihnen Vergnügen, über die Auslegung von Bibeltexten oder anderen religiösen Schriften zu streiten. Manchmal ließ Paul für Dietmar sogar Abschriften von theologischen Abhandlungen anfertigen. Es kam aber auch vor, dass der Markzoller im Kloster gegen Bezahlung die Anfertigung eines Duplikates in Auftrag gab.

Der Ankömmling grüßte den Prior freundlich, gemeinsam schlenderten sie zu ihrem gewohnten Platz und ließen sich dort nieder. An der ernsten Miene Dietmars erkannte der Prior, dass man heute wohl weniger über die Evangelien oder den Philipperbrief philosophieren, sondern über die Vorfälle in der Stadt diskutieren würde. Selbstverständlich waren dem Klostervorsteher die Vorwürfe der Witwe Rost gegen seinen Orden nicht verborgen geblieben. Sie lösten beim ihm nur Kopfschütteln aus.

»Ich finde es nicht gut, dass die Witwe meinen Orden solch schwerwiegender Dinge bezichtigt. Meine Brüder waren entsetzt darüber. Möge Gott ihr verzeihen. Vielleicht trübt die Trauer um den Ehegatten ihren Sinn.«

Dietmar überlegte, wo er anfangen sollte. Er entschloss sich, bei den Ereignissen vor über zwanzig Jahren zu beginnen: »Sie behauptet, der Orden verfolge ihre Familie seit ihre Schwester von Konrad von Marburg auf dem Scheiterhaufen verbrannt wurde.«

Paul legte seine Stirn in Falten. »Natürlich weiß ich, wie unnachgiebig Konrad nach Ketzern spüren ließ. Aber soll ich ihn dafür verurteilen, dass er unsere Welt von allem Unreinen und Sündhaften befreien wollte? Er hat eine Aufgabe wahrgenommen, die eigentlich unser aller ist: den rechten Glauben zu verbreiten. Soll ich ihn dafür verachten, dass er als Beichtvater Elisabeths deren Streben nach Gott verteidigte? Dietmar Hellgreve, Ihr wart noch ein kleines Kind, als die Kommission zusammentrat, um zu überprüfen, ob eine Heiligsprechung gerechtfertigt sei. Die päpstlichen Legaten haben siebenhundert Augenzeugen befragt, jede ihrer Aussagen wurde sorgfältig registriert. Einhundertsechs Wunder wurden Elisabeth zugesprochen. Einhundertsechs! Nur Ungläubige können diese Taten in Zweifel ziehen. Nur unreine Seelen haben Bedenken gegen die Heiligkeit. Brunhilde Gottschalck, die Schwester von Gertrud Rost, war eine solche bedauernswerte Seele. Wäre ihr Vorwurf, Elisabeth sei vor lauter Streben nach Barmherzigkeit selbst unbarmherzig geworden, weil sie ihre leiblichen Kinder vernachlässige, zutreffend gewesen, hätte Gott sie vor dem Scheiterhaufen bewahrt. Gott erkennt die Seinen und nimmt sie in seine Obhut.«

»Aber Prior, es stimmt doch. Sie hat sich doch um ihre Kinder nicht mehr gekümmert, sie wurden bei ihrer Großmutter erzogen.«

Der Dominikaner erwiderte: »Aber sie bedurften der Obhut der Mutter nicht. Elisabeth tat gut daran, sich den wahrhaft Bedürftigen zuzuwenden. Ihr wisst, es ist schwerer, aus dem Palast in den Himmel zu gelangen, als aus einer Armenhütte. Tue Buße auf Erden, und du wirst die Erlösung im Himmel erfahren.«

Dietmar musste seinem Gesprächspartner in diesem Punkt recht geben, die Kinder Elisabeths waren auch bei der Großmutter gut aufgehoben. Aber er glaubte nicht, dass er ihrem Beispiel folgen und sich von seinem Sohn abwenden könnte. In ihm regte sich Widerspruch. »Das ist ja richtig, aber warum wurde dann gleich die Familie Gottschalck mit in die Verbannung geschickt? Hat sie sich auch strafbar gemacht, nur weil sie eine Tochter gezeugt hatte?«

»Ich war zu diesem Zeitpunkt noch nicht in Eisenach, daher kann ich zu den Umständen kaum etwas sagen. Mir ist ohnehin unverständlich, wieso der Orden bezichtigt wird. Er hatte zur Zeit Konrads überhaupt keine Niederlassung in Eisenach. Seit seiner Gründung hier hat er sich nicht einmal an Ketzerverfolgungen beteiligt. Überhaupt ist es lange her, seit der letzte Ketzer verbrannt wurde. Auch die Anklage, ein Dominikaner habe im Haus ihrer Eltern Feuer gelegt, ist absurd. Wenn wir die Häuser aller Familien, die ihre Kinder nicht in unsere Ordensschule geben oder deren Väter im Brauhaus geringschätzige Worte über uns verlieren, anzünden würden, wäre die halbe Stadt ein einziger Scheiterhaufen.«

Dietmar merkte, wie der Prior sich ereiferte, stimmte ihm aber zu. Auch er war wenig überzeugt von den Vorwürfen. Allerdings hatte er von dem Streit zwischen dem Kloster und den Beginen, deren Vorsteherin die Schwester des ermordeten Schmelzermeisters war, durchaus etwas erfahren. Darüber wollte er nun mehr wissen.

Paul antwortete ihm freimütig: »Die Gemeinschaft dieser Frauen steht außerhalb unserer Gesellschaft, Dietmar. Zu welchem

Stande soll man sie zählen? Sie haben keine Regeln, die ihr Zusammenleben ordnen. Sie weigern sich auch, sich einem Orden anzuschließen. Wie kann ich mich einer Aufgabe widmen, ohne Gottes Segen einzuholen?«

»Aber sie haben sich lediglich der Krankenpflege, der Armenspeisung sowie der Erziehung von Kindern verschrieben. Es sind Tätigkeiten, die Euer Orden auch ausübt. Sie eifern eben auf diese Weise den Taten der heiligen Elisabeth nach. Sie tun doch gerade das, was Ihr von einem Gläubigen verlangt. Ihr selbst führtet gerade das Wort vom Palast und der Hütte im Munde.«

Der Dominikanermönch schlug das linke über das rechte Bein, nickte und widersprach zugleich: »Ich schätze diese Arbeiten, so sie diese auch ausüben. Aber warum gehen sie nicht regelmäßigen Gebetszeiten nach, warum weigern sie sich, sich unserer Kirchengemeinschaft anzuschließen?«

»Ihr wollt doch nicht behaupten, diese Frauen seien keine guten Christen? Es stimmt nicht, dass sie nicht dem Worte Gottes zuhören. Man findet sie sehr oft in der Kirche beim Gebet. Doch warum verlangt Ihr von den Beginen die Mitgliedschaft in einem Orden, während Ihr diesen Zustand bei Elisabeth akzeptiert habt? Die Landgräfin war in keinem Orden organisiert und wurde dafür heilig gesprochen. Klärt mich bitte auf, Prior.«

Das Gesicht des Mönches lief rot an, ein deutliches Zeichen, dass die Frage Dietmars nicht so einfach zu beantworten war. »Elisabeth lebte aber nicht in einer Gemeinschaft –«

»Paul, Ihr wisst genauso gut wie ich, dass ihre Hospitäler in Eisenach wie die Beginengemeinschaften aufgebaut sind. Elisabeth hielt sich ja fast nur in den Hospitälern auf, schlief mitunter sogar dort«, unterbrach Dietmar den Prior.

»Sie haben sich aber nicht als Gemeinschaft zusammengeschlossen, sondern jeder für sich gearbeitet …«

»… und jeder für sich gebetet, wie es die Beginen auch tun, was Ihr nun kritisiert«, vollendete Dietmar den Satz etwas provokativ.

Der Klostervorsteher hob die Stimme: »Ihr wollt doch nicht ernsthaft die Beginen mit einer Heiligen vergleichen? Bei Elisabeths Person stellt sich einfach die Frage nicht, zu welcher Ordnung sie gehört. Gott hat sie zu uns gesandt. Sie ist eine Heilige!«

Dietmar ließ jedoch nicht locker: »Hat es vielleicht damit zu tun, dass die Franziskaner oder auch ihr Dominikaner in den Frauen eine Konkurrenz seht?«

Paul schüttelte heftig den Kopf: »Nein! Überhaupt nicht! Aber habt Ihr Euch schon einmal die Frage gestellt, warum wir in unserem Klosterhospital mehr Kranke heilen als die Beginen? Es ist unser Gottvertrauen, das uns unsere Kraft gibt. Ohne den festen Glauben an unseren Herrn wäre kaum eine Heilung möglich. Allein schon die Reliquien, die einer kirchlichen Gemeinschaft anvertraut sind, vermögen eine Besserung der Leiden zu bewirken. Bei schweren Fällen tragen wir sie sogar ans Krankenlager. Bei Eurem kranken Sohn war das auch so. Und heute ist er gesünder denn je.«

Als der Prior die Krankheit seines Sohnes ansprach, geriet Dietmar in einen Zwiespalt. Er hatte Tag und Nacht für dessen Genesung gebetet und dem Kloster Spenden vermacht. Der Gottesglaube hatte sicher zur Gesundung beigetragen, davon war er überzeugt. Aber das allein konnte es nicht gewesen sein. Daher meinte er: »Seltsam ist jedoch, dass wir die Heilung letzten Endes dem Mönch Albustin verdanken. Erinnert Euch! Als Ihr die Reliquien an das Krankenbett gelegt hattet, wurde das Fieber schlimmer. Ihr hattet seine Seele schon aufgegeben. Euer heilkundiger Mönch weilte gerade in Erfurt, und als er zurückkehrte, war er ziemlich zornig. Man hatte seine Anweisungen mit den Umschlägen und Kräuteraufgüssen nicht befolgt. Damals hörte ich Albustin zum einzigen Mal fluchen. Erst seiner Pflege haben wir es zu verdanken, dass ich meinem Sohn wieder in die Arme schließen kann.«

»Seine Heilkünste sind dennoch ohne Gottesglaube wirkungslos, glaubt mir«, versuchte der Prior, eine Erklärung abzugeben.

Dietmar war dankbar, dass sein Sohn wieder gesund und munter war. Daher wollte er darüber nicht streiten, auch wenn ihn immer wieder beschäftigte, was wohl den Ausschlag für die Genesung gegeben haben könnte. Er kam daher auf die Beginen zurück: »Vielleicht drängt Euch ja der päpstliche Klerus dazu, die Frauengemeinschaft in den Orden zu integrieren?«

»Wie kommt Ihr denn darauf?«, fragte der Mönch erstaunt.

»Ach, ich erinnere mich immer wieder an ein Lied von Walther von der Vogelweide, das bis heute gesungen wird. Es war zwar auf den Kirchenstock gemünzt, als er meinte: ›Sagt an, Herr Opferstock, hat Euch der Papst her gesandt, damit Ihr ihn reich macht und uns Deutsche arm macht und auszehrt?‹ Aber verhält es sich vielleicht nicht genauso mit den Beginen?«

»Die Frauen kümmern sich doch um Arme und Kranke!«

»Aber die wohltätigen Frauen selbst stammen oft aus angesehenem Haus. Ist es also nicht die Aussicht auf weitere Reichtümer, die das Handeln bestimmt?«

»Wir sind als Orden der Armut, der Demut und der Nächstenliebe verpflichtet, nicht dem Reichtum. Und habt Ihr nicht den schlechten Leumund der hiesigen Frauengemeinschaft vernommen? Es gibt schon die ersten Gerüchte in der Stadt, die Frauen würden Unzucht treiben. Schon um dem vorzubeugen und sie auf den Pfad der Tugend zurückzuführen, gehören sie in einen Orden.«

Dietmar spürte, es war zwecklos, den Dominikanermönch vom Gegenteil zu überzeugen. Daher ging er nun auf den konkreten Grund seines Kommens ein. »Was hat es mit dem angeblichen Streit zwischen Euch und den Frauen auf sich?«

»Ach, es geht um die Dinge, die wir gerade besprochen haben. Ich konnte die Frauen bisher nicht umstimmen. Und der ermordete Heinrich Rost mischte sich auf Seiten der Frauengemeinschaft auch noch ein. Ich habe ihm deutlich erklärt, dass dies eine Sache des Ordens und der Beginen sei, nicht die eines Markzollers. Er hat zu meinem Bedauern ziemlich barsch mit einem Fluch reagiert.

Gott vergib ihm. Es war nur eine Episode unseres ohnehin angespannten Verhältnisses, sonst ist nichts weiter passiert.«

Dietmar gab sich mit der Antwort zufrieden, auch wenn er in Bezug auf die Zugehörigkeit der Frauengemeinschaft zu einem Orden anderer Meinung war. Stattdessen wandte er sich den Spekulationen um Notizen zu, die angeblich im Kloster über Bürger angefertigt worden sein sollen. Er spürte am nervösen Hin- und Herrutschen seines Gesprächspartners sofort, die Frage war ihm sichtlich unangenehm. Darum sagte er offen: »Wenn ich mir Euer Unbehagen ansehe, ist an der Sache wohl doch etwas dran. Habe ich recht?«

Paul schwieg einen Augenblick, dann seufzte er, den Blick gen Himmel gerichtet: »Wird mich denn diese Angelegenheit ewig verfolgen, mein Freund?« Er zupfte nervös an seinem wollenen Rock und überlegte. Sollte er dem Tuchhändler davon erzählen? Schließlich gab er dem Drängen seines Gegenübers nach. »Also gut, ich werde Euch die ganze Wahrheit erzählen. Aber schwört mir: Zu niemandem ein Wort darüber! Ihr müsst alles für Euch behalten, kein Mensch darf davon erfahren. Auch Eure Frau Katarina nicht, Frauen sind geschwätzig.«

Dietmar sicherte ihm ohne zu zögern seine Verschwiegenheit zu.

Der Prior schaute noch einmal kurz in den Kreuzgang, aber keiner seiner Brüder war zu sehen, dann holte er tief Luft und begann: »Vor eineinhalb Jahren verstarb unser Bruder Michael nach einem längeren Leiden. Gott vergib ihm seine Sünden! Man fand ihn morgens in seiner Zelle. Nachdem die Leiche in der Kirche aufgebahrt worden war, entsandte man einen Novizen, um den Raum zu säubern und seine Habseligkeiten sicherzustellen. Darunter befanden sich mehrere Bücher, diese brachte man in die Bibliothek. Als der Bibliothekar sie noch am gleichen Tag einsortieren wollte, entdeckte er einen dicken Band mit vielen Einträgen, der nicht aus dem Büchersaal stammte. Es war eindeutig Michaels

Schrift. Jeweils eine Seite enthielt den Namen eines Eisenacher Bürgers, darunter waren Äußerungen des Betreffenden notiert und sogar mit dem Datum versehen.«

Dietmar klappte vor Überraschung der Mund auf.

»Gott sei es gedankt, kam der Bibliothekar mit dem Buch direkt zu mir. Es können also nur wenige davon wissen. Als ich mir die Eintragungen genauer betrachtete, bemerkte ich, dass es wie ein Geschäftsbuch über einen längeren Zeitraum geführt worden war.«

»Was beinhalten die Notizen Eures toten Mönches?« Dietmar war jetzt doch sehr gespannt.

»Tja, es waren kritische Äußerungen zur Kirche, vor allem zu unserem Orden, eingetragen, aber auch Sätze, die im Wirtshaus gefallen sein sollen.«

»Woher hatte er diese Informationen?«, fragte Dietmar neugierig. »Euer Mönch war doch die meiste Zeit im Kloster, im Wirtshaus ward er nie gesehen.«

Der Klostervorsteher blickte in den Hof und schluckte. »Bruder Michael hat im Hospitalraum des Klosters die Patienten belauscht und«, er machte eine kurze Pause, »in einem Falle sogar die Beichte.«

Fast gleichzeitig schlugen der Prior und Dietmar das Kreuzzeichen vor der Brust. Ein schlimmeres Vergehen mochte man sich gar nicht vorstellen. Der Mönch faltete die Hände und sprach ein kurzes Gebet für den Sünder.

Dietmar pfiff leise durch die Zähne. »Aber was waren Michaels Beweggründe, solche Verfehlungen zu begehen?«

Paul zuckte mit den Schultern. »Wir wissen es nicht. Vielleicht hat es mit seinem Vorleben zu tun. Er gehörte als Novize während der Ketzerverfolgungen dem Gefolge Konrads von Marburg an. Möglicherweise hat sich der Eifer seines Meisters auf ihn übertragen.«

Der Markzoller überlegte, ob es vielleicht einen Zusammenhang mit den Morden geben und hier der Schlüssel zur Lösung des

Rätsels liegen könnte. Daher musste er mehr über das Buch und die Eintragungen wissen. »Wo wird das Buch jetzt aufbewahrt?«

»Es existiert nicht mehr.«

»Existiert nicht mehr?«, wiederholte Dietmar.

»Ja. Nachdem ich das Zitat aus der Beichte las, habe ich das getan, was man mit Teufelswerk tut: Ich habe es eigenhändig verbrannt.«

»Konnte noch jemand außer Euch den Inhalt des Buches lesen oder gar eine Abschrift anfertigen?«

»Das erscheint mir unmöglich, es lagerte nur kurze Zeit beim Bibliothekar. Zum Abschreiben hätte man bei der Dicke des Buches mehr als eine Woche benötigt. Der Bibliothekar wurde von mir zum Stillschweigen verpflichtet.«

»Und was ist mit dem Novizen?«

»Der Bursche konnte damals noch nicht lesen.«

Wenn das Buch schon nicht mehr vorhanden war, so halfen Dietmar vielleicht ein paar Details aus den Aufzeichnungen. »Könnt Ihr Euch an Inhalte aus dem Buch erinnern? Waren die Namen der beiden toten Markzoller aufgeführt?«

»Dietmar Hellgreve, der Teufel hatte Bruder Michaels Feder geführt, gebt Euch damit nicht ab. Ich habe es vermieden, gründlich darin zu lesen. Ihre Namen sind mir nicht aufgefallen. Aber ich will mich auch nicht daran erinnern.« Der Prior erhob sich von seinem Platz und murmelte mehrmals: »Teufelswerk!«

Es schien Zeit zu sein zu gehen. So verabschiedete sich der Tuchhändler vom Klostervorsteher und machte sich auf den Heimweg.

Unterwegs beschlich ihn ein weiterer furchtbarer Gedanke. Waren es religiöse Motive, die hinter den Mordfällen steckten? Er hatte das Gefühl, in seinem Kopf drehte sich alles. Dietmar war ziemlich ratlos. Ihm tat sich eine Fülle von Verdachtsmomenten, komplizierten Verwicklungen und undurchschaubaren Beziehungen auf. Und ihre Reihe wurde immer länger: Da waren die Armbrustbolzen aus einem Holz, wie es in Eisenach nicht zu diesem Zweck verwandt wird. Da war ein Ritter, der mit einem Komplizen nachts heimlich meuchelte. Im Dominikanerkloster existierte ein Buch, das geheime Notizen über Bürger enthielt. Irgendeine erzbischöfliche Gesandtschaft traf sich in den Wäldern mit Gott weiß wem ... Welche Rätsel würden ihm die nächsten Tage noch bringen?

16

Am folgenden Tag erreichte Dietmar endlich die Nachricht, sein Bruder Götz sei wohlbehalten im benachbarten Gotha angekommen und werde noch am heutigen Tag in Eisenach eintreffen. Wie lange hatte er auf diesen Moment gewartet, wie oft hatte er dafür gebetet? Er war nun erleichtert, zumindest in diesem Fall musste er sich keine Gedanken mehr machen.

Dafür zwangen ihn die Ereignisse der Vortage umso stärker zum Nachdenken. Er hatte es nicht vermocht, einen konkreten Verdacht zu formulieren. Zu viele Möglichkeiten blieben noch offen. Er nahm sich vor, seine Freunde zu Rate zu ziehen. Vielleicht konnten sie ihm weiterhelfen, auch auf Katarinas Urteil legte er Wert. Oft hatte sie verblüffende Ideen. Doch jetzt wollte er alles für eine Willkommensfeier für seinen Bruder vorbereiten.

Am frühen Nachmittag traf der Wagen mit Götz und dem Knecht Bruno ein. Die Freude war auf beiden Seiten riesig. Dietmar umarmte seinen Bruder lange und klopfte Bruno und dessen Vettern anerkennend auf die Schultern.

Götz unterbrach die Wiedersehensfreude für einen kurzen Augenblick: »Bevor wir uns einem gutem Schluck widmen, habe ich noch eine dringende Aufgabe zu erledigen.« Er schnürte die lederne Tasche auf, die er sich umgehängt hatte, und entnahm ihr ein versiegeltes Schreiben. »Als wir in Erfurt Zwischenstation machten, kam ein Waffenschmied, der von unserer Ankunft erfahren hatte, auf uns zu und berichtete von einem Schreiben Lussos an ihn. Er fragte mich, ob ich seine Antwort mit nach Eisenach nehmen könnte. Als ich bejahte und ihm zu erkennen gab, unsere Familien seien befreundet, meinte er nur, es sei eine dringende und ernste Botschaft. Daher möchte ich jetzt dafür sorgen, dass sie auch so schnell wie möglich ihren Adressaten erreicht.«

Dietmar ahnte, worum es sich in dem Brief handelte. Schließlich hatte er Lusso aufgefordert, sich an den Waffenschmied zu wenden. Darum sagte er: »Das Papier hat bestimmt mit mir zu tun, aber davon erzähle ich dir bei einem Krug Bier. Henrich soll sich sofort auf den Weg zu Lussos Hof machen.«

Als der Junge von seiner Aufgabe hörte, zeigte sein Gesicht tiefe Enttäuschung. Auch er wollte doch viel lieber von den Abenteuern seines Oheims hören. Schade. Wie viele Raubritter würden sie wohl besiegt haben? Sein Vater las ihm die Frage vom Gesicht ab. Deshalb ermunterte er ihn, sich zu beeilen. Sie würden mit dem Erzählen warten, bis er zurückkehrte. Henrich nahm das Pergament an sich, stopfte es hastig in sein Hemd und stürmte sogleich aus dem Hof.

Katarina und die Magd empfingen Götz und Bruno sowie die übrigen Mitstreiter in der Eingangstür. Im Raum hatten sie schon eine Tafel vorbereitet, auf der verschiedene Gerichte aufgetischt waren. Dietmar und Katarina luden alle Anwesenden zum gemeinsamen Mahl ein. Die Verwandten von Bruno wirkten zwar etwas verwundert, weil es nicht üblich war, dass das Gesinde mit an der Tafel des Hausherrn speiste. Aber in der Stadt war Dietmar für seine Großzügigkeit und Dankbarkeit bekannt.

Als sich alle niedergelassen hatten, füllte die Magd jedem die Becher mit dem guten Bier randvoll. Henrich war auch inzwischen zurück und musste sich mit Bier begnügen, das mit Wasser verdünnt war. Dietmar erhob nun den Becher auf die glückliche Rückkehr. Die Freude über die gelungene Reise wurde schließlich noch größer, als Götz voller Stolz von dem guten Geschäft berichtete, das er getätigt hatte. Dietmar wusste, dass es richtig gewesen war, Götz mit der Aufgabe zu betrauen. Er hatte ob der unsicheren Zeiten natürlich Angst, jedoch niemals Zweifel gehabt. Danach brachte er einen weiteren Trinkspruch auf das gute Geschäft aus. Danach bat er alle, kräftig zuzulangen. Bruno und dessen Verwandten versprach Dietmar, sie würden noch heute, bevor sie heimkehrten, auf den vereinbarten Lohn ein kleines Aufgeld erhalten. Katarina schaute zu ihrem Mann und wusste, Dietmar tat dies aus Dankbarkeit und Freude über die Rückkehr. Aber sie kannte ihren Mann auch gut genug, um zu wissen, dass er sich – ganz Geschäftsmann – auf diese Weise die Gunst der Leute erwarb, die er vielleicht noch einmal anderweitig brauchen würde. Außerdem warf das Geschäft genügend ab.

Schließlich berichteten Götz und Bruno in allen Einzelheiten von der Fahrt, wie sie unbehelligt von Raubrittern nach Gotha gelangten und sich ab dort verschiedenen Geleitzügen anschlossen. Zuweilen seien es fast zwanzig Kaufwagen gewesen, die gemeinsam unterwegs waren. Die Schar Bewaffneter dazu gerechnet, waren es manchmal bis zu sechzig Leute. Da hatte es niemand gewagt, sie anzugreifen. Stolz, dass jeder seinen Teil zum Gelingen beigetragen hatte, stieß man immer wieder auf die erfolgreiche Reise an.

Ihre Gespräche wurden durch ein Klopfen unterbrochen. Vor der Tür stand ein Geselle Heinrichs von Welsbach und übergab der Magd die Zeichnungen der beiden Ringe der Ermordeten. Dietmar warf einen kurzen Blick darauf und legte die Pergamentrollen dann beiseite.

Nachdem später die Vettern des Knechts ihren Lohn erhalten hatten und fast alle, außer Katarina und Bruno, gegangen waren, wollte Götz mehr über Dietmars Auftrag wissen. Ihn interessierte, wie weit er mit den Untersuchungen vorangekommen war. Er musste schließlich so Hals über Kopf die Fahrt übernehmen, dass er nur wusste, zwei Markzoller waren gestorben. Dietmar erzählte ihm schließlich, was sich in der Zeit seiner Abwesenheit alles zugetragen hatte. Er berichtete ihm auch von dem seltsamen Predigermönch, der Götz bei seiner Ankunft ebenfalls aufgefallen war. Als Dietmar auf die fehlenden Ringe zu sprechen kam und die Zeichnungen auf den Tisch legte, unterbrach ihn Götz plötzlich.

»Dietmar, es war nur eine flüchtige Begebenheit am Anfang unserer Reise, und ich maß ihr keinerlei Bedeutung bei. Aber ich glaube, jetzt, wo ich die Zeichnungen sehe, muss ich dir etwas erzählen, was vielleicht von großer Wichtigkeit ist. Du kannst dich doch noch an deine Auseinandersetzung mit dem Ritter von Hörselgau erinnern, als du ihm damals im Wirtshaus im Handumdrehen sein Schwert weggenommen hast.«

»Was hat das mit dem Fall zu tun?« Dietmar wurde neugierig.

»Nichts, aber ich habe den Hörselgauer in Gotha gesehen. Er war mit seinem Saufkumpan, dem Hans Atze, und ein paar anderen im gleichen Wirtshaus wie wir abgestiegen. Sie gaben sich einem üblen Gelage hin, umgeben von irgendwelchen Dirnen. Ich habe mich damals nur gewundert, weshalb die beiden so mit Geld um sich warfen. Und was vielleicht noch viel wichtiger war: Sie haben in ihrem Suff einem Kaufmann einen schönen, großen, goldenen Ring angeboten, den sie angeblich in Eisenach erworben hatten.«

Dietmar fiel fast das Messer, mit dem er einen Apfel schälen wollte, aus der Hand. »Weißt du, um was für einen Ring es sich handelte?«

»Ja! Ich habe ihn gesehen. Das hier«, Götz zeigte auf das erste Pergament, »war der Ring! Der Kaufmann hielt ihn für sehr kostbar. Er prahlte damit, als die ganze besoffene Bande des Hörselgauers gegangen war, wie billig er das erlesene Stück erworben habe. Er machte sich lustig darüber, wie wenig kaufmännischen Verstand die Ritter gehabt hätten.«

»Sollte der Hörselgauer damit etwas zu tun haben?«, dachte Dietmar laut nach.

Götz antwortete: »Zutrauen würde ich ihm das. Ich weiß noch, ich war damals nur etwas älter als Henrich heute, als der Hörselgauer und der Atze das Vieh vor den Toren der Stadt raubten und sie erst ein Jahr später nur milde bestraft wurden.«

»Dieses Gesindel geht wohl immer noch auf Raub aus. Der alte Atze würde sich im Grabe umdrehen, wenn er wüsste, was aus seinem Sohn geworden ist«, brummte Bruno aus dem Hintergrund. Einer seiner Vettern war einst in Diensten der Atzes gewesen.

»Aber vielleicht haben sie tatsächlich irgendwelche Ringe in der Stadt gekauft?«, mischte sich Katarina ein.

Dietmar schüttelte den Kopf. »Das kann ich mir kaum vorstellen. Als ich dem Hörselgauer damals das Schwert abnahm, konnte er nicht einmal die Zeche im Wirtshaus bezahlen. Keine einzige Münze hatte sich in seine Taschen verirrt. Und als er das letzte Mal vor drei oder vier Wochen in der Stadt war, hat er irgendeine Kette seiner Familie verpfändet, um seine Becher zahlen zu können. Und der Atze ist kein Deut besser. Wenn der nicht Geld aus dem Wittum seiner Mutter erhalten hätte, müsste er betteln gehen. Woher sollen sie so plötzlich zu Geld gekommen sein?« Die Verhaltensweise von Hans Atze war für Dietmar ein besonders abschreckendes Beispiel für Verfehlungen. »Mit dem wird es noch ein schlimmes Ende nehmen«, fügte er deshalb hinzu. »Aber ich muss dem nachgehen. Das scheint mir bislang die wichtigste Spur zu sein. Das werde ich allerdings erst morgen tun können. Zunächst muss ich mich um die Wagenladung kümmern.«

Am Abend, als die meisten zu Bett gegangen waren und Dietmar fast entkleidet auf der Bettstatt saß, schaute seine Frau ihn an. Wenn er so unruhig hin und her rutschte, wusste sie, er überlegte.

»So langsam formt sich aus der entsetzlichen Geschichte ein Bild. Es fanden mehrmals heimliche Treffen von Markzollern statt, …«

»… von denen zumindest zwei Anhänger der brabantinischen Partei waren«, ergänzte Katarina.

»Richtig!«, stimmte Dietmar seiner Frau zu. »Nach dem offensichtlich letzten Treffen wurden zwei ermordet, man trennte ihnen obendrein die Finger ab und ließ die Ringe mitgehen. Die Mörder entkamen unerkannt durch das Marientor. Kurze Zeit nach der Tat sind der Hörselgauer und der Atze plötzlich zu Geld gekommen und haben einen Ring an einen fremden Kaufmann verkauft.«

»In dieses Bild passt auch die Äußerung der Mutter von Hans Atze. Die Alte hatte sich im Gespräch auf dem Markt beklagt, dass ihr Sohn seit über zwei Wochen nichts von sich habe hören lassen. Sonst habe er wenigstens ein- bis zweimal die Woche nach ihr geschaut«, fügte Katarina hinzu.

»Das hast du mir noch gar nicht erzählt.« Dietmar war überrascht.

»Ich habe nicht geglaubt, dass es wichtig werden könnte. Zumindest könnte man Verdacht schöpfen, dass er etwas zu verbergen hat.« Katarina begann, ihr Gewand auszuziehen.

»Sollten die zwei wirklich lediglich auf Raub aus gewesen sein, und sind ihnen die Opfer zufällig über den Weg gelaufen?«, fragte Dietmar mehr sich selbst als seine Frau.

»Bei dem Unwetter damals hatte sich doch das gesamte Gesindel der Stadt verkrochen«, sagte Katarina. »Ich glaube auch nicht, dass ein Markzoller einfach so größere Summen Geldes ohne Schutz mit sich in der Nacht rumschleppt.«

»Außerdem hatte der eine von beiden noch einen kostbaren Dolch bei sich. Räuber arbeiten meist gründlicher. Offensichtlich sind die Mörder hier für ihre schmutzige Arbeit gut bezahlt worden. Aber von wem? Wer hatte ein Interesse daran?«

»Der Hörselgauer ist doch landgräflicher Lehensmann. Sollte doch jemand aus dem landgräflichen Haus die Untat veranlasst haben?« Katarina kroch unter die Decken und unterdrückte ein Gähnen.

Dietmars Verstand arbeitete fieberhaft. »Die Erklärung ist mir zu einfach, wir werden das vermutlich ausschließen können.

Außerdem hat der Hörselgauer oft auf eigene Rechnung geraubt. Auch seine Verbindung zu den Raubrittern auf der Burg Hermannstein ist bekannt. Und hätte er nicht die Dienerin der heiligen Elisabeth zur Tante gehabt, hätte Rudolf von Vargula ihn schon längst am nächsten Baum aufgeknüpft. Dennoch, der wäre zwar zu einem bezahlten Mord fähig, aber er ist zu dumm, so was selbst zu planen. Da steckt ein größeres Interesse dahinter. Merkwürdig ist ebenfalls, dass der Knecht Friedrichs von Frankenhausen jemanden von der Stadtwache im Brauhaus aufgehalten hat. Sollte es nur ein Zufall sein, dass genau in diesem Moment die Mörder die Stadt verlassen haben? Ich werde morgen einmal mit Siegfried von Nazza reden und über ihn Rudolf von Vargula informieren. Der Heerführer des Landgrafen sollte versuchen, den Hörselgauer festzusetzen, und dann werden wir schon herauskriegen, wer ihn bezahlt hat. Nicht so richtig klar ist mir jedoch, was es mit den Geschehnissen um das Dominikanerkloster und der angeblichen Gesandtschaft des Erzbischofs von Mainz auf sich hat.«

»Konzentriere dich erst einmal auf die Gefangennahme des Ritters, bevor du weiteren Rätseln nachgehst«, riet ihm Katarina. »Möglicherweise sind die Aufzeichnungen des toten Dominikanermönches Michael oder die Durchreise einer erzbischöflichen Delegation ohne Belang für unseren Fall. Du solltest aber vorher mit dem Schultheißen reden. Der ist schließlich zuständig, auch wenn du ihn nicht leiden kannst. Aber dein Vorteil ist, dass dieser ebenfalls nicht gut auf den Hörselgauer zu sprechen ist.«

Dietmar legte sich ins Bett und Katarina kuschelte sich dicht an ihren Mann, wie sie es immer tat. Rasch war sie eingeschlafen, während Dietmar noch geraume Zeit über die ganze Geschichte grübeln musste.

Am nächsten Vormittag machte sich Dietmar, nachdem er ein paar Sachen für sein Geschäft erledigt hatte, auf zum Steinhof. Dort suchte er die Unterredung mit dem Schultheißen. Zu seiner großen Überraschung waren im Saal auch Rudolf von Vargula, dessen vertrauter Ritter, Siegfried von Nazza sowie der Sekretär des Schultheißen anwesend. Dietmar konnte sich nicht erklären, woher sie wussten, dass er mit allen dreien reden wollte.

»Guten Morgen, Dietmar Hellgreve!«, begrüßte ihn der Schultheiß.

»Es ist gut, dass die beiden Herren gerade zugegen sind«, der Schultheiß verbeugte sich leicht in Richtung Rudolf, »damit Ihr ihnen später berichten könnt. Zunächst wollten wir aber über das Mönchlein da draußen beraten. Vielleicht könnt Ihr uns einen Ratschlag geben.« Der Schultheiß wies auf den Marktplatz. Dort war zwar noch nichts los, aber er meinte eindeutig die Stelle, wo der Wandermönch seine Predigten zu halten pflegte.

»Wir haben ihn viel zu lange in der Stadt geduldet«, meinte Siegfried. »Wir sollten ihn wegen seiner aufrührerischen Reden einsperren oder vor die Stadttore setzen lassen.«

Rudolf räusperte sich, wie er es immer tat, wenn er das Wort führen wollte. »Mir gefällt überhaupt nicht, dass das Volk so aufgewiegelt wird. Es ist, als ob ein Aufruhr in der Luft liegt.«

Dietmar deutete an, etwas sagen zu wollen, und Rudolf forderte ihn auf: »Nun, Hellgreve, nur frei heraus, was du zu berichten hast.«

Dietmar berichtete von den Ergebnissen seiner Untersuchung so, als stünden sich er und Rudolf von Vargula zum ersten Mal gegenüber. Der Tuchhändler sprach schließlich seinen Verdacht gegen den Ritter von Hörselgau aus. Zum Schluss fügte er an, es könne auch kein Zufall sein, dass der Mönch kurz nach der Untat hier aufgetaucht war.

Rudolf nickte zustimmend. Vor allem Dietmars Worte über den Hörselgauer Ritter klangen in seinen Ohren nach. Diesen Bastard wollte er schon lange für seine Übeltaten zur Verantwortung ziehen. Bislang hatte er ihn mangels eindeutiger Beweise verschonen müssen. Zeugen wurden immer der Lüge bezichtigt. Der junge Landgraf Albrecht war zudem der Auffassung, es schicke sich nicht, sich an einem Adelsmann zu vergreifen. Er befürchtete, ein solches Beispiel würde Schule machen.

Rudolf hatte eine gänzlich andere Einstellung dazu. Leute wie dieser Raubritter machten dem Adelstand Schande, sie widersprachen seiner Standesehre. Er glaubte, wenn man an diesem Übeltäter ein Exempel statuierte, die anderen in die Schranken weisen zu können. Zumindest würde es als Signal verstanden, dass die landgräfliche Partei es mit dem Frieden ernst meinte. Außerdem könnte man dem Volk zeigen, wer die Macht im Lande hatte. Wie lange musste Rudolf deshalb auf die Gelegenheit warten, den Hörselgauer zur Strecke zu bringen. Nun schien die Zeit gekommen. Daher sagte er zu, die Raubgesellen unmittelbar verhaften zu lassen, und beauftragte damit seinen Vertrauten, den jungen Ritter an seiner Seite.

Der Schultheiß meinte in Richtung Rudolf: »Wisst Ihr, wenn Ihr ohnehin nach dem Hörselgauer und dem Atze fahnden lasst, dann setzt den Mönch gleich mit in den Turm.«

Dietmar warnte allerdings davor, den Mönch sofort zu inhaftieren: »Lasst uns erst die beiden Mörder befragen. Vielleicht erfahren wir da schon genug. Eine Verhaftung des Mönchs würde die ohnehin merkwürdig gereizte Stimmung nur zusätzlich schüren.«

»Vielleicht habt Ihr recht und wir warten«, äußerte sich der Schultheiß.

Rudolf von Vargula bedankte sich bei Dietmar und versicherte, er werde ihn darüber unterrichten, wer der Auftraggeber des Mordes war, habe man die Verdächtigen erst erwischt. Eigentlich sei damit sein Auftrag erfüllt.

Dietmar machte sich, froh endlich wieder seinen Geschäften nachgehen zu können, auf den Heimweg. Dennoch beschäftigte ihn die Frage weiter, wer der Drahtzieher denn gewesen sein könnte.

Am späten Nachmittag, als Dietmar sich auf den Weg zum Wirtshaus machte und endlich mal wieder im Kreis seiner Freunde ein paar Becher Bräuhahn leeren wollte, erreichte ihn auf ähnliche Weise wie schon einmal eine Nachricht vom Bettler Hugo. Dieser wollte ihn erneut treffen, denn er kenne wohl den Drahtzieher der Morde. Dietmar überlegte, ob er die Angelegenheit nicht besser Rudolf von Vargula überlassen und sich nicht mehr um die Sache kümmern sollte. Aber die Neugier trieb ihn doch zu dem Treffen.

An der vereinbarten Stelle hinter der Vorstadt angekommen, wartete er gespannt auf den Bettler. Er setzte sich ins Gras und begann zu überlegen, wer der große Unbekannte sein könnte. Neben ihm lag ein dicker Ast. Er knickte sich einen Zweig davon ab. Damit stocherte er in der Erde herum und grübelte. Es könnten mehrere Varianten für die Geschehnisse in Frage kommen. Seine innere Anspannung stieg, während er auf den Bettler wartete, und mit jedem Gedanken klopfte ihm das Herz bis zum Hals.

Schließlich war mindestens eine Stunde vergangen. Die Sonne stand nun schon ziemlich tief, und die Dämmerung kam rasch gemeinsam mit der spätherbstlichen Kälte auf. Dietmar schaute sich mehrfach um, aber es war fast kein Mensch zu sehen. Nur in der Ferne strebten ein paar Bauern ihren Dörfern in den Bergen zu, und auf dem Hauptweg zur Stadt sah man noch vereinzelt Reisende, die die Stadt noch vor der Dunkelheit und dem Schließen der Tore erreichen wollten. Dietmar überlegte, ob er noch länger warten sollte. Schließlich beschloss er, sich doch zum Wirtshaus zu begeben und den Ärger über die unnütz vertane Zeit herunterzuspülen. Er würde den Bettler später seinen Unmut spüren lassen.

Nach ein paar Metern in Richtung Vorstadt kam er an eine kleine Biegung, die von dichtem Holunder- und Fliedergesträuch bewachsen war. Diese Stelle konnte man von der Stadt aus nicht einsehen. Plötzlich raschelte es laut vor ihm. Zweige knickten und aus dem Gestrüpp trat ein stämmiger Bewaffneter mit heruntergekommenem, mehrfach geflicktem Lederwams und angerosteter Eisenhaube auf dem Kopf. Das fettige, strähnige Haar, der ungepflegte Schnauzbart sowie das schmutzige Gesicht passten zu seinem bedrohlichen Äußeren. Ein Strauchdieb! In der Hand schwenkte er ein kurzes Schwert. Dietmar fuhr der Schreck in die Glieder. Aber dann fasste er sich rasch. Auf seinen Kauffahrten hatte er bereits mehrmals die Klingen mit Raubrittern gekreuzt. Mit diesem würde er es durchaus aufnehmen, wenn er nur sein Schwert dabeihätte. Allerdings er war völlig unbewaffnet. Ihm fiel im Moment nur der dicke Ast unter dem Obstbaum ein. Wenn es ihm gelingen würde, bis zum Baum zurückzukommen, hätte er wenigstens etwas, um sich zu wehren.

Kurzerhand machte er kehrt und rannte, so schnell er nur konnte, zu dem Baum. Der Bewaffnete folgte ihm auf dem Fuße. Dietmar griff noch im Laufen nach dem Ast und brachte dann den Baum zwischen sich und den Mann. Dieser setzte ein besonders grimmiges Gesicht auf und stürzte sich, mit seinem Schwert ausholend, auf Dietmar. Der Tuchhändler deutete eine Drehung an, als wollte er erneut wegrennen, trat jedoch nur einen kleinen Schritt beiseite. Der Angreifer lief ins Leere, und Dietmar schlug ihm mit voller Wucht den Ast von hinten in die Beine. Der Getroffene knickte ein und fiel zu Boden, wobei sein Eisenhut auf die Wiese rollte. Noch ehe der Mann sich zur Seite wenden konnte, schlug Dietmar ein zweites Mal zu, genau auf den Hinterkopf. Um sicher zu gehen, wiederholte er den Schlag. Mit einem tödlichen Röcheln löste sich die Hand des Räubers vom Knauf seines Schwertes.

Dietmar bückte sich sofort und griff danach. Als er sich wieder aufrichten wollte, sah er erst den zweiten Mann. Aber zu spät! Er konnte nur noch reflexartig das Schwert hochreißen und damit den Hieb des zweiten Angreifers etwas ablenken. Trotzdem ging er unter der Wucht des Schlages zu Boden und spürte einen stechenden Schmerz an der rechten Schläfe. Er versuchte nochmals, die Waffe zu heben, als sich der Angreifer, sein Schwert mit beiden Händen packend, über ihn stellte. In dem Moment jedoch, als dieser zustoßen wollte, sackte der Räuber mit einem Aufschrei in sich zusammen und fiel plump auf Dietmar. Der hatte Mühe, sich zu orientieren, als man ihn von dem schweren Leib befreite. Er merkte, wie zwei Männer mit kräftigen Armen versuchten, ihn aufzurichten. Überall spürte er Blut, auch sein Mund schmeckte nach Blut. Außerdem war ihm kalt, so kalt wie der Tod sein musste.

»Treiben die Strauchdiebe jetzt schon so nah an Eurer Stadt ihr Unwesen?«, fragte der eine Retter, während der andere Dietmar ein Leinentuch an die Schläfe presste. Dietmar vermochte nicht zu antworten, er erkannte nur, dass es sich um zwei Männer handelte, die nach Art der Kaufleute gekleidet waren.

»Warmund«, sagte der Rechte der beiden, »den hier hast du erschlagen. Und ich glaube, der andere wird's auch nicht mehr lange machen. Was machen wir jetzt mit ihm?« Offensichtlich war Dietmar damit gemeint.

Sein Gegenüber funkelte ihn böse an, es schien ihm nicht zu gefallen, dass er mit Namen angesprochen wurde. »Lass den dort liegen, wo er ist. Wir bringen den Kaufmann hier zum Stadttor.«

Dietmars Beine versagten ihren Dienst, er konnte sich nicht bewegen. Er spürte nur, wie ihn kräftige Hände auf ein Pferd setzten. Wie in dichten Nebel gehüllt nahm er alles um sich herum wahr. Dass die kleine Gruppe den Weg zum Stadttor zurücklegte, wurde ihm nicht bewusst. Bei der Vorstadt setzte man ihn auf den Karren eines Händlers, der noch in die Stadt eilte. Dietmar wollte seinen Rettern danken, aber er hatte Mühe, dem Geschehen zu folgen und die Besinnung zu behalten. Schließlich wurde es Nacht um ihn.

17

Am nächsten Vormittag erwachte Dietmar in seinem Bett, ihm war fürchterlich übel. Vorsichtig betastete er seinen Kopf und bemerkte einen dicken Verband. Neben ihm erhob sich Albustin, der alte heilkundige Mönch aus dem Dominikanerkloster.

»Keine Sorge, die Fleischwunde wird wieder heilen und Haar darüber wachsen. Sein Dickschädel wird ihm noch etwas brummen, aber das geht bald vorbei. Er hat unglaubliches Glück gehabt«, hörte er Albustin zu Katarina sagen.

Die Worte kamen Dietmar vor, als seien sie in einem anderen Zimmer gesprochen worden.

Katarina bedankte sich bei dem Mönch: »Wie kann ich mich erkenntlich zeigen, Albustin, darf ich Euch noch etwas zu essen oder zu trinken geben?«

»Nein, Katarina, ich muss ins Kloster. Dort bedürfen einige der älteren Brüder meiner Pflege. Ich komme aber später gern darauf zurück.« Das gutmütige Gesicht des Klosterbruders zeigte Bedauern. Katarina wusste, dass es Albustin schwerfiel, jetzt seinen Pflichten nachzugehen, wo er doch – davon kündete sein wohlgenährter Leib – gern einem guten Essen zusprach.

Dietmar bemühte sich, die Erinnerung zurückzugewinnen. Aber er sah noch alles völlig verschwommen vor seinen Augen. Wie war er nach Hause gekommen? Und was war überhaupt geschehen? Nur ganz allmählich kehrten die Bilder des gestrigen Tages zurück. Aber diese Kopfschmerzen!

Katarina, immer noch mit kreidebleichem Antlitz, setzte sich zu ihm ans Bett. »Man muss immer um dich Angst haben.« Sie schüttelte den Kopf.

Etwas klarer erkannte jetzt Dietmar ihr sorgenvoll gerötetes Gesicht, auf dem die Spuren getrockneter Tränen zu sehen waren.

Dietmar erhob sich langsam und schob seinen Körper ein wenig nach hinten, sodass er das Kissen im Rücken spürte und halbwegs aufrecht saß.

»Ich weiß selbst nicht, wie das passieren konnte«, brachte er mit schwerer Zunge hervor.

»Was ist denn bloß geschehen? Der kleine Utz, der Wache vor dem Tor hatte, und ein Händler haben dich hergebracht. Der Händler sagte, zwei Reisende hätten dich schwer verletzt auf seinen

Karren gesetzt und ihn gebeten, dich in der Stadt behandeln zu lassen. Utz war so freundlich, dich sofort hierherzubringen.«

Nur langsam konnte Dietmar sprechen: »Ich wollte mich mit dem Bettler bei der östlichen Vorstadt treffen. Er sollte mir Informationen geben.«

»Welcher Bettler?«, fragte Katarina

»Mit dem Hugo. Der, von dem man sagt, er sei so etwas wie der Anführer der Armen. Aber er kam nicht.« Das Sprechen strengte Dietmar stark an.

»Auf den hättest du lange warten können! Den haben sie heute Morgen mit durchschnittener Kehle aus dem Stadtgraben gefischt. Seine Leiche wird gerade auf den Friedhof gebracht«, sagte Katarina mit ernst blickender Miene.

Dietmar war, als drehte sich alles in ihm um. Den Bettler hatte man umgebracht, noch ehe er was sagen konnte. Es mussten tödliche Informationen gewesen sein. Wer konnte das getan haben?

»Wenn der Bettler nicht gekommen ist«, fragte Katarina weiter, »wer hat dich dann mit seinen Waffen beehrt?«

»Ich kannte die beiden Männer nicht. Sie sahen aus wie Strauchdiebe.« Dietmar schnaufte hörbar.

Von der Pforte des Hauses her war plötzlich ein lautes Klopfen zu hören und anschließend das Öffnen der Tür. Kurz darauf kamen schwere Schritte die Treppe hinauf, und die besorgt dreinblickenden Gesichter von Siegfried von Nazza und Heinrich Meinradis erschienen im Türrahmen. Wenige Zeit später betrat auch Götz den Raum.

Katarina beruhigte alle, es sei nur eine Fleischwunde, die wieder heilen würde. Siegfried und Heinrich setzten sich auf die breite, aus einem dicken Eichenstamm gehauene Truhe an der Wand. Die Magd erschien mit drei Bechern Bier und reichte sie den Gästen.

Heinrich nahm einen kurzen Schluck und fragte: »Dietmar, wer hat das getan?«

Dieser erzählte nun nochmals, was ihm widerfahren war.

Siegfried stand wortlos auf und ging zur Treppe. Alle blickten in seine Richtung, als er den Knecht Bruno rief. Als dieser am Treppenaufgang auftauchte, befahl er ihm: »Geh sofort zum Nikolaitor, der junge Albert und Tilo sollen sofort das Gebiet um den Obstbaum sowie das Gesträuch und die Wiesen, die sich hinter der Vorstadt bis hinauf zu den Bergen ziehen, absuchen. Wenn die beiden Händler den Strauchdieben den Garaus gemacht haben, dann liegen die Leichen wohl noch dort.«

Bruno wischte sich die Hände an einem Tuch ab, das ihm die Magd reichte, und tat, wie ihm aufgetragen wurde.

Siegfried wandte sich wieder Dietmar zu: »Was waren denn das für Kaufleute, die dir geholfen haben?«

»Ich kannte sie nicht. Aber so, wie sie sprachen, waren sie nicht von hier. Einer nannte den anderen beim Namen, ich glaube Wernher oder Warmund hieß er. Aber es ging alles so schnell.« Angestrengt legte Dietmar nach jedem Satz eine Pause ein.

»Was ich nicht verstehe ist: Erst retten sie dir das Leben, und dann verschwinden sie noch vor den Stadttoren«, gab Heinrich Meinradis zu bedenken. »Weshalb haben sie dich nicht in die Stadt begleitet, wenn sie so besorgt um dein Leben waren?«

»Vielleicht sollten wir das nicht überbewerten«, sagte Siegfried. »Möglicherweise hatten sie es sehr eilig, und dieser Überfall hat sie bei der Erreichung eines Reisezieles unterbrochen.«

»Aber es wurde doch schon ziemlich dunkel. So viele Ziele können das in der Umgebung nicht gewesen sein. Und in der Nacht wären sie Gefahr gelaufen, sich zu verirren oder zumindest vom Weg abzukommen.«

»Es sei denn, sie kannten den Weg«, warf Katarina ein.

»Aber Katarina! Dietmar hat gesagt, sie sprachen nicht wie Hiesige«, widersprach Götz seiner Schwägerin.

»Komisch«, meinte Heinrich, »aber vielleicht haben sie beim Wirt neben dem Spital übernachtet. Das Lokal war oft voll in den letzten Tagen.«

Siegfried kam ein Verdacht: »Und wenn das die beiden Kaufleute waren, die dort vor ein paar Tagen abgestiegen sind? Man hat in der Schenke von ihnen erzählt. Der Wirt vom Brauhaus hat sich doch beschwert, dass solch vornehme Herren nicht in der Stadt bei ihm übernachten würden. Vielleicht handelt es sich bei diesen beiden um die Retter unseres Dietmars. Möglicherweise hätten sie riskiert, beim Betreten der Stadt am anderen Ende nicht hinausgelassen zu werden.«

»Das könnte sein«, bemerkte Dietmar erschöpft von seinem Lager aus.

Heinrich meinte, man solle nichts überstürzen. Vielleicht verberge sich hinter der ganzen Sache mehr, als man denke. Um Dietmar nicht in Gefahr zu bringen, wenn es sich doch um eine ernstere Angelegenheit handle, werde er sich vorsichtig nach den beiden Kaufleuten erkundigen.

Sie wussten, dass die Unterredung ihren Freund viel Kraft gekostet hatte und er jetzt Ruhe brauchte. Deshalb wandten sich der Hauptmann und Heinrich schließlich zum Gehen. Götz schloss sich ihnen wortlos an, er musste sich jetzt um den Hof und das Geschäft kümmern. Siegfried drehte sich nochmals zu dem Verletzten um und sagte: »Nun, Dietmar, wir werden morgen wieder nach dir schauen. Ruhe dich erst einmal etwas aus.«

Als sie die Tür hinter sich geschlossen hatten, setzte sich Katarina wieder an das Bettlager ihres Mannes. Sie schüttelte den Kopf und streichelte seine kräftige Hand. »Wie konntest du nur so unvorsichtig sein, ohne Waffen und ohne Begleitung vor die Stadt zu gehen. Du weißt, wie oft Siegfried mit seinen Knechten ausreiten muss, um Eisenacher Bürger selbst unmittelbar vor den Toren der Stadt zu schützen. Versprich mir, dergleichen nie wieder zu tun. Schwöre es mir!« Ihre ernste Miene verlieh ihren Worten den nötigen Nachdruck.

Leise knarrend öffnete sich die Eichentür einen Spalt, und der Körper ihres Sohnes zwängte sich hindurch. Schließlich blieb er vor seinen Eltern stehen. »Wie geht es dir, Vater?«, fragte er mit kindlich besorgtem Gesicht.

»Wir können schon bald wieder gemeinsam im Hof mit deinem Holzschwert üben«, versuchte Dietmar, die Ängste des Jungen zu zerstreuen. »Und nun geh zur Klosterschule, du kommst sonst zu spät.«

Katarina nickte zustimmend, und erleichtert stapfte Henrich wieder davon.

»Ich bin wirklich ein großer Dummkopf gewesen, Katarina. Und ich schwöre dir«, Dietmar legte zwei Finger seiner rechten Hand auf sein Herz, »in Zukunft vorsichtiger zu sein.«

Die Sorge um seine Familie, die ohne Vater dastehen könnte, wurde ihm jetzt erst richtig bewusst. Die Situation hätte sehr böse ausgehen können, da hatte seine Frau recht. Er musste mehr Vorsicht walten lassen.

Katarina küsste ihn zärtlich auf die Wange und sagte: »So, ich muss nun an unser Tagwerk, und dein Bruder wird sicher meine Hilfe benötigen. Außerdem will ich mich vergewissern, dass der Bengel auch wirklich zur Schule unterwegs ist. Und du brauchst jetzt erst einmal Ruhe, damit du wieder gesund wirst.«

Dietmar drehte sich ermattet zur Seite und versank rasch in tiefen Schlaf.

Am nächsten Tag, es war so um die Nachmittagsstunde, kam Siegfried von Nazza mit ernster Miene wieder zu Besuch. Dietmar ging es schon deutlich besser. Obwohl sein Kopf noch schmerzte, saß er bereits wieder am Tisch in der großen Stube bei einem Becher heißen Weins mit Gewürzen. Der Wein weckte sichtlich seine Lebensgeister.

»Was gibt es, das dich so ernst blicken lässt?«, fragte Dietmar, während er vorsichtig seinen bandagierten Kopf betastete.

Siegfried lehnte sein Schwert an die Truhe und setzte sich auf einen Schemel. Als benötige er zum Erzählen viel Luft, knöpfte er sein Wams am Hals auf. Dann begann er: »Es sind zwei Neuigkeiten, die mich doch arg beschäftigen. Die erste Geschichte ist schnell mitgeteilt, ich soll sie dir von Lusso, der gute Genesung wünscht und später kommen wird, übermitteln. Du hattest ihn doch gebeten, sich wegen der Armbrüste an den Waffenschmied aus Erfurt zu wenden.«

Dietmar stützte die Ellenbogen auf und den Kopf mit den Händen ab. Die Neugier auf den Inhalt des Briefes, den Götz von der Reise mitgebracht hatte, wurde stärker.

»Also, der Schmied hat wie vereinbart für Lusso eine Armbrust gefertigt«, fuhr Siegfried fort. »Der Schaft wie auch die Armbrustbolzen bestanden aus Buche. Das sei nichts Ungewöhnliches, weil der Schmied beide Holzarten, Eiche wie Buche, je nach Wunsch benutze. Buchenarmbrüste würde es sehr viele geben. Das Problem ist, die Waffe wurde schon vor Wochen abgeschickt. Sie ist jedoch nie hier angekommen, und der Bote wird bis heute vermisst. Er liegt vermutlich irgendwo erschlagen im Wald. Es besteht also die Möglichkeit, dass einer der beiden Markzoller mit der Armbrust Lussos ermordet wurde.«

Dietmar schnaufte. »Ich habe es geahnt.«

Die erhobene Hand seines Gegenüber gebot ihm, zu warten, bis er zu Ende erzählt hat. »Ja, diese Sache war irgendwie zu erwarten. Gefährlicher ist jedoch, was ich jetzt zu sagen habe. Meine Leute haben an der Stelle, wo du überfallen wurdest, alles abgesucht. Außer ein paar Blutspuren hat man leider nichts gefunden. Da hat sich jemand die Mühe gemacht, die beiden Leichen schnell verschwinden zu lassen. Das heißt, das waren mit Sicherheit keine normalen Strauchdiebe. Gewöhnlich wären die liegengelassen worden. Alles lässt darauf schließen, dass man gezielt auf Mord aus war. Wer hätte denn ein Interesse, dich umzubringen?«

Dietmar zuckte mit den Schultern. »Niemand. Ich habe den Auftrag des Schultheißen erfüllt. Der und Rudolf von Vargula wollten sich jetzt selbst darum kümmern.«

»Aber du hast dennoch weiter versucht, mit dem Bettler ins Gespräch zu kommen. Möglicherweise ist dir gerade das zum Verhängnis geworden.« Siegfried wollte sich nicht so einfach damit zufriedengeben, dass Dietmar die Aufgabe erfüllt habe.

»Doch woher sollte das jemand gewusst haben?«

»Oder es war eine Falle, und jemand wollte dich von vornherein umbringen«, sagte Katarina, die Siegfried ebenfalls einen Becher gewürzten Weins auf den Tisch gestellt und dem Bericht gelauscht hatte.

Siegfried nahm einen kräftigen Schluck und schien nachzudenken. »Fakt ist doch aber, der Bettler wurde ebenfalls umgebracht.«

»Aber bevor er mir etwas sagen konnte«, gab Dietmar zu bedenken. »Wozu dann ein Überfall auf mich, wenn ich nichts wusste?«

»Vielleicht hast du bereits zu viel gewusst«, sagte Katarina und strich sich eine Haarsträhne unter die Haube. Wenn Dietmar sie so von der Seite betrachtete, ihre energische Haltung und ihr fein gegliedertes, jetzt nachdenklich wirkendes Gesicht, mochte er sie besonders.

Dietmar wiederholte seine Worte, die er im Steinhof gesagt hatte: »Das Resultat meiner Recherchen war lediglich, dass mit großer Wahrscheinlichkeit der Ritter von Hörselgau und der Hans Atze die Mörder von Petz Fachedorf und Heinrich Rost sind.«

»Genau das war vielleicht schon zu viel«, sagte Katarina.

Siegfried schob die Unterlippe nach oben, so wie er es immer tat, wenn er mit einer Situation unzufrieden war. »Dietmar, bitte überlege noch einmal. Wem außer den Anwesenden im Steinhof gestern hast du noch davon erzählt, dass es der Hörselgauer war?«

»Außer denen wissen es nur Katarina und mein Bruder Götz, der mich ja erst darauf gebracht hat.«

»Ob dann jemand aus dem Steinhof geplaudert hat?«, befürchtete Katarina.

»Schon möglich. Bloß wer sollte es gewesen sein? Der Schultheiß? Oder gar Rudolf von Vargula?« Schon aus der Frage waren Dietmars Zweifel herauszuhören.

Siegfried meinte nach kürzerem Zögern: »Der Schultheiß mag zwar nicht dein Freund sein, aber solche Dinge traue ich ihm nicht zu. Außerdem hat er doch bei dem Viehdiebstahl der Hörselgauer vor vielen Jahren selbst einiges verloren. Der hasst den Ritter von Hörselgau. Und wenn es bei dieser Geschichte damals nach Rudolf von Vargula gegangen wäre, würden der Ritter und seine Kumpanen nicht mehr unter den Lebenden weilen. Ich zweifle weder an der untadeligen Gesinnung Rudolfs noch am Hass des Schultheißen. Blieben noch der Sekretär und der Ritter, den Rudolf mitbrachte. Den Ritter habe ich schon mehrfach auf der Wartburg an Rudolfs Seite gesehen. Rudolf pflegt seine Vertrauten gemeinhin sorgfältig auszuwählen. Außerdem führt dieser jetzt das Kontingent an, welches die beiden Mörder dingfest machen soll. Ich würde es eher schon dem Sekretär zutrauen. Sein Verhalten ist mir ohnehin nicht geheuer. Mal hat er plötzlich im Katharinenkloster zu tun, betritt dieses jedoch gar nicht, sondern wird mit dem Knecht Friedrichs von Frankenhausen gesehen. Dann führt er angeblich einen Auftrag des Schultheißen aus, obwohl dieser ihn überall sucht und von nichts weiß. Wir sollten folglich auf der Hut sein.«

Die letzten Worte machten Dietmar nachdenklich. Der Knecht Friedrichs von Frankenhausen – schon wieder der. Schließlich sagte er: »Und wenn wir dem Sekretär des Schultheißen eine Falle –« Weiter kam er nicht, denn im Hof erhob sich heftiger Lärm.

Dietmar ging zur Tür und öffnete sie. Siegfried folgte ihm. Im Hof stand der junge Albert, der energisch nach dem Stadthauptmann verlangte. Bruno, der Knecht, hatte sich ihm in den Weg gestellt.

»Lass mich sofort vorbei zum Hauptmann oder es setzt was!«, rief der Stadtwächter mit hochrotem Gesicht.

Bruno, ein klein wenig größer und kräftiger als Albert, polterte: »Du bist auf des Hellgreven Hof und kannst nicht einfach hier eindringen. So etwas dulden wir nicht. Auch du hast gefälligst an der Pforte zu klopfen, wie jeder andere auch.«

»Aber ich habe eine eilige Botschaft für den Hauptmann«, gab Albert zurück und setzte ein besonders wichtiges Gesicht auf.

»Das ist noch lange kein Grund, die guten Sitten zu missachten!«, entgegnete sein Gegenüber trotzig und ballte die Hand zur Faust.

Dietmar trat aus der Tür. »Bruno, nun lass ihn vorbei. Der junge Hitzkopf wird schon noch Benehmen lernen. Aber was gibt es denn so Eiliges?«

Albert marschierte triumphierend an Bruno vorbei und blieb vor seinem Hauptmann stehen. »Hauptmann, Ihr müsst sofort kommen! Wir haben schon wieder zwei tote Kaufleute gefunden.«

»Was sagst du da?«, riefen Dietmar und Siegfried fast gleichzeitig.

»Ja, in der Vorstadt beim Spitalwirt hat man zwei tote Kaufleute in ihrer Kammer gefunden. Und die Kaufleute waren wohl keine Kaufleute«, fuhr Albert fort.

»Was redest du da für wirres Zeug?«, herrschte Siegfried ihn an. Aber er musste sich das selbst ansehen. Siegfried eilte in den Raum zurück, wo er sein Schwert abgelegt hatte, und gürtete es sich geschwind um.

Dietmar wollte sich ebenfalls aufmachen, als ihn Siegfried zurückhielt. »Du bleibst hier! Ich habe keine Lust, mich dort auch noch um deine Sicherheit zu kümmern. Hier hast du einen tapferen Beschützer.« Er neigte seinen Kopf in Richtung des treuen Knechts Bruno.

Dietmar widersprach: »Und wenn es die beiden waren, die mich gerettet haben? Dann benötigst du mich, um sie zu identifizieren.«

Siegfried musste bekennen, dass der Freund recht hatte: »Also gut, dann lass uns gemeinsam gehen.«

Katarina, die ebenfalls in der Tür stand, bat Dietmar, wenigstens Bruno mitzunehmen. Dietmar nickte in Erinnerung an seinen gestrigen Schwur.

Zu viert eilten sie dem Wirtshaus vor dem Georgstor zu. Innerhalb weniger Minuten waren sie dort angelangt. Vor dem Haus herrschte großer Aufruhr, und eine ganze Reihe Menschen hatte sich versammelt. Siegfried und Dietmar bahnten sich einen Weg durch die Menge. Als sie durch die Tür drängten, verspürte Dietmar wieder heftigere Kopfschmerzen, und sein Puls schlug bis zum Hals. Er war den Weg hierher doch zu hastig gegangen, leichte Übelkeit überkam ihn.

Oben, vor der Kammer angekommen, warteten bereits der Wirt und Heinrich Meinradis.

»Was ist geschehen?«, fragte Siegfried nach Luft ringend.

Heinrich Meinradis berichtete, wie er sich im Wirtshaus nach den beiden Kaufleuten erkundigt hatte. Der Wirt meinte, sie seien entweder noch in ihrer Kammer oder schon recht früh aufgebrochen. Er ließ daraufhin seinen Knecht nach den beiden sehen. Als auf dessen Klopfen die Tür verschlossen blieb, nahm man an, sie seien ausgeritten. Als dann aber die beiden sie begleitenden Knechte, die aus dem Hessischen seien, ebenfalls nach ihren Herren fragten, kam ihnen die ganze Sache komisch vor. Deshalb entschlossen sie sich, die Tür zu öffnen.

Siegfried betrat die Kammer. Auf dem einen Bett lag einer der Kaufleute in seltsam verkrümmter Haltung mit Resten von Speichel im Gesicht, der andere Oberkörper lag auf einem Bündel, während seine Beine am Boden ausgestreckt waren. Bei Letzterem sah man unter dem verrutschten Umhang den Ansatz eines Kettenhemdes, recht ungewöhnlich für einen Kaufmann. Die Kammer wirkte sonst aufgeräumt, es waren keine Spuren eines Kampfes zu erkennen. Selbst der Krug und die Becher standen unversehrt auf dem Tisch. In einem der Becher war noch Wein enthalten.

»Die sind vermutlich vergiftet worden, wir sollten nichts anrühren«, ergänzte Heinrich Meinradis seinen Bericht.

Siegfried gab seinen Leuten Anweisungen, die beiden Toten zunächst im Dominikanerkloster aufzubahren. Auch der Wein und die Becher sollten dort erst einmal weggeschlossen werden.

Nachdem man die beiden Leichen auf dem Karren des Wirts abtransportiert hatte, verblieben nur noch Siegfried, Dietmar und Heinrich im Zimmer. Vor die Tür hatte man Bruno als Wache gestellt, schon allein, um den neugierigen Wirt und die übrigen Schaulustigen fernzuhalten.

»Es waren die beiden, die mir geholfen haben. Der da«, Dietmar zeigte auf die Stelle, wo der eine am Boden gelegen hatte, »hieß Wernher oder Warmund oder so ähnlich.«

Anschließend begannen sie mit der Untersuchung der Sachen im Zimmer. In dem ersten großen Bündel fand man ein Schwert. Es war nicht so ein kleines, wie sie Städtebürger manchmal zu tragen pflegten, sondern eines, wie man es nur beim Adel zu finden vermochte. Des Weiteren fand man einen Lederbeutel voller Münzen, ein Messer, ein Paar Sporen und ein Siegel.

Siegfried nahm das Siegel in die Hand und drehte es um. Wie vom Blitz getroffen starrte er auf die Gravur. Er las vor: »Sophia. Herzogin von Brabant. Landgräfin von Thüringen. Herrin von Hessen. – Oh Gott.«

Dietmar und Heinrich blickten erschrocken zum Hauptmann. »Es waren keine Kaufleute, nicht wahr?«

Siegfried nickte. »Es waren mit Sicherheit zwei hessische Adlige.« Augenblicklich ging er zur Tür. »Kuno, veranlasse, dass die beiden Knechte der Herren sofort hierherkommen!«

»Die haben gleich das Weite gesucht, als sie die beiden Toten sahen«, hörte man den Wirt aus dem Hintergrund.

»Das hätte ich mir eigentlich denken können«, murrte Siegfried und schloss die Tür wieder. »Wir müssen sofort eine Unterredung mit dem Schultheißen und Rudolf von Vargula, wenn nicht gar mit dem Landgrafen selbst führen. Bei der Stimmung in der Stadt befürchte ich sonst das Schlimmste.«

Noch am gleichen Abend verbreitete sich die Neuigkeit, dass es sich bei den Toten um zwei Gefolgsleute der Tochter der heiligen Elisabeth handelte, wie ein Lauffeuer in der Stadt. Überall an den Ecken tuschelte man. Eine Welle der Empörung schwappte über die Stadt.

Bei der Georgskirche hielt sich wieder der Mönch auf, der schon seit Wochen hier predigte. Fanatisch rüttelte er die Leute einmal mehr auf: »Ihr Unterdrücker und geizigen Reichen, wehe euch. Die Vergeltung wird euch erreichen. Nicht in dieser Welt, sondern im Jenseits, ebenso wie der arme Lazarus seinen ewigen Lohn im Himmelreich erhält. Oh, ihr Kinder des barmherzigen Gottes ertragt eure Not, sie wird ein Ende nehmen, eurer Armut wird bald ein Ende bereitet, aber eure Freude und euer Reichtum werden endlos sein. Seht, arme Menschen, wie viel ihr arbeiten müsst, und dennoch bleibt ihr arm, obwohl ihr all das hervorbringt, was die Welt benötigt. Ihr ernähret euch kaum besser als eure Schweine. Aber Gott hat alles für euch erschaffen, genauso wie für die anderen. All dies wird bald zu Ende gehen, aber der Qualen der Geizigen wird dann kein Ende sein. Die Verbrecher, die vom Raub leben, diejenigen, die ungerechte Abgaben einziehen und die ungerechten Herrscher: Es nähert sich das Ende von Erpressung, Brandstiftung, Raub, Diebstahl, Gewalttätigkeit, gefälschten Waagen, übermäßigen Gebühren, Betrug, Hehlerei, Wucher. Dafür werdet ihr im Abgrund der Hölle landen. Kinder Gottes haltet aus, hier habt ihr zu wenig und jene zu viel, aber dort werdet ihr im Überfluss haben und jene nur ganz wenig.«

Kurz darauf geißelte er mit markigen Worten, dass man sich schon wieder am Erbe der Heiligen versündigen wolle, und kündigte die Strafe Gottes für die Stadt an, sollte sie nicht wieder auf den rechten Weg finden. Bestürzt schauten die Leute sich gegenseitig an. Die Angst, es könnte ein großes Unheil über die Stadt kommen, war ihnen regelrecht ins Gesicht geschrieben.

Das sonst so fröhliche Treiben auf den öffentlichen Plätzen der Stadt kippte und bekam hysterische Züge. Wilde Gerüchte griffen um sich. Man munkelte von Reliquienschändungen durch Anhänger der Landgrafen. In der Messerschmiedengasse hatte man einem Markzoller, der bekannt für seine Treue zur landgräflichen Partei war, die Fenster eingeworfen. In der Untergasse kam es zu einer wüsten Rauferei zwischen Anhängern beider Parteien. Sechs Leute mussten zum Bader oder zum Mönch Albustin, um Wunden zu nähen und Glieder einrenken zu lassen. Die Stadt glich einem brodelnden Kessel, der überzukochen drohte.

Siegfried von Nazza ließ noch am gleichen Abend die Wachen verstärken und schickte zusätzliche Patrouillen auf Rundgänge durch die Stadt. Zugleich sandte er mit Einverständnis des Schultheißen und des Schöffenkollegs zwei Leute aus, die den Mönch festsetzen sollten. Doch dieser, die Maßnahme wohl ahnend oder von einem Spion gewarnt, hatte bereits das Weite gesucht und blieb unauffindbar.

Erst mit Hilfe von zusätzlichen Leuten aus der Wartburg sowie in den nächsten Tagen auch aus den benachbarten landgräflichen Städten Creuzburg und Waltershausen gelang es mühsam, die Situation unter Kontrolle zu bringen.

II

Krieg und Leid

18

Ein paar Tage später hatte Herzogin Sophie im großen Saal der Burg hoch über der Stadt Marburg ihre Getreuen um sich versammelt.

Die Nachricht vom Tod der beiden hessischen Ritter empörte die Anwesenden außerordentlich. Entsprechend aggressiv war die Stimmung im Raum.

Vor allem Gumpert von Hohenfels verlangte Rache für den Tod seines Sohnes. Mit hochrotem Kopf und das Schwert zur Hälfte aus dem Futteral gezogen wandte er sich an die Runde: »Welches Beweises bedarf es noch, um in den Kampf zu ziehen? Zwei der besten, hoffnungsvollsten Ritter, und dazu aus edelstem Haus, wurden dort gemordet. Gebt mir die Genehmigung, Herrin, und ich lege diese verruchte Stadt in Schutt und Asche.«

»Nun mäßigt Euch, Gumpert!«, wandte Konrad von Elben ein. »Wir brauchen in dieser Angelegenheit einen kühlen Kopf, mit voreiligen Handlungen ist niemandem gedient. Außerdem habt Ihr doch selbst gesagt, Euer Spion in der Stadt habe versichert, es gebe dort noch genügend Anhänger unserer Sache, und diese hätten mit den Morden nichts zu tun.«

»Aber sie konnten die Bluttat auch nicht verhindern«, kritisierte der Ritter Johann Gulden von Grünberg.

»Sie werden jedoch auf unsere Hilfe angewiesen sein«, meinte der fünfzehnjährige Sohn der Herzogin, Heinrich, dem einmal das ganze Land Hessen zufallen sollte.

Konrad von Elben schaute zu seiner Herzogin, die etwas erhöht auf einem besonders reich ausgestatteten Schemel mit Rückenlehne saß. »Herrin, Ihr hattet wohl recht mit Eurer Vermutung, dass der Markgraf von Meißen nicht nur gegen den Herzog von Braunschweig zieht, sondern sich in einem gleich groß angelegten Feldzug auch die hessischen Gebiete unterwerfen will. Heinrich von Meißen hat trotz aller anders lautenden Beteuerungen Euch gegenüber doch die hessischen Landesteile im Blick.«

Sophie bat die Versammelten mit einer Handbewegung zu schweigen. »Ich habe dem Markgrafen nie geglaubt. Schon damals auf der Wartburg hat er nur taktiert. Auch als er mit dem Erzbischof von Mainz vor fünf Jahren den Vertrag von Udestedt schloss, hätte ich das nicht einfach akzeptieren dürfen. Nun sehe ich mein Misstrauen bestätigt. Ich glaube, jetzt ist der Zeitpunkt gekommen, wo wir zurückschlagen sollten. Aber wir müssen uns gut darauf vorbereiten.«

»Herrin«, meinte Konrad von Elben, »wir hätten uns womöglich gleich Herzog Albrecht von Braunschweig, Eurem Verwandten und Verbündeten, anschließen sollen, als er den Krieg im Werratal begann. Ihr seht, Eure Strategie, mit friedlichen Mitteln Eure Heimatstadt zu erlangen, hätte nie zum Erfolg führen können.«

»Ihr habt recht, Konrad«, entgegnete Sophie, »aber nun ist der Zeitpunkt gekommen, an dem wir wieder das Heft des Handelns in die Hand nehmen werden. Wir sollten uns jetzt auf die Kriegsvorbereitungen konzentrieren. Guntram, Ihr kamt doch erst gestern vom Herzog von Braunschweig zurück. Wie weit ist dieser mit seinen Rüstungen? Wann könnte er mit einem Feldzug beginnen?«

Guntram Schenk von Schweinsberg, einer der Adelsleute, der von Sophie immer wieder mit den unterschiedlichsten diplomatischen Aufgaben betraut wurde, antwortete: »Die Truppen des Herzogs stehen bereit. Ich denke, in weniger als einer Woche wäre sein Heer abmarschbereit. Im Grunde wartet Herzog Albrecht nur auf ein Signal.«

»Und wie weit steht es mit unseren Truppen, Konrad?«, fragte die Herzogin.

»Ein Großteil ist natürlich Richtung Süden gegen den Mainzer Erzbischof konzentriert. Von dort würde ich nur ungern Männer abziehen, weil mir die Lage noch nicht stabil genug erscheint. Und wer sagt uns denn, dass sich der Erzbischof nicht kurzfristig mit dem Meißner verbündet. Also, in diesem Fall sollten wir alles so lassen, wie es ist. Aber bei unseren Rüstungen hier wird es uns innerhalb von zwei bis drei Wochen möglich sein, Herzog Albrecht ein stattliches Kontingent zuzusenden. Der Tod unserer beiden Ritter in Eisenach hat vor allem unter den jungen Rittern beträchtlichen Aufruhr verursacht. Die jungen Pferde scharren schon ungeduldig mit den Hufen.«

»Lasst mich unsere Truppen führen!«, rief Gumpert von Hohenfels aufgebracht in die Runde. »Ich habe einen Sohn zu rächen. Und ich glaube, dass Heinrich von Blumenstein, wenn er wieder genesen ist, ebenfalls den Tod seines Bruders vergelten will. Wir werden dafür sorgen, dass Ihr einen triumphalen Einzug in Eure Heimatstadt bekommt. Es soll der größte Tag in der Geschichte unseres Landes werden, wenn Ihr wieder die Wartburg in Besitz nehmt.«

»Nun gut, Gumpert. Ich hoffe, Ihr haltet Eure Versprechen.«

»Vielleicht sollten wir zur Vorbereitung auch unsere Kontakte nach Eisenach nutzen«, wandte sich Konrad von Elben erneut an die Herzogin.

»Wie meint Ihr das?«, fragte Johann Gulden dazwischen.

»Nun, ich denke vor allem an zwei Dinge. Wir haben ja gehört, wie unruhig die Situation in Eisenach ist und dass man nur mit Mühe die offene Revolte gegen den Landgrafen unterdrücken konnte. Vor allem soll ein predigender Mönch die Leute aufgerührt haben. Gott weiß, wer ihn zu dieser Zeit nach Eisenach geschickt hat. Aber er ist im rechten Moment da, denn es ist gut, wenn die Leute den Landgrafen beschäftigen. Außerdem sollten wir Verbindung mit unserem Informanten in Eisenach aufnehmen. Bis zum Eintreffen unserer Truppen kann man das Feuer dort ruhig ein bisschen schüren, sodass man uns die Stadt am Ende übergibt.«

»Glaubt Ihr wirklich, Euch auf diese Pfeffersäcke in der Stadt verlassen zu können?«, wandte Gumpert ein.

»Ja«, antwortete Konrad, »die haben doch immer Angst um ihr Geschäft. Und eine Zerstörung ihrer Stadt werden sie nicht riskieren wollen. Außerdem, Ihr wisst, viele glauben immer noch, die Landgrafschaft gehöre nicht dem Meißnischen Markgrafen, sondern der Tochter der heiligen Elisabeth, die mancher noch gekannt hat.«

»Na, hoffentlich irrt Ihr Euch nicht, Konrad«, gab Johann Gulden zu bedenken.

Konrad von Elben gab sich überzeugt: »Ich glaube, die Rechnung wird aufgehen, wenn diese Stimmung in der Stadt erhalten bleibt. Meine Sorge, die ich habe, und die Frage, die mich viel mehr beschäftigt, ist: Wie bekommen wir die Wartburg in unsere Gewalt? Diese Burg ist durch ihre Lage im Grunde uneinnehmbar. Wer sich dort festsetzt, besitzt einen wichtigen strategischen Punkt in diesem Gebiet. Auf der Burg führt zurzeit der alte Schenke des Landgrafen, Rudolf von Vargula, das Kommando. Er ist ein großer Heerführer, der lässt sich nicht so leicht überrumpeln. Da werden wir uns etwas einfallen lassen müssen. Aber ich habe da eine Idee.«

Die Anwesenden blickten Konrad nun interessiert an. Der wartete, das Interesse der Zuhörer sichtlich genießend, einen kurzen Augenblick ab, bevor er fortfuhr: »Der Wartburg gegenüber liegt die Burg Metilstein. Keine bedeutende, aber strategisch für die Verteidigung der Wartburg wichtige Anlage. Und diese gehört Friedrich von Treffurt. Ihr alle kennt den Treffurter, der mehrfach schon als Unterhändler aufgetreten ist. Er gehört zu den Rittern, die im Moment gar nicht wissen, wie sie sich zu verhalten haben. Seine Herrschaft und die seines Bruders werden im Norden vom Herzog von Braunschweig bedroht. Ein paar Dörfer von ihm reichen bis in unsere hessischen Gebiete, und der Metilstein untersteht dem Landgrafen. Der Treffurter hat sich bislang immer bemüht, auf der Seite derer zu stehen, die am mächtigsten sind. Für eine gehörige Summe Geldes bekommen wir ihn sicher auf unsere

Seite. Die Herren auf der Wartburg werden Augen machen, wenn gegenüber plötzlich das hessische Banner am Turm weht.«

Herzogin Sophie lobte Konrad, dies sei ein guter Einfall. Schließlich wurde festgelegt, Johann Gulden solle noch in dieser Woche die Geheimverhandlungen mit dem Treffurter führen. Gumpert von Hohenfels beauftragte man, die Truppen abmarschbereit zusammenzurufen. Guntram von Schweinsberg erhielt den Auftrag, sofort zum Herzog von Braunschweig zu eilen und ihn von den Geschehnissen zu unterrichten. Es wurde vereinbart, in drei Wochen an einem Ort nördlich von Creuzburg, einer Eisenach benachbarten Stadt des Landgrafen von Thüringen, die hessischen und braunschweigischen Truppen zu vereinen. Die Herzogin bestand darauf, sich dem Zug ab Creuzburg persönlich anzuschließen. Denn danach sollte Eisenach besetzt werden. Sie durfte sich den Triumph nicht entgehen lassen, als Erste in die Stadt einzuziehen. Konrad von Elben würde hier in Marburg die Geschäfte führen und sich um die Sicherung der Gebiete zum Battenberger Grafen und zum Erzbischof von Mainz kümmern.

Der Krieg schien nicht mehr aufzuhalten zu sein.

Albrecht, der große Herzog von Braunschweig, war froh, von den Kriegsrüstungen seiner Verwandten aus Hessen zu hören. In Feldzügen konnte er seinen Mut und seine Tapferkeit auf die Probe stellen. Und ihn dürstete nach Ruhmestaten, über die die Chronisten schreiben und die fahrenden Sänger Lieder verbreiten würden. Vielleicht nannte man später seinen Namen in einem Atemzug mit dem seines berühmten Vorfahren: Heinrich der Löwe, Albrecht der Große! Des Herzogs Augen glänzten bei diesem Gedanken. Schnell holte ihn aber die Realität in die Gegenwart zurück. Nüchtern wog er alle Aspekte des Kriegszugs ab. Es bestand die Chance, seinen Widersacher, den Landgrafen von Thüringen und Markgrafen von Meißen, entscheidend zu schwächen. Er würde ihn fernhalten können von den Gebieten an der unteren Werra. Das Territorium würde dann dauerhaft seinem Herzogtum einverleibt werden. Angesichts dieser Möglichkeit überließ er seiner Verwandten Sophie gern die Stadt Eisenach. Mochte sie mit dieser verfahren, wie sie es für richtig hielt. Unverzüglich traf er alle Maßnahmen, um seine Truppen rechtzeitig in Marsch zu setzen.

19

Kurz nach dem Weihnachtsfest des Jahres 1259 eröffnete Herzog Albrecht von Braunschweig, verstärkt durch fünfhundert hessische Reiter Sophie von Brabants, die unter dem Oberbefehl Gumperts von Hohenfels standen, den Krieg. Das nördlich von Eisenach gelegene Städtchen Treffurt, das im Besitz des gleichnamigen, im Dienste der Landgrafen von Thüringen stehenden Adelsgeschlechtes war, blieb jedoch von den Heerscharen verschont. Friedrich von Treffurt und sein Bruder hatten sich bereits im Vorfeld mit den heranziehenden Heerführern arrangiert. Das Werben des hessischen Ritters Johann Guldens von Grünberg um die Gunst der Treffurter wegen des Metilsteins war also erfolgreich gewesen. Als Gegenleistung erhielt Friedrich neben einer erklecklichen Summe Geldes die Zusicherung, dass sein Herkunftsort verschont bleiben würde. So konnte das vereinigte Heer, ohne auf Widerstand zu treffen, bis vor die Stadt Creuzburg an der Werra gelangen. Unterwegs plünderten und brandschatzten sie die Gebiete des Gegners. Alle Dörfer wurden dem Erdboden gleichgemacht, das Vieh weggetrieben und die Bauern erschlagen. In großer Panik flüchteten die Menschen der umliegenden Siedlungen in die nahe gelegene Stadt. Die Eroberer beabsichtigten mit ihrer Vorgehensweise, die zur üblichen Kriegführung gehörte, die ökonomische Basis der Verteidiger zu zerstören und ihnen durch Angst und Schrecken den Mut zum Widerstand zu nehmen.

Vor Creuzburg musste man jedoch haltmachen. Herzog Albrecht und Gumpert von Hohenfels demonstrierten ihre Stärke vor den Stadttoren, die die Bürger sorgfältig verriegelt hatten. Den beiden Heerführern missfiel, dass sie bereits von der ersten Stadt aufgehalten wurden. Es verschaffte vor allem dem Markgrafen von Meißen Zeit, Truppen zu sammeln. Der Überraschungseffekt war dahin.

Creuzburg und die oberhalb gelegene landgräfliche Burg blieben von den Gesten der Feinde völlig unbeeindruckt. Sie hatten sich auf erbitterten Widerstand vorbereitet und ließen sich nicht einschüchtern. Den Aggressoren halfen weder Drohgebärden noch Bestechungsversuche. Nachdem ein hessischer Unterhändler vor dem nördlichen Stadttor, dem Klostertor, ohne Erfolg die Übergabe der Stadt gefordert hatte, schritt das Heer zur Belagerung. Zunächst schloss man den Ring um die Stadt vollständig, sodass niemand hinein- oder hinausgelangen konnte.

Die Fußtruppen und andere Begleitkontingente begannen mit der Anfertigung von Holzleitern und beweglichen Palisaden. Im Schutz der Palisaden wollte man ohne Verluste möglichst nah an die Wehrmauern herankommen, um sie mithilfe der Leitern zu erklimmen. Zudem zimmerte man aus starken Eichenbäumen Rammböcke, die auf einem provisorischen Gestell mit Rädern befestigt wurden. Mit ihnen konnte man die Stadttore zum Bersten bringen. Für das Belagerungsmaterial wurde ein nahegelegener Wald vollständig abgeholzt. Andere Hilfstruppen bereiteten auf Anweisungen der Ballistiker diejenigen Stellen vor, von denen aus die mitgeführten Steinschleudern ihre tödliche Last in die Stadt schmettern sollten. Zumeist suchte man sich dafür die gefährdetsten Stellen der Mauer, die man im günstigsten Falle sogar zum Einsturz brachte.

In der belagerten Stadt, die durch die geflüchteten Bauernfamilien der Umgebung mehr Bewohner als sonst hatte, sammelten sich alle verteidigungsfähigen Männer auf den Wehrgängen der

Stadtmauer. Zunftmeister standen Seite an Seite mit Soldaten der Stadtwache, mit Gesellen, Knechten, Tagelöhnern und mit Bauern, die bereits ihre Katen verloren hatten. Selbst die Bettler der Stadt, die nach einer Eroberung kein Erbarmen zu erwarten hätten, fanden sich auf den Wehrgängen ein. Die tödliche Bedrohung vereinte alle Kräfte, vergessen waren Standesdünkel oder Zwist zwischen den Innungen. Frauen, Kinder, Alte und Kranke schickte man in die schützende Burg auf dem Hügel, hoch über der Stadt. Sollte die Stadt fallen, konnte man sich immer noch in die Burg zurückziehen. Das Kommando zur Verteidigung führte der alte Verwalter der landgräflichen Burg, Ludolf von Brüheim. Er entstammte einer kleinen Burg bei Gotha.

Auf den Wehrgängen wurden Kessel mit Pech und Wasser erhitzt, die man über die Angreifer schütten wollte. Etliche Männer rissen die spärlich gepflasterten Straßen auf, um das Steinmaterial als Wurfgeschosse von den Zinnen aus zu nutzen. Von den Baustellen der Stadt wurden die von den Steinmetzen sorgfältig behauenen und für einen anderen Zweck gedachten Steine ebenfalls weggeschleppt. Die Bewohner bewaffneten sich von der Axt bis zum Holzknüppel mit allem, was man für die Verteidigung nutzen konnte. Schmiede arbeiteten fieberhaft daran, aus Metallbarren, Hufeisen oder Nägeln Schwerter, Spieße, Pfeilspitzen oder Ähnliches zu fertigen. Die Brau- und Bäckermeister sowie die Fleischhauer hatten bereits alle Fässer, Lebensmittel und sonstigen Vorräte des Ortes hinter den schützenden Mauern der Burg in Sicherheit gebracht. In den Kapellen und Kirchen von Stadt und Burg beteten die Geistlichen für den Erfolg der Ihren, man geißelte die Angreifer und hoffte auf ein Wunder.

In der westlichen Vorstadt wurden alle Hütten eiligst abgebrochen. Die dortige Kirche befestigte man notdürftig mit Holzpalisaden und Barrikaden aus Bauschutt und belegte die Bastion mit einer kleinen Besatzung. Der Vorposten sollte diesen etwas höher gelegenen und strategisch gefährdetsten Bereich sichern.

Die Verteidiger würden Ziel der ersten Angriffswelle sein, deshalb handelte es sich bei ihnen um todesmutige Freiwillige.

Ludolf, der alte Burgverwalter, ein in vielen Kämpfen gestählter Mann mit schlohweißem Haar, stand in der Nähe des östlichen Tores der Burg neben dem Stadthauptmann und einem Ratsmeister auf dem Wehrgang. Ludolf sagte mit finsterer Miene: »Wir müssen uns so lange halten, bis die Verstärkung durch die Markgrafensöhne hier eintrifft. Ich glaube, die Stadt können wir nur bedingt verteidigen. Vor allem durch die Bauarbeiten an der Westseite der Stadtmauer droht uns am meisten Gefahr. Die Angreifer werden diese Schwachstelle rasch erkennen und dort zum ersten Sturmangriff ansetzen. Hauptmann, Ihr versucht unter allen Umständen, diese Stelle zu verteidigen. Sollte den Feinden das Eindringen dennoch gelingen, so müsst Ihr sie so lange hinhalten, bis der Rest unserer Leute sich in die Burg zurückgezogen hat.«

Der angesprochene Helmbrich von Madelungen, dessen Familie einen befestigten Hof auf halbem Weg nach Eisenach besaß, rückte seinen Helm zurecht und erwiderte: »Meine Männer werden das Ihre tun, Ludolf. Aber angesichts der gewaltigen Übermacht befürchte ich, dass wir uns nicht sehr lange halten können. Ich schlage daher vor, die Straßen um die unsichere Stelle an der Nordmauer zu verbarrikadieren. Wir lassen nur eine kleine Lücke, die einige wenige verteidigen können. So gewinnen wir zusätzlich Zeit, bis alle in der Burg sind.«

Ludolf von Brüheim nickte. »Diese Idee ist gut. Ratsmeister, Ihr sorgt sofort mit Euren Leuten dafür, dass die Straßen dort gesperrt werden.«

Der Ratsmeister kletterte, ohne ein Wort zu verlieren, sofort die Leiter von der Wehrmauer hinunter in die Stadt. Dort erteilte er seine Anweisungen an die Angehörigen der Zünfte.

Wenig später schoben Bürger Karren aus der Stadtmitte heran und warfen sie um. Aus den umliegenden Häusern holte man allerlei Kästen, Truhen, Fässer und sonstige Möbelstücke, die man zu Haufen türmte. Die Not machte auch nicht vor den vornehmen Bürgerhäusern halt. Als dies zur Zufriedenheit des Hauptmanns erledigt war, kehrten alle auf die Wehrgänge zurück. Jeder hatte einen Abschnitt zur Verteidigung zugewiesen bekommen.

Vor der Stadt schoben sich die gewaltigen Heerhaufen hin und her. Ein deutliches Zeichen dafür, dass sie sich zum Sturm formierten. Zugleich nahm der Lärm ohrenbetäubende Stärke an. Mitgeführte Spielleute bliesen ihre Pfeifen und Schalmeien. Die Truppen brüllten unverständliche Laute in Richtung Stadt. Mit dem Krach und Radau machte man sich gegenseitig Mut und wollte die Verteidiger einschüchtern.

In der Tat bekamen einige der Verteidiger weiche Knie, und das Herz klopfte ihnen bis zum Hals, als sie die lärmende und tobende Menge vor sich sahen. Viele schickten schnell noch ein Gebet in Richtung Himmel, andere bekreuzigten sich. Lediglich der Burgverwalter und der Stadthauptmann bewahrten eine geradezu stoische Ruhe. Mit aufmunternden Worten bemühten sie sich, ihren Leuten Zuversicht und Gottvertrauen zu vermitteln.

Aber viel Zeit blieb ihnen nicht mehr dazu, denn die ersten Fußtruppen wälzten sich unter heftigem Geschrei, das Banner des Herzogs von Braunschweig vor sich herführend, auf die Stadt zu. Die Besatzung der als Bollwerk gedachten Kirche hatte als Erste Feindberührung. Mit bewundernswerter Tapferkeit erschlugen sie von ihrer erhöht liegenden Position die vorderste Reihe der Kriegsknechte. Aber schon war der erste Verteidiger von einem Armbrustbolzen tödlich getroffen und fiel über die Barrikade.

Von der Stadtmauer gegenüber versuchten Creuzburger Bürger, mit abgefeuerten Pfeilen die Ihren zu unterstützen. Aber die Übermacht war einfach zu gewaltig. Schnell hatten mehrere Gegner den Vorposten erklommen, und plötzlich standen vier braunschweigische Bewaffnete mit gezückten Schwertern und grimmigen Blicken auf der provisorischen Brustwehr. Andere drohten nachzurücken. Einer der Stadtknechte, aus dessen Schulter der abgebrochene Rest eines Pfeils ragte, erkannte die Gefahr sofort. Er griff sich einen breiten Holzbalken und stürzte sich mit dessen Längsseite auf die Angreifer. Die Wucht des Aufpralls war so heftig, dass alle miteinander über die Brustwehr stürzten und die Nachdrängenden mit sich nahmen. Dabei wurden mehrere Menschen am Fuße der Barrikade zu Tode gequetscht.

Der tapfere Stadtknecht, selbst bei dieser Aktion lebensgefährlich verwundet, wurde von der wütenden Kriegsmeute in Stücke gehackt. Dennoch erhob sich von der Stadtmauer ob des Heldenmutes Jubelgeschrei. Es war noch nicht ganz verklungen, als bereits die nächsten Krieger den Hang emporkletterten. Die Verteidiger überschütteten sie erneut mit einem Hagel von Steinen und Brettern, mehrere von ihnen wurden dabei von Pfeilen und Armbrustbolzen der Angreifer schwer getroffen.

Ihr Widerstand erlahmte allmählich. Die dritte Angriffswelle überrollte sie schließlich, der Vorposten war gefallen. Blutrünstig zerstückelte man ihre Leiber. Einem der tapferen Stadtknechte hackte man mit mehreren Schwertstreichen den Kopf ab, wobei das hervorspritzende Blut alles um sich herum besudelte. Triumphierend reckten die braunschweigischen Krieger den bluttriefenden Schopf Richtung Stadtmauer. Seht, so wird es euch auch ergehen!

Die Gesichter auf der Wehrmauer spiegelten das blanke Entsetzen wider. Sollte man sich nicht vielleicht doch ergeben, um einem solchen Schicksal zu entgehen? Von irgendwo erklang ein: »Gott, erbarme dich unser!« Der Burgverwalter und der Stadthauptmann sprachen, so als sei nichts geschehen, den Verteidigern jedoch immer wieder Mut zu.

Die Schilde gegen die Pfeile der Verteidiger gereckt, näherten sich die gegnerischen Hilfstruppen nun der Stadtmauer, von der Seite, an der der Graben trocken war. Ihre Absicht war, die Grabensohle mit Reisigbündeln aufzufüllen. Obwohl einige dabei ihr Leben lassen mussten, gelang es den meisten, ihr Bündel abzuladen. Sie wurden von den eigenen Bogenschützen gesichert, die die

Zinnen der Stadtmauer mit einem Hagel von Pfeilen und vereinzelten Armbrustbolzen überzogen. So fielen bereits die ersten Bürger der Stadt. Nach geraumer Zeit war der Graben weitgehend gefüllt, und die nachfolgenden Truppen näherten sich, wiederum im Schutz der Bogenschützen, mit den Sturmleitern der Stadtmauer. Die Leitern wurden angelegt und die Ersten versuchten, so die Stadtmauer zu erklimmen.

Obwohl die Verteidiger nervös wurden, mahnte der Stadthauptmann zum Abwarten. Möglichst viele Angreifer sollten auf den Leitern stehen, denn wenn der Erste hinunterfiel, riss er die Nächsten mit sich. So ließ man sie bis fast an die Zinnen heraufkommen, dann gab Helmbrich von Madelungen den Befehl. Sogleich ergossen sich über die erste Welle der braunschweigischen Krieger Ströme von siedendem Pech, heißem Wasser oder Steinen, sodass viele tödlich verbrüht oder mit eingeschlagenem Schädel im Graben landeten. Das Geschrei der Verletzten übertönte noch den Lärm des Feindes, der sich davon nicht beirren ließ. Die Nachfolgenden stiegen einfach über die Toten oder die mit dem Tode ringenden Fußsoldaten hinweg, mit denen sich der Graben überall zusätzlich füllte. Die Verteidiger, obwohl deutlich in der Unterzahl, ihre Reihen lichteten sich von Minute zu Minute, kämpften mit Todesmut. Hatte es einer der feindlichen Soldaten wirklich einmal geschafft, bis zu den Zinnen hinaufzukommen, so starb er zumeist durch einen Spieß oder das Schwert eines Bürgers oder Ritters. Im Fallen zog er die ihm Folgenden mit sich. Die Verteidiger bemühten sich auch immer wieder, die Leitern umzuwerfen.

Als sich die Angreifer plötzlich zurückzogen, kannte der Jubel auf den Mauern zunächst keine Grenzen. Es wurde deutlich, der Feind war verunsichert. Mit solch hartnäckigem Widerstand hatte er nicht gerechnet. Die Verteidiger fassten wieder Mut. Aber als man sich dann auf dem Wehrgang umblickte, erkannte man, dass fast jeder Zweite gefallen war. Die Verluste waren so hoch, dass der ganze Wehrgang in Blut schwamm, das teilweise sogar die Mauersteine rötlich färbte. An der Stadtmauer bemühten sich einige ältere Männer, die Verletzten auf Karren zu legen. Manchem fehlte ein Körperteil, andere waren schwer von Pfeilen getroffen. Die Geistlichen der Stadt hatten sich nun ebenfalls herangewagt und beteten für die Toten oder gaben einem Sterbenden die Sakramente. Der alte Burgverwalter Ludolf, selbst aus einer Wunde am Arm heftig blutend, gab Befehl, die Reihen auf den Mauern, soweit möglich, zu schließen. Neue Kessel mit Wasser und Pech sollten schnellstens erhitzt werden. Doch er wusste nur zu gut, es war nur eine Frage der Zeit, bis die Stadtmauer fiel. Die Verteidiger waren zu erschöpft, um dem Druck der Angreifer, die immer wieder frische Truppen in die Schlacht führen konnten, noch lange Stand zu halten.

Ludolf konnte von der Stadtmauer aus sehen, wie sich der Feind auf dem erhöht liegenden Gelände im Nordwesten erneut formierte. Diesmal konzentrierte man ein besonders starkes Kontingent an der Westseite der Stadtmauer. Man hatte also die Schwachstelle in der Verteidigung ausgemacht. Zunächst blieb das gegnerische Heer jedoch an seinem Platz stehen. Was sollte das bedeuten? Ludolf brauchte nicht lange darüber nachzudenken, denn ein sirrendes Geräusch gab die Antwort. Rasch brüllte er über den Wehrgang: »In Deckung!« Aber es war schon zu spät. Der von einer der feindlichen Schleudern abgeschossene Gesteinsbrocken prallte mit ungeheurer Wucht auf die Zinnen. Mit einem gewaltigen Krachen und Knirschen zermalmte er ein großes Stück des frisch ausgebesserten Wehrgangs und ließ nichts als eine riesige Lücke zurück.

Zwei der dort stehenden Verteidiger wurden von einem Moment auf den andern regelrecht zu Mus zerquetscht. Lediglich der abgerissene Stumpf eines Beines ragte zwischen zersplitterten Balkenresten heraus. Unterhalb des Wehrgangs türmte sich ein Schuttberg aus Gestein, Holz und mehreren erschlagenen Menschen auf. Sechs Tote hatte man zu beklagen, und schon flog das nächste Geschoss heran. Panisch und von Todesangst getrieben, rannten die Verteidiger in alle Richtungen auseinander. Erneut zertrümmerte der Stein unter lautem Poltern ein Stück der Stadtmauer. Diesmal wurde jedoch niemand getroffen.

Ludolf von Brüheim harrte trotz der großen Gefahr auf seinem Standplatz aus und studierte die Flugbahn des zweiten Steins. Nach einer kurzen Pause sah man den dritten Brocken heranfliegen, der wiederum einen Schuttberg hinterließ. Die Einschlagstellen lagen immer rechts von ihm. Das bedeutete, man hatte das eigentliche Ziel bislang nicht getroffen: die provisorische Barrikade, mit der die Verteidiger die circa zehn Meter große Lücke in der Stadtmauer, die dort erneuert werden sollte, zu schließen versuchten. Auf diese Stelle würde sich also der Hauptangriff konzentrieren. Es war nur eine Frage der Zeit, bis die Ballistiker ihre Schleudern entsprechend ausgerichtet hatten. Diese Zeit galt es zu nutzen.

Hastig erteilte der Burgverwalter seine Befehle an den Stadthauptmann und die Zunftmeister. Man sollte hinter der Baustellenlücke und noch vor den dahinter liegenden Straßensperren eine zusätzliche Barrikade errichten. Zunächst hatte jedoch der Hauptmann alle Hände voll zu tun, die Männer zur Rückkehr auf den Wehrgang zu bewegen. Wieder und wieder erklärte er ihnen die Flugbahn und gab Anweisungen, wie sie sich zu verhalten hätten. Wertvolle Zeit war so verstrichen, bis man begann, die neue Verteidigungslinie aus allem möglichen Mobiliar aufzutürmen. Oft mussten sie die Arbeit unterbrechen, denn ein Pfiff signalisierte von Neuem das Herannahen eines Steines. Alle stoben dann auseinander.

Schließlich gelang es den Angreifern, sich zielgenau auf die Baulücke einzustellen. Der erste Aufprall traf auf die Schutt- und Sandmassen und wurde so abgefedert. Der Schaden hielt sich in Grenzen, aber das zweite und vor allem das dritte Geschoss rissen eine große Lücke. Ein großer Teil der provisorischen Barrikade war krachend in den Graben gerutscht und füllte diesen zu allem

Unglück auch noch auf, womit den feindlichen Truppen eine regelrechte Brücke gebaut wurde. Die verbliebenen Männer des Stadthauptmanns versuchten fieberhaft, mit allen möglichen Dingen das so entstandene Loch wieder zu schließen.

Doch mussten sie sich nach kurzer Zeit in die schützende Ummauerung zurückziehen, denn nun stellte man die Arbeit der Steinschleudern ein, und die zweite Angriffswelle rollte an. Diese war noch heftiger geführt als die erste. Die um den Stadthauptmann Helmbrich von Madelungen konzentrierten Männer, die meisten waffengeübt, verteidigten sich verbissen. Aber immer mehr fielen angesichts der Übermacht. Auf einen Verteidiger kamen acht Angreifer, und aller Mut half jetzt nicht mehr. Helmbrich kämpfte zugleich mit drei Eindringlingen. In der Linken den Dolch und in der Rechten sein Schwert, gelang es ihm, den auf ihn Zustürzenden ins Leere laufen zu lassen und ihm den Dolch in den Rücken zu stoßen. Als die beiden Verbliebenen nachsetzen wollten, ging der Hauptmann seinerseits vor. Die beiden, überrascht vom Mut Helmbrichs, zögerten den Bruchteil einer Sekunde, und schon wurde der eine vom Schwert durchbohrt. Dem anderen gelang es zwar, den Hauptmann am linken Arm zu verletzen, überwinden konnte er ihn nicht, obwohl hinter ihm die nächsten Angreifer zu Hilfe eilten.

Als der Burgverwalter sah, in welcher Situation sich die Leute um Helmbrich von Madelungen befanden, ordnete er den sofortigen Rückzug in die Burg an. Da der Angriff auf den Abschnitt bei der Baulücke konzentriert war, gelangten die meisten ohne großen Widerstand in die letzte Zuflucht auf dem Berg.

Der Helmbrich von Madelungen erkannte die Ausweglosigkeit seiner Situation, daher war sein einziges Ziel, die Angreifer so lange aufzuhalten, bis die übrigen Verteidiger sich in die Burg zurückgezogen hatten. Mühsam erkämpfte er sich mit den wenigen verbliebenen Männern den Weg von der Stadtmauer hinunter zur ersten Straßenbarrikade. Von den über dreißig Leuten waren ihm nur noch sieben verblieben. An diesem schmalen Stück konnte man für kurze Zeit die Eindringlinge aufhalten, aber die übrigen Teile der Stadt wurden bereits vom Strom der Angreifer überflutet. Die ersten feindlichen Krieger, die die Straßensperre erklommen, bezahlten diesen Versuch mit ihrem Leben. Mit den hier vorsorglich bereitgestellten Stoßlanzen durchbohrte man ihre Körper. Den Nachdrängenden reckte man die blutigen Spitzen entgegen, worauf diese zurückwichen. Die Barrikade glich dem Stachelkleid eines Igels. Aber dann waren die Ersten über Nebenstraßen in ihren Rücken gelangt. Nun von zwei Seiten in die Zange genommen, fiel Mann für Mann nach schwerem Kampf. Schließlich war Helmbrich der letzte verbliebene Verteidiger. Obwohl selbst aus vielen Wunden blutend, konnte er noch einem braunschweigischen Soldaten mit einem kräftigen Hieb den Schädel spalten. Dann durchbohrte ihn mit voller Wucht ein Spieß, und er sackte tödlich getroffen zu Boden. Ihren Sieg an der Barrikade hatten die feindlichen Truppen jedoch mit schweren Verlusten bezahlen müssen. Mehr als dreimal so viele tote Angreifer wie Verteidiger lagen in den Straßen.

Die Truppen strömten nun über die Leichname hinweg ungehindert in die Stadt. Keiner von ihnen dachte an die Eroberung der Burg, vielmehr luden die leerstehenden Häuser zur Plünderung ein. Und so wurden von den Kellern bis zu den Dachböden alle Räume gewaltsam geöffnet und das Mobiliar in die Gassen geworfen, in der Hoffnung, an verborgenen Stellen Kostbares zu finden. Vereinzelte Bürger, die sich entgegen der Anordnung des Burgverwalters in ihren Häusern verborgen hatten, bezahlten diesen Irrtum mit dem Leben. Wen man fand, der wurde auf der Stelle erschlagen und manchmal sogar seiner Kleider beraubt. Frauen vergewaltigte man auf offener Straße, bevor man ihnen die Kehlen aufschlitzte. Wo bei den Plünderungen nichts zu holen war, wurden die Häuser kurzerhand angezündet. Selbst vor der Kirche – einem prächtigen Bau und Stolz der

Bürgerschaft – machte man nicht halt. Am Ende brannte die ganze Stadt lichterloh, und durch die Straßen zogen grölend betrunkene Söldner, die zurückgelassene Fässer in den Brauhäusern entdeckt hatten. Von der Burg drohte ihnen keine Gefahr, wussten sie doch, dort befanden sich nicht mehr viele Wehrfähige. Mit denen würde man morgen leicht fertig werden.

Der Plünderungsdrang und die Zerstörungswut der Angreifer führten zumindest dazu, dass die wenigen Überlebenden von der Stadtmauer sich noch rechtzeitig zurückziehen konnten. Ludolf von Brüheim, der auch die Verteidigung der Burg organisierte, stand auf der Befestigungsmauer und starrte in Richtung Stadt. Er trauerte um den tapferen Helmbrich von Madelungen. Er wusste, durch seinen Tod hatten diejenigen überlebt, die jetzt in der Burg waren. Die übrigen Bürger auf der Burgmauer waren erzürnt, wütend sahen sie ihr Hab und Gut in Flammen aufgehen. Mit der Burg würden die Angreifer nicht so leichtes Spiel haben wie mit der Stadtmauer, das schworen sie sich. Ihre zwölf Meter hohen, mit Zinnen und doppeltem Wehrgang versehenen Mauern waren außerordentlich fest gefügt. Die Steilhänge boten zusätzlichen Schutz, sodass man sich hauptsächlich auf die Verteidigung der beiden Tore konzentrieren musste. Lediglich die Versorgung der vielen Menschen, die jetzt dicht gedrängt im Burghof um die Burgkapelle lagern mussten, machte ihm zu schaffen. Viele weinten um die Familienväter, die bei der Verteidigung gefallen waren.

Zwei Tage später traf die Herzogin von Brabant im Feldlager ihres Verwandten ein. Albrecht von Braunschweig saß an einer großen Tafel in seinem Zelt, umgeben von seinen Rittern und dem Anführer des hessischen Kontingents. Albrecht hatte sich in einen Fellmantel gewandet, da ihn fröstelte. Er hielt gerade Kriegsrat, als Sophie hinzukam.

»Seid gegrüßt, Verwandte. Wie Ihr seht, ist die erste Stadt bereits gefallen«, meinte der Herzog triumphierend.

»Aber das landgräfliche Banner weht noch immer über der Burg. Auch dachte ich, Ihr seid schon marschfertig für die Stadt Eisenach«, entgegnete Sophie von Brabant kühl.

»Lange werden sie sich in der Burg nicht halten können. Sie haben bei den letzten beiden Angriffen wieder einige Leute verloren. Man sieht jetzt sogar Frauen auf den Zinnen verteidigen. Diese Verzögerung ärgert aber auch mich, und ich denke, wir können ein kleines Kontingent an Leuten hierlassen, das die Burg weiter belagert. Möglicherweise übergeben sie bald die Anlage, denn sie wissen noch nicht, dass kein Entsatz vom Landgrafen kommen wird«, sagte Albrecht grinsend.

»Wollen wir hoffen, dass wir mit der Stadt Eisenach nicht so viele Probleme bekommen. Ich verspüre nämlich wenig Lust, ein Land in Besitz zu nehmen, das nur noch aus Ruinen besteht.« Sophie dachte mit Wehmut an die verbrannte Stadt vor ihr. In Creuzburg hatte sie als Kind oft geweilt. Hier residierte einst ihr Bruder Hermann, der, wäre er nicht schon in jungen Jahren gestorben, sicher Landgraf geworden wäre. Und dann hätte man den ganzen Krieg überhaupt nicht führen müssen.

»Lasst den Leuten in der Burg übermitteln, dass sie frei sind und keinem ein Haar gekrümmt wird, wenn sie unsere Macht anerkennen. Wir haben bereits viel zu viel Zeit hier vergeudet. Wir sollten uns auf Eisenach konzentrieren. Woher wisst Ihr denn, dass kein Entsatz vom Landgrafen zu erwarten ist?«

»Die Landgräflichen stellen sich gegenwärtig keiner offenen Schlacht. Wir haben sie völlig unvorbereitet getroffen. Deshalb sollten wir die Zeit nutzten und die Gebiete besetzen, die uns wichtig erscheinen.« Bei diesen Worten bekam das Gesicht des Braunschweiger Herzogs wieder seinen listigen Ausdruck. Alles klappte wie am Schnürchen: Man würde seine Widersacher weit entfernt von den Gebieten an der unteren Werra beschäftigen. Obendrein fielen einige Beutestücke für seine Truppen ab, und das war für die gute Stimmung seiner Soldaten wichtig. »Nun denn, so lasst uns nach Eisenach ziehen«, meinte der Herzog schließlich wohlgelaunt.

Als die Verteidiger der Burg erfuhren, dass von außen keine Hilfe zu erwarten war, sank ihr Mut. Wozu hatten sie sich so lange gehalten, wenn man sie einfach im Stich ließ? Besonders Ludolf von Brüheim, der alte Burgverwalter, war verbittert, als er auf den Zinnen stand und die völlig abgebrannte Stadt zu seinen Füßen sah. Er hatte ja keine hohe Meinung vom jungen Landgrafen, stand aber immer loyal zum Landgrafenhaus. Diesen Verrat hätte er den Herren jedoch nicht zugetraut. Darum rief er die verbliebenen Verteidiger zusammen, um ihnen zu verkünden, dass sie das Angebot der Herzogin von Brabant annehmen würden.

20

In der Schankstube in Eisenach war es heute so voll wie immer. Dennoch war die Situation anders als sonst. Kein übermütiges lautes Lachen, auch keine hitzig geführte Debatte über die Marktpreise oder den Hochmut der durchfahrenden Rittersleute. Vielmehr beherrschte gedämpftes Flüstern die Atmosphäre im Raum. Hauptthema an den Tischen war natürlich der Einfall des braunschweigisch-hessischen Heeres. Die meisten schmiedeten Pläne, wie man sich verhalten würde, wenn die Kriegswirren die Stadt erreichten.

Dietmar gegenüber saßen Heinrich Meinradis und Siegfried von Nazza. Auch sie unterhielten sich nur leise. Siegfried wirkte müde, die Aufregungen der letzten Zeit hatten sichtbare Spuren bei ihm hinterlassen. Ständig mussten er und seine Stadtwache irgendwelche Hitzköpfe auseinanderhalten, und mehrfach des Nachts inspizierte er die Wehrgänge. Auch heute wollte er sich nur kurz mit ein, zwei Bechern Bräuhahn stärken und dann wieder seine Kontrollen fortsetzen. Heinrich und Dietmar war angesichts der drohenden Invasion nicht wohl zumute. Dennoch beschäftigte sie zunächst ein anderes Thema.

»... und der Albustin konnte feststellen, dass es sich um eine ziemlich große Dosis gehandelt hat«, sagte Siegfried. »Die Reste im Krug hätten gereicht, um mehrere Männer zu vergiften! Da wollte jemand auf Nummer sicher gehen.«

»Aber weshalb mussten die beiden sterben?«, fragte Heinrich. »Wozu machte man sich die Mühe, die zwei umzubringen?«

»Vielleicht hat es doch etwas mit mir zu tun.« An Dietmar Hellgreves Kopfverletzung erinnerte nur noch eine Schramme über dem rechten Auge, die aber bald vernarbt sein würde. »Ich konnte doch ziemlich überzeugend darlegen, dass Herwig von Hörselgau und Hans Atze für die Morde an Petz Fachedorf und Heinrich Rost bezahlt worden sind. Mit hoher Wahrscheinlichkeit handelten sie nicht auf eigene Faust. Die Ritter des Landgrafen suchten sie jedoch bislang vergeblich. Nach der Unterredung mit dem alten Heerführer Rudolf von Vargula folgte der Überfall auf mich. Meine beiden Retter, zwei hessische Adlige, wurden kurz darauf vergiftet. Weil sie mir geholfen haben? Glaubt ihr wirklich noch, der Landgraf hatte da seine Finger im Spiel? Spätestens nach der Ermordung der zwei Hessen bin ich mir sicher, hier geht es um andere Dinge!«

»Dazu passt auch, dass der Wirt von der Herberge beim Spital, wo die beiden wohnten, sagte, die angeblichen Kaufleute seien mehrfach in den Wald geritten«, ergänzte Heinrich Meinradis. »Dort haben sie sich vermutlich mit jemandem getroffen. Das letzte Mal seien sie am Tag ihres Todes unterwegs gewesen. Aber wer war ihr geheimnisvoller Kompagnon? War es doch der Sekretär des Schultheißen?«

Siegfried erhob mahnend den Zeigefinger. »Leute ...«, er machte eine kleine Pause, »überlegt doch einmal. Nach dem Tod der beiden Hessen gab es viel Aufruhr in der Stadt, und jetzt sind die braunschweigischen und hessischen Heereskontingente unterwegs, um das Land zu erobern. Na, dämmerst es jetzt bei euch?«

»Du meinst, das ist ein gezieltes Komplott, um die Einnahme unserer Stadt vorzubereiten?«, fragte Heinrich Meinradis ungläubig.

»Was sonst sollte das Ziel sein? Auch die zeitliche Übereinstimmung ist verblüffend.«

»Auf diesen geheimen Treffen hat man diskutiert, wie man sich darauf vorbereitet«, überlegte Dietmar laut. »Aber wer in der Stadt würde davon am meisten profitieren? Die Anhänger der brabantinischen Partei!«

Heinrich Meinradis zweifelte noch: »Doch wem von denen traut man ernsthaft solche mörderischen Absichten zu? Und warum haben sie zwei der Ihren umbringen lassen?«

»Vielleicht, weil sie das Komplott nicht mitmachen wollten. Und damit die wahren Hintermänner im Dunkeln bleiben können, legt man verschiedene Fährten. Der Witwe Rost, von deren Abneigung gegen die Dominikaner man weiß, redet man ein, dieser Orden stecke dahinter. Man verbreitet die Kunde, der Erzbischof von Mainz hege irgendwelche Schliche.«

»Aber unter den Anhängern der Brabantiner wusste niemand von deinen Ermittlungsergebnissen, Dietmar. Es müssen also weitreichende Kreise sein, die da ein Komplott schmiedeten.« Siegfried setzte den Krug an die Lippen und nahm einen großen Schluck. »Vielleicht kriegen wir das auch nie heraus.«

Kaum hatte er das gesagt, erhob sich in den Straßen großer Lärm. Einige schauten verängstigt zum Fenster hinaus, um zu erfahren, was der Aufruhr bedeutete. Andere öffneten die Tür, um zu hören, was passiert war. Ganz schnell verbreitete sich die Kunde von der Eroberung der benachbarten Stadt Creuzburg. Jetzt würden die Kriegswolken auch über Eisenach aufziehen.

Siegfried eilte sofort über den Markt in Richtung Steinhof. Von dort erhielt er den Auftrag, unverzüglich alles für die Belagerung zu organisieren. In der Zwischenzeit waren Boten an die Vorsteher der Zünfte und die übrigen Markzoller unterwegs, die aufgefordert wurden, sich im Steinhof einzufinden.

Nach ungefähr einer Stunde saßen alle Markzoller an der großen Tafel, an der sie immer ihre Beratungen abhielten. Der Schultheiß erhob mit sorgenvoller Miene die Stimme: »Der Landesherr erwartet, dass wir die Stadt verteidigen. Aber lasst uns warten, bis Schenk Rudolf von Vargula eintrifft.«

Rudolf betrat binnen kürzester Zeit den Beratungsraum, an seiner Seite fanden sich sein Vertrauter und Friedrich von Treffurt. Rudolf begann sofort über die Verteidigungsstrategie zu reden: »Wir teilen die Stadt in die Verteidigungssektoren ein, die bislang jeweils den Zünften zugewiesen wurden. Zur Verstärkung nehmt Ihr die Leute aus Gotha und Langensalza hinzu. Ihr, Friedrich von Treffurt, bestückt Euren Metilstein mit Euren Mannen, um die Südseite der Stadt zu schützen, denn von dort droht meines Erachtens die größte Gefahr. Wir müssen uns so lange halten, bis Graf Hermann von Henneberg und die beiden Landgrafensöhne ein Heer aufgestellt haben und mit Entsatz hierherkommen.«

Einer der Markzoller, Friedrich von Frankenhausen, erhob sich. »Herr, gegen das Heer haben wir keine Chance! Also lasst uns lieber verhandeln.«

»Ihr seid die Untertanen des Landgrafen!«, fuhr ihn Rudolf barsch an. »Wollt Ihr Euch gleich der erstbesten Seite anbiedern? Schämt Euch für Eure Feigheit!«

Ein anderer Markzoller, Heinrich von Welsbach, trat zwischen die beiden und schaute den alten landgräflichen Heerführer trotzig an. »Ihr wisst selbst, Ihr könnt mir Feigheit nicht vorwerfen. Aber ich denke, ebenso wie Friedrich von Frankenhausen, an die Menschen in der Stadt. Es ist doch sinnlos, Eisenach zu opfern.«

»Opfern?«, mischte sich der Schultheiß ein. »Ihr werdet sie opfern, wenn wir uns nicht verteidigen!«

Dietmar hatte ebenfalls Bedenken gegen eine Verteidigung und meldete sich jetzt zu Wort. »Ihr wisst, ich stehe zu unserem Landesherrn, aber auch ich hege Befürchtungen um die Stadt. Welche Garantien gebt Ihr uns, dass die Entsatzheere des Markgrafen rechtzeitig eintreffen? Wer sagt uns, dass es uns nicht ebenso wie unseren Nachbarn in Creuzburg ergeht?«

Der alte Rudolf strich über sein schlohweißes Haar und antwortete mit entschlossenem Blick: »Ihr habt mein Wort darauf. Und jetzt sollten wir die Zeit zur Vorbereitung verwenden statt zum Debattieren.«

Das Wort des hoch angesehenen landgräflichen Ritters hatte Gewicht. Er gehörte nicht zu jenen, die leichtfertig Eide schworen. Damit war der Disput beendet.

Der Schultheiß legte eine provisorische Kohlezeichnung mit dem Grundriss der Stadt auf den Eichentisch. Jeder Einzelne erhielt nun gezielte Weisungen, was zu tun sei.

Dietmar Hellgreve traf zu Hause Vorkehrungen, um seine Frau, seinen Sohn und seinen Bruder aus der Stadt zu bringen. Seine Verwandten in der benachbarten Stadt Walterhausen sollten beide vorerst aufnehmen. Das kleine Städtchen würde kaum die Aufmerksamkeit des feindlichen Heeres finden und wenn, dann war es von dort einfacher, sich in die thüringischen Wälder zu flüchten.

Als alles zur Abreise vorbereitet war, gab es noch eine heftige Diskussion mit Dietmars Bruder Götz. Dieser wollte in der Stadt bleiben und kämpfen. Dietmar gelang es nicht, ihn umzustimmen. So schickte er am nächsten Tag nur Katarina und Henrich mit ihrem getreuen Knecht Bruno auf die Reise zu seinem Vetter. Siegfried von Nazza hatte bereits dafür gesorgt, dass sie ungehindert das Tor passieren konnten. Katarina weinte bittere Tränen, sie wusste nicht, was die Zukunft bringen sollte. Sie hatte große Angst um ihren Mann und dessen Bruder. Dietmar hatte beide bis zum Nikolaitor geleitet. Dort schlossen sie sich einem eilig zusammengestellten Tross an, der den sicheren Städten im östlichen Landesteil zustrebte.

Dietmar verharrte eine Weile am Tor und sah dem Wagenzug mit Wehmut hinterher. Wenigstens seine Familie konnte er in Sicherheit bringen. Götz und er würden schon auf sich aufpassen. Schließlich kehrte zu dem Verteidigungsabschnitt zurück, der ihm zugewiesen war.

Es war jetzt bereits Mittag, und die Kunde vom sich langsam nähernden Heer traf in der Stadt ein. Man hatte bereits die Vorstädte beim Georgs- und beim Nikolaitor abgebrochen, um freies Schussfeld zu erhalten. Überall hatte man die Wehrgänge besetzt. Den Boten zufolge würde das Heer am Abend vor der Stadt auftauchen. So begann Dietmar, die ihm Unterstellten in drei Gruppen einzuteilen. Eine Gruppe hielt Wache, die zweite schleppte Steine und alle sonstigen zur Verteidigung nützlichen Gegenstände auf die Wehrgänge, während die letzte Gruppe sich ausruhte für den Kampf.

Es wurde bereits dunkel, als alle Vorbereitungen abgeschlossen waren. Vom Wehrgang aus sah man jetzt, wie nicht weit von der Stadt entfernt die Feuer im Feldlager des feindlichen Heeres angezündet wurden. Es war bereits empfindlich kalt auf der Stadtmauer. Die Männer um Dietmar fröstelten ebenfalls, und es war nicht klar, was ihnen mehr Schauer über den Rücken jagte, die Anzahl der Feinde oder die Kälte. Vielleicht war es auch beides.

Am späten Abend stand plötzlich Siegfried von Nazza vor Dietmar. Er war bei seinem Rundgang gerade hier angelangt. Mit gedämpfter Stimme sagte er: »Wie ich sehe, hast du alles gut vorbereitet für den Kampf.«

»Wir haben getan, was möglich war. Alles andere liegt nun in Gottes Hand, Siegfried.«

»So Gott will, werden wir den Sieg davontragen. Niemand fällt ungestraft in ein fremdes Land ein. Wie steht es um deine Männer?«

Dietmar spürte am Tonfall seines Freundes, dass diesen irgendetwas bedrückte. »Auf meine kann ich mich verlassen, aber wieso fragst du?«

Auf der Stirn des Stadthauptmanns bildeten sich ein paar Sorgenfalten, als er antwortete: »Es geht ein merkwürdiges Murren durch die Reihen. Auch gefällt mir nicht, dass die Diskussion, ob das Land nicht doch der Tochter der heiligen Elisabeth gehört, jetzt wieder anfängt. Und die Ereignisse um die Morde haben mich sehr misstrauisch werden lassen.«

»Glaubst du, die Leute werden nicht kämpfen?«

»Ich habe an den Toren jedenfalls nur meine zuverlässigsten Leute eingesetzt. Mir schwant irgendwie Ungemach.«

Dietmar legte seinem Gegenüber die Hand auf die eisenbewehrte Schulter. »Ruhe dich ein wenig aus, Siegfried. Du wirst die Kräfte morgen brauchen.«

21

Am frühen Morgen konnte Dietmar von seinem Standplatz aus sehen, wie sich das Heer der Belagerer formierte. Er befahl, dass sich alle ihm unterstellten Verteidiger auf ihre angewiesenen Plätze begaben.

Aus dem Heer löste sich jetzt ein berittener Verband und strebte dem Georgstor zu. Es konnte sich nur um einen Parlamentär handeln, der die unverzügliche Übergabe der Stadt verlangen sollte. Aber bei genauerem Hinsehen konnte man erkennen, dass niemand Geringeres als die Herzogin Sophie persönlich vor dem Tor auftauchte. Sie war umgeben von ihren Rittern. Diese stellten sich so, dass sie die Herzogin notfalls mit ihren Leibern gegen Geschosse schützen konnten.

Die Herzogin nahm eine gebieterische Haltung ein, um deutlich zu signalisieren, dass sie die Öffnung der Stadt erwartete. Ein

Herold trat aus der Gruppe hervor und verkündete die Ankunft der Tochter der Heiligen. Am Georgstor stand inzwischen Siegfried von Nazza und erteilte Befehl, nicht zu schießen. Man wollte den Gegner nicht unnötig reizen. Außerdem hielt er es für besser, sich unbeeindruckt zu geben.

Als die Herzogin spürte, dass sich nichts hinter dem Tor regte, kein Riegel geöffnet, keine hessische Flagge gehisst wurde, ließ sie ihrem Zorn freien Lauf. Lautstark und selbstbewusst forderte sie die Öffnung der Tore. Als sich immer noch nichts tat, nahm sie einem der sie begleitenden Adligen die Streitaxt aus der Hand. Sie ritt zum Tor und hieb so heftig auf das Holz ein, das eine tiefe Kerbe blieb. Dieser Vorstoß kam so überraschend und so schnell, dass die sie begleitenden Ritter nicht sofort reagierten. Erst als sie ihre Verblüffung überwunden hatten, stürzten sie ihrer Herrin hinterher, zogen dabei die Schwerter und hoben die mitgeführten Schilde, um die Herzogin in Erwartung heranfliegender Geschosse vor dem Feind zu schützen.

Doch plötzlich erscholl großes Geschrei und Waffengeklirr nicht über ihnen, sondern hinter dem Tor. Als Nächstes konnten sie erkennen, dass auf dem Turm und den Wehrmauern ein heftiger Kampf entbrannt war. Kein Zweifel – die Bürger der Stadt ergriffen Partei für die Herzogin! Aus dem Heer der Belagerer erklang inzwischen starker Jubel.

Obwohl Dietmar nordöstlich des Georgstores auf der Stadtmauer stand, begriff er die neue Situation zunächst nicht. Bis einer der Nebenstehenden mit ausgestrecktem Arm in Richtung der Burg Metilstein wies. Dort erhob sich weithin sichtbar die Fahne der Herzogin von Brabant. Friedrich von Treffurt, Herr der Befestigungsanlage, hatte Verrat geübt! Inzwischen erscholl auch aus anderen Teilen der Stadt Kampfeslärm. Offensichtlich gingen Bürger gegen Bürger vor. Von den Berghängen unterhalb der Wartburg kündete ebenfalls heftiges Geschrei von blutigen Scharmützeln.

Die Verteidiger um Dietmar erkannten die Aussichtslosigkeit ihrer Lage. Sie warfen die Waffen weg und verließen, in der Hoffnung auf Schonung, die Wehrgänge. Der Tuchhändler blieb irritiert an seinem Platz stehen und nahm die Eisenhaube vom Kopf. Was sollte er jetzt tun? Zu kämpfen hatte keinerlei Sinn. Es war vielleicht sogar gut, so würde die Stadt nicht in Schutt und Asche gelegt.

Als Dietmar zur Leiter ging, bahnte sich plötzlich Siegfried von Nazza einen Weg durch die in die Stadt zurückdrängende Menge. Aus mehreren Wunden blutend, brüllte er schon von Weitem: »Dietmar verschwinde, man lässt alle landgräflichen Anhänger umbringen oder steckt sie in den Kerker. Rette dich!«

Da sah Dietmar auch schon die Verfolger des Stadthauptmanns. Unter ihnen waren Herwig von Hörselgau, Hans Atze und der Knecht Friedrichs von Frankenhausen sowie noch zwei andere. Wie waren diese Mörder in die Stadt gekommen? Siegfried stürmte zur Stadtmauer, dort wollte er sich ihnen, mit dem Rücken zur Mauer, zum Kampf stellen. Dietmar, immer noch auf seinem Wehrgang stehend, ergriff einen achtlos weggeworfenen Bogen und legte auf den vordersten der Verfolger an. Die Sehne surrte leise, als der Pfeil davonflog. Dann sah er nur noch, wie der Jäger mit einem Todesschrei in sich zusammensackte. Von der Stadtmauer eilten ihm sein Bruder Götz und Heinrich Meinradis zu Hilfe. Als die Verfolger Siegfrieds bemerkten, dass sie nicht mehr in der Überzahl waren, suchten sie zunächst das Weite.

Heinrich Meinradis rief Dietmar, der inzwischen bei Siegfried angekommen war, zu: »Wir haben keine Zeit, geht über die Stadtmauer am Hörselmühlgraben! Los, schnell! Götz und ich decken eure Flucht. Danach gehen wir zum Haus von Heinrich und Giseler von Welsbach. Dort sind wir zunächst sicher. Man hat offensichtlich nur an eurem Tod besonderes Interesse.«

Siegfried und Dietmar kletterten die Leiter hinauf zurück auf den Wehrgang und rannten in Richtung Osten. Die meisten hatten die Wehrgänge verlassen. An einer Stelle, wo sie fast allein waren, kappten sie das Seil eines Flaschenzuges. Rasch knoteten sie an einem Ende eine Schlaufe und ließen es außen hinab. Siegfried schwang sich hinüber und hangelte die Stadtmauer hinunter. Als Dietmar es ihm nachtun wollte, sah er plötzlich einen der Verfolger wieder. Dieser legte mit einer Armbrust auf ihn an. Dietmar war völlig ungeschützt. Noch ehe der Mann den totbringenden Bolzen abschießen konnte, fiel er jedoch nach vorne über. Dietmar konnte nur noch erkennen, wie einer der Vettern seines Knechts Bruno ihm ein Zeichen gab, rasch zu verschwinden.

Hastig rutschte er am Seil hinunter. Der Graben war hier nicht ganz so breit wie an anderen Stellen. Ohne groß zu überlegen, versuchten sie das eisig kalte, teilweise gefrorene Wasser zu durchschwimmen, aber ihre Kettenhemden zogen sie unweigerlich in die Tiefe. Schließlich klammerten sie sich wieder ans Ufer. Dort hielt sich Siegfried mit einer Hand fest, zückte mit der anderen seinen Dolch und durchtrennte mit raschen Schnitten die Lederriemchen, die Dietmars Kettenhemd zusammenhielten. Nachdem Dietmar sich von davon befreit hatte, half er dem Freund auf die gleiche Weise.

Des Ballasts entledigt, strebten sie mit schnellen Schwimmstößen dem anderen Ufer zu. Nur unter Aufbietung aller Kräfte gelang es ihnen, den glitschigen Rand zu erklimmen. Stünde jetzt einer der Verfolger auf dem Wehrgang, würden sie ein nicht zu verfehlendes Ziel abgeben. Aber sie hatten Glück. Im Chaos, der beim Einzug des Heeres durch das Georgstor entstand, konzentrierte sich alles auf die Stadt und die darüber thronende Wartburg, von der noch die landgräfliche Flagge wehte. Niemand achtete darauf, dass zwei einzelne Personen vom Ufer des Hörselmühlgrabens hastig über die Wiesen Richtung Norden rannten. Wenn sie den Waldrand unbehelligt erreichen würden, hatten sie gute Chancen, der Rache der Eroberer zu entgehen.

Die Freifläche hatten die beiden Flüchtenden gerade glücklich hinter sich gebracht, nun durchquerten sie eine Plantage von Obstbäumen. Es mochten nur noch gut zweihundert Meter bis zum Wald sein, als sie Hufschläge vernahmen. Die winterkahlen Bäume boten kaum Schutz, so versuchten sie sich hinter einem Reisighaufen zu verbergen. Waren ihnen die Verfolger auf den Fersen oder durchzogen braunschweigische Söldner in der Hoffnung auf Beute die Gegend?

Die Hufschläge kamen näher, es mussten zwei Reiter sein. Dietmar und Siegfried umklammerten ihre Dolche, sie waren ihnen als einzige Waffen geblieben. Die Anspannung wuchs. Nicht weit von ihnen hielten die beiden Reiter. Es waren in der Tat zwei feindliche Soldaten, aber offensichtlich waren sie nicht an Dietmar und Siegfried interessiert oder hatten sie nicht entdeckt. Sie blickten in eine völlig andere Richtung, irgendetwas erregte ihre Aufmerksamkeit.

Dietmar hob vorsichtig den Kopf über den Reisighaufen, jetzt stiegen beide von den Pferden und näherten sich von zwei Seiten einem Baum. Vielleicht konnte man ihnen ja die Pferde stehlen. Plötzlich sah Dietmar eine schmale Gestalt, die sich hinter diesem Baum versteckte. Ein junges Mädchen war das Objekt der Begierde der beiden Söldner. Das arme Ding rannte dem anderen in seiner Panik genau in die Arme. Und schon packte er sie am Kleid. Laut kreischend versuchte sie, sich seinem Griff zu entziehen. Aber er warf sie zu Boden und griff nach ihren Beinen. Sie strampelte und trat aus wie ein junges Fohlen. Offensichtlich steigerte das noch das Vergnügen der beiden Kerle.

Während der eine versuchte, die Wildkatze festzuhalten, klopfte sich der andere vor lachen auf die Schenkel. Schließlich vergrub das Mädchen seine Zähne in den Arm des Mannes. Der Biss war so tief, dass Blut herausquoll. Vor Schmerz aufheulend donnerte ihr der Soldat seine Faust mitten ins Gesicht. Das Mädchen blieb benommen am Boden liegen. Der zweite legte schließlich die Schenkel des Mädchens frei, das sich nicht mehr wehrte. Dann legte er seinen wollenen Überwurf sowie eine um den Körper gewickelte Decke ab und nestelte an seiner Hose, der andere verband sich währenddessen notdürftig den Arm mit einem Fetzen Stoff.

Dietmar und Siegfried suchten nach einer Möglichkeit, dem Mädchen zu helfen. Wenn sie die zwanzig Meter zwischen sich und der Gruppe zurücklegen könnten, ohne entdeckt zu werden, hatten sie Aussicht auf Erfolg. Leise schlichen sie sich heran. Noch zehn Meter, noch fünf, noch drei. Plötzlich drehte sich der Verletzte um, er spürte wohl die Gefahr. Siegfried warf sich auf ihn und drückte ihn durch den Aufprall zu Boden. Beide wälzten sich, heftig miteinander ringend, umher.

Dietmar hatte es da einfacher. Der andere Soldat kniete über dem Mädchen und wollte gerade in sie eindringen, als er ihn angriff. Die heruntergelassene Hose behinderte den Kriegsknecht beim Aufstehen. Dietmar trat ihm mit seinem Schaftstiefel mitten ins Gesicht, sodass es knirschte. Dann stieß er ihm ohne zu zögern seinen Dolch in die Brust. Mit einem kurzen Röcheln hauchte der Kriegsknecht sein Leben aus.

Anschließend wollte Dietmar Siegfried unterstützen, aber dieser hatte soeben dem Söldner die Kehle durchgeschnitten. Sie schauten sich rasch um, doch niemand sonst war in der Nähe. Sie nahmen Umhänge und Waffen der Toten an sich. Vor allem die Kleidung würden sie gegen ihre völlig durchnässten Sachen austauschen. In der winterlichen Kälte hätten sie sich sonst den Tod geholt. Leider waren die Pferde bei dem Handgemenge durchgegangen.

Das Mädchen war wieder zu sich gekommen und wirkte völlig verstört. Sie sah fürchterlich aus, eine Gesichtshälfte schwoll rasch blau an. Sie hatte die Situation noch nicht begriffen. Als Dietmar ihr aufhelfen wollte, versuchte sie sich zu wehren. Aber sie war zu schwach. Ohne großen Widerstand ließ sie sich von Dietmar unter den Arm klemmen. Dann beeilten sie sich, in die Wälder zu gelangen, bevor weitere Söldner auftauchten.

Schließlich hatten sie den Waldesrand erreicht und drangen in das Dickicht vor. Völlig erschöpft sanken sie bei einem Felsüberhang zu Boden. Das Mädchen war noch ziemlich benommen von dem Faustschlag des Söldners, begriff aber zunehmend, dass ihr keine Gefahr mehr drohte. Siegfried schnappte nach Luft, seine am Georgstor erlittenen Verletzungen und die Anstrengungen beim Kampf mit dem Kriegsknecht hatten ihn doch geschwächt. Jetzt, wo sie fürs Erste in Sicherheit waren, kroch die Kälte in ihnen hoch.

Dem Mädchen drückte Dietmar die erbeutete Decke in die Hand. Sie kauerte sich wortlos nieder und wickelte sie sich um den Körper. Ihre beiden Retter mussten jedoch jetzt schleunigst ihre Kleider wechseln. Dietmar und Siegfried zogen ihre Oberbekleidung aus und hängten sie an einen Ast. Dietmar besah sich noch die Verletzungen seines Freundes. Es handelte sich um kleinere Abschürfungen an der Seite, die bereits mit frischem Schorf überzogen waren, und eine Fleischwunde am linken Arm. Beide warfen sich die Umhänge über und versuchten sich damit notdürftig zu wärmen. Ein Feuer zu entzünden wagten sie nicht, es könnte sie verraten. Das Beste würde sein, die Dämmerung abzuwarten.

Der Einzug der Herzogin in Eisenach gestaltete sich zu einem großen Triumph. Die wenigen Toten, die es gegeben hatte, waren sämtlich Soldaten des Landgrafen, die eigentlich die Tore verschlossen halten sollten. Man schob sie einfach beiseite. Mit Pfeifen und Fanfarenklängen marschierte man durch die Straßen in Richtung Markt.

Assistiert vom Sekretär des Schultheißen und weiteren Anhängern hatte dort Friedrich von Frankenhausen bereits den Steinhof in Besitz genommen. Im Hof lagen mehrere Tote, darunter auch Schultheiß Werner und seine gesamte Familie. Man hatte ihnen die Schädel eingeschlagen. Heinrich von Welsbach und die übrigen Markzoller kamen hinzu und waren entsetzt ob der Freveltat.

Auf die freie Fläche vor der Georgskirche hatte man aus dem Steinhof eilends mehrere Schemel des Schultheißen geschleppt. Unter den Jubelschreien der Menge, begleitet von Albrecht dem Großen von Braunschweig und ihrem jungen Sohn Heinrich, schritt Sophie auf die thronartig aufgereihten Sitzplätze zu. Die drei wurden eskortiert von mehreren Rittern, darunter Gumpert von Hohenfels und Kuno von Fürstenstein, der verschlagene Burgmann des Herzogs von Braunschweig. Die jubelnde Menge hielt gebührenden Abstand zu den hochadeligen Herren.

An Sophies Gesichtsausdruck erkannte man ihre Genugtuung und Dankbarkeit für den Augenblick. Hier in der Stadt, wo sie aufgewachsen war, wo sie als Kind gespielt hatte, wo sie Zeugin der Wohltaten ihrer Mutter wurde, hier sollte sie wieder Herrscherin sein! Auch wenn die Wartburg sich noch nicht ergeben hatte, für sie war es nur eine Frage der Zeit, bis auch ihr Geburtsort in ihren Besitz kam.

In vorderster Reihe der Menge standen Heinrich von Welsbach, sein Bruder Giseler, Friedrich von Frankenhausen und einige weitere brabantinische Markzoller. Jetzt, wo die Menge ruhiger wurde, knieten die Städtebürger jeweils mit dem rechten Knie nieder, nahmen ihre Kopfbedeckungen ab und bezeugten so der Herzogin ihre Ergebenheit.

Sophie bedeutete mit einer Handbewegung, dass sie die Huldigung annahm. Sodann erhob sie sich und hielt eine Ansprache: »Seht her, Volk von Eisenach! Ich bin gekommen, um euch, als eure rechtmäßige Herrin, von dem Joch des Markgrafen zu befreien. Ich bin die Tochter der Heiligen, und niemand kann meine Erbberechtigung in Frage stellen. Derjenige, der dennoch an der Rechtmäßigkeit meiner Ansprüche zweifelt, der möge jetzt und hier hervortreten«, sie blickte in die Runde. Dann ergänzte sie: »Oder er möge für immer schweigen!«

Niemand traute sich, auch nur ein Wort zu sagen. Einige waren überzeugt davon, dass Sophie die Ansprüche zu Recht erhob. Anderen war das egal. Das Schicksal hatte eben entschieden, so wie es der Mönch in seinen Predigten prophezeit hatte. So war der Lauf der Dinge. Nach einem kurzen Moment fuhr die Herzogin fort: »Und so nehme ich denn für den Enkel der Heiligen diese Stadt in Besitz.«

Die Menge jubelte erneut.

Friedrich von Frankenhausen wechselte, unbemerkt von den Umstehenden, einen kurzen Blick mit Kuno von Fürstenstein, dem Vertrauten des Braunschweiger Herzogs. Es war, als ob sie sich unsichtbar für andere zunickten. Friedrich beugte das rechte Knie. »Herrin von Thüringen – die Stadt sei Euch hiermit feierlich übergeben. Lasst und die neue Zeit damit beginnen, sogleich Recht zu sprechen über die gefangenen Feinde Brabants.«

Heinrich von Welsbach funkelte Friedrich wegen dessen Alleingangs böse an. Auch die anderen Markzoller waren wenig erbaut über dessen Vorpreschen. Denn die Übergabe hätte dem Höchstrangigen unter ihnen zugestanden. Und das war eben Heinrich von Welsbach.

Sophie, etwas irritiert von der Aktion, aber klug genug, sich nicht zu vorschnellen Handlungen hinreißen zu lassen, erwiderte: »Volk von Eisenach, heute wollen wir unseren Sieg feiern, morgen werden wir uns den übrigen Dingen zuwenden. Öffnet die besten Fässer! Bratet die fettesten Ochsen! Wir wollen feiern. Die Gefangenen steckt zunächst in den Turm.«

Ihre folgenden Worte gingen im allgemeinen Jubel unter. Auf den Straßen begann ein Tanzen und Lachen, es setzte großer Trubel ein.

Bevor sich Sophie, ihr Sohn Heinrich und Herzog Albrecht in den Steinhof begaben, hatten sie an die Heerführer neue Befehle ausgegeben. Sie sollten vor allem die Wartburg unter Kontrolle halten, damit kein Ausfall drohte. Die östliche Hauptzufahrtsstraße nach Eisenach sollte mit Truppen gesperrt werden.

Vereinzelt drangen Laute von den Jubelfeiern bis weit über die Stadt hinaus. Dietmar Hellgreve und Siegfried von Nazza nahmen sie mit Verbitterung zur Kenntnis. Dietmar war ein Stück den Felshang hinaufgeklettert, da man von dort einen besseren Ausblick hatte. Zwischen den Zweigen von Tannen hielt er sich verborgen und spähte in die Niederung. So musste er mit ansehen, wie die östliche Stadtseite von hin- und herreitenden braunschweigischen Soldaten kontrolliert wurde. Vielleicht hatten sie die zwei getöteten Gefährten gefunden. Nur so konnte er sich das hektische Treiben erklären, denn von landgräflichen Truppen war weit und breit keine Spur. Wohin er auch schaute, überall stand der Feind! Sie saßen regelrecht in der Falle. Selbst in ihrem Rücken patrouillierten sie auf dem Bergkamm.

Vorsichtig hangelte er sich zu Siegfried und dem Mädchen zurück. Den Umhang fest um sich gezogen, ihn fror immer noch, setzte er sich zu den beiden. Niedergeschlagen erzählte er ihnen von seinen Beobachtungen: »Wir sind rundum eingeschlossen, sämtliche Fluchtwege sind versperrt. Die Gebiete im Norden, Westen und nun auch Teile im Osten sind von den feindlichen Heerscharen besetzt. Wenn wir hier herauswollen, müssen wir nach Süden.«

Der Stadthauptmann sah seinen Freund ungläubig an. »Nach Süden? Wo die Truppen rund um die Wartburg konzentriert sind? Das wäre Selbstmord!«

Dietmar widersprach: »Es bleibt uns nur dieser Ausweg. Hier in der Umgebung sind sie durch die beiden Toten gewarnt. Wir können uns nur durch die gegnerischen Reihen nach Süden zur Wartburg oder in die südlichen Wälder durchschlagen. Niemand rechnet jetzt damit, dass jemand an dieser Stelle durchbrechen will. Man vermutet den Feind nur auf der Burg, nicht hinter sich. Unsere Vorteile sind die Dunkelheit, die Überraschung und unsere geringe Zahl. Zu dritt findet man einfacher einen Durchschlupf.«

Siegfried überlegte angestrengt. Es war ein wagemutiger Plan, doch gab es Alternativen? Hier konnten sie nicht lange bleiben. Also willigte er in Dietmars Vorhaben ein. Dem verstörten

Mädchen an ihrer Seite, das immer noch kein Wort von sich gab, erklärten sie, sie solle immer dicht bei ihnen bleiben.

Allmählich setzte die Dämmerung ein. Sie zogen ihre nach wie vor klammen Sachen an, steckten die Dolche in den Gürtel und umgriffen die erbeuteten Schwerter fest. Bei ihrem Marsch war vor allem das Freigelände, das sie am Tag glücklich überwunden hatten, gefährlich. In den Plantagen mit den Obstbäumen und Beerensträuchern würden sie sich verbergen können, auch wenn diese ob der Jahreszeit ihres Blätterkleides beraubt waren.

Alle paar Meter warfen sich die drei Flüchtlinge zu Boden und beobachteten sorgfältig ihre Umgebung. Offensichtlich glaubten die Feinde nicht, dass sich noch jemand so nah bei der Stadt aufhalten könnte. Die Wachen standen deutlich weiter weg, man konnte ihre Standorte an den entzündeten Fackeln ausmachen. Aus der Stadt schien ebenfalls keine Gefahr zu drohen, offensichtlich waren dort alle mit den Siegesfeiern beschäftigt. Anders ließen sich die Gesänge nicht deuten. So schafften es Dietmar, Siegfried und das Mädchen zu ihrer eigenen Überraschung, ungestört bis zum südlichen Waldrand zu kommen. Sie kamen etwa an der Stelle heraus, wo sich die ermordeten hessischen Ritter mit dem ebenfalls getöteten Bettler getroffen hatten.

Plötzlich hörten sie ein leises Rufen von der Seite. Die beiden Männer erhoben sofort ihre Schwerter. »Haltet ein, Hauptmann!«, zischte es aus dem Dunkel.

»Wer seid ihr?«, rief der Angesprochene in flüsterndem Ton zurück.

»Wir sind's, Tilo und Albert.«

Siegfried und Dietmar ließen erleichtert ihre Schwerter sinken, als sie sich den beiden Stadtknechten gegenübersahen, die leise aus dem Dickicht traten. Erst jetzt bemerkten sie, dass bei den beiden Wachen noch viel mehr Leute waren.

Der Stadthauptmann fragte daher: »Wen hast du noch bei dir?«

»Es sind Bürger aus der Stadt, zum Teil mit ihren Familien, und sechs weitere Angehörige der Stadtwache. Wir sind circa dreißig. Uns gelang fast unbemerkt die Flucht, aber jetzt stecken wir hier fest. Wir wollten von hier in die Wälder, doch weiter oben wimmelt es nur so von Soldaten. Alle Täler sind dicht.«

Siegfried und Dietmar ließen sich auf einem Baumstamm nieder, dann überlegten sie, was zu tun sei. Doch den Durchbruch wagen, mit so vielen Personen? Noch dazu, wo auch Frauen und Kinder dabei waren? Oder sollte man sich der Übermacht ergeben?

»Eine Kapitulation bedeutet den Tod. Ich sehe es noch genau, wie vor meinen Augen der Schultheiß und seine Familie von den Anhängern Friedrichs von Frankenhausen erschlagen wurden. Ihr könnt Euch also ausrechnen, dass den Flüchtlingen hier das gleiche Schicksal droht«, sagte einer der Neuangekommenen. Mutig fügte er hinzu: »Wenn es schon ans Sterben geht, dann will ich wenigstens einen der Feinde mit ins Grab nehmen.«

Die anderen murmelten zustimmend.

Friedrich von Frankenhausen – der Name klang in Dietmar Hellgreves Ohren nach. Oh, wie hasste er diesen Mann, er würde etwas dafür geben, ihn vor seine Klinge zu bekommen. Aber zunächst mussten sie sich aus dieser ausweglosen Situation befreien.

Siegfried von Nazza erkundigte sich in der Zwischenzeit nach der Bewaffnung der kleinen, wagemutigen Schar. Zum Glück war jeder irgendwie bewaffnet und wenn es nur ein Dolch war. Schließlich beschlossen sie, den Durchbruch auf die Wartburg zu wagen. Der junge Albert hatte herausgefunden, dass der Ring um die Wartburg nicht gleichmäßig stark geschlossen war. An der Seite unterhalb des Palasgebäudes standen die Wachen in größeren Abständen. Freilich war dies auch eine der Steilseiten des Berges. Selbst wenn man nicht entdeckt würde, man hatte einen beschwerlichen Aufstieg vor sich. Alles musste sehr schnell gehen. Und dann blieb nur zu hoffen, dass die Männer der Wartburg sie nicht für ihre Feinde hielten und wie die Hasen abschossen.

Siegfried und Dietmar teilten die Männer in kleine Gruppen ein. Dietmar würde die Schar anführen, die die Vorhut bildete, die Mitte setzte sich aus den Verletzten sowie den Frauen und Kindern zusammen, während Siegfried die Nachhut übernahm.

Mit aller gebotenen Vorsicht näherte man sich nun den feindlichen Linien. Zumindest die undurchdringliche Dunkelheit schien auf ihrer Seite zu sein. Dietmar wartete zunächst mit den Seinen geduldig ab, bis er die Wachen und ihre Abstände ausmachen konnte. An einer Stelle betrug die Distanz schätzungsweise zwanzig Meter, und er konnte nur zwei Männer sehen. Mit Handzeichen verständigte er sich mit Tilo. Dieser sollte den linken, er selbst wollte den rechten Söldner übernehmen. Jeder schlich mit gezücktem Dolch vor. Fast zur gleichen Zeit gelang es ihnen, von hinten an den Gegner heranzukommen, erwarteten diese doch einen Angriff lediglich von der Burgseite. Der Tod ereilte sie schnell und geräuschlos. Ohne zu zögern setzten sich die Flüchtlinge den Berg hinauf in Bewegung.

Plötzlich ertönte hinter ihnen ein Schrei, sie waren entdeckt! Dietmar brüllte in die Nacht: »Lauft, lauft um euer Leben ,..!« Das Häuflein hastete keuchend den Berg hinauf, mancher rutschte aus und krabbelte auf allen Vieren den Hang hoch.

Die Gruppe um Siegfried von Nazza stürzte sich bereits auf die alarmierten Gegner. Sie verschafften so der übrigen Schar einen Vorsprung. Es entbrannte ein mörderischer Kampf. Schwerter schlugen aufeinander ein, Todesschreie wurden ausgestoßen, Blut spritzte nach allen Seiten. Dietmar sah, wie sein Freund mit zwei Feinden zugleich kämpfte, und sprang den Hang wieder ein Stück hinunter. Sein Schwert bohrte sich durch den Körper des vorderen Angreifers. Inzwischen hatte Siegfried dem andern eine schwere Verletzung zugefügt und dieser fiel um.

Die kurze Pause nutzen beide und kletterten den Hang hinauf. Jeder musste jetzt versuchen, sich auf eigene Faust durchzuschlagen. Sie hatten auf diese Weise ungefähr zehn, fünfzehn Meter gutgemacht, als Dietmar einen Schrei neben sich vernahm. Er sah Siegfried zu Boden sinken, eine Stoßlanze war in seine linke Seite eingedrungen und ragte aus der anderen wieder heraus. Über ihm stieß ein hessischer Söldner einen Kriegsruf aus. Wie war der hierhergekommen?

Dietmar erhob das Schwert, um seinem Freund erneut beizustehen. In diesem Moment traf den Gegner jedoch ein Schwertstreich von hinten. Mit letzter Kraft hatte Tilo ihn geführt, der selbst durch einen Armbrustbolzen verwundet war. Gemeinsam schleppten und zogen sie den Hauptmann den Berg hinauf. Immer wieder zischten Pfeile und Armbrustbolzen um sie herum. Es war wie ein Wunder, dass kein weiterer traf, denn einige aus ihrer Schar sahen sie tot am Hang liegen. Je mehr Höhe sie erklimmen konnten, umso weniger Geschosse umschwirrten sie. Heftig keuchend verschnauften sie einen kurzen Moment. Niemand der Feinde wagte offensichtlich, ihnen zu folgen.

Hoch oben über der Stadt auf der Wartburg standen auf dem nordwestlichen Wehrgang, der nur durch eine sehr tiefe und breite Schlucht von den Mauern des Metilsteins getrennt war, Rudolf von Vargula, Ludwig von Wangenheim, Ludwig von Brandenburg sowie weitere Ritter, die zur Verteidigung befohlen waren.

Der alte Rudolf war ganz in ein eisernes Kettenhemd gekleidet. Lediglich sein Gesicht, sein weißer Vollbart und wenige Strähnen des Haarschopfes schauten aus der aus vielen kleinen Ringen bestehenden Kapuze hervor. Sein Blick ruhte abwechselnd auf der eroberten Stadt und dem hessischen Banner auf der Burg gegenüber. Immer wieder schlug er seine ebenfalls gepanzerte Faust auf die Zinnenoberkante und ließ seinem Unmut freien Lauf. »Dieser Treffurter Verräter da drüben! Der Teufel möge ihn holen!«

»Verlasse dich darauf, das wird er, und wenn ich der Teufel persönlich bin!«, pflichtete ihm sein hochgewachsener, auch in ein Kettenhemd gehüllter Nachbar zur Linken, Ludwig von Wangenheim, bei.

»Zunächst werden wir uns auf die Verteidigung der Burg konzentrieren. Ludwig, du inspiziert nochmals alle Vorräte, Waffen und Leute, damit wir wohl gerüstet sind für einen zweiten Angriff.«

»Meine Leute sind schon dabei.«

Rudolf legte seine eisenbewehrte Hand auf die Schulter des Mitstreiters und Freundes. »Ich wusste, dass ich mich auf dich verlassen kann.« Dann drehte er sich um und fragte seinen rechten Nachbarn: »Ist der Bote zum Landgrafen schon weg?«

Ludwig von Brandenburg nickte.

Obwohl es bereits tiefe Nacht war, hatte Rudolf immer wieder die Vorbereitungen zur Verteidigung kontrolliert. Erst jetzt war er zufrieden. Auf den Mauern der Wartburg patrouillierten nun doppelt so viele Wachen. Und er würde sich so lange hier halten, bis das Heer der Landgrafen den Gegner in die Flucht schlug. Die Wartburg war so hoch gelegen, die Hänge so steil, dass sich die Belagerer hier nur blutige Köpfe holen würden. So wie die ersten Dummköpfe, die es versucht hatten, und deren Leichen am Hang verstreut lagen. Als er nochmals einen Blick auf die tief unten liegende Stadt warf, sah er, wie überall Feuer von den Siegesfeierlichkeiten kündeten. Auch drangen gedämpfte Laute bis hier hoch.

Plötzlich konnte man leise Rufe vom Burgtor vernehmen. Sofort setzte rege Betriebsamkeit in der Burg ein. Beabsichtigte man etwa einen nächsten kühnen Handstreich gegen die Burg?

Ein Burgmann ging auf den alarmierten Rudolf von Vargula zu, der gemeinsam mit Ludwig von Wangenheim zum Tor der Vorburg eilte.

»Da stehen mehrere Leute vor dem Tor und verlangen Einlass in die Burg. Sie sagen, es seien Verwundete bei ihnen.«

Rudolf befahl dem Burgmann: »Alfred, fragt die Leute, wer sie sind! Aber schreit nicht zu sehr in der Gegend herum. Die auf dem Metilstein sollen nicht unbedingt mitbekommen, was hier passiert.«

Kurz darauf berichtete der Burgmann: »Es sind der Dietmar Hellgreve und mehrere Leute aus der Stadt.«

Rudolf von Vargula trat persönlich zur Wehrmauer und spähte vorsichtig – schließlich könnte es sich auch um eine Falle handeln – hinunter. »Wenn du der Markzoller Hellgreve bist, dann tritt hervor, damit ich dich erkennen kann.«

Dietmar stellte sich auf den Vorplatz am Tor, sodass sein Gesicht einigermaßen im Mondlicht erkennbar war. Hinter ihm sah man einige Gestalten, die erschöpft auf den Platz drängten.

»Herr, wir sind hier circa zwanzig Mann, einige, darunter Hauptmann Siegfried von Nazza, sind schwer verwundet. Lasst uns ein, wir brauchen Hilfe!«

Rudolf war sich zwar sicher, dass man Dietmar Hellgreve trauen kann, dennoch traf er Vorkehrungen, dass das Tor sofort geschlossen werden konnte, sollte es sich um eine Kriegslist handeln. So wurden hinter dem Tor und auf den Zinnen Bogen- und Armbrustschützen postiert. Außerdem standen vier Knechte bereit, um das Tor sofort zu schließen.

Vorsichtig öffnete man die kleinere Schlupfpforte. Unter Mithilfe zweier Knechte wurde der Graben mittels eines schmalen, provisorischen Steges überbrückt, denn die Holzbrücke am Tor hatte man gänzlich abgebrochen. Dietmar schob seine Mitstreiter, einen nach dem anderen, zur Toröffnung. Unter ihnen war das Mädchen, das sie unterwegs aufgelesen hatten und das eine Familie unter ihre Fittiche genommen hatte. Als Letzter folgte er selbst. Er stützte seinen Freund Siegfried, der seinen rechten Arm um seine Schulter geschlungen hatte, während Dietmar bemüht war, ihn in die Burg zu zerren. Hinter ihnen schloss man sofort das Tor.

Rudolf ließ die Verletzten auf der Stelle in einen der beheizbaren Räume des Palas bringen und befahl den heilkundigen

Bader, der sich in der Burg aufhielt, dorthin. Ein paar Mägde sollten ihm zur Hand gehen.

In einem Nebenzimmer des Palas berichtete Dietmar den Gefährten Rudolfs, was in der Stadt geschehen war, dass man den Schultheißen ermordet hatte und wie sie gerade noch hatten fliehen können. Dann schilderte er ihr Zusammentreffen mit den Eisenacher Flüchtlingen und ihren Durchbruch durch die Reihen der Belagerer. Trotz aller Tapferkeit hatten sie dabei über zehn Leute verloren, und Siegfried von Nazza war schwer von einem Spieß getroffen worden.

»Vier von ihnen sind Angehörige der Stadtwache, an ihren Wunden könnt Ihr sehen, dass sie sich wacker gewehrt haben. Der Rest sind Bürger, die auf der landgräflichen Seite standen und vorsorglich das Weite gesucht haben.«

Als Rudolf von Vargula Dietmar einen Raum in der Vorburg zuweisen wollte, winkte dieser ab. Er wollte sich lieber zu seinem Freund begeben und sehen, dass dieser genas.

Nachdem Dietmar den Raum verlassen hatte, sagte Rudolf zu den anwesenden Rittern: »Ein paar mehr von solchen Bürgern, und mir wäre vor einem Krieg mit den Hessen nicht bange. Der Hellgreve gefällt mir besser als manche Ritter in diesen Landen mit ihrer verkommenen Moral.« Immer noch wütend dachte er an den Verrat Friedrichs von Treffurt.

Dann fügte er hinzu: »Die Wachen sind eingeteilt, daher begebt euch alle zu Bett. Uns stehen harte Zeiten bevor.« Er selbst beabsichtigte, in der Burgkapelle noch ein Gebet für ihr Kriegsglück zu sprechen. Vielleicht war es ein Fingerzeig Gottes, dass nicht alle landgräflichen Anhänger gemeuchelt worden waren und ein paar Aufrechten die Flucht in die Burg gelungen war.

22

Am nächsten Morgen wurde im Steinhof in Eisenach im engsten Kreis Kriegsrat gehalten. Sophie, die in der Mitte der großen Tafel Platz genommen hatte, wo sonst der landgräfliche Schultheiß zu sitzen pflegte, schaute ihren Nachbarn zur rechten, den braunschweigischen Herzog, der gerade das Wort führte, aufmerksam an. Albrecht von Braunschweig war in Kriegsrüstung mit einem Kettenhemd gekleidet, über das ein weißer leinener Umhang mit dem braunschweigischen Wappen – zwei goldene Leoparden auf rotem Grund – geschlagen war. Er saß auf einem etwas niedrigeren Schemel als die anderen, da er wegen seiner ungeheuren Körperlänge sonst nicht die Beine unter die Tafel gebracht hätte. Dennoch überragte er noch im Sitzen alle anderen fast um Hauptеslänge. Am Ende der Tafel hatte der Überläufer Friedrich von Treffurt einen Schemel zurechtgerückt.

Herzog Albrecht sagte gerade: »Ich glaube, wir sollten die Kräfte teilen, ein größeres Kontingent zieht weiter Richtung Erfurt. Nur wenn wir die Landgräflichen ordentlich beschäftigen, können wir sie zunächst von hier fernhalten. In der Zwischenzeit müssen wir unsere Positionen sichern. Das heißt, Ihr müsst die Wartburg bezwingen. Damit hätten wir eine feste Basis.«

Sophie wiegte ihren Kopf hin und her. »Ich denke, Ihr habt mit Eurer Kriegstaktik recht.«

Gumpert von Hohenfels, Sophies Heerführer, gab dennoch zu bedenken: »Aber die Belagerung müsste dann, außer mit den hessischen Rittern, auch mit den Eisenacher Bürgern geführt werden. Und ich weiß nicht, ob wir ihnen wirklich trauen können.«

»Aber sie haben Euch doch erst den Weg bereitet. Ohne sie hättet Ihr die Stadt nicht in Euren Besitz gebracht«, mischte sich Kuno von Fürstenstein in die Debatte ein. »Ihr solltet Euch an den angesehenen Bürger Friedrich von Frankenhausen wenden, der wird die Bewohner der Stadt schon führen. Er war derjenige, der Euch gestern die Stadt übergab.«

Albrecht behagte nicht, dass sein Ritter, dem er immer irgendwie misstraute, plötzlich so Partei für einen Bürger der Stadt ergriff. Da steckte etwas dahinter. »Aber Kuno, habt Ihr nicht die Blicke der anderen Markzoller gesehen? Der nächsthöhere von ihnen war nicht jener Friedrich, von dem Ihr sprecht. Vielmehr war der ältere, ruhige, so besonnen wirkende, wie hieß er doch gleich, Weißbach oder so ähnlich, der Wortführer. Außerdem hat der keinen so schlechten Eindruck hinterlassen bei unserem kurzen Gespräch während des Gelages, nicht wahr Heinrich?« Albrecht blickte kurz zu dem zustimmend nickenden Sohn der Herzogin. »Wie kommt Ihr denn auf den Frankenhausen, Kuno? Tätigt Ihr schon wieder irgendwelche Geschäfte?«

»Aber nein, mein Herzog«, Kuno verbeugte sich so tief, dass eine Haarsträhne den Tisch berührte. »Ich dachte nur, er sei der Stadtvorsteher, weil er die Stadt übergab.«

Sophie sprach nun zu ihrem Verwandten, dem Herzog: »Ich glaube, Albrecht, wir werden für die Beteiligung der Bürger an der Belagerung eine Gegenleistung erbringen müssen.«

»Pah, den Pfeffersäcken Zugeständnisse machen. Erst meuchelten sie hessische Ritter und sollen dann dafür noch belohnt werden?«, protestierte Gumpert von Hohenfels lautstark am anderen Ende der Tafel.

»Nein«, sagte Sophie, »sie sollen dafür nicht belohnt werden. Wir werden schon noch herausfinden, wer die Mörder waren. Aber zunächst haben wir Wichtigeres zu tun. Die Stadt ist zwar jetzt in unserer Gewalt, aber wir müssen auch dafür sorgen, dass sie in unseren Händen bleibt. Da pflichte ich meinem herzoglichen Verwandten völlig bei.« Sophie richtete sich wieder an den langen Albrecht: »Bei Eurer Unterhaltung mit dem Markzoller Welsbach hatte der doch die Stadtverwaltung angesprochen. Was meinte er mit einem Stadtrat?«

»Er wollte eine eigene Stadtverwaltung, die sich aus den Markzollern zusammensetzt und der direkten Kontrolle des Schultheißen entzogen ist.«

»Sie wollen also die Obrigkeit abschaffen?«, erboste sich Gumpert von Hohenfels erneut.

Sophie gebot Gumpert mit einer Handbewegung zu schweigen. »Und was haltet Ihr davon, Albrecht?«

Albrecht räusperte sich. »Ich habe über die Sache ebenfalls nachgedacht. Ich meine, wir sollten den Bürgern in der Tat entgegenkommen, auch wenn die meisten hier im Raum damit Probleme haben. Wir versichern uns damit ihrer Treue. Was passiert denn schon, wenn wir ein Schöffenkolleg zulassen als Stadtrat? Ob die Steuern nun von einem Schultheißen abgerechnet werden, den wir obendrein auch noch entlohnen müssen, oder ob wir das Geld direkt vom Stadtrat bekommen, ist doch letztlich egal. Lasst den Stadtrat zu.«

»Aber seid Ihr Euch sicher, dass die Bürger dann tatsächlich auch ihre Steuern entrichten?«, fragte Kuno von Fürstenstein. »Ein fester Beauftragter scheint mir doch sinnvoller, weil er die Machtbefugnisse hat.«

Ohne auf diesen Einwand einzugehen, fuhr Albrecht fort: »Sophie, erinnert Ihr Euch, als vor drei Jahren die Bürger der Stadt Mühlhausen, die ein bis zwei Tagesmärsche nördlich von hier liegt, ihre Burg zerstörten? Damals haben wir ebenfalls erst erschrocken reagiert. Aber auch ohne die Burg entrichten sie bis heute ihre Steuern, obwohl Mühlhausen als Reichsstadt besser gestellt ist als andere Städte. Warum solltet Ihr also nicht auf das Eisenacher Begehr eingehen? Dennoch könnten wir uns eine Rückversicherung einbauen und eine eigene Burg in der Stadt errichten. Das könnt Ihr doch sehr gut mit der Belagerung der Wartburg begründen.«

Sophies Gesicht erhellte sich, die Idee war wirklich nicht schlecht. Man kam daher trotz des heftigen Widerstands Kunos von Fürstenstein überein, so zu verfahren. Dann legte man den Plan zur systematischen Belagerung der Wartburg fest. An eine Eroberung im Handstreich glaubte man nach dem gestrigen Misserfolg nicht mehr. Deshalb gedachte man, mit einer Abriegelung der Burg von der Außenwelt deren Bewohner zur Aufgabe zu zwingen, aus Hunger oder Wassermangel.

Wenige Zeit später betraten Heinrich von Welsbach, sein Bruder Giseler, Friedrich von Frankenhausen und drei weitere Markzoller als Abordnung der Stadt den Raum. Alle fünf verbeugten sich vor den edlen Herren und der Herzogin.

Sophie verkündete ihnen, dass als Erstes die Belagerung der landgräflichen Wartburg vorbereitet werden müsse. Da man die Seite nördlich der Wartburg mithilfe der Burg Metilstein kontrolliere, wolle man die südliche Seite ebenfalls befestigen, um die Nachschubwege abzuriegeln. Sie schlage daher vor, dort eine Burg zu bauen, die unter Leitung von Friedrich von Treffurt und den Eisenacher Bürgern stehen soll. Vor dem Marientor, von wo aus der direkte Fahrweg aus der Stadt zur Wartburg führte, wolle man eine weitere Burg errichten, die den Zugang sperre und mit hessischen Soldaten besetzt werde. Und um das Gebiet nördlich der Stadtmauern sicherer zu machen, denke man auch an eine Befestigung dort und an eine am Hörselberg. Die Vorschläge, mit deren Umsetzung unmittelbar begonnen werden sollte, fanden allgemeine Zustimmung.

»Und nun«, Sophie holte noch einmal Luft, »zu Eurer Stadtorganisation. Wie ich hörte, habt Ihr vorgeschlagen, das Schultheißenamt nicht mehr zu besetzen und stattdessen einen Rat zu bilden.« Heinrich von Welsbach nickte, und Friedrich von Frankenhausen sah erwartungsvoll zur Herzogin, nicht ohne dabei Kuno von Fürstenstein in seinen Blick mit einzubeziehen.

»Ich bin gewillt, Euren Vorschlag anzunehmen«, sagte die Herzogin. Während Heinrich von Welsbach und die anderen Markzoller hocherfreut waren, sprach das enttäuschte Gesicht von

Friedrich von Frankenhausen Bände. Er hatte sich so viele Hoffnungen auf das Amt des Schultheißen gemacht. Sollten all seine Anstrengungen umsonst gewesen sein?

Sophie hatte aber noch nicht geendet: »Für Euch als eigenständigen Rat soll in Zukunft auch dieses Haus, der Steinhof, gänzlich zur Verfügung gestellt werden. Ich werde mir dann eine Kemenate in der am nördlichen Rand zu bauenden Burg sichern. Doch vorerst benötigen wir die Burg zur Verteidigung der nördlichen Flanke.«

Das war ein geschickter Schachzug von ihr, dem Rat ein eigenes Domizil in Aussicht zu stellen. Einerseits signalisierte sie, dass sie es mit einer eigenständigen Verwaltung ernst meinte, andererseits band sie so die maßgeblichen politischen Kräfte der Stadt an sich. Damit kam sie ihrem eigenen Ziel, die Heimatstadt Eisenach in ihr Herrschaftsgebiet dauerhaft einzugliedern, ein großes Stück näher. Da fiel es zunächst nicht weiter auf, dass mit dem Neubau einer Stadtburg eigene Ziele verbunden waren. Auch blieb unausgesprochen, ob die Burg inner- oder außerhalb der Stadtmauer liegen sollte.

Die Markzoller waren sichtlich erstaunt über die Entscheidung der Herzogin. In ihren kühnsten Träumen hatten sie nicht damit gerechnet, so schnell die neue Verwaltung durchzusetzen. Was hatten sie deshalb für Streitigkeiten mit dem Schultheißen des Landgrafen austragen müssen. Nach den zähen Verhandlungen waren sie eigentlich davon ausgegangen, ihr Ziel erst in mehreren Etappen erreichen zu können. Diese Nachricht würde in der Stadt sicher mit Freuden aufgenommen.

»Für die Wahl Eures Rates solltet Ihr Euch verantwortlich fühlen.« Sophie zeigte auf Heinrich von Welsbach. »Ich möchte Euch bitten, alle Dinge zügig zu regeln. Wir dürfen keine Zeit verlieren.«

Heinrich von Welsbach bat um das Wort. Nachdem er für das Vertrauen gedankt hatte, meinte er: »Die Stadt wird Euch zu Diensten sein, Herzogin. Aber eine Sache müssen wir noch besprechen. Was wird aus den Gefangenen beziehungsweise auch aus jenen Bürgern, die in meinem Hause Zuflucht gesucht haben?«

Sophie antwortete nach kurzer Überlegung: »Sofern sie bereit sind, meine Macht anzuerkennen, sollen sie frei sein. Die übrigen verbannt aus der Stadt. Es soll Frieden herrschen in diesen Mauern.«

Der Markzoller gab sich damit aber nicht zufrieden: »Um verlässlichen Frieden einkehren zu lassen, Herrin, müssen wir auch klären, wie mit den geplünderten Höfen zu verfahren ist. Während wir auf den Sieg anstießen, haben sich Plünderer über die Höfe mancher Bürger hergemacht. Der Hof der Herren von Brandenburg ist sogar angezündet worden. Und in der Hellgrevenkemenate wurde sämtliches Mobiliar zerschlagen. Sollen wir die Übeltäter verfolgen lassen?«

Sophie wollte sich damit nicht weiter befassen und meinte drauf: »Das scheint mir eine Aufgabe Eures neuen Rates. Befindet selbst darüber.«

Danach verließen die Markzoller den Steinhof und wandten sich ihren Aufgaben zu.

Gumpert von Hohenfels und Heinrich von Blumenstein, die beide Sohn und Bruder in der Stadt verloren hatten, baten Sophie um eine Unterredung. Sie erwirkten einerseits die Erlaubnis, sich um die Überführung der Gebeine der beiden Toten kümmern zu dürfen, andererseits wollten sie wissen, warum Sophie keine Untersuchung nach den Mördern veranlasst hatte.

Sophie entgegnete: »Ich habe schon daran gedacht, meine Herren. Aber es war nicht der Zeitpunkt, das anzusprechen. Euch, Gumpert, brauche ich für die Belagerung der Wartburg, denn der Herzog wird mit seinen braunschweigischen Kontingenten übermorgen weiterziehen. Ihr befehligt dann unsere hessischen Truppen sowie die Bewaffneten aus Eisenach und Mühlhausen. Dafür werdet Ihr, Heinrich, Euch um die Überführung der Gebeine kümmern und mit aller gebotenen Vorsicht untersuchen, wer den Mord zu verantworten hat.«

Beide verließen nun beruhigt den Raum.

Unterdessen rekrutierten Friedrich von Treffurt und zwei Markzoller die ersten Truppen in der Stadt. Von den Baumeistern und Steinmetzen beschlagnahmten sie Material, um damit die Burgen zu errichten. Ein größerer Zug begab sich auf Umwegen zu einem Berg südlich des Wartbergs. Holzfäller begannen mit dem Abholzen des gesamten Felshügels. Steinmetze und andere Hilfskräfte vertieften mit Werkzeugen einen Graben in den Fels, der die Belagerungsburg gemeinsam mit Holzpalisaden vor Angriffen schützen sollte. Sie würden einige Zeit brauchen mit ihren einfachen Mitteln wie Hammer, Meißel und Feuer, bis die nötige Tiefe erreicht sein würde. Dennoch nannte man die Feste schon jetzt, obwohl ihre Mauern erst Stück für Stück errichtet wurden, Eisenacher Burg.

Vor dem Frauentor hatte man mit den abgeholzten Bäumen einen notdürftigen Befestigungsgürtel geschaffen. Dahinter arbeiteten fieberhaft verschiedene Mannschaften. Ein Grabensystem wurde ausgehoben, das vom Stadtgraben quer über die Zufahrtsstraße führte und wieder am Stadtgraben endete. Den Grabenaushub schüttete man zum Wall auf und baute einen hölzernen Wehrgang darauf. An der Stelle, wo die Straße unterbrochen wurde, wuchs ein hölzerner Turm in die Höhe. Neben ihm wurde ein Tor angeordnet, durch das man die Straße komplett sperrte.

In der Zwischenzeit begann man auch innerhalb der Stadtumgrenzung, an der Nordwestseite der Stadtmauer, dort wo Dietmar Hellgreve mit seinen Leuten zur Verteidigung gestanden hatte, mit der Beseitigung von Häusern. Einige der Häuser gehörten vor kurzem noch den aus der Stadt geflüchteten Bürgern, die übrigen Familien mussten in freistehende Häuser umziehen.

Götz Hellgreve, der Bruder Dietmars, konnte von seinem Hof aus sehen, wie man dort, innerhalb der Stadt, die Stellen kennzeichnete, wo ein Graben verlaufen sollte. Götz hatte ebenfalls Dienste dafür zu leisten. Heute jedoch war er damit beschäftigt, den während der Jubelfeiern geplünderten Hellgrevenhof zu reparieren. Auch Heinrich Meinradis hatte einen beträchtlichen Teil seiner Habe bei den Plünderungen verloren. Sowohl Götz als auch Heinrich waren jedoch froh, überhaupt noch am Leben zu sein. Es hätte auch anders kommen können. Sie hatten es der Gnade der Herzogin und der Fürsprache Heinrichs von Welsbach zu verdanken, dass es so glimpflich für sie abgegangen war. Das Schöffenkolleg hatte nach heftigen Diskussionen beschlossen, Leuten wie Heinrich Meinradis, Lusso oder Götz ihre Höfe zurückzugeben. Im Gegenzug verzichtete man auf die Verfolgung der Plünderer.

Götz hielt bei seinen Aufräumarbeiten inne. Er fragte sich, warum sie die Burg innerhalb der Stadtmauer und nicht außerhalb bauten? Außen hätte man die Häuser nicht abbrechen müssen, Platz wäre doch da gewesen. Merkwürdig, wollte sich hier schon der nächste Unterdrücker der Stadt einnisten? Nun, er nahm sich vor, am selben Abend Heinrich Meinradis zu befragen, der um Hilfe bei Ausbesserungsarbeiten gebeten hatte.

Es wurde Abend, als Götz Heinrich Meinradis' Haus verließ und sich auf den Heimweg begab. Die Straßen waren schon weitgehend menschenleer. Plötzlich sah er mehrere Gestalten dem Haus des Markzollers Friedrich von Frankenhausen zustreben. Instinktiv stellte er sich an die Hauswand eines der Fachwerkhäuser. Im Schatten des herauskragenden Obergeschosses blieb er dank des Dämmerlichts verborgen. So konnte er sich die Gestalten genauer betrachten. Zunächst betrat der Sekretär des ehemaligen Schultheißen das Haus, er saß wieder im Steinhof in ähnlicher Funktion. Götz ballte die Hand zur Faust, so ein Schuft! Danach folgten Herwig von Hörselgau und Hans Atze, beide vor nicht allzu langer

Zeit noch wegen Mordes gesucht. Der Vierte im Bunde war ein fremder Ritter im dunklen Gewand, dessen Gesicht Götz nicht erkennen konnte. Als dieser auf der Türschwelle stand, sah er sich nochmals um. Für einen kurzen Moment konnte Götz nun doch sein Gesicht sehen. Das war jener Ritter, der immer neben dem Braunschweiger Herzog zu finden war. Was hatte das zu bedeuten? Götz war sich sicher, dass das mit den Vorfällen um seinen Bruder zu tun hatte.

Das Heer des Braunschweiger Herzogs zog nach zwei Tagen, als alles für die Sicherung der Stadt und die Belagerung des Wartberges in die Wege geleitet worden war, Richtung Gotha und Erfurt weiter. Zunächst besetzten sie eine kleinere, nur zum Teil aus einem festen Turm bestehende Burganlage, die nicht weit von Eisenach oberhalb der alten Ost-West-Verbindungsstraße lag. In die Malittenburg genannte Turmbefestigung über dem Dörfchen Fischbach legte man Besatzungen, die jeden Nachschub für die Wartburg zusätzlich unterbinden sollten. Wenn man den großen Heereszug des Braunschweigers sah, hatte man den Eindruck, Herzog Albrecht wollte seinen Gegenspieler, den Markgrafen von Meißen, nicht nur von Eisenach fernhalten, sondern auch die Entscheidung in einer Schlacht suchen.

23

In der eingeschlossenen Wartburg orientierte sich das ganze Leben nach dem Belagerungszustand. Rudolf von Vargula hatte persönlich das Oberkommando über die Verteidigung übernommen. Zunächst teilte er entsprechend den militärischen Erfordernissen seine Männer und alle anderen wehrfähigen Burgbewohner, wozu nun auch die Schar um Dietmar Hellgreve und Siegfried von Nazza zählte, in verschiedene Gruppen ein.

Der größten Gruppe oblag die ständige Besetzung der Wehrgänge. Ihr Kommando führte der Kastellan, der eitle Ludwig von Brandenburg, der selbst in dieser wenig erbaulichen Situation modische Gewänder trug. Jeder, der eine Waffe in der Hand zu führen vermochte, hatte Wachschichten zu leisten beziehungsweise sich im Falle eines Angriffes auf einem vorherbestimmten Platz auf den Zinnen einzufinden. Auch Dietmar Hellgreve, der bis auf ein paar blaue Flecke und Schürfwunden wie durch ein Wunder bei den Gefechten unversehrt geblieben war, stand täglich mehrere Stunden hinter der Burgmauer und spähte den Felshang hinunter. Jede Veränderung, jede Bewegung des Feindes und alles, was verdächtig erschien, musste an den Kastellan gemeldet werden. Vorsicht und Wachsamkeit waren die obersten Gebote, wollte man die Feste nicht auch noch an den Gegner verlieren.

Ohnmächtig mussten die Burgverteidiger zusehen, wie südlich auf einem Felsen eine neue Burganlage mit hölzernen Türmen und Palisaden emporwuchs. Zornig ballten sie die Hände zur Faust, aber was sollten sie dagegen tun? Rudolf von Vargula sprach den Männern in solchen Momenten immer wieder Mut zu. Man solle auf die Festigkeit der Mauern vertrauen, die noch niemals von einem Feind bezwungen wurden. Die angehäuften Vorräte genügten für eine lange Belagerung. Sie würden widerstehen, wenn sie seinen Befehlen bedingungslos folgen würden. In der Tat ruhte aller Hoffnung auf dem alten Heerführer, der trotz der Gefahren nicht in die östlichen Landesteile ausgewichen war, sondern kämpfte. Rudolf hatte die Eindringlinge vor Jahren schon einmal geschlagen, und er würde es wieder schaffen. Sie mussten nur ihrer gerechten Sache vertrauen.

So wie die meisten für den Wachdienst zuständig waren, gab es auch Gruppen, die für andere Aufgaben eingeteilt waren. Köche, Mägde und das sonstige Gesinde hatten beispielsweise darauf zu achten, dass die Lebensmittel- und Wasservorräte nach Rudolfs Vorgaben rationiert wurden. Die in der Burg gehaltenen

Gänse, Hühner, Schweine und Ochsen wurden streng nach Plan geschlachtet. An Wassermangel würden sie aufgrund der Zisterne, des eigenen Brunnens und der mit Bier und Wein wohlgefüllten Keller kaum leiden müssen. Zusätzlich schmolz man die Reste von Eis und Schnee als Brauchwasser. Eine dritte Gruppe um den alten Rüstmeister, verstärkt durch ein paar Knechte beziehungsweise Leichtverletzte, sorgte sich um die Instandhaltung der Waffen. Sie schärften die Schwerter und Dolche, pflegten die Kettenhemden und schützen sie gegen Rost. Der Burgschmied verwertete alle erdenklichen Metallteile für Pfeilspitzen, Armbrustbolzen oder Stoßlanzen.

Bei einer weiteren Gruppe handelte es sich um den Bader, der sich gemeinsam mit dem Kaplan und zwei, drei Mägden um die Verwundeten kümmerte. Beim ersten Sturmangriff auf die Burg hatte man zwar keinen der Männer verloren, was man als gutes Zeichen wertete, aber einige waren beim Ausfall erheblich verletzt worden. Hinzu kamen die Leute aus der Stadt, die sich mit letzter Kraft durch die Reihen der Belagerer in die Burg geflüchtet hatten. Kaum einer hatte es ohne kleinere oder größere Blessuren geschafft. Am schlimmsten war der Stadthauptmann Siegfried von Nazza verwundet. Drei Tage kämpften der Bader und der Kaplan mit Kräuterumschlägen und Gebeten um sein Leben. Dietmar war unzählige Male an das Krankenlager des Freundes im Keller des Palas der Wartburg geeilt, teilweise schlief er neben der Pritsche. Dann wieder suchte er die Kapelle auf, um Gottes Beistand zu erbitten. Selbst Rudolf von Vargula und seine Ritter nahmen Anteil am Schicksal des Stadthauptmanns und weilten mehrfach in dem provisorischen Krankenraum.

Als sie ihn schon aufgeben wollten und kaum noch Hoffnung sahen, geschah das Wunder: Siegfried schlug für einen kurzen Moment die Augen auf. Er röchelte mit schwacher Stimme etwas, dann fiel er wieder in tiefen Schlaf. Alle wussten, was das bedeutete: Wenn er die Nacht überstand, hatten sie es geschafft. In der Nacht wurde er nicht mehr von heftigen Krämpfen geschüttelt, und das Fieber ließ etwas nach. Am Tag darauf erwachte der Hauptmann erneut in den frühen Morgenstunden. Er sagte nichts, dazu war er zu entkräftet. Nur ein Lächeln erschien um seinen Mund, als er den schlafenden Dietmar neben sich sah. Der Bader weckte den Markzoller und erinnerte diesen an seinen Wachdienst. Erleichtert ergriff er die Hand des Kranken und sagte: »Ich danke dir, Gott, dass du uns diesen Mann erhalten hast. Nun wird sich alles zum Guten wenden.«

Zuversichtlich stapfte Dietmar zum Dienst. Die Nachricht von der absehbaren Genesung des Stadthauptmanns verbreitete sich wie ein Lauffeuer in der Burg. Spontan brachen die Wachen auf den Wehrgängen in Jubelschreie aus. Man hatte mitunter den Eindruck, als hätten sie das Schicksal der Burg mit dem des Schwerverletzten verbunden. Seine Gesundung musste ein Zeichen Gottes sein. Sie mussten nur tapfer sein, dann würden sie ihre Feinde bezwingen, wie der Stadthauptmann seine schlimme Krankheit besiegte.

Die triumphierenden Rufe aus der Wartburg irritierten die Belagerer am Fuße des Berges und auf den Burgen gegenüber außerordentlich. Was hatte das zu bedeuten? War unbemerkt ein Entsatzheer herangezogen? Ein hektisches Treiben begann. Rasch wurden die Wehrgänge der Belagerungsburgen besetzt, Reitergruppen jagten auf der Suche nach einem Gegner durch die Täler. Selbst in der Stadt Eisenach wurden die Söldner alarmiert. Die Männer auf der Wartburg kommentierten diese Bewegungen mit schallendem Gelächter, was bei den Belagerern noch mehr Verwunderung hervorrief. Erst nach über einer Stunde hatte sich die Situation wieder entspannt.

Eine Woche später begann man von der Eisenacher Burg her mit der Beschießung der Wartburg durch Steinschleudern, sogenannte Bliden. Unter großen Mühen hatte man die Schleudern in Einzelteilen den Berg hinaufgeschafft und dort zusammengebaut.

Mittels eines Gegengewichts schnellte der lange Hebel mit dem Geschoss nach oben und katapultierte es in Richtung Burg. Die Geschosse, große grob behauene Gesteinsbrocken, brach man an Ort und Stelle aus dem gefrorenen Fels. Trotz mancher Treffer schienen sie an den Mauern der Wartburg außer ein paar Dellen kaum eine Wirkung zu erzielen. Schließlich stellte man die Beschießung wieder ein. Es schien den Belagerern erfolgversprechender, die Burg weiterhin von der Außenwelt abzuschneiden und zu hoffen, dass den Verteidigern die Vorräte ausgingen. Der Hunger würde sie schon irgendwann zur Kapitulation treiben.

So verstrich ohne jegliche Veränderung Woche für Woche. Es war jetzt bereits Ende Februar, und das Frühjahr kündigte sich mit vereinzelten Schneeglöckchen und Krokussen an. Siegfried von Nazza hatte große Fortschritte in seiner Genesung gemacht und war auf Rundgängen zu finden. Seit sechs Tagen übte er sich wieder mit dem Schwert. Es bereitet ihm noch Mühe, sich schnell und ohne Schmerzen zu bewegen. Aber in spätestens zwei Wochen würde auch das vergessen sein.

Sein Freund Dietmar Hellgreve sah man neben seinen Wachdiensten oft mit dem Burgkaplan im Gespräch. Es war eine willkommene Ablenkung für ihn, denn immer wieder musste er an seine Familie denken. Wie erging es wohl Katarina und Henrich? Waren sie darüber informiert, dass er in die Burg flüchten konnte? Er war sich sicher, sie waren in Waltershausen bei seinem Vetter gut aufgehoben. Aber was war aus seinem Bruder Götz geworden, was aus Lusso, Heinrich Meinradis oder Heinrich von Welsbach?

Manchmal lief er auf den Teil des Wehrganges, der den besten Blick in die zu Füßen liegende Stadt bot. Traurig spähte er hinunter, da hinten müsste die heimische Kemenate sein. In jenen Momenten verfluchte er den verdammten Krieg. Sollte das die neue, bessere Ordnung sein, die der Italiener Joachim von Fiore einstmals für das Jahr 1260 prophezeit hatte? Es war eine schlechte Vorhersage. Daran entzündete sich auch sein Disput mit dem Kaplan. Die Weissagung sei falsch gewesen, schleuderte er dem Geistlichen entgegen. Nur mit dem Vertrauen auf das Schwert würden sie ihre Lage ändern und Gottes Beistand erzwingen können. Der Kaplan entgegnete, ihr Ausharren hier sei eine Prüfung vor dem Herrn. »Die neue bessere Ordnung wird erst dann eintreten, wenn wir unseren festen und unerschütterlichen Glauben an Gott bewiesen haben. Die Feinde werden dann ihr falsches, nicht von Gott gewolltes Handeln bemerken und wieder abziehen.«

Dietmar wollte dem widersprechen, aber er hörte plötzlich ein leises Lachen hinter sich. Die beiden Streitenden drehten sich um. Rudolf von Vargula lehnte in seinem Kettenhemd an einer Säule der Kapelle, er musste ihnen die ganze Zeit zugehört haben. »Recht so, Hellgreve!«, ermunterte er Dietmar fortzufahren. »Erklär dem Kleriker, dass er ohne unser Schwert seinen Dienst an unserem Herrn im Himmel verrichten würde. Weder deine Gebete noch irgendwelche Prophezeiungen vermochten den Krieg abzuwenden. Ich vertraue momentan lieber meinen tapferen Männern als auf himmlischen Beistand.«

Während sich der Kaplan über die Blasphemie Rudolfs empörte und sich das Kreuz schlagend entfernte, staunte Dietmar über die Worte des landgräflichen Heerführers. Sie klangen in der Tat so, als verfluche er Gott. Noch ehe der Markzoller etwas dazu sagen konnte, sprach Rudolf in ernstem Ton weiter: »Ich frage mich, wie du auch, warum lässt Gott das zu? Prüfungen haben wir in diesem Land eigentlich genug gehabt, ständig herrscht irgendwo Krieg. Kaum haben wir einen Gegner in die Schranken gewiesen, zückt schon der nächste das Schwert. Keiner hält sich mehr an die Gesetze. Unter den alten Landgrafen hatte es das nicht gegeben, kein Ritter hätte es gewagt, sich gegen seinen Herrn aufzulehnen oder Kaufmannszüge zu plündern. Und die flammenden Reden der Prediger, welche Ergebnisse hatten sie? Es hat den Pöbel nur noch aufgestachelt.« Nach einer kurzen Pause seufzte Rudolf: »Ich bin alt und meine Knochen schmerzen nach jedem Gefecht. Ich werde langsam des Kämpfens müde.«

Dietmar spürte die Resignation in den Worten des alten Mannes. Er wirkte immer so stark, ja unbezwingbar. Nie steckte er auf, alle Hoffnung ruhte immer auf seiner Person. Musste etwa nun ein Städtebürger einem Ritter Mut zusprechen? War es schon so weit gekommen? Zaghaft fragte er daher: »Herr, Ihr wollt doch nicht aufgeben? Oder wie soll ich Eure Worte deuten?«

Der Greis reckte seine Glieder. »Nein, das meine ich nicht«, antwortete er. »Ich breche keinen geleisteten Eid, und ich habe niemals aufgegeben. Aber in meinem Alter denkt man über die Welt anders als du. Es gab gefährliche Situationen, die ich, ohne zu beten oder an Gott zu denken, glänzend gemeistert habe. Und es gab Momente, in denen trotz meines Flehens zum Allmächtigen mein Ansinnen nicht erhört wurde. Meine Kriegserfahrung und mein Gefühl sagen mir auch, dass den jetzigen Kampf nur ein kraftvoll geführtes Schwert entscheiden kann. Es verlangt mich nicht nach einem Gebet, ist das nicht seltsam? Darüber grübele ich schon lange. Ich vermag bislang keine richtige Antwort darauf zu geben. Sind diese offenen Fragen Gottes Strafe für meine Sünden? Was verlangt er als Buße von mir?«

Dietmar musste dem Mann beipflichten, manche Begebenheiten auf dieser Welt waren schon seltsam und schwer erklärbar. Wie dieser Krieg. Zur Beschwichtigung meinte er: »Lasst Euch in Eurem Gottvertrauen nicht erschüttern, Herr. Denkt an die wundersame Genesung Siegfrieds. Ihr werdet die Antwort schon finden. Aber in unserer gegenwärtigen Situation solltet Ihr nach dem Motto verfahren: Gott hilft nur dem Tüchtigen.«

Der alte landgräfliche Ritter löste sich von der Säule, an die er noch immer gelehnt stand, ein Ruck ging durch seinen Körper, und er wirkte plötzlich wieder gefasst. Die Nachdenklichkeit, die Selbstzweifel waren wie weggeblasen als er in befehlsgewohntem Ton sagte: »Ich habe für morgen eine Beratung festgelegt. Neben den Rittern sollst du mit deinem Freund Siegfried teilnehmen. Es ist an der Zeit, etwas gegen unsere Feinde zu unternehmen. Die haben mir zu wenig zu tun und wiegen sich in Sicherheit. Das ist gar nicht gut. Also bis morgen, Hellgreve!«

Am nächsten Tag wurde im Speisesaal des Palas der Wartburg eine Tafel hergerichtet. Trotz der Rationierung der Lebensmittel hatte Rudolf von Vargula angeordnet, ein wenig Brot, Dörrobst und etwas Wein aufzutragen. Zum Kriegsrat hatte man die Ritter der Burg, den Rüstmeister, den Beauftragten für die Lebensmittel sowie Dietmar und Siegfried eingeladen.

Zunächst ließ sich der Befehlshaber Rapport über die vorhandenen Vorräte erstatten. Bislang hatte keiner in der Burg Hunger gelitten, und bis auf ein paar Hühner hatte man kein Vieh schlachten müssen. Die Ernährung würde zwar etwas einseitig werden, aber man könnte ohne Probleme noch ein halbes Jahr durchhalten. Diese Information hatte eine beruhigende Wirkung und stärkte die Zuversicht des Kriegsrates.

Aber Rudolf hatte noch eine große Überraschung für die Anwesenden parat. Auf sein Zeichen hin wurde plötzlich die Tür zum Nebenraum geöffnet, und ein Bauer betrat den Saal. Wie war er hierhergelangt? Es stellte sich heraus, dass es sich um einen verkleideten Boten des Landgrafen handelte, der des Nachts unbemerkt zur Burg durchgekommen war.

Die Ritter bedrängten den Ankömmling aufgeregt, seine Nachrichten zu verkünden. Keiner zweifelte daran, dass er gute Kunde brachte und der Entsatz unmittelbar bevorstand. Seit fast zwei Monaten hatten sie keine Informationen von außen mehr erhalten. Jetzt würden sie erfahren, wie es in dem Krieg stand. Waren die landgräflichen Truppen schon im Anmarsch? Welche Orte hatten sie bereits zurückerobert? Jeder rief eine Frage, die ihm auf den Nägeln brannte, in den Raum. Das Stimmengewirr machte es schwer, zu unterscheiden, wer welche Frage gestellt hatte. Rudolf von Vargulas Stimme übertönte schließlich alle, er bat um Ruhe. Dann gebot er dem Abgesandten, mit seinem Bericht zu beginnen. Dieser verbeugte sich kurz und schilderte die Ereignisse der letzten Monate.

Die Situation um Eisenach hatte sich noch immer nicht grundlegend geändert. Das Heer Albrechts von Braunschweig, den diplomatische Angelegenheiten in seinen Stammlanden zur Rückkehr in seine Residenz zwangen und der seinen Rittern die Leitung über den Feldzug anvertraut hatte, war es zwar gelungen, bis in die Nähe von Erfurt vorzustoßen. Aber dort wurde er von den Truppen unter Führung des Grafen Hermann von Henneberg und der beiden Söhne des Markgrafen von Meißen, den Landgrafen Albrecht und Dietrich, wieder zurückgedrängt. Es kam zwar nicht zu einer Feldschlacht zwischen den Heeren, dennoch waren die Verluste auf beiden Seiten erheblich. Albrecht von Braunschweig hatte leider sein Ziel erreicht, die landgräflichen Truppen möglichst weit von Eisenach fernzuhalten. Diesen fehlte momentan die Stärke, um zum großen Gegenschlag auszuholen. Auch verfolgten sie das Ziel, durch Verzögerungstaktik und Vermeidung einer offenen Feldschlacht das braunschweigische Heer zur Umkehr zu zwingen. Denn dieses hatte, um die eigene Versorgung zu sichern, die Gebiete links und rechts seiner Marschroute geplündert, jetzt musste es genau in diesen Regionen aushalten. So wurden die Vorräte immer knapper, und die Nachschubkolonnen mussten immer größere Wege zurücklegen. Es war nur eine Frage der Zeit, bis sie gezwungenermaßen abziehen mussten.

In den Gesichtern der Kriegsräte wich bei diesen Worten das Lachen der Ernüchterung. So schnell würden sie die Verbündeten also nicht erreichen, sie mussten weiter durchhalten. Doch wie lange?

Ludwig von Wangenheim fand als Erster die Sprache wieder. Er ging direkt auf den Boten zu, blieb vor ihm stehen und sprach mit ernster Stimme: »Beantwortet mir nur eine einzige Frage: Hat unser Herr die Wartburg aufgegeben?« Jeder der Anwesenden wusste, worauf Ludwig kühn anspielte. Schließlich musste die Burg in der Nachbarstadt Creuzburg kapitulieren, weil keinerlei Aussicht auf Hilfe landgräflicher Truppen bestand. Keiner hatte es bislang offen ausgesprochen, aber manche hielten dieses Verhalten für Verrat. Hatte man sie hier auch schon aufgegeben?

Der vermeintliche Bauer bemühte sich mit Nachdruck, den Verdacht zu entkräften. Mit einem energischen Kopfschütteln erwiderte er: »Keinesfalls Herr! Im Gegenteil, die Burg ist der wichtigste Eckpfeiler für die Rückeroberung. Diese muss jedoch, soll sie ein Erfolg werden, sorgfältig vorbereitet werden. Ich kann Euch sogar beweisen, dass es die beiden Landgrafensöhne ernst meinen. In den südlichen Wäldern zwischen Eisenach und Waltershausen hat Hermann von Henneberg in ihrem Auftrag Bewaffnete zusammengezogen. Sie sollen zu Eurer Verstärkung hier in die Wartburg gebracht werden. Sie führen auch einen Vorrat an Lebensmitteln bei sich. Ihren Einzug in die Burg zu schaffen, scheint mir nicht mehr so schwer, denn die Gegner mussten den Belagerungsring deutlich lockern. Oder warum meint Ihr, konnte ich unbemerkt in die Burg gelangen?«

Er hatte recht. Bereits vor einer Woche meldeten die Wachen, dass nicht mehr alle Seiten rund um die Burg ständig von den Feinden kontrolliert wurden. Rudolf ließ diese Stellen seither Tag und Nacht beobachten. Er plante jetzt Ausfälle aus der Burg, deshalb hatte er zum Kriegsrat gerufen.

Der Burgkastellan Ludwig von Brandenburg meinte nun, an den alten Ritter und Oberbefehlshaber gewandt: »Mit noch mehr Kämpfern werden wir die Bande da unten richtig beschäftigen.

Rudolf antwortete nicht sogleich, obwohl alle auf ein Wort von ihm warteten. Er hatte anderes im Sinn und ließ sich zunächst vom Boten genauestens erklären, wo er feindliche Truppen gesehen hatte und welche Gebiete fest in landgräflicher Hand waren. Es stellte sich heraus, dass eine regelrechte Pattsituation entstanden war. Nur ein schmaler Streifen bis kurz vor Erfurt wurde vom Gegner kontrolliert. Dagegen vermochte dieser nicht, sich weiter nördlich oder südlich festzusetzen. Der erfahrene Heerführer erkannte sofort, darin lag ihre Chance. Sie mussten einen dauerhaften Zugang zu diesen Territorien herstellen. Darum entwickelte Rudolf, den man wegen seiner taktischen Schachzüge nicht zu Unrecht für einen alten Fuchs hielt, schon im Geiste einen kühnen Plan.

Alle Augen der Anwesenden ruhten auf dem weißhaarigen Ritter. An der plötzlichen Stille im Raum spürten sie, wie dieser alle Argumente für und wider seinen Plan gegeneinander abwog. Mit Spannung warteten sie auf das, was er zu sagen hatte. Schließlich kratzte er sich den dichten Bart und erklärte: »Wir werden nicht nur einen Ausfall wagen, sondern so wie unsere Feinde auch eigene Befestigungen errichten.«

Ein Raunen ging jetzt durch den Saal, keiner wäre je auf eine solche verwegene Idee gekommen, vermutlich auch ihre Belagerer nicht. Dann weihte der Heerführer alle in seinen Plan ein. Jeder der Anwesenden erhielt eine genaue Aufgabe. Bei einem Ausfall sollten Ludwig von Wangenheim, Ludwig von Brandenburg, Siegfried von Nazza und Dietmar Hellgreve die Wartburg verlassen. Ludwig von Wangenheim und Ludwig von Brandenburg hatten sich zu den in den Wäldern verborgenen Bewaffneten, von denen der Bote berichtete, zu begeben. Die Schar sollte sich teilen und dem Kommando der beiden Ritter unterwerfen.

Die Familie Ludwigs von Wangenheim hatte vor über zehn Jahren einmal unterhalb des Hörselberges eine Burg gebaut. Man nannte sie nach dem abgeholzten Hügel Kahlenberg. Auf Befehl des Landgrafen wurde sie später wieder abgebrochen, aber ruinöse Mauerreste standen noch. Sie würde somit rasch wieder in einen verteidigungsfähigen Zustand versetzt werden können. Dazu sollte die Gruppe um Ludwig den strategisch wichtigen Punkt erobern und halten. Von dort aus konnte die Straße im Tal kontrolliert werden, und die Burg ermöglichte den Zugang zu den nördlichen, feindfreien Gebieten.

Die weitaus schwierigere Aufgabe oblag Ludwig von Brandenburg. Obwohl die Belagerer sich bemühten, den Ring um die Wartburg geschlossen zu halten, blieb immer eine kleine Lücke im Nordosten. Genau dort hatte man einen Platz entdeckt, der es ermöglichte, einen der verschlungenen Zuwege zur Wartburg zu kontrollieren und zur Not zu sperren. Eine Anlage dort würde sowohl Kontakt zur Burg Kahlenberg als auch zu den südöstlichen Territorien ermöglichen.

Die Schwierigkeit bestand aber darin, dass der Platz in Windeseile befestigt werden musste. Da es sich um einen kleinen Bergsporn mit Steilhängen an drei Seiten handelte, plante man zunächst, den Sporn durch vorgefertigte Palisadenwände provisorisch zu sperren. Dahinter sollte dann ein Graben ausgehoben und zum Wall aufgeworfen werden. So entstünde die eigentliche Burg in zwei Etappen. Da der Feind das Ansinnen unter allen Umständen verhindern würde, musste die Besatzung der Wartburg einen Ausfall unternehmen.

Sollten diese beiden Unternehmungen von Erfolg gekrönt sein, folgte die zweite Etappe. Deren Verwirklichung oblag Siegfried von Nazza und Dietmar Hellgreve. Sie hätten die Versorgung der Wartburg, der kleineren Holzburg im Nordwesten und des Kahlenberges abzusichern. Mit den Worten »du bist Händler und weißt zu organisieren« wies Rudolf von Vargula den Markzoller in seine Aufgabe ein. Dietmar musste Lieferungen von Lebensmitteln, aber auch den Nachschub an Waffen und Knechten zusammenstellen. Er bekam dazu die ausdrückliche Ermächtigung, sich die notwendigen Dinge zur Not mit Gewalt zu verschaffen. Nach den vorliegenden Informationen war die Stadt Waltershausen nicht von den gegnerischen Truppen besetzt, sie sollte daher als Anlaufpunkt dienen. Als der landgräfliche Ritter Dietmar dies mit einem Augenzwinkern eröffnete, hatte dieser Mühe, seine Freude zu unterdrücken. Schließlich würde er so seine Frau und seinen Sohn wiedersehen können, diese Aussicht spornte seinen Ehrgeiz ungemein an. Siegfried von Nazza übernahm nicht zuletzt die Verantwortung für eine kleine, verwegene Gruppe von Rittern, die die Transporte in die Burgen organisierte. Ein riskantes Unterfangen, aber die Lebensader für die Verteidiger.

Nachdem der listige Heerführer seinen Plan bis ins Detail erläutert hatte, blieben ihm die anerkennenden Blicke der Anwesenden nicht verborgen. Aber es war nicht nur Anerkennung, er glaubte auch, Zuversicht, Mut und Entschlossenheit zu erkennen. Rudolf würde es niemals offen zugeben, doch seine Mitstreiter erfüllten ihn mit ungeheurem Stolz. Mit diesen Tapferen wollte er gern in seinen letzten Krieg ziehen, mit diesen Tapferen musste einfach alles gelingen.

24

Der Ausbruch der drei Ritter und des Markzollers aus der Wartburg war für den zweiten Tag nach dem Kriegsrat festgelegt. Es herrschte noch tiefe Nacht, und von der Morgendämmerung kündete keine Spur, als sich die gesamte Besatzung der Burg im Hof zusammenfand, um die kleine Schar zu verabschieden. Alle Vorbereitungen fanden in größter Stille und ohne jegliche Beleuchtung statt. Außerhalb der Burg durfte niemand etwas von der Geschäftigkeit wahrnehmen. Zu den vier Personen, die für den verwegenen Plan ausgesucht waren, gesellte sich noch der als Bauer verkleidete Bote. Sie sollten sich an der Steilseite der Wartburg beim Palas den Hang hinabschleichen. Dort standen nur zwei braunschweigische Wachen, und an denen gedachte man unbemerkt vorbeizukommen.

Alles musste sehr schnell gehen. Sie hatten nicht viel Zeit für den Abstieg, denn Rudolf beabsichtigte, einen kurzen Ausfall am Tor zu unternehmen und zurückzukehren, ohne sich auf ein Gefecht einzulassen. Damit wollte man die Aufmerksamkeit der Belagerer auf diese Seite der Burg lenken, währenddessen die kleine Gruppe sich möglichst unerkannt in die Wälder durchschlug.

Mit einem Seil ließ man die fünf Freiwilligen schließlich an der Burgmauer neben dem Palas hinunter. Der Zeitpunkt war gut gewählt, denn die vollkommene Dunkelheit kam ihnen zu Hilfe. Vorsichtig, sorgfältig jeden Schritt abwägend, pirschten sie sich den Hang hinunter. Sie durften auf keinen Fall ausrutschen, es würde sie verraten. Deutlich konnten sie anhand der Fackeln die Standpunkte der Wachen ausmachen. Aber würden sich auch tatsächlich alle braunschweigischen Soldaten im Umkreis der Lichtquellen aufhalten? Immer näher kamen sie dem Fuß des Berges, jetzt müsste jeden Moment der Ablenkungsversuch beginnen.

In der Tat erhob sich urplötzlich heftiges Geschrei auf der Seite zur Stadt, auch glaubten sie, das Klirren von Stahl zu vernehmen. Die Fackeln der Wachen wanderten in die Richtung des Lärms, Pferdegetrappel folgte. Dann war es still unter ihnen, jetzt mussten sie sich sputen.

Ludwig von Wangenheim gab wortlos das Signal, und schon rannten alle über die Freifläche. Im Hintergrund wurden auf den Belagerungsburgen Feuer entzündet, doch niemand hatte die Kriegslist durchschaut. Unbehelligt gelangten die fünf in die Wälder, dort machten sie erst im Tannendickicht halt. Hier mussten sich ihre Wege trennen. Der landgräfliche Bote sollte Ludwig von Wangenheim und dessen Namensvetter von der Brandenburg zu den wartenden Bewaffneten führen. Für fünf Tage später war ihr Kriegszug, der die Besetzung beziehungsweise Gründung der Burgen Kahlenberg und derjenigen nordwestlich der Wartburg vorsah, angesetzt. Bis dahin hatten Siegfried von Nazza und Dietmar Hellgreve Zeit, sich nach Waltershausen durchzuschlagen und die Versorgung für die neuen Befestigungen zu organisieren. Sie wünschten sich alle für ihre

Unternehmungen gegenseitig Glück und Gottes Beistand. Dann verabschiedeten sie sich voneinander.

Siegfried und Dietmar beabsichtigten, noch heute in Waltershausen anzukommen, das war von der Entfernung her machbar, obwohl sie zu Fuß gingen. Voraussetzung dafür war jedoch, dass nicht ständig irgendwelche feindlichen Stoßtrupps ihren Weg kreuzten, denen sie ausweichen mussten. Zumindest hatten sie gegenüber den fremden Söldnern den Vorteil, dass sie große Teile der Wälder bis zur Nachbarstadt kannten. Den wollten sie ausspielen.

Die undurchdringlichen Nadel- und Laubwälder zwangen die beiden Freunde, mitunter kleinere Umwege in Kauf zu nehmen. Dabei spähten sie immer sorgfältig im Gelände nach dem Feind. Die Sonne stand bereits auf Mittag, und bislang war ihnen keine Menschenseele begegnet. Einmal sahen sie etwas entfernt kleinere Rauchwölkchen gen Himmel steigen. Aber sie wollten lieber nicht erkunden, ob es sich lediglich um den Meiler eines Köhlers oder um das Lagerfeuer braunschweigischer Söldnern handelte. Ihre Route führte zu dem Örtchen Winterstein, wo eine kleinere Burg stand. Die dortige Adelsfamilie befand sich zwar in landgräflicher Lehensabhängigkeit, aber wer sagte ihnen, dass sie nicht die Seiten gewechselt hatten oder ihre Burg vom Feind erobert worden war? Daher beschlossen die Freunde, den Ort, wie auch die übrigen Ansiedlungen auf ihrem Weg, vorsorglich zu umgehen. Es kostete sie mehr Zeit, allerdings blieben sie dafür unentdeckt.

Am späten Nachmittag sahen sie von einem dichtbewachsenen Berghügel herab endlich den Turm der Burg Tenneberg, die sich über dem Städtchen Waltershausen erhob. Lediglich ein Dörfchen im Tal und noch ein Berghügel trennten sie von ihrem Ziel. Siegfried schlug vor, hier auf dem Hügel erst einmal zu rasten. Sie hatten bislang keine Pause gemacht, waren den ganzen Tag ununterbrochen unterwegs gewesen. Lediglich ihren Durst hatten sie an einer Bergquelle gelöscht. Nun schauten beide in Richtung der landgräflichen Burg. Doch Dietmars Blick ruhte nur scheinbar dort. In Gedanken war er schon bei seiner Familie. Endlich würde er Katarina und seinen Sohn wieder in die Arme schließen können. Ob der Bengel schon wieder gewachsen war? Seit fünf Monaten war er von ihnen getrennt!

Der Freund des Markzollers, der neben ihm auf einem umgestürzten Baumstamm saß, lächelte. Er erriet dessen Gedankengänge: »Du wirst sie schon noch früh genug sehen. Wir werden nicht zu lange rasten. Dennoch, Dietmar, so leid es mir tut, wir sollten Vorsicht walten lassen. Die Nachrichten des Boten sind einige Tage alt, in dieser Zeit kann viel passiert sein. Wir müssen uns erst vergewissern, ob wir dort nicht feindlichen Söldnern in die Arme laufen. Dann wäre unsere ganze Mission für die Katz. Das dürfen wir nicht riskieren, denn gelingt den beiden Rittern ihre Aufgabe, benötigen sie unsere Unterstützung. Ja, vielleicht sind sie sogar von unser Hilfe abhängig.«

Dietmar nickte wortlos. Er wusste, was auf dem Spiel stand. Gemeinsam setzten sie ihren Weg fort. Als sie sich dem kleinen Städtchen genähert hatten, beobachteten sie sorgsam die Umgebung und das nördliche Stadttor, das Nikolaustor. Die Siedlung war mit Eisenach nicht zu vergleichen. Sie war viel kleiner, und lediglich ein Kirchturm war auszumachen. Die einzige Gemeinsamkeit mit der landgräflichen Residenz war eine steinerne Stadtmauer mit vorgelegtem Graben. Siegfried und Dietmar bemerkten trotz angestrengten Suchens keine Spur von fremden Soldaten. Auch sonst kündete nichts Verdächtiges von Gefahr. Wie in Friedenszeiten in Eisenach auch, gingen Bauern mit ihren Produkten in der Stadt ein und aus. Hin und wieder fuhr ein Planwagen aus dem Tor. Also beschlossen sie, sich in den Ort zu begeben. Zuerst wollten sie Dietmars Vetter aufsuchen, der Hinweis auf die Verwandtschaft genügte den Stadtwachen, um problemlos Einlass zu erhalten.

Hinter dem Nikolaustor der Stadt Waltershausen lag der große Hof der Familie Bartholme, der Familie von Dietmars Vetter, bei dem Katarina und Henrich sowie ihr Knecht Bruno Unterschlupf gefunden hatten. Der Vetter hatte ihnen großzügigerweise einen Seitenflügel des Hofes mit mehreren kleinen Kammern überlassen. Sie waren nicht so komfortabel wie der heimatliche Hof, aber es musste gehen. Sie hätten es auch schlimmer treffen können.

Dietmar klopfte an der Pforte des Hofes, der Knecht erkannte den Gast sofort und führte die Ankömmlinge zum Hausherrn. Die beiden Verwandten lagen sich wortlos in den Armen. Dann wies der Vetter Dietmar zum Seitenflügel. Dieser begab sich sofort dorthin, zu lange hatte er seine Familie entbehren müssen. Er konnte einfach nicht mehr warten.

Die Eichentür zum Seitenflügel war verriegelt. Dietmar trommelte mit den Fingern kräftig auf das Holz. In der Tür erschien der treue Bedienstete Bruno, und Dietmar legte schnell den Zeigefinger auf die Lippen. Er wollte Katarina überraschen und trat in den Raum. Seine Frau stand mit dem Rücken zu ihm und machte sich an irgendeiner Schüssel zu schaffen. Sie spürte, dass irgendetwas hinter ihr vorging, denn urplötzlich fuhr sie mit der Schüssel herum. Als sie die Gestalt ihres Mannes sah, stieß sie einen überraschten Schrei aus. Die Schüssel krachte polternd zu Boden und das gerade geputzte Gemüse kullerte über den gestampften Lehm. Ohne sich darum zu kümmern, stürzten beide aufeinander zu und nahmen sich in die Arme.

Katarina rannen dicke Tränen über die Wangen. Sie seufzte und schluchzte, als stünde ihr Mann nicht vor ihr, sondern als habe sie seinen Verlust zu beklagen. Immer und immer wieder hauchte sie: »Du lebst! Du lebst!« Mit Küssen bedeckte sie das Antlitz des Gatten. Auch Dietmar ging das Wiedersehen ziemlich nahe, er drückte Katarina fest an sich. Nie wieder wollte er sie loslassen. Das Glänzen in seinen Augen kam von den mühsam unterdrückten Tränen. Eine Ewigkeit standen sie eng umschlungen.

Vorbei war die Ungewissheit, was dem Partner wohl passiert sein könnte. Zwar hatte sich bis Waltershausen herumgesprochen, dass eine größere Gruppe Eisenacher in einem kühnen, überfallartigen Zug den Belagerungsring durchbrochen hatte und in die Wartburg geflüchtet war. Aber niemand wusste, um wen es sich dabei handelte. Katarina hatte unzählige Gebete gesprochen und ein Meer an Tränen vergossen in der Hoffnung, ihr Mann wäre unter den Glücklichen. Je länger sie jedoch ohne irgendeine Nachricht ausharren musste, umso größer wurde die Angst, den Ehegatten verloren zu haben. Das war nun alles vorbei. Gott sei es gedankt! Gott hatte ihre Bitten erhört! Sie konnte Dietmar wieder fühlen, ihn riechen, seinen Atem auf der Haut spüren, der Platz neben ihr im Bett würde nicht mehr leer sein. Konnte es etwas Schöneres auf der Welt geben? Der Junge würde, im Gegensatz zu vielen Gleichaltrigen aus anderen Familien, nicht ohne Vater auskommen müssen. Wo steckte Henrich eigentlich? Nur zögernd konnten die beiden Liebenden wieder voneinander lassen.

In der Tür standen unterdessen auch Dietmars Freund Siegfried und sein Vetter. Katarina ging auf den Stadthauptmann zu, umarmte ihn ebenfalls und küsste ihn auf die Wange. Sie freute sich, den getreuen Gefährten lebend wiederzusehen. Siegfried lachte, als hätte auch er eine verlorene Familie wiedergefunden. Zwischen den beiden drängte sich nun auch der junge Bursche hindurch. Mit einem Satz sprang er dem Vater in die Arme und klammerte sich an ihn. Dieser drehte sich mit dem Bündel, das wie eine Klette an ihm hing, im Kreis.

Nur allmählich beruhigten sich alle wieder. Dietmar bedankte sich nochmals bei seinem Vetter für die freundliche Aufnahme, vergaß aber auch nicht, dem treuen Knecht Bruno anerkennend auf die Schulter zu klopfen. Als schließlich zum Willkommen Bierkrüge herumgereicht wurden und alle kräftig zulangten, hatten sie für einen Augenblick das Gefühl, als es herrsche gar kein Krieg im Lande. Jeder genoss den Moment, in dem die Welt in Ordnung schien. Die trüben Gedanken und Sorgen würden sie schon früh genug wieder beschäftigen. Mehrfach wurde ein Hoch auf Gottes glückliche Fügung ausgebracht. Die Blicke, die sich Katarina und ihr Mann zuwarfen, vermittelten den Eindruck, als sitze sich hier ein frisch vermähltes Paar gegenüber. Sie konnten sich gar nicht aneinander satt sehen.

Die abendliche Tafel im Haupthaus des Vetters war festlich gedeckt, bunte Frühjahrsblumen zierten den Tisch, Krüge mit Bier waren wohlgefüllt. Das aufgetischte Mahl jedoch ließ unzweifelhaft erkennen, dass Kriegszeiten herrschten. Sonst wäre bei solchen Gelegenheiten mindestens ein geschlachtetes Schwein oder ein Ochse von den Bauern der Umgebung besorgt worden, aber davon gab es kaum noch welche. Die fremden Aggressoren hatten alle Vorräte requiriert. Und so bestimmten nicht Fleisch, sondern Frühgemüse und Brei das Essen. Die zwei gebratenen Hühner dazu waren fast schon Luxus. Während alle versuchten, davon satt zu werden, forderte Dietmar den Vetter auf, die Situation rund um die Stadt zu schildern. Dieser wischte sich über den Mund und begann zu erzählen.

Zwei Tage nach der Eroberung Eisenachs seien die ersten feindlichen Reitergruppen vor der Stadt aufgekreuzt. Der Schultheiß der Stadt und der Burghauptmann hatten gar nicht erst versucht, Widerstand zu leisten. Das Schicksal der beiden Nachbarstädte Creuzburg und Eisenach war ihnen Warnung genug. Wenn schon diese ungleich besser befestigten Orte dem Gegner nicht widerstehen konnten, wie sollte dann das kleine, unscheinbare Städtchen hier das können? Wem nützte eine erneut in Schutt und Asche gelegte Stadt? Also verlegte man sich von vornherein aufs Verhandeln. Schließlich gelang es, eine Art Neutralitätsstatus gegen die Zusicherung von Lebensmittellieferungen zu erkaufen. Jeden Monat fuhr nun ein Konvoi zum Heerlager in Richtung Eisenach. Es sei zwar ein hoher Preis, aber immer noch besser, als an Leib und Leben geschädigt zu werden. Bislang konnte man den Tribut aufbringen. Diese Abgaben seien auch nicht das Schlimmste. Viel schlimmer sei das Raubritterunwesen in der Region.

Nicht weniger als drei Raubburgen stünden in unmittelbarer Nachbarschaft. Direkt an der Straße über dem Kamm des Thüringer Waldes hatte eine Adelsfamilie eine Bergkuppe beim Dörfchen Tabarz befestigt, Leuchtenburg nannte man sie. Die dortigen Burgmänner ließen niemanden passieren, der nicht Wegezoll entrichtete oder von seinen Waren abgab. Obendrein unternahmen sie regelmäßige Raubzüge in die Umgebung. Siedlungen verschonten sie nur gegen Abgabenzahlungen. Als ein Dorf nicht zahlte, wurde es kurzerhand geplündert. Ähnlich arg trieben es die ritterlichen Banditen von der Tannenburg, die südlich von Gotha lag. Aber die dritte Burganlage, der dicht bei Waltershausen gelegene Hermannstein, beherberge die bösartigsten Raubgesellen der Umgebung weit und breit. Wer ihnen in die Hände fiel, dem nahm man alles ab, was er mit sich führte. Wer nichts bei sich hatte, was den Spitzbuben von Wert erschien, wurde seiner Kleider beraubt. Wer Widerstand leistete, dem schnitt man kurzerhand die Kehle durch. Nichts sei ihnen heilig.

Das altehrwürdige und angesehene Kloster Reinhardsbrunn habe man wissen lassen, es müsse zukünftig einen Teil seiner Einkünfte an die Bande abführen. Um der Forderung Nachdruck zu verleihen, drangen die Spitzbuben gewaltsam in das Kloster ein und verprügelten mehrere Mönche. Nur mit Mühe gelang es den Klosterknechten, sie zu vertreiben, zwei mussten dabei ihr Leben lassen. Die Mönche hatten die Verbrecher daraufhin exkommuniziert, was die Übeltäter mit Spott und Hohn beantworteten. In seiner Not ließ der Abt von Reinhardsbrunn die alte, seit zweihundert Jahren verlassene Schauenburg dicht beim Kloster wieder befestigen. Die Burg war einst die Wiege der verstorbenen Landgrafendynastie und nach der Gründung der Wartburg zu deren Gunsten aufgegeben worden. Man vertraute die Schauenburg nun dem

Halbbruder des Markgrafen, Graf Hermann von Henneberg, an, der sie von seinen Leuten besetzen ließ. Sehr viel hatte das bislang nicht geholfen. »Und so«, fasste der Vetter Dietmars zusammen, »leistet die Stadt Waltershausen zusätzlich auch noch Abgaben an die Raubritter, um vor Überfallen verschont zu werden.«

Dietmar und Siegfried schüttelten bei den Worten mit dem Kopf. Was war nur aus diesem Land geworden? Vor Jahren brachte es noch eine Heilige hervor und gehörte zu den angesehensten Gegenden des Reiches. Heute beherbergte es gottlose Mörder, war arm, ausgeblutet und der Willkür der Herren preisgegeben. Der Herzog von Braunschweig, der eigentlich als städtefreundlicher Herrscher galt, kümmerte sich um diese Belange nicht. Auch Herzogin Sophie ließ die Räuber gewähren. Ihre Truppen hatten genug mit der belagerten Wartburg zu tun.

Neben all diesen düsteren Nachrichten gab es aber auch etwas Erfreuliches zu berichten. Dietmars Bruder Götz sowie auch seine Freunde Heinrich Meinradis, Lusso und weitere seien unversehrt geblieben. In der Stadt Eisenach habe man die neue Verwaltungsstruktur ohne Schultheißen eingeführt. Oberster Ratsherr sei nun Heinrich von Welsbach. Götz Hellgreve hatte bereits mehrere Kauffahrten unternommen und war hier zu Besuch gewesen.

Diese Botschaften erhellten Dietmars Miene nur für kurze Zeit. In Gedanken beschäftigte er sich schon mit seiner und Siegfrieds Mission. Würde es ihnen gelingen, die schwer in Mitleidenschaft gezogene Region für ihre Sache zu gewinnen? Morgen nahmen sie sich vor, mit dem Schultheißen der Stadt und dem Hauptmann oben auf der Burg Tenneberg darüber zu beraten.

Am nächsten Tag machten sich die beiden Freunde schon früh auf den Weg zur oberhalb der Stadt gelegenen Burg. Der Aufstieg war mühsam, und sie schwitzten, als sie vor dem tiefen Graben standen, der die Anlage vom übrigen Bergsporn abriegelte. Schon auf der Holzbrücke wurden sie von einem Bediensteten empfangen, der sie ins Innere geleitete. Insgesamt machte die Anlage einen trutzigen Eindruck. Sie war weniger als Herrscherresidenz, sondern vielmehr als Militär- und Verwaltungsstützpunkt errichtet worden.

Im schlichten Saal warteten bereits der Schultheiß und der Burghauptmann. Siegfried von Nazza erläuterte den beiden in knappen Worten seinen und Dietmars Auftrag. Zu seiner Überraschung brauchte er sie überhaupt nicht von der Richtigkeit des Planes zu überzeugen. Er hatte eigentlich mit Widerstand gerechnet. Aber ihm wurde entgegnet, man sei froh, dass nun endlich etwas getan würde. So könne es einfach nicht mehr weitergehen. Die Waltershausener sagten daher jede erdenkliche Unterstützung zu. Allerdings wollte man den Feind zunächst weiter beliefern, um keinen Verdacht aufkommen zu lassen.

Bereits am folgenden Tag hatte Siegfried ohne größere Probleme eine kleine Abteilung von fünfzehn Männern zusammen. Alle waren Freiwillige. Fünf entstammten niederen Adelsfamilien und taten Dienst auf der Burg, hinzu kamen Waffenknechte aus der Stadt, ehemalige Eisenacher Bürger, die zum Teil alles verloren hatten, und ein paar kräftige Handwerksgesellen. Die kleine Gruppe war entschlossen, in den Krieg zu ziehen. In der Rüstkammer der Burg wurden sie mit dem Notwendigsten ausgestattet. Indessen hatte Dietmar Hellgreve mithilfe seines Vetters und des Schultheißen eine kleine Gruppe Männer rekrutiert, die für die Zusammenstellung der Lebensmitteltransporte verantwortlich sein sollte. Unter ihnen gab es einige Bauern, deren Höfe abgebrannt waren.

Als Dietmar und Siegfried zwei Tage später bei einem Krug Bier zusammensaßen, äußerten sie ihre große Verblüffung über die Hilfsbereitschaft und das rasche Entgegenkommen. Bürger sammelten in der Stadt für die Wartburg. Selbst Bauern aus der Umgebung waren, obwohl sie nicht viel hatten, bereit, freiwillig Getreide, Brot, aber auch Vieh zu spenden. Jeder wollte dazu beitragen, den Krieg baldigst zu beenden. Alle sehnten sich nach Frieden.

Dietmar war für die Unterstützung außerordentlich dankbar, denn er war seine größte Sorge los. Er hatte schon befürchtet, er müsste die Lebensmittel mit Gewalt eintreiben.

Kurz darauf drang großer Jubel in die kleine Stadt. Ein Bote berichtete, um Eisenach seien plötzlich zwei neue Burgen entstanden, von denen das landgräfliche Banner wehte. In aller Stille und Heimlichkeit und ohne einen Mann zu verlieren, hätten Truppen des Landgrafen in der Nacht die zwei Berge besetzt. Die Belagerer der Wartburg rieben sich am nächsten Morgen verwundert die Augen. Die Versuche, sie zu zerstören, seien vergeblich gewesen. Der erste Teil von Rudolf von Vargulas verwegenem Plan war also aufgegangen. Jetzt musste man nur dafür sorgen, dass man die zwei Burgen im Besitz hielt. Und dazu mussten Siegfried und Dietmar beitragen.

25

Nach der glücklichen Neugründung der zwei Befestigungsanlagen änderte sich die Situation um die Wartburg allmählich. Rudolf von Vargula hatte die Verteidigung der Burg so effektiv organisiert, dass es nun immer wieder gelang, Nachschub an Menschen, Vorrat und Waffen in die Burg zu schleusen.

War ein Versorgungszug unter Führung Siegfrieds von Nazza erst bis zum Rudolfstein gelangt, so war sein Durchkommen bis in die Wartburg so gut wie sicher. Denn die Straße unterhalb der Befestigungsanlage endete direkt auf dem Fahrweg zur Burg. Sowohl von der Stadt als auch von den übrigen Belagerungsburgen war diese Stelle nur schwer einzusehen. Hatte man einen Wagenzug entdeckt, strebte dieser schon im höchsten Tempo den steilen Fahrweg zur Wartburg hinauf. Von dort kamen ihm dank eines ausgeklügelten Signalsystems sofort Bewaffnete zum Schutz entgegen.

Vom Rudolfstein aus erlangte man zudem schnell Zugang zu den unbesetzten landgräflichen Gebieten, denn auf halbem Weg zwischen Gotha und Eisenach lag als weiterer Stützpunkt die Burg Kahlenberg. Mehrfach hatten die Ritter Rudolfs von Vargula Störmanöver und Streifzüge in die Umgebung unternommen. So wurden kurzerhand Warenzüge aus Eisenach oder dem Hessischen beschlagnahmt. Manchmal trieb man den Bürgern das Vieh weg oder setzte eines der Felder mit Getreide in Brand und verwüstete die zahlreichen Obst- und Gemüsegärten.

An diesem Zustand änderte sich bis zum Ende des Jahres 1260 kaum etwas.

Obwohl das Kräfteverhältnis sich in der momentanen Situation unentschieden gestaltete, nahm der Unmut unter den Bürgern der Stadt zu. Die Gebiete rund um die Stadt glichen einer Einöde. Von den Vorstädten kündeten nur wenige verkohlte Ruinen. Das Bestellen der Felder war nur unter massivem Schutz von Bewaffneten möglich. Wurden schon die Handwerker in ihrem Gewerbe empfindlich gestört, so traf die Situation besonders schlimm die Händler und Kaufleute. Sie verzeichneten verheerende Umsatzeinbußen durch geplünderte Warenzüge oder durch Wegesperren. Für das Passieren der Sperren mussten Zölle gezahlt werden, sodass dem Kaufmann am Schluss kaum noch ein Gewinn übrig blieb. Nur noch selten gelangten wichtige Waren in die Stadt. Zwar florierte der Handel mit den hessischen Gebieten, aber auf den Straßen dorthin unternahmen landgräfliche Söldner oder Streiftrupps aus dem Hennebergischen, südlich des Thüringer Waldes, Beutezüge. Die Bürger hatten neben ihren Sorgen auch noch die Verpflegung der Truppen, die überall einquartiert waren, sicherzustellen. Zahlreiche Bettler lungerten in den Straßen herum und hofften auf Almosen. Bei den regelmäßig in den Klöstern durchgeführten Armenspeisungen entbrannten heftige Auseinandersetzungen um ein Stück Brot.

In der Stadt war vor einiger Zeit wieder der seltsame Mönch aufgetaucht, der schon vor Beginn des Krieges gepredigt hatte. Wieder erinnerte er die Bürger an die Tochter der Heiligen und appellierte durchzuhalten. Aber die Bürger erschienen nicht mehr so zahlreich, um ihm zuzuhören, auch glaubte man seinen Vorhersagen nicht mehr.

Die Herzogin und Gumpert von Hohenfels waren schon seit Längerem nach Marburg zurückgekehrt, da der Erzbischof von Mainz ihren hessischen Ländereien schwer zusetzte. Während sie sich um die dortigen Belange kümmerten, hatten ihre Ritter in Eisenach das Sagen. Und gerade zwischen den Rittern und dem Schöffenkolleg, wie der Stadtrat nun genannt wurde, gab es immer wieder Streit.

Die Stimmung in der Stadt schlug allmählich um. An den Stammtischen in den Brauhäusern sprachen sich die Bürger für einen Waffenstillstand aus. Die Mutigeren unter ihnen, vielleicht löste auch nur das Bier ihre Zungen, wiederholten das Gesagte sogar auf offener Straße.

Dietmar Hellgreves Bruder Götz bemühte sich nach Kräften, das Geschäft der Familie fortzuführen, aber er hatte, wie die anderen Händler auch, mit extremen Einbußen zu leben. Das einzig Gute an seinen Reisen war, dass er sich immer wieder mit seiner Familie treffen konnte. Oft kamen die Geschwister in Gotha zusammen, mitunter auch in Waltershausen. Dietmar befürchtete jedoch Ungemach für seinen Bruder, wenn er allzu offen mit ihm Umgang pflegte.

An einem kalten Dezembertag wollte Götz die letzten Vorbereitungen für eine erneute Fahrt regeln. Dazu traf er sich mit den befreundeten Markzollern Heinrich Meinradis und Giseler von Welsbach. Er sollte unterwegs einiges für sie erledigen. Nachdem sie alles besprochen hatten und sich voneinander trennen wollten, kam das Gespräch überraschenderweise noch auf die vor über einem Jahr begangenen Morde an Heinrich Rost und Petz Fachedorf. Die Sache war vollends in Vergessenheit geraten. Man hatte in der Stadt jetzt andere Sorgen. Außerdem war die Suche nach den Mördern, die Heinrich von Welsbach immer wieder verlangte, vom neuen Schöffenkolleg rasch eingestellt worden. Die beiden Hauptverdächtigen, Herwig von Hörselgau und Hans Atze, hatten in der Dominikanerkirche auf das Kreuz geschworen, nichts mit der Geschichte zu tun zu haben. Auch präsentierten sie einen Zeugen, der beteuerte, die beiden Beschuldigten in jener Nacht an einem ganz anderen Ort, weit entfernt von Eisenach, gesehen zu haben. Der Zeuge erschien zwar nicht sonderlich vertrauenswürdig, aber was sollte man machen. Götz Hellgreve und Heinrich Meinradis waren dennoch überzeugt, dass die beiden die Taten begangen hatten. Es fehlte ihnen jedoch ein Beweis.

Heinrich Meinradis spielte darauf an, als er sagte: »Der Hörselgauer Ritter war gestern im Brauhaus und hat sich wieder mal volllaufen lassen. Sein Kumpan, der Atze, war natürlich mit von der Partie. Sie hatten ihre Armbrüste dabei, weil sie nach eigener Aussage von der Jagd gekommen sind. Als einer der Zechgesellen die Waffen bewunderte, prahlten die beiden, sie hätten sie vor einem Jahr erworben und sie seien aus sorgfältig geglätteter Buche. Ich bin sicher, das sind die Mordwerkzeuge gewesen.«

Götz Hellgreve horchte bei diesen Worten auf. Jetzt im Krieg war das Tragen von Waffen in der Stadt erlaubt. Er war überrascht, dass die beiden Verdächtigten sie so demonstrativ zur Schau stellten. Darum bemerkte er: »Sie müssen sich ziemlich sicher fühlen. Aber sie haben ja mächtigen Beistand, oft findet man sie bei dem Markzoller Friedrich von Frankenhausen. Der wiederum hat Kontakt zu diesem braunschweigischen Ritter, der ab und zu in der Stadt weilt. Ob die alle mit den Geschehnissen von damals etwas zu tun haben?«

Heinrich erwiderte darauf: »Dessen bin ich gewiss. Auch der ehemalige Sekretär des Schultheißen spielt da eine Rolle.

Seltsamerweise konnte man nie herausfinden, wer für den Tod der beiden hessischen Ritter verantwortlich ist, die deinem Bruder Dietmar das Leben retteten. Vermutlich gibt es auch da einen Zusammenhang. Aber niemand in der Stadt nimmt sich der Sache ernsthaft an. Giseler, kannst du nicht noch einmal mit deinem Bruder sprechen?«

»Ja, das kann ich tun«, sagte Giseler. »Doch ich erhoffe mir davon nicht viel, es nützt nichts. Man kann den Leuten einfach keine Beteiligung an den Untaten nachweisen. Wort steht gegen Wort. Selbst einer der Ritter der Herzogin Sophie, der Nachforschungen zum Tod der beiden hessischen Ritter angestellt hat, musste unverrichteter Dinge aufgeben. Wer weiß, ob das alles jemals aufgeklärt werden kann.«

Der letzte Satz klang wie ein Schlusswort. Eine Diskussion darüber brachte sie in der Tat auch nicht weiter. Schließlich wandten sich alle zum Gehen. Götz grübelte noch etwas über die Worte nach. Er nahm sich vor, bei einem der nächsten Treffen mit seinem Bruder davon zu erzählen.

Etwa zum gleichen Zeitpunkt betrat Dietmar Hellgreve die Kammer im Hof seines Vetters in Walterhausen. Er kehrte von der landgräflichen Burg über der Stadt zurück. Dort hatte er gerade wieder einen neuen Wagenzug mit Versorgungsgütern zusammengestellt. Ihn verwunderte außerordentlich, dass ihm das nun schon ein halbes Jahr so reibungslos gelang. Zwar gab es immer wieder Engpässe, und mittlerweile hatte er auch Schuldverschreibungen ausgestellt, weil die freiwillige Abgabe ihre Grenzen hatte. Der Burghauptmann hatte ihm versprochen, sich für deren Einlösung einzusetzen. Glücklicherweise aber musste die Region hier nicht mehr den Hauptanteil stellen, sondern jetzt trafen regelmäßig Wagenzüge aus dem sicheren Hinterland ein.

Viel verblüffender dagegen war für Dietmar die Tatsache, wie unbehelligt vom Feind sie agieren konnten. Es musste sich doch herumgesprochen haben, von wo die Transporte ihren Ausgang nahmen, spätestens seit Waltershausen die Lieferungen an den Gegner vor fünf Monaten eingestellt hatte. Auch seinem Freund Siegfried von Nazza gelang es immer öfter, den Nachschub ohne Verluste in die belagerten Burgen zu bringen. Vermutlich wurden die Kräfte der Feinde schwächer. Das war zwar ein gutes Zeichen, aber noch kein Grund zur Freude. Zu groß waren die Entbehrungen geworden. Vor allem jetzt, im herannahenden Winter, wurden die Sorgen wieder größer.

In dem kleinen Raum, in den sich Dietmar jetzt begab, war seine Frau Katarina gerade mit der Zubereitung der Abendspeise beschäftigt. Er umarmte seine Frau und drückte ihr einen Kuss auf die Stirn. Eine Haarsträhne fiel ihr ins Gesicht. Darin entdeckte Dietmar das erste graue Haar seiner Frau.

»Es ist nicht das Einzige«, bemerkte Katarina, die Dietmars Gesichtsausdruck richtig interpretiert hatte. Sie befreite sich aus seinen Armen und setzte hinzu: »Dieser ganze verfluchte Krieg, die Angst um das, was morgen geschehen kann, macht mich verrückt. Es scheint immer noch wenig Aussicht auf ein Ende des Konfliktes zu geben. Was ist, wenn sich die Verhältnisse wieder ändern und der Feind neue Truppen heranführt? Was ist, wenn man auch diesen Ort hier erobert, wohin wollen wir dann fliehen? Selbst wenn dies nicht der Fall sein sollte, wir können doch auch nicht ständig unserem Vetter auf der Tasche liegen.« Mit Mühe unterdrückte sie die Tränen.

»Katarina, ich verstehe dich sehr wohl. Mir ergeht es ebenso. Mitunter habe ich das Gefühl, das Heimweh nach unserem Hof verzehrt mich. Über die Sorge um die Zukunft will ich gar nicht erst reden. Ich klammere mich vor allem an eine Hoffnung: an Rudolf von Vargula!«

»Glaubst du wirklich, dass der landgräfliche Ritter uns behilflich sein wird? Wir sind nicht seines Standes«, zweifelte Katarina an Dietmars Zuversicht.

»Das meine ich nicht, helfen müssen wir uns selbst. Da habe ich keine Illusionen. Aber solange Rudolf von Vargula die Wartburg hält, besteht die Aussicht, Eisenach zurückzugewinnen. Der Landgraf und sein Oheim ließen ihren besten Heerführer nicht in der Burg, wenn sie die Stadt abgeschrieben hätten.«

»Aber wie lange soll dieser Zustand denn anhalten, Dietmar? Irgendwann verlieren die Menschen ihre Kraft, und ihr Mut sinkt.«

»Du wirst sehen, alles wird gut, Liebste«, flüsterte Dietmar und sah seiner Frau dabei fest in die sorgenvollen Augen. Er wusste, dass er mit diesen Worten auch sich selbst Hoffnung machen wollte.

Plötzlich flog die Tür mit einem mächtigen Satz auf, und der verschwitzte Henrich stürmte mit seinem Holzschwert in den Raum. Er hatte etwas Wichtiges mitzuteilen und rang nach Luft: »Vater, ein Bote von der Wartburg steht im Hof und verlangt dich zu sprechen. Er muss schnell geritten sein, denn sein Pferd ist ganz erschöpft.«

Dietmar ging unverzüglich hinaus, während sich Katarinas Miene verfinsterte. Sie ahnte Ungemach.

Nach kurzer Zeit kehrte Dietmar zurück. Sein Gesicht wirkte keineswegs kummervoll. Henrich und Katarina warteten angespannt, was er zu berichten hatte.

»Ich glaube, man bereitet jetzt tatsächlich die Rückgewinnung von Eisenach vor. Ich soll Kontakt zur Bürgerschaft aufnehmen, um mit ihr zum Gelingen des Vorhabens beizutragen. Ich muss unbedingt Götz und Heinrich Meinradis treffen. Katarina, vielleicht ist der Krieg bald zu Ende! Verstehst du, wir können dann wieder nach Hause!« Dietmars Augen glänzten bei diesen Worten.

Katarina war hin- und hergerissen. Einerseits schienen eine Heimkehr in den heimatlichen Hof und die Beendigung des Krieges in greifbare Nähe zu rücken, andererseits wusste sie, dass sie wieder Angst um Dietmar haben musste. Er würde nicht zurückstehen wollen und zu seinem Schwert greifen. Obwohl von der Vergeblichkeit des Versuchs überzeugt, nahm sie sich dennoch vor, ihren Mann davon abzuhalten. Sollten sich doch die Ritter und Kriegsknechte schlagen und gegenseitig umbringen. Etwas anders konnten sie ja ohnehin nicht. Sie hatte jedoch den Ehemann, den Geliebten, den Vater des Sohnes zu verlieren.

Götz Hellgreve war es gerade wieder einmal gelungen, einen Wagenzug heil durchzubringen. Diesmal schmuggelte er eine Botschaft seines Bruders in die Stadt Eisenach. Der schlug ein Treffen gemeinsam mit Heinrich Meinradis vor. Man verabredete sich nördlich der Stadt bei einem Wäldchen in Richtung Creuzburg.

Als sich die drei gegenüberstanden, fielen sich Heinrich und Dietmar in die Arme. Zu lange hatten sie sich nicht gesehen.

»Nun, Dietmar, was gibt es Wichtiges, dass du die Gefahr, hierherzukommen, auf dich nimmst? Das wird Katarina sicher nicht gerne sehen. Wie geht es ihr, und was macht der Bub?«

Dietmar antwortete: »Sie sind beide wohlauf. Der Junge wird immer größer und Katarina hat, wie eh und je, ihre Ängste um ihn. Es erforderte einige Anstrengung, sie von der Notwendigkeit des Treffens zu überzeugen.«

»Bitte, kommen wir zur Sache«, drängte Götz zur Eile. Man wollte sich nicht zu lange hier aufhalten. Niemand sollte Verdacht schöpfen, wenn man sie entdeckte.

Dietmar fasste die gute Nachricht des Boten zusammen.

»Willst du die Stadt, wie Sophie vor über einem Jahr, überrumpeln?«, fragte Heinrich.

»Wir wollen zumindest sichergehen, den Sieg davonzutragen. Die Herzogin ist doch schon wieder nach Marburg zurückgekehrt. Glaubt ihr in der Stadt denn, dass Eisenach jemals als Residenz auserkoren war? Sie wird in Marburg bleiben, sie wollte bloß ihre Heimatstadt als Zugewinn.«

»Aber wenn wir beim Wettiner sind, liegen wir auch an der Landesgrenze«, gab Heinrich zu bedenken.

»Doch Landgraf Albrecht will in Eisenach auf dem Wartberg residieren, so wie er es bereits zuvor tat. Davon profitieren wir Bürger mehr als von einer Grenzposition«, antwortete Dietmar.

Heinrich wog die Argumente Dietmars ab, dann meinte er: »Die Bewohner wollen vor allem die schnelle Beendigung des Krieges. Sie sind des Kampfes überdrüssig. Aber die gegenwärtige Stadtstruktur, ohne den Schultheißen, hat sich tatsächlich bewährt. Wer sagt uns, dass Albrecht sie akzeptiert?«

»Wenn die Bürger zu ihm halten, wird er nicht umhin können, sie anzuerkennen. Aber das Kräfteverhältnis ändert sich allmählich. Wenn die Stadt nicht gänzlich in Schutt und Asche gelegt werden soll, dann kämpft auf Seiten des Landgrafen!« Dietmars Tonfall wurde fast flehend.

»Die Bürger sind des Kämpfens müde«, wandte Heinrich sich selbst wiederholend ein.

Dietmar musste den Freund überzeugen: »Es wird der letzte Kampf sein. Sophie und der Braunschweiger werden doch immer stärker in ihren Ländern gefordert. Ich habe mit Götz schon gesprochen.« Er sah seinen Bruder an, der bestätigend nickte. »Wir sollten zusehen, dass wir Bürger finden, die uns in die Stadt lassen.«

»Ich werde sehen, was sich machen lässt.« Heinrichs Gesicht ließ Zweifel erkennen, ob die Eisenacher wirklich noch einmal kämpfen würden. Dennoch wollte er seinen besten Freund in dieser Sache unterstützen. »Lass uns noch über die zweite Sache reden, die uns bewegt. Mich beschäftigt, ebenso wie dich, der Mord an den beiden Markzollern vor einem Jahr. Vor allem seit der Hörselgauer und der verschlagene Sekretär des ehemaligen Schultheißen mit dem Friedrich von Frankenhausen immer wieder zusammen gesehen werden, glaube ich, der hat damit etwas zu tun. Götz erzählte mir, du willst die ganze Geschichte wieder aufrollen, wenn die Stadt zurückerobert wurde?«

»Ich denke oft über die Geschehnisse von damals nach, aber wir können bislang nichts beweisen. Ich habe jedoch Rudolf von

Vargula bewogen, die Ermittlungen nach Beendigung des Krieges wieder aufzunehmen. Vor allem werden wir uns die beiden Hauptverdächtigen vorknöpfen. Die Sache muss aufgeklärt werden! Das habe ich geschworen.« Dietmars entschlossene Miene bekräftigte seine Worte.

Fast zur gleichen Zeit trafen in einem abgelegenen, dicht bewaldeten Tal weit südlich der Eisenacher Burg zwei Ritter aufeinander. Der eine trug das Zeichen der Landgrafen von Thüringen und kam als Unterhändler Landgraf Albrechts. Bei dem anderen handelte es sich um Friedrich von Treffurt, den abtrünnigen Besitzer des Metilsteins. Abseits von beiden warteten mehrere verhüllte Begleiter. Als sich die Ritter unmittelbar gegenüberstanden, grüßten sie sich höflich.

Friedrich erhob zuerst das Wort: »Wir sollten sofort auf das Wichtige zu sprechen kommen. Denn meine Abwesenheit möchte ich nicht mehr als nötig erklären müssen.«

»Gut. Mein Herr hat Interesse an der raschen Beilegung des Konflikts um Eisenach, deshalb bin ich an seiner statt gekommen. In Eurer Botschaft ließet Ihr mitteilen, Ihr könntet dazu beitragen. Also dann.«

Der Treffurter begann mit verschwörerischem Blick: »Ihr wisst, die Herzogin konzentriert sich wieder auf ihre hessischen Gebiete, und der Braunschweiger ist in seinen Landen beschäftigt –«

»Und Ihr fürchtet um Eure Besitzungen, wie damals«, unterbrach ihn sein Gesprächspartner geringschätzig.

»Herr, mir blieb keine andere Wahl. Aber ich glaube, die Hessen haben die Stadt bereits abgeschrieben.«

»Herr von Treffurt und vom Metilstein, wenn Ihr unserer Sache dienen wollt, dann müsst Ihr unseren Bedingungen zustimmen.«

Der Tonfall des landgräflichen Ritters nahm Friedrich jegliche Hoffnung auf Zugeständnisse, deshalb fragte er zaghaft: »Welche wären das?«

»Als Erstes werdet Ihr den öffentlichen Lehnseid leisten gegenüber meinem Herrn. Die Eidesformel und die Lehnspapiere regeln gleichzeitig den endgültigen und unwiederbringlichen Übergang aller Eurer Besitzungen an den Landgrafen, solltet Ihr erneut wortbrüchig werden.«

Friedrich von Treffurt rollte mit seinen Augen.

»Zweitens werdet Ihr zu einem noch zu bestimmenden Zeitpunkt den Metilstein übergeben. Ihr könnt es Euch überlegen. Geht Ihr auf unser Angebot ein, behaltet Ihr Euren Kopf sowie Eure Dörfer und Burgen.«

Friedrich überlegte und suchte nach irgendeiner Rückversicherung, falls es doch anders kommen sollte. »Vielleicht sollten wir den Metilstein betreffend eine Kriegslist anwenden. Die Burg wird nicht zerstört. Um die Überraschung auf unserer Seite zu haben, tun wir so, als sei der Metilstein erobert worden. Bei dem Lehnseid bleibt mir vermutlich keine andere Möglichkeit. Ich bin einverstanden.«

»Ihr werdet von uns hören.« Der landgräfliche Unterhändler begab sich, ohne sich zu verabschieden, zu seinen Begleitern.

Rudolf von Vargula stand auf dem Wehrgang der Wartburg und blickte in Richtung der gegenüberliegenden Burg. Er schnaubte wie ein ungeduldiges Ross und stampfte mit dem Fuß, als er die Nachricht seines Landesherrn von der Kriegslist hörte.

Ludwig von Wangenheim, der sich gerade auf der Wartburg aufhielt, schüttelte den Kopf: »Wir müssen zugeben, diese List ist gut erdacht. Aber dass der Treffurter wieder einmal den Kopf aus der Schlinge zieht, behagt mir überhaupt nicht. Ich hätte ihn gern vor meiner Klinge gehabt, diesen treulosen Verräter.«

Rudolf nickte: »Ich hätte es mir auch gewünscht.« Er nahm einen tiefen Zug aus dem Becher in seiner Hand. »Aber es ist nun mal der Wille des Landgrafen, ich hätte auch anders entschieden. Nun, dann lasst uns den Gegenangriff gut vorbereiten, damit er ein voller Erfolg wird. Sendet Botschaft an den Stadthauptmann Siegfried von Nazza, Dietmar Hellgreve und den Ritter vom Landgrafen.«

26

Am Abend der Pauli-Bekehrungsnacht, dem 24. Januar 1261, hatte sich das Kräfteverhältnis um Eisenach immer noch nicht geändert. Man hatte gelernt, sich mit der Situation zu arrangieren, und hoffte auf das Frühjahr und mit ihm auf eine Änderung der Verhältnisse. Seit Tagen wütete ein heftiges Unwetter in der Region. Erneut war es ein kalter und trotz der schneebedeckten Berghänge düsterer Tag gewesen. Der Himmel kündete von weiteren Schneeschauern und stürmischen Winden. Die Wachen sowohl in der Stadt als auch auf den Belagerungsburgen patrouillierten zwar wie gewohnt, doch stellten sie sich an Nischen oder Vorsprüngen unter, um, eingehüllt in dicke Wollumhänge, der Kälte zu widerstehen. Bei diesem Unwetter begaben sich nur die wenigsten aus ihren Häusern, und es war weitgehend still in den Straßen der Stadt.

Diese Ruhe war jedoch nur scheinbarer Natur. Am südlichen Stadtteil bewegten sich lautlos mehrere Gestalten im Dunkel. Es mochten so zehn bis zwölf Personen sein, die mit aller Vorsicht einem leerstehenden Haus zustrebten. So rasch, wie sie gekommen waren, verschwanden sie in der Eingangstür des Hauses. In dem unteren Hauptraum des Gebäudes wurde trotz der Kälte kein Feuer entzündet, auch keine Kerze erleuchtete das Zimmer. Die nur schemenhaft wahrnehmbaren Gestalten machten sich am Fußboden zu schaffen. Unter Vermeidung lauterer Geräusche hebelten sie die Fußbodendielen aus und holten in Wolltuche gehüllte Bündel aus dem Boden. In den Bündeln, die hastig von mehreren Händen ausgewickelt wurden, waren Armbrüste mit Pfeilköchern,

Schwerter und Dolche versteckt. Sorgfältig wurden sie unter den Anwesenden verteilt.

Einer der Männer stand während der ganzen Zeit hinter einem Fenster und beobachtete die Straße. Im düsteren Lichtschein konnte man schwach das Gesicht des jungen Götz Hellgreve erkennen. Hinter ihm flüsterte leise die Stimme von Heinrich Meinradis: »Also los, Männer! Ihr wisst, was zu tun ist. Wartet auf das vereinbarte Signal.« Der Gruppe von Heinrich und Götz war die Aufgabe übertragen worden, aus der Stadt heraus die Voraussetzungen für die Rückeroberung zu schaffen. Man teilte sich in drei Gruppen. Eine von acht Mann und zwei weitere zu je zwei Mann verließen nacheinander vorsichtig das Haus.

Die größte Gruppe begab sich auf direktem Weg, ohne sich zu verbergen, zur südlichen Stadtmauer. An diesem verteidigungstaktisch gefährdetsten Punkt wachten immer mehrere Bewaffnete, deren Ablösung durch die Nachtwache unmittelbar bevorstand. Heute Nacht war eine Gruppe von Zunftangehörigen für den Wachdienst verantwortlich. Heinrich Meinradis und Götz Hellgreve hatten in aller Heimlichkeit dafür gesorgt, dass ihre Vertrauten für den Dienst eingeteilt wurden. So schritten sie zur offiziellen Wachablösung. Die Männer auf der Stadtmauer waren froh, endlich ihre Posten verlassen zu können, und wollten sich im Brauhaus gründlich aufwärmen. Schnell kletterten sie über Leitern den Wehrgang hinunter und waren nach kurzer Zeit um die nächste Ecke verschwunden.

Kaum waren die Abgelösten außer Sicht und ihre Nachfolger auf dem Wehrgangsabschnitt, der bis circa sechzig Schritte vor das Marientor reichte, postiert, erhielten die beiden sich verborgen haltenden Gruppen das verabredete Zeichen. Diese hatten den Auftrag, die eventuell trotz des Unwetters hier Vorbeikommenden aufzuhalten.

Unterdessen wurden im Innenhof der nur spärlich beleuchteten Burg Metilstein, hoch über der eben beschriebenen Stelle der Stadtmauer, mehrere große Wagenräder aufgerichtet. Mit hölzernen Sprossen vernagelte man je zwei Räder zu einer Art Walze. Auf die Planken band man größere Bündel mit Stroh und tränkte diese mit Pech. Mehrere Burgknechte bemühten sich dann, die insgesamt acht Walzen vor den Steilhang zu schaffen, der der Stadt Eisenach zugewandt war. Mit großen Holzpflöcken wurden sie dort provisorisch befestigt. Gleichzeitig schichtete man auf den Wehrgängen der Burg in Abständen kleinere und größere Holzhaufen in Metallkörbe.

In der Zwischenzeit waren auch die Truppen, die in der Wartburg saßen, nicht untätig. Während des Unwetters der letzten Tage war des Nachts unbemerkt eine Heeresgruppe zur Verstärkung in die Wartburg gelangt, weitere verbargen sich in den Wäldern. In der Burg wurde es zwar nun bedenklich eng, aber heute sollte ja der Angriff beginnen. Man begab sich zur vereinbarten Stunde unter der Führung von Rudolf von Vargula, vorsichtig und ohne größere Geräusche zu verursachen, zum Fuß der Burg, wo sich weitere landgräfliche Soldaten, die aus den östlichen Gebieten stammten, in aller Stille formierten. Im Dunkeln erwartete man das Signal zum Angriff.

Siegfried von Nazza, zu dem sich auf eigenen Wunsch Dietmar Hellgreve gesellt hatte, oblag es, mit einer ausgewählten Schar über die Stadtmauer zu gehen und sich zum Marientor vorzukämpfen. Alle waren in dunkle Tuche gehüllt und bewegten sich fast lautlos in Richtung Stadtmauer, wo die Verbündeten warteten. Sie führten mehrere Reisigbündel und drei Leitern bei sich, mit deren Hilfe sie die Mauer erklimmen wollten.

Das letzte Stück bis zum vorgelagerten Graben war eine freie Fläche, die aber dank der Dunkelheit und des Unwetters schwer zu überblicken war. Außerdem rechnete wohl niemand damit, dass bei einem solchen Wetter jemand Krieg führte. Auf dem Wehrgang sahen Dietmar und Siegfried in größeren zeitlichen Abständen verschiedene Wachen hin- und hergehen. Beide hofften, dass ihren

Verbündeten in der Stadt die Besetzung dieser Stelle ohne Schwierigkeiten gelungen war. Als Zeichen hatte man ein weißes Tuch vereinbart, was über eine Zinne gehängt werden sollte. Und in der Tat wehte ein heftig im Wind flatterndes Stück Leinen an der höchsten Stelle.

Siegfried schickte die Leute mit den Reisigbündeln vor. Rasch wurden diese im Graben abgeworfen. Ihnen folgten die Männer mit den Leitern, die angelegt wurden. Einer nach dem anderen erklomm die Sprossen. Über die Zinnen gereckte Hände griffen nach ihnen und zogen sie auf den Wehrgang. Auf diese Weise gelangten etwa dreißig Landgräfliche in die Stadt.

Dietmar und Siegfried begrüßten wortlos, aber dennoch erfreut, Götz und Heinrich. Anschließend teilte Siegfried seine Leute in zwei gleich starke Abteilungen. Ein Trupp sollte sich unter seiner Führung vorsichtig über den Wehrgang dem Marientor nähern. Die Leute von Dietmar, bei ihm waren einige vertriebene Bürger von Eisenach, die sich in der Stadt gut auskannten, sollten über einen Umweg das Tor von innen, von der vom alten Markt am Nikolaitor kommenden Straße aus, angreifen. Man musste sich sputen, denn lange würde es nicht mehr dauern bis zum Signal. Beide Gruppen waren rechtzeitig in Position gegangen und warteten ab.

Dann konnte man auf dem Metilstein sehen, wie auf den Wehrgängen und vor der Burgmauer Feuer angezündet wurden. Trotz des stürmischen Wetters wurde die Nacht immer heller erleuchtet. Plötzlich sah es so aus, als würde eine Heerschar mit Fackeln den Berg hinunterdrängen. Und schon erhob sich Kriegsgeschrei. Es kam vom höchsten Punkt der Stadtmauer. Das Schreien übertönte jetzt sogar die Geräusche des Sturmes. Die Wachen am Marientor wurden aus ihrer Ruhe gerissen, und alle stürzten zu der Seite, wo der Metilstein und die Stadtmauer zu sehen waren.

Noch ehe sie richtig begriffen, was eigentlich geschah, wurden sie bereits angegriffen. Siegfried von Nazza streckte gleich mit dem ersten Streich seines Schwertes den vor ihm stehenden Bewaffneten nieder. Der hessische Kommandierende brüllte seinen Leuten Befehle zu. Gleichzeitig erklang aber hinter und unter ihnen am Tor Waffenklirren. Dietmar Hellgreve war mit seinen Leuten zum Angriff übergegangen. Innerhalb weniger Minuten hatte man das komplette Tor erobert.

Nur Siegfried kämpfte oben auf dem Wehrgang noch mit dem hessischen Ritter. Der Hesse hieb mit seinem Schwert gegen die hölzerne Brüstung, nachdem Siegfried dem Schlag ausgewichen war. Als er sich jedoch umzingelt sah, hielt er inne und senkte sein Schwert. Der Ritter und die noch Lebenden wurden sofort in das Nebengelass am Tor gesperrt und drei Wachen davorgestellt. Danach öffnete man die Torflügel und stürmte in die Vorbefestigung der Frauenburg. Auch hier waren die hessischen Bewaffneten auf den Holzpalisaden völlig überrascht. Sie machten keine großen Anstalten, sich zur Wehr zu setzen. Anschließend öffnete man die Torflügel der Holzbefestigung. Kurze Zeit später ritt die versammelte landgräfliche Streitmacht im vollen Galopp in die Stadt.

Siegfried von Nazza hatte, wie besprochen, das Kommando am Tor einem seiner Leute überlassen und schloss sich nun Dietmar Hellgreves Gruppe an, die ebenfalls in die Stadt stürmte. Ihr Ziel war das Haus Friedrichs von Frankenhausen. Auf dem Weg wurden sie von verschiedenen Bewaffneten aufgehalten. Es entbrannte ein heftiger Straßenkampf mit den aus ihren Quartieren drängenden, noch verschlafen wirkenden hessischen Knechten und vereinzelten Eisenacher Bürgern. Das Klirren von Stahl und die Schreie der Verwundeten erfüllten die schmalen Gassen. Die schmutzig-grauen Straßen färbten sich mit Blut, überall lagen Tote oder Verletzte.

Dietmar wurde am linken Arm verwundet, als er einem Stoß nicht mehr rechtzeitig ausweichen konnte. Es gelang ihm aber dennoch, seinem Gegenüber mit dem Schwert eine empfindliche Wunde an der Schulter beizubringen, sodass dieser ins Straucheln geriet. Dietmars zweiter Hieb spaltete ihm den Kopf in zwei Hälften, Blut und Gehirn spritzten aus dem toten Körper.

Sich bis zum Haus Friedrichs von Frankenhausen vorzukämpfen, wurde jetzt immer schwieriger. Heftig tobte die Schlacht in den Straßen, dennoch konnte man das Gebäude schon sehen. Eine kleine Gruppe von Leuten war gerade dabei, das Haus zu verlassen. Dietmar und Siegfried erkannten Herwig von Hörselgau, Hans Atze, den Knecht Friedrichs von Frankenhausen, den zwielichtigen Sekretär des ehemaligen Schultheißen und weitere Anhänger von ihnen. Siegfried brüllte in den Kampfeslärm: »Da haben wir ja die ganze Brut gleich zusammen! Los, Dietmar!«

Beide bahnten sich von dieser Seite einen Weg in die Gasse, gefolgt von ihren Leuten, während von der anderen Seite eine Gruppe landgräflicher Ritter anrückte. Als sich die Schar um Herwig von Hörselgau in die Zange genommen sah, wollte sie sich in das Gebäude zurückziehen. Doch dazu blieb ihr nur wenig Zeit, nicht alle schafften es.

Siegfried von Nazza, der als Erster bei ihnen angekommen war, sah sich unversehens Hans Atze gegenüber. Beide, etwa gleich groß, gingen sofort aufeinander los. Den ersten Schlag Siegfrieds konnte Hans Atze mit erhobenem Schwert abwehren, gleichzeitig blitzte in seiner linken Hand ein Dolch auf, mit dem er zustoßen wollte. Aber durch die Wucht des Schwerthiebes von Siegfried traf er sein Ziel nicht genau und der Dolch glitt an Siegfrieds Kettenhemd ab. Beide gingen immer wieder aufeinander los. Ihre verschwitzten Gesichter zeugten von der Unversöhnlichkeit, mit der der Kampf geführt wurde. Schließlich legte Siegfried alle seine Kräfte in einen letzten Schlag. Der Hieb war so heftig, dass Hans Atze zu Boden sank. Siegfried wollte ihn nun gefangen nehmen, als ein Knecht Herwigs von Hörselgau mit einem Spieß auf den Hauptmann einstieß. Er konnte gerade noch rechtzeitig den Körper zur Seite wenden. Zu einem zweiten Stoß kam der Knecht jedoch nicht, das Schwert Dietmar Hellgreves trennte seinen Kopf vom Hals.

Hans Atze war inzwischen wieder auf den Beinen und hatte sein Schwert erhoben, als hinter ihm jemand rief: »Lasst sie am Leben! Ich will sie lebendig!« Noch ehe die Stimme, es war Rudolf von Vargula, der trotz seines hohen Alters selbst mitkämpfte, den Satz vollenden konnte, durchbohrte ein Armbrustbolzen den Raubgesellen. Der leblose Körper schlug dumpf auf dem gefrorenen Boden auf.

Ein weiterer Angehöriger der Verbrecherbande war von einem landgräflichen Ritter mit einer Lanze so aufgespießt worden, dass sein lebloser Körper wie angenagelt an einer Haustüre stand.

Lediglich Herwig von Hörselgau, dem Sekretär und dem Knecht Friedrichs von Frankenhausen gelang die Flucht in das Innere des Hauses. Dietmar und Siegfried stürmten hinterher. Unzählige Schweißperlen vermischt mit Blut und Schmutz rannen trotz der Kälte über ihre Gesichter. Weitere Kämpfer drängten ihnen nach. Jeden Raum, jeden Winkel durchkämmten sie. Aus einem der Zimmer des Hauses drang Kampflärm nach draußen, einer der landgräflichen Ritter hatte den Knecht Friedrichs von Frankenhausen getötet.

Schließlich standen Dietmar und Siegfried vor einer verschlossenen Tür im oberen Stock, der Raum dahinter musste zur Straße hinaus liegen. Von hier gab es kein Entrinnen. Nach mehreren Fußtritten sprang die Tür aus ihren Angeln. Das Zimmer war bis auf zwei Truhen leer, aber das Fenster stand offen.

»Sind sie uns etwa entwischt?«, fragte Dietmar keuchend.

Siegfried zuckte, ebenfalls schwer atmend, mit den Schultern. Schließlich trat Dietmar zum Fenster und warf einen Blick in die Gasse. Einen Sprung aus dieser Höhe würde kein Mensch ohne gebrochene Gliedmaßen überstehen. Trotz des Gewimmels unter ihm war keine Spur des Sekretärs oder des Raubritters auszumachen. Sollten sie ihnen entkommen sein?

Siegfried blickte sich im Raum um. Dann nahm er das Schwert fester in die Hand und bedeutete einem der Kampfgefährten, die

Truhe an der Tür zu öffnen, denn im Gegensatz zur anderen hatte die kein Schloss. Als der Deckel angehoben wurde, sah man darin nur ein paar Ballen Stoff durcheinanderliegen. Siegfried schob vorsichtig die obersten Stoffbahnen beiseite. Darunter kauerte, leise vor sich hin wimmernd, der Sekretär. Man zerrte ihn aus der Truhe.

»Steckt ihn in den Turm, wir verhören ihn später!«, befahl Siegfried.

»Halt, warte!«, unterbrach ihn Dietmar. »Erst soll er uns sagen, wo Friedrich von Frankenhausen und Herwig von Hörselgau sind.«

»Ja, du hast recht. Also raus mit der Sprache!« Siegfried packte den Sekretär am Kragen und schüttelte ihn heftig.

»Ich weiß es nicht, Friedrich hat vor uns das Haus verlassen«, stammelte dieser vor Angst zitternd.

»Ich bete zu Gott, dass er uns nicht entwischt ist«, sprach Dietmar.

»Und wo ist der Ritter? Wo ist er?« Siegfried erhob drohend sein bluttriefendes Schwert, er würde nicht zögern, es zu gebrauchen.

»Aus, aus … dem … Fenster!«, stotterte der Sekretär.

Beide stürzten erneut zum Fenster und schauten hinaus. Herwig von Hörselgau konnte nur einen Fluchtweg genommen haben: über die Dächer. Sie ordneten an, den Sekretär ins Verlies zu bringen, das Haus zu verschließen und eine Wache davor zu postieren. Dann kehrten sie eilig zur Straße zurück, der räuberische Ritter durfte nicht auch noch entkommen. Aber gleich hinter der Eingangstür wurden sie schon aufgehalten. In den Gassen tobte noch immer der Kampf. So waren sie zunächst gezwungen, sich ihrer eigenen Haut zu erwehren, bis der Widerstand des Gegners allmählich erlahmte.

In der Zwischenzeit hatte man die ganze Stadt zurückerobert. Heftige Kämpfe hatte es weniger zwischen den Eisenacher Bürgern, als vielmehr mit den von Sophie stationierten hessischen Rittern und Knechten gegeben. In den Straßen lag eine große Zahl von Toten, an Häuserwänden kauerten Verwundete und Verstümmelte. Überall klebte Blut. Es roch förmlich nach Tod.

In der Stadt marschierten landgräfliche Patrouillen und durchkämmten sie systematisch. Wer von den Hessischen nicht gefallen war, hatte versucht zu fliehen oder verbarg sich irgendwo. Kleinere Gruppen hatten aber bereits Gefangene, die sie ins Verlies brachten. Neben dem Sekretär hatte man auch Heinrich und Giseler von Welsbach festgenommen sowie den predigenden Mönch aufgegriffen. Von Friedrich von Frankenhausen und Herwig von Hörselgau fehlte bisher noch jede Spur. Möglicherweise war Friedrich bereits frühzeitig geflohen und dem von Gumpert von Hohenfels eingesetzten hessischen Kommandanten der Stadt gefolgt. Bei dem Raubritter von Hörselgau war man sich bis zum Morgen unsicher, ob er nicht doch noch in der Stadt weilte. Dann erfuhren sie, dass er mit knapper Not aus dem Nikolaitor entkommen konnte und Richtung Osten geritten war.

Als es hell wurde, formierte Rudolf von Vargula die Truppen für die Rückeroberung der westlichen Gebiete und vor allem der Stadt Creuzburg. Der Feind war angeschlagen, und diese Situation galt es auszunutzen, um den Sieg vollständig zu machen. Und so trieben die landgräflichen Heerscharen die fliehenden hessischen und braunschweigischen Soldaten vor sich her. Erst bei einer Burg auf hessischem Territorium musste man stoppen. Die Burgbesatzung, verstärkt durch die Geflohenen, widerstand den Angriffen.

Binnen eines Tages hatte der landgräfliche Heerführer die gesamten besetzten Gebiete, einschließlich der Stadt Creuzburg, zurückgewonnen. Die alten Besitzverhältnisse für die Region um Eisenach waren wieder hergestellt. Momentan reichte ihre Kraft nicht, um dem Herzog von Braunschweig auch noch die okkupierten Gebiete an der unteren Werra zu entreißen. Aber man war sich sicher, es würde nicht mehr lange dauern.

Nach seiner Rückkehr nach Eisenach stationierte Rudolf von Vargula zunächst überall landgräfliche Wachen, die vor allem Plünderungen in der Stadt verhindern sollten. Im Steinhof schlug man das Hauptquartier auf. Bis auf weiteres sollte die Stadt unter persönlicher Führung des landgräflichen Befehlshabers straff verwaltet und Gericht über die Schuldigen gesprochen werden. Danach wollte man sich erst wieder mit der Verwaltung der Stadt durch die Bürger befassen.

Einer der ersten Befehle, die erlassen wurden, war die Fortführung des Baus der Stadtburg am nordwestlichen Stadtrand. Sie war von Sophie auf Rat des braunschweigischen Herzogs begonnen worden, die Kellerräume waren bereits fertig gemauert. Landgraf Albrecht, der mittlerweile in die Wartburg zurückgekehrt war, erwartete eine noch stärkere Befestigung der Zwingburg durch eigenständige Mauern und einen hohen Turm. »Sollte sich der Eisenacher Pöbel nochmals aufrührerisch verhalten, will ich in der Stadt ein festes Bollwerk haben!«, waren des Landgrafen Worte. Die Baustelle wurde daher rasch mit Männern besetzt und die Verwaltung der Burg dem Hauptmann Siegfried von Nazza übertragen.

Weitere Truppen waren damit beschäftigt, die Frauenburg, das hölzerne Provisorium am südlichen Tor in Richtung der Wartburg, niederzureißen. Verstärkt durch Bauleute aus Eisenach und den umliegenden Orten hatte man auch begonnen, die Eisenacher Burg vollständig abzutragen. Das dabei gewonnene Gestein benutzte man für Ausbesserungsarbeiten in der Stadt und zur Verstärkung der neu errichteten Stadtburg. Für den in der Not befestigten und nach dem landgräflichen Heerführer benannten Rudolfstein fand sich nun keine Verwendung mehr.

Zwei Tage nach der Eroberung der Stadt war wieder Ruhe in den Straßen Eisenachs eingekehrt und die meisten Toten begraben. Auch der Sturm mit seinen Schauern hatte sich gelegt. Der frisch gefallene Schnee überzog die letzten Kampfesspuren mit leuchtendem Weiß. Die Gassen und Plätze wirkten sauberer als zuvor. Allmählich begann sich die Situation wieder zu normalisieren. Man hatte sogar den Eindruck, viele Bürger waren erleichtert, dass die über ein Jahr währende Belagerung nun beendet war. Zu sehr hatte sie den Ablauf des städtischen Lebens behindert. Zu groß waren die Versorgungsengpässe sowie die Unsicherheit auf den Straßen geworden. Immer spannungsreicher entwickelte sich das Verhältnis zwischen den Bürgern und den hessischen Bewaffneten, die sich zuletzt manchmal nicht wie Befreier, sondern wie Besatzer aufgeführt hatten.

Parallel zu den Bemühungen, die Verhältnisse zu normalisieren, erging aber auch der ausdrückliche Befehl Rudolfs von Vargula, eine neue Heeresabteilung zusammenzustellen. Das Kommando wurde Ludwig von Wangenheim übertragen. Die neue Abteilung hatte die Aufgabe, alle Raubritterburgen auf landgräflichem Territorium zu zerstören und die Übeltäter hinzurichten. Ludwig wurde ermächtigt, adelige Herren, die sich Vergehen schuldig gemacht hatten, nicht zu schonen. Von der Belagerung der Wartburg war zahlreiches Kriegsgerät unversehrt übrig geblieben, das für diese Aufgabe von Nutzen sein konnte. Neben Schleudern fanden so auch die Holzpalisaden und Leitern Verwendung. Man beabsichtigte, so bald wie möglich loszuziehen und den Räubern den Garaus zu machen.

In die Hellgrevenkemenate waren unterdessen Dietmars Familie zurückgekehrt. Alle genossen den Augenblick, als sie die Schwelle betraten. Vorbei sollten alle Ängste Katarinas sein, und Dietmar hoffte, er könnte sich wieder ganz dem Handel widmen. Und wenn die Straßen erst vom Diebsgesindel befreit waren, brauchte man auch nicht mehr um sein Leben zu fürchten. Es würde eine schöne Zeit sein. So sinnierend bemerkte Katarina überhaupt nicht, dass plötzlich ein Bote von Siegfried von Nazza im Hof stand. Dieser wollte dringend Dietmar sprechen. Mit der Frage, was es nun schon wieder geben würde, machte er sich auf den Weg.

Siegfried wohnte wieder in seinem alten Quartier. In seiner Abwesenheit hatten hier hessische Söldner gehaust, sie hatten die

Räume in keinem guten Zustand hinterlassen. Aber darum konnte sich der alte und neue Hausherr jetzt nicht kümmern. Siegfried war gerade damit beschäftigt, sein Kettenhemd anzulegen, als sein Freund bei ihm eintraf. Waffen und Gepäck lagen auf dem Tisch. Es sah nach Reisevorbereitungen aus. »Willst du uns verlassen?«, fragte Dietmar verwundert.

Der Hauptmann zog ein ernstes Gesicht. »Der Krieg ist noch nicht zu Ende. Ich schließe mich der Abteilung Ludwigs von Wangenheim an.«

»Aber du bist doch Kommandant der Stadtburg geworden, wieso willst du dich wieder in Gefahr begeben?« Dietmar konnte sich den Sinneswandel seines Freundes nicht erklären.

»Es gibt einen wichtigen Grund, warum ich mich dazu entschlossen habe. Den sollst du erfahren, darum habe ich dich hergebeten.« Siegfried gürtete sich das Schwert um und warf sich seinen wollenen Mantel über die Schulter.

Dietmar blickte seinen Freund gespannt an.

»Auf der Raubritterburg Hermannstein haben Herwig von Hörselgau und Friedrich von Frankenhausen Zuflucht gefunden. Und sie sollen nicht wieder entkommen.«

Dietmar überlegte nicht lange: »Ich komme mit. Das will ich mir nicht entgehen lassen!«

Siegfried widersprach jedoch: »Nein, Dietmar, bleib du hier. Du hast dich für einen Kaufmann außerordentlich wacker geschlagen. Besser als mancher Ritter. Aber führe nun dein Geschäft weiter und bringe dich nicht unnötig in erneute Gefahr. Danke Gott, dass du und deine Familie bislang unversehrt geblieben sind. Katarina brachte nur mit Mühe Verständnis für deine Beteiligung an der Rückeroberung auf. Diesem Feldzug kannst du nun den Kriegsknechten überlassen. Tue es deiner Familie zu liebe.« Nach einer kurzen Pause setzte er lächelnd hinzu: »Oder traust du mir nicht zu, mit dem räuberischen Gesindel fertig zu werden?«

Dietmar schlug ihm sanft auf die Schulter. »Unsinn, eigentlich möchte ich nur gern dabei sein, wenn man sie fasst.«

»Du wirst sie noch früh genug sehen können. Rudolf hat Befehl gegeben, die beiden lebend zu fangen und nach Eisenach zu bringen. Das ist meine Aufgabe. Ich wollte dich nur darüber informieren. Ich will aber nicht, dass du zum Schwert greifst.«

Dietmar wünschte seinem Freund zum Abschied viel Glück für die Mission. Dabei hoffte er natürlich in erster Linie, dass Siegfried das Kriegsglück hold blieb. Andererseits war das Gelingen des Unternehmens ungeheuer wichtig für die Herstellung eines dauerhaften Friedens. Er würde vor allem den Städten und Kaufleuten wie ihm zugutekommen.

Noch am gleichen Tag zog die kleine Armee los. Ihr erstes Ziel war die Burg Hermannstein bei Waltershausen, wohin sich die beiden Verdächtigen geflüchtet hatten. Für den folgenden Tag plante man schon den Beginn der Belagerung. Die kleine Burg befand sich auf dem Gipfel eines langgestreckten Bergrückens, der von je zwei Quergräben abgeriegelt wurde. Eine Steinmauer umfasste das ovale Gipfelplateau. Dahinter erhob sich ein massiver, gedrungener Turm, an ihn waren kleine Fachwerkbauten gelehnt. Eine etwas tiefer gelegene kleine Terrasse, die den Eingangsbereich bildete, war nur durch Holzpalisaden geschützt.

Die Raubritter hatten, als sie den Anmarsch des Heeres bemerkten, in größter Eile die Zugangsbrücke abgebrochen und sich in den Turm zurückgezogen. Zur Flucht war es bereits zu spät, denn als erste Maßnahme hatten die Eisenacher die Anlage von allen Seiten eingeschlossen, niemand sollte entkommen. Als sich die Soldaten Ludwigs von Wangenheim formiert hatten und mit der Beschießung beginnen wollten, erschienen überraschend ein paar Mönche. Allen voran der Abt des Klosters Reinhardsbrunn, dem die Bösewichter so viel Schaden zugefügt hatten. Die

Klosterbrüder segneten die landgräflichen Bewaffneten und lasen eine Messe für ihren Erfolg.

Nach dieser kurzen Verzögerung wurde die Anlage mit einem Hagel von Brandpfeilen überschüttet. Die Holzpalisaden und die Fachwerkbauten im Inneren fingen rasch Feuer. Der Turm ragte zwischen den Flammen empor. Schon griffen die Flammen auf einen der hölzernen Wehrgänge der Steinmauer und sogar auf die Tür des Turmes über. Die Räuber saßen in der Falle, sie konnten nicht mehr hinaus. Die Belagerer warteten, bis alle Holzbauten abgebrannt waren. Im Turm musste trotz des Winters unerträgliche Hitze herrschen.

Einen Tag wartete man so ab. Zwischen den rußgeschwärzten Mauern ragte der Turm immer noch hervor. Kein Lebenszeichen war zu erkennen, waren die Räuber vielleicht mitverbrannt? Schließlich stürmten die ersten Soldaten in die Burg. Man legte eine Leiter an die vier Meter über dem Boden gelegene Tür des Turmes. Mit einem Krachen fielen deren angekohlten Reste unter den Axthieben hinunter. Als jedoch der erste landgräfliche Soldat durch die Luke eindringen wollte, wurde er von einem Spieß durchbohrt. Die Belagerer beantworteten diese Aktion mit einem Pfeilhagel in die Öffnung. Da der Turm nicht besonders hoch war, warf man ein mit einem Haken versehenes Seil über die oberen Zinnen. Zwei Wagemutige kletterten hinauf. Oben angelangt, sahen sie, dass die Falltür ins Innere unversehrt, aber verriegelt war. Weitere folgten den beiden. Dann schlugen sie mit Äxten kräftig auf das Holz ein. Von zwei Seiten in die Zange genommen, kapitulierten die Räuber, in der Hoffnung auf Gnade. Man machte neun Gefangene und fand im unteren Raum des Turmes die Beute aus vielen Raubzügen.

Siegfried von Nazza durchkämmte mit einigen Knechten fieberhaft den Turm, dann untersuchten sie die Trümmer der Fachwerkbauten. Aber offensichtlich waren Herwig von Hörselgau und Friedrich von Frankenhausen erneut entkommen.

»Verdammt noch mal!«, stieß Siegfried aus. »Diese Verruchten müssen mit dem Teufel im Bunde sein, dass es ihnen immer wieder gelingt zu entwischen.« Von einem der Gefangenen erfuhr er später, Herwig und Friedrich hätten die Burg bereits am Vortag verlassen, einer sei nach Süden, der andere nach Norden geritten.

Mit Zustimmung Ludwigs von Wangenheim stellte Siegfried einen Trupp zusammen, der nun im ganzen Land nach den beiden Verbrechern suchen sollte.

Ludwig von Wangenheim hatte kein Mitleid mit den gefangenen Räubern, so wie diese es auch nicht mit ihren Opfern gehabt hatten. Am Fuß des Berges ließ er Galgen errichten. Rasch waren die Schlingen über die Balken geworfen. Ohne viel Federlesens und ohne geistlichen Beistand knüpfte man die gottlosen Gesellen an Ort und Stelle auf. Sie sollten zur Abschreckung und Mahnung dort hängen bleiben. Mochten die Krähen ihnen die Augen aushacken. Anschließend erging der Befehl, die Burg bis auf die Grundmauern zu schleifen. Kein Stein sollte auf dem andern bleiben. Nichts sollte mehr an den sündhaften Ort erinnern.

Das entschlossene Vorgehen gegen die Raubritter sprach sich im Lande rasch herum. Als sich das Heer der unweit gelegenen Tannenburg näherte, war die Besatzung bereits in Panik geflohen. Ähnlich verhielt es sich mit weiteren Raubnestern. Nur vereinzelt leisteten die ritterlichen Wegelagerer Widerstand, aber auch der war rasch überwunden. Innerhalb von drei Wochen hatte man die gesamte Gegend von allem Gesindel gesäubert und ihre Stützpunkte gründlich zerstört.

27

Siegfried von Nazza war enttäuscht nach Eisenach zurückgekehrt. Er war nicht sehr zuversichtlich, dass der Suchtrupp erfolgreich sein würde. Von Herwig von Hörselgau und Friedrich von

Frankenhausen fehlte jegliche Spur. So setzte er seine Hoffnung in die Aussagen des Sekretärs des Schultheißen und des seltsamen Predigermönchs, die im Verlies der neuen Stadtburg saßen. Die peinliche Befragung in den Folterkellern würde schon ihre Zungen lösen, darauf verstanden sich die Knechte. So verfuhr man immer, wenn man die Wahrheit herausfinden wollte. Vielleicht konnte man auch etwas über den Aufenthaltsort der Geflohenen herausbekommen und sie schließlich doch noch dingfest machen.

Schon einen Tag nach der Rückkehr Siegfrieds fanden sich daher zur Mittagsstunde Rudolf von Vargula und Dietmar Hellgreve in den von Sophies Bauleuten fertiggestellten Kellerräumen der Stadtburg ein. Hier unten im Verlies hatte man neben dem Sekretär und dem Mönch auch Heinrich von Welsbach und weitere Anhänger der Herzogin eingesperrt. Rudolf von Vargula wollte die vor knapp eineinhalb Jahren geschehenen Morde erneut untersuchen. Er hatte daran inzwischen ein persönliches Interesse. Da ihm der verhasste Hörselgauer Ritter nicht in die Hände gefallen war, wollte er jetzt von den Gefangenen wissen, wer die Hintermänner waren.

Bevor sie das Verlies betraten, wandte sich Dietmar mit einer Bitte an den alten landgräflichen Feldherrn: »Herr, ich glaube, wir sollten uns vorrangig mit dem Mönch und dem Sekretär befassen. Heinrich und Giseler von Welsbach kenne ich viele Jahre, sodass ich ziemlich sicher bin, sie hatten mit der Sache nichts zu tun.«

Rudolf wog den Kopf hin und her als er erwiderte: »Dennoch hat aber zumindest Heinrich während der Belagerung eine führende Rolle in der Stadt gespielt.«

Dietmar versuchte nochmals, den landgräflichen Ritter umzustimmen: »Ich widerspreche Euch ungern, aber erstens hat er sich nur für die Stadt eingesetzt und zweitens hat er eine Reihe von Leuten, die Euren Erfolg in der Stadt erst ermöglichten, vor dem sicheren Tod durch die hessischen Ritter bewahrt. Heute wissen wir, dass man beabsichtigte, alle Anhänger unserer Sache zu vernichten. Keiner sollte damals mit dem Leben davonkommen. Heinrich hat das verhindert. Manche, unter anderem mein Bruder, fanden bei ihm Zuflucht.«

Der neue Burghauptmann, Siegfried, sprang seinem Freund Dietmar bei. »Herr, der Hellgreve spricht die Wahrheit, noch in der größten Gefahr haben sich die Welsbachs für die Leute eingesetzt. Auch vorher, bei der Untersuchung der Morde, war Heinrich bemüht, Dietmar zu unterstützen. Und er hat bereits damals glaubhaft versichert, dass er von alldem nichts wusste. Wir sollten zuerst die beiden anderen befragen. Wir müssen vor allem in Erfahrung bringen, wo sich Friedrich von Frankenhausen und der verfluchte Ritter verbergen. Die scheinen mir die Schlüsselrolle zu spielen. Vielleicht verhält sich ja alles ganz anders als wir denken.«

»Nun ja«, Rudolf kratzte sich den grauen Vollbart und lenkte schließlich ein, »zunächst werden wir den Sekretär befragen, dann sehen wir weiter.«

Rudolf winkte zwei Knechten, den Sekretär in den linken Raum zu bringen. Dort war schon ein dritter damit beschäftigt, das Feuer eines Kohlebeckens in Gang zu halten. Er brachte große Greifzangen und verschiedene Eisenspitzen zum Glühen.

Der Sekretär wurde hereingeschleift, seine einst kostbaren Gewänder waren stark verschmutzt und an einigen Stellen eingerissen. Sein rechtes Auge war dick angeschwollen und schimmerte violett. Die beiden Knechte lösten die eisernen Handschellen des Sekretärs und schnallten beide Arme an zwei Eisenschellen, die in die Wand eingelassen waren. Die so gewaltsam ausgebreiteten Arme verhinderten, dass der Körper in sich zusammensackte. Der Sekretär machte einen erbärmlichen Eindruck.

»Also«, sprach Rudolf von Vargula mit entschlossener Stimme an den Gefangenen gewandt, »ich werde dir jede Frage nur einmal stellen. Solltest du nicht bereit sein, sie zu beantworten, wird mein Knecht dich mit seinen Eisen bekannt machen.«

Der Sekretär winselte irgendetwas Unverständliches. Die Angst vor der bevorstehenden Folter stand ihm ins Gesicht geschrieben.

»Wer hat damals den Mord an den beiden Markzollern veranlasst?«, übertönte Rudolf das Gejammer. Hinter ihm stand drohend ein stämmiger Knecht, der mit einem dicken Lederhandschuh ein glühendes Stück Eisen hochhielt.

»Ich werde alles sagen, der Frankenhausen war es«, krächzte der Sekretär. Warum nur war er diesem verdammten Ränkeschmied gefolgt, schoss es ihm durch den Kopf. Er hätte vorsichtiger sein müssen, nun würde er mit seinem Leben dafür bezahlen müssen.

»Warum sollte er die eigenen Verbündeten umbringen, es waren doch Anhänger der Herzogin?«, fragte Dietmar wenig überzeugt von der Aussage.

Der ausgemergelte Körper des Sekretärs zuckte, als er sagte: »Sie haben nicht mitgemacht.«

»Nicht mitgemacht? Wobei?«, hallte Rudolfs Stimme durch den Kellerraum.

»Bei der Vorbereitung zur Eroberung der Stadt durch die Herzogin«, brachte der Sekretär hervor.

»Also hat Friedrich das im Auftrag der Herzogin getan?«

»Nein, die wusste davon gar nichts und war selbst erschrocken, deshalb hat sie ja die zwei Ritter geschickt.« Der Sekretär rang nach Luft. Trotz des entblößten Oberkörpers und der muffigen Kälte schwitzte er.

»Die beide das Zeitliche segnen mussten«, ergänzte Rudolf knurrend.

»Weshalb mussten die beiden denn sterben?«, fragte Siegfried von Nazza weiter.

»Sie haben Friedrich von Frankenhausen misstraut. Außerdem hatten sie Euch«, der Sekretär wies mit dem Kopf erschöpft in Richtung Dietmar Hellgreve, »das Leben gerettet.«

»Jetzt verstehe ich gar nichts mehr.« Rudolf von Vargula schüttelte den Kopf. »Welchen Nutzen hatte Friedrich von Frankenhausen denn davon?«

Der Gepeinigte hoffte immer noch, wenn er alles sagte, bliebe ihm die Folter erspart: »Er sollte Schultheiß der Stadt werden.«

»Aber Sophie hat ihn nicht dazu gemacht«, gab sich Rudolf mit der Antwort nicht zufrieden.

»Worüber Friedrich von Frankenhausen sehr wütend war.«

»Wie kam er bloß darauf, dass er mit ein paar Morden Schultheiß werden könnte?«, mischte sich Dietmar ein. Er verabscheute eine solche Vorgehensweise, Ämter sollte man sich durch persönliche Leistung erwerben.

Der Sekretär antwortete: »Das sah der Plan so vor. So war es vereinbart. Er sagte, er hätte schon den richtigen Fürsprecher.«

»Zu solch einer Sache bedarf es einiger Leute. Mit wem hat er den Plan ausgeheckt? Wer steckte dahinter? Wen hat er alles daran beteiligt, wer waren seine Komplizen? Wer war der Fürsprecher?« Der Tonfall des landgräflichen Ritters zeugte von aufkommender Ungeduld. Alles musste man dem Mann aus der Nase ziehen.

Der an die Wand gekettete Gefangene spürte dies und setzte rasch hinzu: »Außer Atze und Herwig von Hörselgau sowie mir weiß ich nicht, wer noch dabei war. Vielleicht dieser braunschweigische Ritter, aber Friedrich traf sich auch mit einem anderen, der mir unbekannt ist. Niemand kennt seine Herkunft oder gar sein Aussehen. Ich weiß es nicht!«

Der Knecht mit der Eisenstange sah jetzt die Gelegenheit gekommen, sein fürchterliches Folterinstrument auszuprobieren.

»Nicht! Ich flehe Euch an, nicht! Ich weiß es wirklich nicht!«, brüllte der Sekretär, als der Knecht das glühende Eisen vor seinem Gesicht auf und ab wandern ließ.

»Ich weiß nur, dass das Ziel war, den Aufruhr in der Stadt möglichst schnell zu schüren«, fügte der Sekretär mit schmerzverzogenem Gesicht hinzu, so als hätten ihn die glühenden Eisen bereits berührt.

Rudolfs Handzeichen bedeutete dem Knecht zu warten. »Also, noch einmal alles zusammen. Friedrich von Frankenhausen plante, mithilfe der Eroberung der Stadt das Amt des Schultheißen an sich zu reißen. Dazu suchte er Verbündete. Die beiden Markzoller, die nicht mitzogen, wurden deshalb von Hans Atze und Herwig von Hörselgau umgebracht. Richtig?«

Der Sekretär nickte mit angsterfüllten, weit aufgerissenen Augen.

»Und weiter!«, drängte jetzt Dietmar.

»Der Plan war schon etwas länger vorbereitet gewesen. Aber ich weiß nicht von wem! Ich weiß es nicht!«, schluchzte der Gefangene wehleidig.

Rudolf von Vargula war aber noch nicht zufrieden. »Was hatte es mit dem Mönch auf sich, der hier predigte? Welche Rolle spielte er in eurem schmutzigen Plan?«

»Keiner von uns kannte ihn. Ich weiß nicht, wo er herkam oder wer ihn geschickt hat. Es ist wohl eher Zufall, dass er gerade dann hier auftauchte. Irgendwelche Leute behaupteten, ihn in Mainz schon einmal gesehen zu haben.«

Die Mienen von Rudolf und Dietmar ließen Zweifel daran erkennen, dass das Erscheinen des Mönches tatsächlich nur ein unglücklicher Umstand gewesen sein sollte. Vor allem der Hinweis auf die Stadt Mainz weckte ihr Misstrauen. Der dortige Erzbischof führte zwar Krieg gegen Sophie von Brabant, aber er spielte auch ein undurchsichtiges Spiel. Hatte er vielleicht hier Intrigen gesponnen? Doch zu welchem Zweck? Er hatte einen Friedensvertrag mit dem Landgrafen. Nun gut, den Mönch würden sie nachher persönlich befragen.

»Welche Belohnung hattest du und deine Kumpane zu erwarten?«, fragte Siegfried von Nazza. Er glaubte nicht, dass jemand selbstlos einen so schurkischen Plan verwirklichen würde. Für die Komplizenschaft wurde bestimmt ein hoher Preis verlangt.

»Häuser von landgräflichen Anhängern und Ländereien«, gab der Angekettete zu.

»Das hat ja nun nicht so geklappt, als Sophie die Stadt übernahm«, meinte Dietmar eher beiläufig. »Was geschah dann weiter?«

»Als Ihr«, der Sekretär nickte, schwer atmend, mit dem Kopf wieder in Richtung Dietmar Hellgreve, »herausgefunden hattet, wer die Mörder waren, und man Euer Treffen mit dem Bettler beobachtet hatte, bekam Friedrich Angst. Er rechnete nicht damit, dass Ihr bereits vor Kriegsbeginn auf seine Spur kommen würdet. Darum wollte er Eure Beseitigung.«

»Und du hast den Inhalt unserer Unterredung im Steinhof an Friedrich ausgeplaudert.« Abscheu machte sich auf den Gesichtern der drei Fragenden breit.

Der Sekretär senkte den Kopf und hauchte ein leises »Ja«.

»Wer waren die beiden Strauchdiebe?«, hallte Siegfrieds Stimme durch den Raum.

»Es waren mehrere Knechte Herwigs von Hörselgau an der Sache beteiligt.«

»Das erklärt zumindest das rasche Verschwinden der Leichen«, bemerkte Siegfried.

Dietmar bedauerte, dass seine beiden Retter ihre Tat mit dem Leben bezahlen mussten. »Die beiden hessischen Ritter haben den Plan vereitelt. Musste man sie aber deshalb gleich umbringen?«

»Sie haben sich mehrfach mit mir getroffen und misstrauten mir. Außerdem sollten sie sich erkundigen, wie die Stimmungslage in Eisenach ist, und sie meinten, für einen Krieg sei die Zeit nicht reif. Aber eigentlich sollten sie ja etwas anderes nach Marburg berichten und Sophie zum sofortigen Kriegsbeginn anstacheln. Ich weiß nur, dass sich Friedrich an jenem Abend noch mit irgendeiner fremden Person getroffen hat und danach den beiden Rittern durch seinen Knecht einen Krug Wein übermitteln ließ. Er hat sich auch nach der Besetzung Eisenachs immer wieder mit jemandem getroffen, ohne dass ich weiß, wer es war. Auch vorgestern war er wieder unterwegs und plante, am Tag Eurer Rückeroberung der Stadt zurückzukehren. Ich habe ihn aber nicht noch einmal gesehen.«

Nach einer kurzen Pause erkundigten sich die drei Männer nach den Aufenthaltsorten Herwigs von Hörselgau und Friedrichs von Frankenhausen. Trotz grober Drohgebärden durch die Knechte mit den glühenden Eisen, beteuerte der Sekretär seine Unwissenheit. Er zitterte heftig, obwohl er vor Angstschweiß triefte. Immer wieder fügte er flehend hinzu: »Mehr kann ich Euch einfach nicht sagen, glaubt mir.«

Es klang ehrlich, darum beendeten sie das Verhör und sahen von der Folter ab. Die Folterknechte wirkten zwar enttäuscht, aber Rudolf von Vargula spürte, wann jemand die Wahrheit sagte.

Die Worte des Sekretärs beschäftigten die Anwesenden in der Folterkammer. Auch wenn man nun die Mörder und den Strippenzieher kannte, wurden sie das Gefühl nicht los, dass noch ein Stück zur Aufklärung fehlte. Es klang unglaubwürdig, dass ein einfacher Städtebürger im Stande sein sollt, durch Intrigen einen Krieg zwischen Fürsten auszulösen. Vom Sekretär würde man aber wahrscheinlich nichts mehr erfahren, vor lauter Furcht vor den Folterinstrumenten hatte er bereits alles gesagt, was er wusste. Ob ihnen der Mönch weiterhelfen konnte? Mit diesen Gedanken erging der Befehl des landgräflichen Heerführers, den anderen Gefangenen hereinzubringen.

Der Mönch wurde ebenso wie der Sekretär an einer Kellerwand in Eisenschellen gelegt. Sein Gesicht und seine Kutte trugen deutliche Spuren von verkrustetem Blut. Quer über sein Gesicht verlief eine breite Schramme, die von einer Peitsche herrührte.

»Wer hat dich hierher geschickt?«

Der Mönch murmelte ein leises Gebet in Lateinisch.

»Wer hat dich hierher geschickt?« Rudolfs Ton wurde deutlich rauer.

Der Mönch antwortete wieder mit einem lateinischen Gebet.

Der Knecht trat an den Mönch heran und riss ihm die Kutte vom Hals bis zu den Hüften auf. Ein ausgemergelter mit verschieden langen Narben überzogener Körper kam zum Vorschein. Zweifellos hatte er vor dem Predigerdasein ein anderes Gewerbe ausgeübt. Vielleicht war er auch kein richtiger Prediger. Vor der Brust wurde nun das glühende Eisen geschwenkt.

»Mein Herr hat dich was gefragt, Mönchlein!«, brüllte der Knecht in froher Erwartung, seine Folterinstrumente doch noch anwenden zu können.

Als der Mönch nicht reagierte, drückte ihm der Knecht das glühende Eisen auf die blanke Brust. Nach einem kurzen barbarischen Schrei begann der Mönch, einen Choral zu singen. Derweil füllte sich der Raum mit dem Gestank von verbranntem Fleisch. Dietmar wandte sich unwillkürlich ab. Ihn ekelte, und er hatte das Gefühl, der Geruch schnüre ihm die Kehle zu.

Der Knecht drückte dem Mönch das glühende Eisen erneut auf die Brust, wiederum folgte dem Aufschrei zitternd ein Gesangsfetzen. Der Gestank in dem engen Kellerloch wurde unerträglich.

Der Mönch begann plötzlich in kurzen Stößen und unter höllischen Schmerzen zu sprechen: »Ich war an deinem Grab, oh Heilige. Du hast meine Wunden dort geheilt. Du hast mich erleuchtet. Du hast mit mir gesprochen und mir den Weg gewiesen. Deine Stimme hat überall aus meinem Munde gepredigt und die Rückkehr zu uns Irdischen verkündet. Aber unser aller Glauben war zu schwach, und die Menschen waren zu sündig.« Er machte eine Pause und fuhr dann, an Rudolf von Vargula gewandt, fort: »Nacht wird sich über Euch senken. Die Hölle wird auf Erden kommen. Ein Fluch wird sich über die verruchte Stadt ausbreiten und über euch alle. Es wird wieder zum Krieg kommen. Alle werden von Euch abfallen und die Belagerungsburgen wieder aufbauen, um die

Wartburg zu nehmen. Oh, Ungläubige, die ihr seid! Wehe euren verdammten Seelen!«

Alle Anwesenden wichen erschrocken vor dem Gefangenen zurück und bekreuzigten sich rasch. Nur der Folterknecht im Hintergrund rief seinem Herrn zu: »Soll ich ihm die Zunge herausreißen? Damit ein für alle mal Schluss ist!«

Rudolf schüttelte den Kopf und gab das Zeichen zum Abbruch des Verhörs. Dietmar war froh darüber. Länger hätte er es in dem Folterkeller nicht mehr ausgehalten. Er hatte schon viele Tote und Sterbende gesehen, war selbst verwundet worden und hatte Schmerzen ertragen müssen. Aber das Verhalten des Mönches hatte ihn sehr beeindruckt. Mit Todesverachtung war er der Folter begegnet. Wie sehr musste er auf seine Sache vertrauen. Er glaubte wohl wirklich fanatisch an die Heilige. Vielleicht hatte er gar nichts mit den Morden zu tun, und sein Erscheinen war wirklich nur Zufall. Ein falscher Prediger hätte angesichts dieser Qualen doch sicher gestanden.

Rudolf entschied, dass die beiden Gefangenen übermorgen in aller Öffentlichkeit hingerichtet werden sollten. Auf ein Verhör Heinrichs von Welsbach verzichtete Rudolf aufgrund der erneuten Intervention von Dietmar und Siegfried. Vielmehr schlugen die beiden vor, die Sachen in Friedrich von Frankenhausens Haus zu untersuchen, das immer noch verschlossen und bewacht war.

Alle drei wollten jedoch vorher in der Kirche ein kurzes Gebet gegen den Fluch des Mönchs sprechen.

Als Siegfried und Dietmar das Haus Friedrichs von Frankenhausen betraten, sah es dort noch immer so aus, wie sie es verlassen hatten. Sie nahmen sich vor, unten anzufangen. Siegfried durchstöberte den Hauptraum, während Dietmar den Keller inspizierte. Nach knapp zwei Stunden, es war schon später Nachmittag, begannen sie mit der Suche in der oberen Etage. In den Unmengen von Geschäftspapieren war nichts Außergewöhnliches zu entdecken.

Schließlich waren sie in dem Zimmer angelangt, wo sie den Sekretär gefangen genommen hatten. Auch hier war ihre Mühe vergebens. Dietmar zerrte eine dicke Truhe, die sie als Letztes durchwühlt hatten, wieder an ihren Platz, dabei knickte er mit dem Fuß um. Er fluchte wegen des schmerzenden Knöchels, als er sich niedergeschlagen und ratlos zu seinem Freund ans Fenster setzte, durch das Herwig von Hörselgau entkommen war.

Gedankenverloren schweifte sein Blick durch den Raum und blieb an der Stelle, wo er umgeknickt war, hängen. Der Boden war eben und glatt, wie konnte da so ein Missgeschick passieren? Das erregte nun doch seine Aufmerksamkeit, und er erhob sich wieder von seinem Sitzplatz. Mehrfach trat er auf die Stelle, bis er bemerkte, dass die Diele unter ihm nicht richtig befestigt war. Er schaute sich die Stelle genauer an und sah, die Bodenbretter waren lediglich aufgelegt. Er nahm seinen Dolch zu Hilfe, um eines davon anzuheben. Ein kleiner Hohlraum wurde sichtbar. Hastig schoben sie nun die dicke Truhe beiseite und legten auch die beiden anderen Dielenbretter beiseite. In dem Hohlraum war eine kleine Kiste zu erkennen. Nur mit Mühe konnten sie ihre ihre Aufregung im Zaum halten.

Mit vereinten Kräften hoben Dietmar und Siegfried den eisenbewehrten Kasten aus dem Versteck. Er war abgeschlossen. Siegfried eilte ins Untergeschoss, in der Hoffnung, irgendetwas Brauchbares zum Öffnen oder gar den Schlüssel zu finden. Mit einem Hammer in der Hand erschien er nach kurzer Zeit wieder und schlug heftig auf das Schloss ein. Im Zimmer dröhnte es laut von den kräftig geführten Schlägen. Schließlich fiel das Schloss mit abgebrochenem Bolzen scheppernd zu Boden. Dann öffnete Siegfried schwer atmend von der Anstrengung den Deckel.

In der Truhe lagen verschiedene Briefe. Zwei davon trugen das Siegel des braunschweigischen Lehensmannes Kuno von Fürstenstein. Wie deutlich der Namenszug zu entziffern war! Es waren Übertragungsurkunden für einen Hof in Münden an Friedrich von

Frankenhausen, gesiegelt schon im Herbst 1259, aber erst rechtsgültig, wenn die Gebiete bis vor Creuzburg braunschweigischer Besitz seien. Drei weitere Urkunden waren von Friedrich von Frankenhausen gesiegelt und stellten umgekehrt Übertragungsurkunden für Kuno auf Besitzungen in Eisenach dar. Zwei andere trugen ebenfalls die Jahreszahl 1259, während die dritte erst fünf Wochen alt war. Sie regelte, vordatiert, die Übergabe des Hauses Heinrichs von Welsbach an Kuno. Seltsamerweise fand man auch Korrespondenz aus der Kanzlei des Erzbischofs von Mainz mit Kuno und Friedrich. Es ging um Besitzanteile im nahe gelegenen Eichsfeld, das zu den erzbischöflichen Territorien gehörte.

Allmählich begann es Siegfried und Dietmar zu dämmern, dass der Burgmann des braunschweigischen Herzogs der Unbekannte war, von dem der Sekretär im Verhör gesprochen hatte. Es ging hier sowohl um politische Interessen als auch ums blanke Geschäft. Kuno und Friedrich ging es zunächst nur um ihren persönlichen Vorteil. Und offensichtlich war auch Heinrich von Welsbach dem Schurken Friedrich von Frankenhausen im Weg. Vermutlich hatte er bereits dessen Beseitigung vorbereitet, und mit großer Wahrscheinlichkeit wäre das Morden weitergegangen.

Aber deshalb einen Krieg anfangen? Diese Frage mit Ja zu beantworten, fiel ihnen schwer. Überschätzte man damit nicht Friedrichs und Kunos Einfluss? Siegfried und Dietmar versuchten, die gar nicht dazu passenden Briefe aus der Kanzlei des Erzbischofs von Mainz in irgendeinen Zusammenhang zu bringen. Aber nüchtern kombiniert, ließen sie nur einen Schluss zu: Dem erzbischöflichen Stuhl kam ein Konflikt zwischen Sophie und dem Herzog von Braunschweig einerseits und dem Landgrafen andererseits sehr entgegen. Erstens waren die Mächte dann miteinander beschäftigt, zweitens zwangen sie Sophie einen Zweifrontenkrieg auf und würden den Erzbischof in Hessen wieder in die Offensive bringen. Außerdem wusste jedermann, wie leicht es sein würde, den ungestümen, nach Heldentaten lechzenden Herzog von Braunschweig für ein kriegerisches Abenteuer zu bewegen. Möglicherweise hat die Mainzer Kurie die Übeltäter erst zu ihrem Vorgehen ermuntert. Je mehr Siegfried von Nazza und Dietmar Hellgreve darüber nachdachten, umso mehr kamen sie zur Überzeugung, dass es sich so verhielt.

So lange man aber nicht der drei Verbrecher, Kuno von Fürstenstein, Friedrich von Frankenhausen und Herwig von Hörselgau, habhaft wurde, blieb es lediglich bei diesem Verdacht. Als Beweise für eine Mittäterschaft des Erzbischofs würden die Briefe nicht genügen. Dennoch mussten sie diese Erkenntnisse schnellstens mit Rudolf von Vargula besprechen. Vielleicht bestand jetzt noch Hoffnung, zumindest Heinrich und Giseler von Welsbach zu retten. Sie mussten es jedenfalls versuchen.

Als sie sich zum Gehen wandten, erreichte sie ein Bote Rudolfs von Vargula mit der dringenden Bitte, zum Steinhof zu kommen. Das hatten sie ohnehin vor. Aber die zweite Information war eine einzige Enttäuschung für sie: Friedrich von Frankenhausen hatte sich in das südöstlich von Waltershausen gelegene Kloster Georgenthal begeben, um für seine Verfehlungen zu sühnen. Er war sogar schon dem Orden beigetreten. Dietmar und Siegfried waren sich einig, dass Friedrich damit einer Bestrafung zuvorkommen wollte, und nirgends durfte er sich sicherer wähnen als im Schoß der Kirche. Diese Tatsache erzürnte sie außerordentlich. Herwig von Hörselgau blieb dagegen verschwunden, vielleicht war er zu Kuno von Fürstenstein geflohen.

28

Im landgräflichen Steinhof herrschte bei der Ankunft von Dietmar und Siegfried großes Getümmel. Es hatten sich viele Menschen hier eingefunden. Als sie den engen Saal betraten, sahen sie, dass sogar der junge Landgraf Albrecht persönlich erschienen war. Er saß in der Mitte der Tafel etwas erhöht, wie es sich für den Herrscher geziemte. Zu seiner Rechten hatten sein Oheim Graf Hermann von Henneberg und der siegreiche Heerführer Rudolf von Vargula Platz genommen. Auf der anderen Seite saßen mehrere Ritter, die Dietmar, bis auf Ludwig von Wangenheim und Friedrich von Treffurt, völlig unbekannt waren. Alle waren prächtig herausgeputzt. Unter den farbigen, mit Familienwappen und bunten Bordüren abgesetzten Umhängen schauten blank geputzte Kettenhemden hervor. Es mussten Gefolgsleute des Landgrafen aus den östlichen Gebieten sein. Vor der Tafel stand eine Reihe von Eisenacher Bürgern, unter ihnen Heinrich Meinradis. Es ging um die zukünftige Verwaltung der Stadt.

Heinrich Meinradis führte gerade das Wort: »… und so bitte ich Euch, unseren Landesherrn, die eingeführte Verwaltung mit dem Schöffenkolleg in der jetzigen Form beizubehalten. Einige der Herren, die in dem Gremium sitzen, haben sich bei der Eroberung der Stadt als treue Untertanen erwiesen.«

Der junge Albrecht rutschte auf seinem Platz hin und her. An seinem Gesicht sah man, dass er wütend war. Schließlich konnte er nicht mehr an sich halten und polterte los: »Erst unterwirft sich die Stadt meinen Gegenspielern. Mit viel Mühe gelingt es uns, sie aus deren Klauen zu entreißen, und nun stellt ihr auch noch Forderungen. Verfluchter Pöbel! Was bildet ihr euch ein?«

Albrechts Oheim Hermann von Henneberg versuchte zu beschwichtigen: »Neffe, nun langsam. Denen hier vor Euch solltet Ihr keine Vorwürfe machen. Sie haben wacker gekämpft. Das müsst auch Ihr anerkennen.«

Albrecht knurrte zustimmend. Unter sichtlichem Bemühen, seinen Zorn im Zaum zu halten, fuhr er fort: »Lasst uns daher darüber sprechen, was ihr Bürger uns als Sicherheit gebt, wenn wir euch die bisherige Verwaltung so weiterführen lassen. Die Vorfälle des letzten Jahres dürfen sich nicht wiederholen.«

Heinrich Meinradis antwortete: »Ihr habt immerhin die Stadtburg als militärischen Vorposten mitten in der Stadt. Außerdem werden Eure Steuereinnahmen durch die neue Verwaltung in keiner Weise beeinträchtigt.«

Rudolf von Vargula räusperte sich, so wie er es immer tat, wenn er etwas beitragen wollte. »Mein Herr!«, wandte er sich an den Landgrafen. »Ich habe hier tapfere Bürger erlebt, die sich des Vertrauens würdig erwiesen haben. Das sollten wir anerkennen. Wenn Eure Steuern von der Reform nicht beeinträchtigt werden, was habt Ihr dann zu verlieren?«

»Wer sagt uns denn, dass die Bürger auch alles pünktlich abgeben werden?«, lautete die misstrauische Gegenfrage des Landesherrn.

»Herr«, antwortete Heinrich Meinradis, »die Bürger der Stadt wünschen sich nichts sehnlicher, als wieder ihren Tätigkeiten in Ruhe und Frieden nachgehen zu können. Sie sind des Krieges müde. Er hat uns viele Opfer abverlangt. Es gibt kaum Familien, kaum Geschäfte, die nicht in Mitleidenschaft gezogen worden sind. Und wenn wir jetzt die Euch zustehenden Einkünfte abliefern wollen, benötigen wir gerade wegen der vielen Einbußen, die die Stadt erleiden musste, die Freiheit, zu entscheiden, wie wir bezahlen. Ansonsten wird es uns schwerfallen, die geforderten Summen aufzubringen. Nach der herkömmlichen Methode könnten wir Eure Forderungen nicht erfüllen.«

Noch ehe Landgraf Albrecht einen Einwand erheben konnte, hatte schon Rudolf von Vargula erneut das Wort ergriffen: »Mein Herr, lasst uns die jetzige Struktur mit dem Schöffenkolleg beibehalten und für eine Übergangszeit gebt Ihr ihnen noch einen Schultheißen zur Kontrolle. Wenn alles zu Eurer Zufriedenheit funktioniert, können wir es bei der neuen Ordnung belassen. Sollten sich die Bürger aber nicht daran halten, könnt Ihr es wieder ändern und den Stadtrat absetzen.«

»Ich halte das für eine vernünftige Lösung«, pflichtete ihm Hermann von Henneberg bei. Und es war klar, wenn der Onkel des Landgrafen Zustimmung signalisierte, widersprach Albrecht nur in den seltensten Fällen.

»Nun, so soll es sein«, willigte der junge Landgraf schließlich knurrend ein.

Heinrich Meinradis und die anderen Bürger zeigten sich mit dem Kompromiss zufrieden und verließen, mit Ausnahme Dietmar Hellgreves, den Saal.

Auf ein Zeichen Rudolfs von Vargula traten Siegfried von Nazza und Dietmar Hellgreve vor und wurden um ihren Bericht gebeten. Während ihrer Ausführungen ging mehrfach ein Raunen durch den Saal.

Graf Hermann von Henneberg ergriff nach dem Ende der Ausführungen Siegfrieds und Dietmars als Erster das Wort: »Ich kann mir nicht vorstellen, dass der Herzog von Braunschweig von all den Ränkespielen des Erzbischofs nichts gewusst hat. Schließlich hat er doch bisher am meisten von dem ganzen Kriegszug profitiert. Sein Ziel war es von Anfang an, die Gebiete an der unteren Werra in seinen Besitz zu bringen. Das hat er getan. Um sich aber der Ländereien sicher zu sein, wollte er uns beschäftigen. Und das möglichst weit von seinen Eroberungen entfernt. Wie sehr kamen ihm dabei Sophies Ehrgeiz und ihre Vorliebe für Eisenach entgegen. Ihr Kriegszug hielt und hält uns bis heute davon ab, zum Gegenschlag gegen den Braunschweiger Herzog überzugehen.«

»Graf, Ihr habt recht!«, meinte Rudolf von Vargula. »Dieser Kuno von Fürstenstein und der Markzoller von Frankenhausen haben doch nicht gewonnen. Gewonnen hat auch nicht die Herzogin von Brabant, sondern nur der Herzog von Braunschweig. Und die Rechnung des Erzbischofs von Mainz ist auch nicht aufgegangen, noch immer verweigert Sophie die Herausgabe der erzbischöflichen Lehen. In der Zeit, in der wir hier untereinander mit Krieg beschäftigt wurden, hat der Herzog von Braunschweig seine Macht an der Werra gefestigt. Selbst wenn man, wie Siegfried von Nazza es gesagt hat, dem Herzog keinerlei

Auftraggeberschaft nachweisen kann, so hat er möglicherweise aber die Machenschaften geschürt.«

Nach einer kurzen Pause, in der alle das Gehörte überdachten, meinte der Landgraf: »Aber wir haben doch einige Schuldige gefangen, und die sollten wir mit öffentlichem Spektakel hinrichten lassen. Den Sekretär und den Mönch können wir vierteilen lassen und die Markzoller als Anführer brandmarken und ebenfalls töten.«

Dietmar Hellgreve trat bei diesen Worten hervor und fiel auf die Knie. »Mein Herr, Herr des Landes und der Stadt Eisenach. Ich habe die ganze Zeit mit dem Schwert in der Hand für Eure Sache gekämpft. Ich habe mir weder eine Belohnung noch sonst irgendeinen Vorteil davon versprochen. Mein Ziel war einzig die Befreiung unseres Landes von der Willkürherrschaft fremder Mächte, nicht die Fortsetzung von Gewalt gegen die Bürger. Ich bitte Euch darum, verschont Heinrich und Giseler von Welsbach. Sie haben nichts Unrechtes getan!«

Die kühnen Worte des Markzollers ließen die Zornesröte in Landgraf Albrechts Gesicht schießen. Er schnappte regelrecht nach Luft, bevor er sich mit schriller Stimme empörte: »Was erdreistest du dich? Du wagst es, deinem Landesherrn Ratschläge zu erteilen? Deine Verdienste geben dir keineswegs das Recht dazu. Du bist ein Untertan meiner Herrschaft, nichts anderes. Außerdem, was heißt, nichts Unrechtes getan? Heinrich von Welsbach stand dem Schöffenkolleg vor, das Sophie eingesetzt hat. Wenn solcherart Tätigkeit für den Galgen nicht ausreicht, welche dann?«

»Herr, Heinrich wäre selbst Opfer der Intrigen geworden.« Dietmar geriet wegen der Belehrung über seine Standeszugehörigkeit ebenfalls in Rage. »Wenn das, was Ihr dem Welsbach zur Last legt, bereits für eine Hinrichtung genügt, gehörte eine ganze Reihe von Personen an den Galgen!« Zum Beweis seiner Worte hielt Dietmar den Zuhörern die beschlagnahmten Papiere aus der Truhe entgegen, sie sollten dringliche Mahnung sein.

»Hüte deine Zunge, Stadtbürger!«, zischte es verächtlich aus dem Hintergrund der Ritterschaft.

Siegfried von Nazza merkte wohl, dass Dietmar auf die Machenschaften des Adels und den Verrat Friedrichs von Treffurt anspielte, und mischte sich daher ein, um ihn zu schützen: »Herr, er will nur seine Freunde retten, deshalb seht ihm seine Äußerung nach.«

Rudolf von Vargula dagegen, der auf Dietmars Seite stand und für dessen Position Verständnis, ja gar Zustimmung aufbrachte, beschwichtigte: »Herr, der Markzoller hat nur ausgesprochen, was mancher der Kämpfenden denkt. Auch ich verschone lieber einen tapferen Feind, als mit Überläufern an einem Tisch zu sitzen.«

»Jetzt ist es aber genug!«, unterbrach Graf Hermann von Henneberg den Disput und hieb seine Faust auf den Tisch. Er merkte, dass die Stimmung umgeschlagen war. Der siegreiche Heerführer des Landgrafen machte die ganze Angelegenheit jetzt richtig kompliziert. Auch er, Hermann, mochte Friedrich von Treffurt nicht, aber ein Streit brachte hier nur wenig. Außerdem musste das Volk irgendwie abgelenkt werden.

»Morgen sollen die Hinrichtungen stattfinden. Und für den Anführer der Städter, Heinrich von Welsbach, werden wir uns etwas Besonderes ausdenken. Den Giseler von Welsbach lasst meinetwegen frei. Es ist meine Geste an dich, Hellgreve, wegen deiner Verdienste. Damit sind wir quitt!«, befahl schließlich Landgraf Albrecht.

Die letzten Worte, die an Dietmar gerichtet waren, klangen nicht nur spöttisch und herablassend, sondern bargen eine offene Drohung. Der Markzoller brachte kein Laut heraus, ein dicker Kloß würgte in seinem Hals. Er wollte schlucken, konnte aber nicht. Heimlich ballte er die Hand zur Faust. Es wäre jedoch zwecklos gewesen zu protestieren, das sah er in den Augen der Menschen um ihn herum. Es gab kein Mittel, den Landesherrn von seinem Vorgehen abzubringen. Dietmar resignierte. Den Kopf auf die Brust gesenkt, trat er stumm zurück, um sich zu entfernen. Ohnmächtige Wut überkam ihn, als er den Steinhof verlassen hatte. Auch die winterliche Kälte kühlte seinen Zorn nicht ab.

Am nächsten Tag war die ganze Stadt auf den Beinen. Hinrichtungen waren immer ein Spektakel der besonderen Art, und viele säumten die Straßen, als der Sekretär, der Mönch und die anderen Gefangenen auf einem Ochsenkarren herangefahren wurden. Heinrich von Welsbach folgte in einem eignen Ochsenwagen am Schluss des Zuges. Man hatte seinen Oberkörper entblößt und die Hände auf dem Rücken zusammengebunden. Die Bürger riefen den Todgeweihten eine Reihe von Schmähungen hinterher. Einzelne warfen mit Eiern und Unrat.

So zog die Menge zur Hinrichtungsstätte der Stadt auf dem nahe gelegenen Galgenberg. In blutigem Zeremoniell wurden die Gefangenen vom Henker gerichtet, indem man ihnen zuerst alle Gliedmaßen abschlug. Begleitet von den Schreien der Opfer spritzte ihr Blut über das Holzpodest und färbte den Boden rot. Zuletzt trennte der Scharfrichter mit seinem Schwert das Haupt vom Rumpf der fast ausgebluteten Leiber. Triumphierend packte er den Kopf an den Haaren und zeigte ihn der johlenden Menge.

Anschließend wurde der Wagen mit Heinrich von Welsbach auf eine der umliegenden Höhen gebracht, wo man eine der erbeuteten Schleudern, eine Blide, aufgestellt hatte. Auf diese setzte man Heinrich. Sie sollte den Markzoller ins Tal katapultieren, wo dessen Leib beim Aufprall zerschmettert würde. Kurz bevor der Befehl dazu erteilt werden konnte, rief Heinrich trotzig in Richtung des zuschauenden Landgrafen Albrecht: »Und das Land Thüringen gehört doch rechtmäßig dem Kind von Brabant, dem Enkel der Heiligen.«

Dann wurde der Schleudermechanismus ausgelöst.

Bei den Hinrichtungen war Dietmar Hellgreve nicht zugegen. Er saß am Tisch seines Hauses und hatte vor sich einen großen Krug Bräuhahn stehen. Es war schon der zweite Krug, den ersten hatte er in schnellen Zügen geleert. Er konnte nicht begreifen, dass der Verräter Friedrich von Treffurt auf der Burg Metilstein ungestraft tafeln durfte und gleichzeitig einer seiner besten Freunde dem Tode entgegensah. Zornig war er auch auf die Bürger der Stadt, die erst Heinrich von Welsbach gefolgt waren und nun seine Hinrichtung feierten. Offensichtlich waren sie froh, dass man ein paar Schuldige gefunden hatte und nicht auf die Idee kam, das eigene Mittun genauer zu betrachten. Dieser verfluchte Pöbel!

Obendrein verspürte er eine unbändige Wut auf Friedrich von Frankenhausen, der sich in den Schutz der Kirche geflüchtet hatte. Er glaubte kaum, dass dieser wirklich für seine Untaten sühnen wollte. Und von den anderen Übeltätern, Kuno von Fürstenstein und Herwig von Hörselgau, fehlte jede Spur. Selbst am Hofe des Braunschweiger Herzogs seien sie bislang nicht wieder aufgetaucht, berichtete ein Spion des Landgrafen. Niemand machte Anstalten, die beiden weiter zu verfolgen. Er nahm sich deshalb vor, sich auf eigene Faust bei seinen Reisen nach dem Verbleib der beiden umzuhören. Er vermutete sie auf feindlichem Gebiet, auf der Burg Fürstenstein an der Werra, nach der Kuno seinen Namen führte.

So saß Dietmar trübe in Gedanken versunken und versuchte, seinen Zorn über die Geschehnisse der letzten Tage hinunterzuspülen. Da würden zwei Krüge Bräuhahn wohl nicht ausreichen. Kurz klangen ihm noch die letzten Worte des Predigermönches in den Ohren. In einem Punkt hatte er recht, Eisenach war wahrhaft eine sündige Stadt! Würde der ausgesprochene Fluch deshalb über sie kommen? Wie würde wohl die Zukunft der Stadt und ihrer Bürger aussehen?

29

Die vier Reiter, die die Straße entlangritten, schauten sich immer wieder um. Nein, niemand folgte ihnen, und es hatte auch nicht den Anschein, als lauere ihnen jemand auf. Aber bei den undurchdringlichen Wäldern konnte man ja nie wissen. Bald würden sie Gott sei Dank dieses Gebiet hinter sich lassen können und offenes Gelände erreichen. Ihr Weg führte seit geraumer Zeit bergab und ließ auf verschiedenen Lichtungen einen weiten Blick ins Land zu. Obwohl der Frühling sich schon mit viel zartem Grün und durch die kräftiger scheinende Sonne ankündigte, war es in diesen Morgenstunden noch kühl. Die vier Reisenden hatten sich daher ihre wollenen Umhänge eng um die Körper geschlungen.

Fröstelnd und mit leisem Bedauern dachten die vier an die wohlig warme Stube im Wirtshaus zurück, in dem sie die Nacht zugebracht hatten. Am liebsten wären sie dort geblieben, aber sie wussten, dass sich der Landesherr, der Herzog von Braunschweig, der lange Albrecht, unweit von hier aufhielt. Er befand sich auf dem Weg zu seinem Bruder, der in Lüneburg residierte. Seine Rast am Rande der Wälder diente lediglich dem Zeitvertreib. Er wollte jagen. Damit wollte er sich von dem mühseligen Geschäft der Politik erholen. Die vier Reiter glaubten daher, der Zeitpunkt sei gut gewählt, sich beim Herzog in Erinnerung zu bringen.

Nachdem sie eine Wegbiegung hinter sich gebracht hatten, öffnete sich plötzlich der Wald. Es wurden Wiesen und Auen sichtbar, auf denen schon die ersten grünen Halme zwischen Schneeglöckchen und Krokussen aus dem Boden krochen. Nicht weit von der etwas morastigen Straße wurde ein Feldlager erkennbar. Auf der Wiese stand eine ganze Reihe von bunten Zelten. Jedes hatte eine andere Farbe, daher verwirrte der Anblick den Betrachter ein wenig. Erst bei genauerem Hinsehen bemerkten die Ankömmlinge, dass in der Mitte des Lagers ein Zelt herausragte, das größer und stattlicher, aber auch farbenprächtiger als die anderen war. Die davor aufgepflanzten Fahnen, auf denen das braunschweigische Wappen – zwei goldene Leoparden auf rotem Grund – prangte, wehten leicht im Wind. Sie verkündeten stumm und majestätisch jedermann, wer hier wohnte. Zwischen den Stoffbehausungen wimmelte es von Menschen und Pferden. Um das Lager herum patrouillierten Wachen.

Langsam näherten sich die Reisenden dem Lager, ein hastiger Ritt hätte nur das Misstrauen der Wachen geweckt. Man wollte der Zeltstadt signalisieren, man komme in friedlicher Absicht. Der Pfad, der zu den Zelten führte, wurde von mehreren groß gewachsenen Bewaffneten kontrolliert. Sie trugen das herzogliche Wappen auf der Brust und waren mit Schild und Speer gerüstet. Ein Eisenhut gab nur Teile des Gesichtes und der Kinnpartie frei. Zwei von ihnen versperrten den Neuankömmlingen mit ihren Lanzen den Weg, ein Dritter forderte sie mit einer Handbewegung zum Halten auf und schritt auf sie zu. Es handelte sich um den Kommandierenden der Wache, denn er stützte seine linke Hand lässig auf den Knauf seines Schwertes am Gürtel.

»Was ist Euer Begehr?«, donnerte seine tiefe Bassstimme der Reisegesellschaft entgegen.

Der vordere Reiter schlug seinen Umhang zurück. Sein Kettenhemd und sein leinener Überwurf ließen unzweifelhaft einen Ritter erkennen. Das Wappen kam dem Wachhabenden bekannt vor, aber es kam ihm nicht sofort in den Sinn, wen er vor sich hatte.

Der Ritter setzte eine freundliche, ja fast unterwürfig wirkende Miene auf, als er mit einer angedeuteten Verbeugung erwiderte: »Hauptmann, gebt unserem gelobten und ruhmreichen Herzog Nachricht, sein Lehnsmann Kuno von Fürstenstein möchte seinem Landesherrn die Aufwartung machen.«

Richtig, dachte der Kommandierende, das war das Fürstensteiner Wappen. Er wusste, dass Kuno eine Burg in den besetzten Gebieten an der Werra verwaltete. »Und wer sind die Leute, die Ihr bei Euch führt, Herr?«, fragte er.

Der Ritter auf dem Pferd lächelte immer noch. »Es sind der tapfere Ritter Herwig von Hörselgau und zwei meiner Knechte.«

Der Anführer der Wache nickte zufrieden. »Ihr müsst einen Moment warten, Herr. Wir werden den Herzog über Eure Ankunft informieren.« Dann gab er einem Knecht ein Zeichen, sofort Meldung zu machen.

Wenig später wurden der Fürstensteiner und der Hörselgauer zum Braunschweiger Landesherrn geführt. Das Zelt Albrechts war zwar schlicht, aber einigermaßen wohnlich eingerichtet. Auf den Boden hatte man mehrere Teppiche gelegt, damit die Kälte nicht zu sehr in die Beine fuhr. Eine provisorische Tafel und mehrere Schemel luden zum Verweilen ein. Mehrere enge Vertraute waren um den Herzog. Seine ungeheure Körperlänge dominierte jedoch den ganzen Raum und ließ ihn besonders mächtig erscheinen. Albrecht stand neben der Tafel und führte gerade einen Kelch mit heißem, gewürztem Wein zum Munde, als die beiden neu angekommenen Ritter das Gemach betraten. Nachdem er einen tiefen Schluck genommen hatte, der wohlig warm durch die Kehle rann, forderte er Kuno auf zu sprechen: »Nun, berichtet mir genauer, was sich da in Eisenach zugetragen hat.«

Albrecht hatte durch seine Spione rasch erfahren, dass die Stadt an den Landgrafen zurückgefallen war. Die Nachricht löste bei ihm damals einen regelrechten Wutanfall aus. Er hatte den Tisch umgeworfen, an dem er gerade speiste. Weinkrüge gingen zu Bruch, Hühnerkeulen, Brotleiber und Suppen ergossen sich über den Boden und wurden zum Fraß für die Jagdhunde. Einen der Schemel hatte er gegen die Wand geschleudert, dass es nur so krachte und dieser entzwei ging. Die Bediensteten gingen alle vorsichtshalber in Deckung, denn der Herzog war in solchen Momenten unberechenbar. Albrecht hasste Niederlagen, sie brachten ihn zur Weißglut. Nur Schwächlinge verloren, und er war kein Schwächling, sondern ein Nachfahre des berühmten Welfenherzogs Heinrich des Löwen. Mit Mühe konnten ihn seine Vertrauten und Ratgeber damals wieder besänftigen. Sie redeten ihm gut zu, es sei für ihn zumindest keine Niederlage gewesen. Keiner der Besitzungen an der Werra musste er aufgeben. Sein Ziel, den Feind weit weg von diesen Gebieten zu beschäftigen, sei doch aufgegangen. Erst allmählich konnte Albrecht sich an diese Gedanken gewöhnen. Dennoch, insgeheim hatte er sich vorgenommen, die Sache nicht auf sich beruhen zu lassen. Doch vorerst zwangen ihn andere Geschäfte, vor allem die mit seinem Bruder, sich auf die Politik zu konzentrieren. Aber zu einem späteren Zeitpunkt würde er es dem Landgrafen in irgendeiner Form heimzahlen. Vielleicht war ihm der verschlagene Burgmann von Fürstenstein dazu von Nutzen, wer weiß.

Kuno von Fürstenstein, zwei Köpfe kleiner als sein Landesherr, machte bei den Worten Albrechts eine tiefe Verbeugung, die ihn winzig erscheinen ließ. Diese Geste mochte Albrecht überhaupt nicht. Schleimbeutel, dachte der Herzog bei sich.

»Mein Herzog«, begann Kuno mit leiser Stimme den Bericht. »Es war schlimm, was in der Stadt passiert ist. Wenn sich nicht der gesamte Pöbel gegen uns verschworen hätte, wäre Eisenach unser geblieben. Aber sie sind uns in den Rücken gefallen. Der tapfere Ritter von Hörselgau, hier neben mir, konnte nur mit knapper Not entkommen. Er kann Euch berichten, wie in jener Nacht gemordet wurde. Alle Anhänger unserer Sache wurden bestialisch niedergemetzelt. Noch niemals hat Gott auf Erden solche Gräueltaten gesehen.«

Albrecht sah zu dem Gefährten Kunos hinüber und überlegte, was die beiden zu Kumpanen gemacht haben könnte. Er war sich sicher, dass wieder irgendwelche Geschäfte seines Burgmannes dahintersteckten. Aber er schob die Gedanken beiseite, denn er dachte schon wieder an zukünftige Unternehmungen. Zunächst musste er sich mit seinem Bruder arrangieren und eine Spaltung des Herzogtums verhindern. Das erforderte in der nächsten Zeit seine vollste Aufmerksamkeit. Später könnte er sich dann mit neuen Kriegszügen befassen. Niemand würde ihn daran hindern können, der Königsthron war immer noch vakant. Hilf dir selbst, lautete die Devise. Wer weiß, vielleicht war ihm dann ein thüringischer Ritter, der sich in den dortigen Landen auskannte, nützlich. Sollen die beiden doch Geschäfte machen, so lange sie seine Pläne nicht durchkreuzten, war es ihm egal. Die Hauptsache war, sie hielten die Gebiete an der Werra.

»Ich habe von den Dingen bereits erfahren«, sagte Albrecht schließlich. »Wichtig ist im Moment nur, dass Ihr Eure Positionen haltet, Kuno. Und Ihr, Ritter von Hörselgau, könnt in unsere Dienste treten, wenn Ihr es wünscht.«

Herwig von Hörselgau verbeugte sich dankbar.

»Die Regierungsgeschäfte verhindern gegenwärtig einen neuen Feldzug. Aber wer weiß schon, was in einem Jahr sein wird«, schloss der Herzog vieldeutig ab und beendete die Unterredung.

Kuno und Herwig waren zufrieden mit der Audienz. Mit zwiespältigen Gefühlen waren sie hierher gefahren. Kuno war unsicher gewesen, ob er noch die Gunst des Landesherrn genoss. Es hätte ja sein können, dass die vielfältigen Geschäfte, die er tätigte, Albrecht ein Dorn im Auge waren. Auch war nicht klar, was die Niederlage in Eisenach für Konsequenzen haben würde. Doch der Herzog wirkte angeschlagen, ein gutes Zeichen für eigene Unternehmungen. Und die Aussicht auf einen späteren Feldzug ließ die Hoffnung auf Beute aufkeimen. Folglich mussten sie sich um ihr Fortkommen und ihren Vorteil keine Sorgen machen.

Knapp vier Monate nach dem Verlust Eisenachs, es war bereits Anfang Mai, hatte die Herzogin Sophie von Brabant im großen Saal der Burg hoch über der Stadt Marburg wieder ihre vertrauten Ritter um sich geschart. Es waren neben ihrem Sohn Heinrich die bekannten Gesichter von Konrad von Elben, Widerold von Nordeck, Johann Gulden von Grünberg, Heinrich von Blumenstein, Gumpert von Hohenfels und von ihrem Kaplan, die sich hier eingefunden hatten. Vor ihrer Tafel stand ein Bote, der sich aus Mainz hierher geschlichen hatte. Sein Gewand war das eines wohlhabenden Bauern. Aber seine Sprachweise entlarvte seine Gewänder als bloße Verkleidung. Seine Stimme war klar und deutlich, als er zur Herzogin sagte: »Erzbischof Werner von Eppstein hat in seiner Residenz ein Konzil einberufen. Einstimmig hat man dort Euch, Euren Sohn und alle Eure Anhänger exkommuniziert, weil Ihr seit 1247 die Herausgabe der mainzischen Lehen verweigert.«

Die Herzogin, die auf ihrem gewohnten Platz saß, runzelte ihre Stirn. Die Ereignisse der letzten Monate hatten in ihrem Gesicht deutliche Spuren hinterlassen. Die grauen Haare hatten sich vermehrt, Falten um die Mundwinkel waren hinzugekommen, Tränensäcke unter den Augen ließen sie um Jahre gealtert erscheinen. In der Tat, die Sorgen nahmen einfach kein Ende. In Eisenach hatte sie viele tapfere Männer verloren, und von den dortigen Bürgern war sie arg enttäuscht. Sie versuchte, sich damit zu trösten, dass ihr immer noch die hessischen Gebiete verblieben waren. Innerlich spürte sie jedoch, ihre Heimatstadt war unwiederbringlich verloren. Bei diesem Gedanken wurde ihr schwer ums Herz.

Schnell gewann jedoch wieder ihr nüchterner Realismus die Oberhand, ohne diese Eigenschaft hätte sie nie ihre Ziele erreicht. Sie wusste, neue Abenteuer Richtung Thüringen hatten wenig Sinn. Ihr fehlten dazu die nötigen Truppen und Bundesgenossen. Ihr Schwager, der Herzog von Braunschweig, hatte sich ebenfalls von der Niederlage noch nicht erholt, zudem muss er wieder einmal die drohende Spaltung seines Herzogtums abwenden. Erzbischof Werner bemühte sich daher, mit allen erdenklichen Mitteln gegen die Herzogin Boden gut zu machen. Vor allem seit der Niederlage in Eisenach setzte er ihr wieder mächtig zu. Sophie hatte ohnehin schon seit Längerem den Verdacht, dass der erzbischöfliche Stuhl das Zustandekommen ihres thüringischen Feldzuges befördert und geschürt hat. Nur der Erzbischof konnte an einem Zweifrontenkrieg seiner Gegenspielerin Interesse haben.

Die spärlichen Informationen, die sie darüber aus Eisenach erhielt, nährten diesen Verdacht noch. Zumindest konnte aber auch der Erzbischof daraus kein Kapital schlagen. Der Grenzverlauf hatte sich kaum verändert.

Fast regungslos blieb Sophie bei den Worten des Boten. Lediglich ein Dank für die Nachricht kam ihr über die Lippen, bevor sich der Überbringer entfernte. Die Vertrauten um die Herzogin tuschelten miteinander, was zu tun sei.

Konrad von Elben wagte als Erster, offen seine Meinung zu sagen: »Es nutzt wenig, Trübsal zu blasen. Keine höhere Macht, kein König ist vorhanden, der uns beistehen und den jahrelangen Konflikt beilegen kann. Gottvertrauen und das Schicksal selbst in die Hand nehmen, das muss unser Motto sein.« Damit wollte er die seit der Niederlage unsicher und wankend gewordenen Gefährten aufrütteln. »Widerold, Heinrich, Gumpert Ihr habt so viele Schlachten geschlagen, nie zeigtet Ihr Furcht. Was ist los mit Euch? Und Ihr, Herrin, allen Unbilden habt Ihr getrotzt, am Ende wart Ihr siegreich. Warum seid Ihr jetzt so traurig? Ich teile Eure Besorgnis ganz und gar nicht. Die Nachricht des Boten löst bei mir keine Bestürzung aus, denn sie bestätigt nur die Hilflosigkeit des Erzbischofs. Was hat dieser Bastard nicht alles für Ränke geschmiedet und Feldzüge geführt, doch mit welchem Ergebnis? Er steht heute noch da, wo er vor Jahren schon stand. Keinen Schritt kam er weiter. Der Bannfluch ist sein allerletztes Mittel. Es signalisiert sein Scheitern. Und um unser Seelenheil brauchen wir uns erst recht keine Sorgen zu machen. Was ist der Bannfluch eines Kirchenfürsten wert, der selbst Sünden über Sünden begangen hat? Wann hat jemals eine solche Ausgeburt an Falschheit regiert? Eines Tages wird der Herr ihn dafür zur Verantwortung ziehen. Blicken wir nach vorn, wenn wir weiter zusammenstehen, ist mir nicht bange.«

Die aufrüttelnde Rede Konrads verfehlte ihr Ziel nicht. Die Zuhörer schöpften wieder Mut. Der Ritter hatte recht, bislang hatte niemand vermocht, ihre Macht ernsthaft zu gefährden. Sie hatten eine Schlacht verloren, aber keinen Krieg. Um Sophies Mundwinkel huschte ein kurzes Lächeln, was hatte sie doch für treue Gefährten. Sie war ungeheuer stolz auf sie. Der Herr hatte ihr auf Erden eine Vielzahl von Bußen auferlegt, sie hat sie immer tapfer auf sich genommen. An der Seite dieser Ritter würde sie auch weitere Prüfungen ertragen. Und was die Verfehlungen des Erzbischofs anbelangte, musste sie Konrad zustimmen, sein Sündenregister war länger als die Teppiche hier im Saal. Es schien ein regelrechter Ruck durch die Anwesenden zu gehen, und die anschließenden Beratungen über Truppenkontingente, Neubau oder Ausbesserung von Burgen, Erteilung von Steuererleichterungen für Städte und dergleichen mehr waren konstruktiv. Die Zeit würde eine Lösung aller Probleme bringen. Sie durften nur nicht verzagen.

III

Vergeltung und Sühne

30

Thüringen im Jahre des Herrn 1263, Spätsommer

Zweimal bereits hatte der Herbstwind die Blätter von den Bäumen gefegt und kündigte somit das Nahen des Winters an. Im Altweibersommer des Jahres 1263 verfärbte sich das erste Laub. Die Bauern nahmen das als Zeichen für einen strengen Winter. Die Nächte wurden allmählich kühler, aber an diesen Septembertagen lief die Sonne noch einmal zur Hochform auf, sodass man sogar ins Schwitzen kam.

Heute sollte ein besonderer Tag werden, zum ersten Mal würden sich die beiden unerbittlichen Gegenspieler, Herzogin Sophie von Brabant und der Mainzer Erzbischof Werner von Eppstein, gegenüberstehen.

Auf einem Feld bei Langsdorf in Hessen hatte man eine festliche Tafel aufgestellt. Die auf Holzböcke gelegten Bretter formierte man u-förmig. An der Stirnseite wurden drei große Stühle für die beiden Herrscher und Sophies Sohn Heinrich bereitgestellt. Die Bänke an den Längsseiten waren für das Gefolge reserviert. Bunt bestickte Teppiche und Kissen sollten für Bequemlichkeit bei den Friedensverhandlungen sorgen. Eine große Zahl Bediensteter beider Seiten würde sich um das leibliche Wohl kümmern. In den frühen Morgenstunden waren große Lagerfeuer entfacht worden, an denen die Küchenmeister Schweine und Ochsen brieten. Fässer feinsten Weines und Bieres wurde herangekarrt. Es sollte an nichts fehlen. Im großen Umkreis hatte man provisorische Geländer zusammengezimmert und waffenstarrende Söldner sicherten das Terrain ab. Damit sollte der ungestörte Ablauf garantiert und die zahlreichen Schaulustigen auf gebührende Distanz gehalten werden. Die meisten waren ohnehin nur gekommen, weil bei solchen Spektakeln Almosen verteilt wurden.

Seit fast einem Jahr versuchte der Deutsche Orden, zwischen den beiden Kriegsparteien zu vermitteln. Der Streit hatte bisher keiner Seite irgendeinen Vorteil gebracht. Es hatte sich stattdessen eine gewisse Erschöpfung breitgemacht. Die Kämpfe ermüdeten nicht nur die Menschen, sondern auch das Land. Der Deutsche Orden, der als geistlicher Bund ohnehin bei dem Konflikt zwischen zwei Stühlen saß, hatte ebenfalls großes Interesse an der Beendigung des Zwistes. Mit viel Überredungskunst und Zugeständnissen gelang es den Brüdern, eine Annäherung der Positionen zu erreichen. Als Geste des guten Willens tat der Erzbischof den ersten Schritt, er hob die Exkommunikation gegen Sophie und ihre Mitstreiter auf.

Heute nun sollten die Siegel unter einen Friedensvertrag gesetzt werden. Die Ankunft der beiden Herrscherpersönlichkeiten wurde mit großem Pomp zelebriert. Die Fanfaren und Hörner der Spielleute entfachten beim Herannahen der Delegationen einen ohrenbetäubenden Lärm. Fast hatte man den Eindruck, als wollte man sich gegenseitig übertönen. Erzbischof Werner, ein kleiner, dicklicher Mops mit Gichthänden, trug den festlichen weißen Ornat. Sein Äußeres widersprach völlig seinem energischen, unnachgiebigen Wesen. Herzogin Sophie war dagegen schlicht gekleidet, was jedoch ihrem Ansehen keinen Abbruch tat. Sie strömte eine natürliche Autorität aus, allein ihre stolze Haltung verriet Selbstbewusstsein. Heinrich, Sophies Sohn, begleitete seine Mutter. Sein kostbares, mit bunten Bordüren abgesetztes Wams hob sich deutlich von denen seiner Begleiter ab.

Nachdem die Fürsten zur Begrüßung Höflichkeiten ausgetauscht hatten, ließen sie sich an der Stirnseite auf den vorbereiteten Sesseln nieder. Sophies Ritter, die mit blank geputzten Kettenhemden, farbenfrohen Überwürfen und sorgfältig gescheiteltem Haar besonders vornehm wirkten, setzten sich an die Längsseite, die ihrer Herrin zugewandt war. Ihnen gegenüber nahm das Gefolge des Erzbischofs Platz, das bis auf zwei Ritter nur aus Geistlichen bestand. Geschwind füllten die Bediensteten die Zinnkelche mit Wein, und es wurden Trinksprüche auf die Herrscher ausgebracht.

Die Brüder des Deutschen Ordens hatten ganze Arbeit geleistet, der Friedensvertrag war so weit ausgefertigt, dass lediglich die Unterschriften und Siegel fehlten. Die Zusammenkunft diente somit nur noch der Rechtswirksamkeit und war angesichts des Gelages fast eine Nebensache. Es sollte auch mehr symbolisch dem Volk hinter den provisorischen Geländern die Beendigung des Krieges anzeigen. Die konkreten Friedensregelungen waren für beide Seiten annehmbar. Sophie und ihr Sohn erhielten die Mainzer Lehen, und der Erzbischof bekam im Gegenzug zweitausend Gulden und die Verfügungsgewalt über mehrere Städte. Wie üblich, bezeugten die Ritter der Herzogin in feierlicher Zeremonie die Richtigkeit des Vertrages. Anschließend drückten die Fürsten die Siegelringe in das heiße Wachs.

Die Friedenskonferenz dauerte mehrere Stunden, wobei die meiste Zeit mit Essen und Trinken zugebracht wurde. Für die Schaulustigen hatte man extra frisches Brot gebacken, auch von den Ochsen und Schweinen bekamen die vorderen Reihen etwas ab, was zu Tumulten führte.

Feierlich trennten sich die beiden Mächtigen schließlich voneinander. Der Erzbischof war bereits in seinen Transportwagen geklettert und auf dem Weg, als ein Bote Sophie erreichte.

Die Fürstin öffnete den Brief mit dem Siegel des Herzogs von Braunschweig sogleich und las die Zeilen, während ihr Kaplan Walther und Konrad von Elben gespannt warteten. Das Antlitz der Herrscherin, das angesichts des Friedensvertrages in den letzten Tagen so freundlich und gelöst gewirkt hatte, verfinsterte sich zusehens.

Sie blickte nochmals auf das Pergament und schüttelte den Kopf. Erst dann weihte sie Walther und Konrad in die Neuigkeiten ein. »Mein Schwager, Albrecht von Braunschweig, hat schon wieder einen Feldzug gegen den Landgrafen von Thüringen vorbereitet und bittet um Unterstützung. Er meint, nach dem Frieden mit dem Erzbischof hätten wir doch hier im Süden Ruhe …«

»… und können uns gleich in das nächste Abenteuer stürzen«, ergänzte Konrad, auch er schüttelte nun mit dem Kopf. »Der Herzog ist mir etwas zu ungestüm. In seiner Rastlosigkeit und Ungeduld liegt eine der Ursachen für all seine Niederlagen. Anstatt den Sinn und Nutzen eines Feldzugs sorgfältig abzuwägen, schlägt er ohne Überlegung einfach los. Albrecht mag ein tapferer Ritter sein, aber als Heerführer ist er schlichtweg ungeeignet. Sein Handeln war bislang immer nur für seine Söldner von Vorteil, deren Hunger nach Beute damit gestillt wird. Die Macht des Landgrafen von Thüringen ist gefestigter als noch vor drei, vier Jahren. Ein Krieg gegen ihn erscheint mir wenig Erfolg versprechend. Ich rate Euch, Herrin, Euch nicht Eurem Verwandten anzuschließen. Er rennt in sein Verderben.«

Sophie hielt das Pergament immer noch ungläubig in der Hand, während sie dem Ritter beipflichtete: »Keine Sorge, Konrad, ich habe keineswegs die Absicht, mich einem solch waghalsigen Unternehmen anzuschließen. Jetzt, nach dem Frieden mit dem Erzbischof, ist unsere Position stabiler den je. Früher oder später wird es auch zum Frieden mit dem Landgrafen kommen. Er vermochte es nicht, mich zu vertreiben, und ich nicht, seine Macht zu schmälern. Mein Traum auf meine Heimatstadt Eisenach ist ausgeträumt. Für einen solchen Traum riskiere ich nicht das bisher Erreichte. Mein Schwager Albrecht ist ein Narr. Sein Drang nach Kriegstaten und sein Rachedurst sind stärker als sein Verstand. Er mag ein Kriegsheld sein, aber es mangelt ihm erheblich an strategischem Geist und diplomatischem Geschick. Er gefährdet damit ernsthaft den Bestand seines Herzogtums.«

Auch der alte Kaplan gab seiner Fürstin recht. Es wäre töricht, alle ihre Erfolge wegen des Abenteurertums des Herzogs von Braunschweig aufs Spiel zu setzen. Sophie ließ daher gleich an Ort und Stelle eine ablehnende Antwort aufsetzen, die sie dem Boten mitgab.

Drei Wochen nach diesem Ereignis, es war schon Anfang Oktober, verließ ein kleiner Konvoi von vier Planwagen die Stadt Eisenach, in der Normalität eingekehrt war.

Dietmar Hellgreve führte die Gruppe an. Er trug ein Kettenhemd und hatte am Gürtel ein Schwert, seiner Erscheinung nach würde man ihn für einen Ritter halten. Sein Aufzug diente nur zum Schutz. Im Falle eines Angriffs würde das Kettenhemd gegen Schwerthiebe helfen. Zur Sicherheit der Männer reisten mehrere Bewaffnete zu Pferde mit. Seitdem der Landgraf von Thüringen die Raubburgen in der Region schleifte, war es zwar für die Umherreisenden deutlich sicherer geworden, aber manche der Räuber, derer man nicht habhaft wurde, zogen sich in die dichten Wälder zurück und lebten wie Vogelfreie. Mal tauchten sie hier auf, mal dort. Manchmal erwischten landgräfliche Streiftrupps die Strauchdiebe auf frischer Tat. Sie machten mit ihnen nicht viel Federlesen. Rasch knüpfte man sie am nächsten Baum auf. Obwohl die Übeltäter wussten, was ihnen blühte, wenn man ihrer habhaft wurde, versuchten immer wieder welche mit Raub ihr Glück. Die Markzoller begaben sich darum zwar auf eine wichtige, aber auch gefährliche Handelsreise.

Ihr Ziel waren zunächst die landgräflichen Schwesterresidenzen Weißensee und Freyburg. Seit ewigen Zeiten zählten die beiden Orte zu den Machtzentren der Landgrafschaft. Die dortigen Burganlagen standen der Wartburg in Festigkeit, Komfort und Schönheit in nichts nach. Kein Wunder, dass die Landesherren auch dort gern Feste zu feiern pflegten.

In Freyburg, das am Fluss Unstrut lag, der in die Saale mündete, würde Dietmar Hellgreve den Wagenzug verlassen. Die Karren fuhren anschließend weiter zur Salzsiederstadt Halle, die zum Einflussbereich des Erzbischofs von Magdeburg gehörte. Auf der

Rückreise würde sich Dietmar in Freyburg erneut zu den anderen Markzollern gesellen. Diesmal begleitete ihn nicht nur sein treuer Knecht Bruno, sondern auch sein Bruder Götz. Beide saßen auf dem Kutschbock des dritten Gefährts. Da die voll bepackten Wagen nur langsam vorankamen und dies auf dem Rückweg nicht viel anders sein würde, plante man vorsorglich vier Wochen für die Reise ein. Zumindest wollte man noch im gleichen Monat zurück sein.

Dietmar Hellgreve führten sowohl geschäftliche als auch private Angelegenheiten nach Freyburg. Zum einen verhandelte er mit einem Partner über regelmäßige Lieferungen einer neuen Sorte Wein und über den Aufbau einer Transportkette zwischen den beiden landgräflichen Städten. Solche Verhandlungen benötigten manchmal mehrere Tage, besonders wenn es um viel Geld ging. Bislang eilte den Unstrutweinen kein guter Ruf voraus. Spötter behaupteten gar, ob seiner Säure würde er die Schnauzen der Gefäße, in denen man ihn aufbewahrte, anfressen. Das war freilich übertrieben, aber die Weine aus dem Rheinischen oder Fränkischen hatten ein besseres Aroma, und man zog sie dem einheimischen Wein vor.

Nun hatte jedoch ein Winzer es geschafft, auch an den Unstruthängen vorzüglichen Wein anzubauen. Einen Probekrug hatte Dietmar auf dem Wochenmarkt in Eisenach gekostet, er mundete ihm ausgezeichnet. Sofort witterte der Tuchhändler ein Geschäft und plante, sein Geschäft auszuweiten. Die aus den südlichen Gebieten des Reiches importierten Weine waren wegen des Transportweges außerordentlich teuer, nur die vermögendsten der Bürger und die Adelsherren auf der Wartburg konnten ihn sich leisten. Ein guter Wein aus heimischen Gegenden würde die Transportkosten stark minimieren. Man könnte damit die Preise senken und mehr verkaufen. Man musste nur für den regelmäßigen Nachschub sorgen. Wenn alles klappte, würde Dietmar als Erster in Eisenach den Rebensaft anbieten. Vier Wagen würde er dafür zusätzlich anmieten oder gar kaufen. Darum saßen auf dem jetzigen Wagenzug auch zwei Kutscher statt nur einem. Er hatte kaum Zweifel, dass ihm die ganze Sache gelingen würde.

Schwieriger schien es mit der zweiten Angelegenheit zu sein, die er mit Ausdauer betrieb und die nichts mit seinen Geschäften zu tun hatte. Dietmar hatte es immer noch nicht aufgegeben, nach Herwig von Hörselgau zu fahnden. Ein Handelspartner hatte ihn in einem Brief wissen lassen, dass der Ritter bei seinen Kumpanen auf der Burg Fürstenstein Unterschlupf gefunden hatte. Aber er wurde auch mehrfach auf Streifzügen in Nordthüringen gesehen und einmal fast von Rittern der dortigen Grafen gefangen genommen. Dietmar beabsichtigte, alles darüber herauszufinden und sich in Freyburg mit einem Mann zu treffen, der den Hörselgauer gesehen haben wollte.

Eingehüllt in ihre Mäntel, um sich gegen die ersten Herbststürme zu schützen, gelangten die Reisegruppe über Weißensee nach Freyburg. Die Fahrt verlief ohne Zwischenfälle, sie mussten mit niemandem die Klinge kreuzen. Und wäre nicht der heftig wehende Wind gewesen, der an den Planen zerrte und sie immer wieder zum Festzurren der Riemen zwang, hätte man die Reise als langweilig bezeichnen können.

In Freyburg übernahm Götz Hellgreve als Anführer der Kolonne die Verantwortung für den Weg nach Halle, während Dietmar sich auf das Weingeschäft und das Gespräch mit dem Unbekannten vorbereitete.

Es war schon spät im Oktober, als die vier schwer beladenen Kaufmannskarren unter dem Kommando von Götz Hellgreve auf dem Rückweg von Halle über eine staubige Landstraße rumpelten. Der Heimweg führte sie zunächst zum nahe gelegenen Städtchen Merseburg. Götz glaubte fest daran, dass sein Bruder alle Geschäfte in Freyburg unter Dach und Fach gebracht hatte und sie sofort die Rückreise nach Eisenach antreten könnten. Auch seine in Halle getätigten Geschäfte waren erfolgreich gewesen, wovon die prall gefüllten Wagen zeugten.

Gespannt war Götz jedoch nicht auf den Geschäftsvertrag, sondern auf das Ergebnis der Fahndung nach Herwig von Hörselgau. Was würde wohl dabei herausgekommen sein?

Die Kolonne bog nun, nachdem sie die Wiesen und Auen hinter sich gelassen hatte, in ein größeres Waldstück ein. Jenseits des Forstes würden sie bestimmt schon die Kirchtürme von Merseburg sehen. Die Bäume standen dicht an dicht und waren so hoch, dass sie die Straße wie ein natürliches Dach überwölbten und den Weg verdunkelten. Der Weg nahm einen unübersichtlichen Verlauf und schlängelte sich durch das hügelige Gelände. Nur langsam rollten die schwer bepackten Planwagen eine Steigung hoch. Oben auf der Kuppe angekommen, sprang plötzlich Bruno vom Sitz. Er müsse dringend seine Notdurft im Wald verrichten, gab er als Erklärung für sein überraschendes Tun an. Da die Karren nur langsam vorankamen, würde er sie zu Fuß schnell wieder eingeholt haben.

Bruno drang in das Dickicht ein. Allzu weit wagte er sich jedoch nicht in den Wald, denn die Geschichten von Kobolden und Geistern, die in den Wirtshäusern erzählt wurden, klangen ihm in den Ohren. So manchen Schabernack sollten sie schon mit Reisenden getrieben haben. Bruno sah sich nach einer passenden Stelle um, wo breite Blätter wuchsen, mit denen er sich den Hintern wischen konnte. Zweimal vergewisserte er sich, allein zu sein, dann ließ er, zwischen Farn und Tannengrün verborgen, die Hosen herunter. Gerade als er sein Geschäft beendet hatte, vernahm er ein donnerndes Geräusch. Er hatte das Gefühl, die Erde bebte. Es mussten Hunderte von Pferdehufen sein, die diesen höllischen Lärm verursachten. Bruno schlich sich zurück zum Weg und sah ein Heer gepanzerter Ritter, das sich den Weg entlangwälzte. Unwillkürlich duckte sich Bruno, aber er erkannte einige Wappen. Braunschweigische Ritter! Mein Gott, dachte er bei sich, was hat das zu bedeuten? Bruno sah, wie ein Stück entfernt der Wagenzug stoppte.

Ohne Vorwarnung zückten die fremden Reiter ihre Schwerter. Die Bewacher des Wagenzugs griffen ebenfalls zu den Waffen. Lange würde man sich gegen diese Übermacht jedoch nicht halten können. Die Besatzung der ersten beiden Wagen, darunter die zwei Vettern Brunos, versuchte zu fliehen. Aber mehrere Berittene verstellten ihnen den Weg. Mit ihren Speeren durchbohrten sie die Leiber, die zuckend zu Boden fielen. Zwei-, dreimal stachen sie auf sie ein.

Götz Hellgreve sah, dass eine Flucht zwecklos war, zog sein Schwert aus dem Futteral und sprang vom Wagen. Die Begleiter des Wagenzugs lieferten sich ein hitziges Gefecht mit den Feinden. Aber einer nach dem anderen fiel mit gespaltenem Schädel, durchbohrter Brust oder abgehackten Gliedmaßen vom Pferd. Überall spritzte Blut, Pferde gingen durch. Schwerverwundete krümmten sich am Boden und wurden zu Tode getrampelt. Gedärme quollen aus aufgeschlitzten Bäuchen hervor, und die Schreie waren markerschütternd. Götz Hellgreve kämpfte mit dem Rücken zum Wagen gleich gegen zwei vermummte Ritter. Immer wieder wehrte er ihre Schwertstreiche ab. Aber an seiner linken Schulter klaffte bereits eine tiefe Wunde, und seine Kräfte ließen allmählich nach. Als er gerade den Hieb des einen Feindes abwehrte, trennte der andere mit einem gewaltigen Schlag Götz' linkes Bein oberhalb des Knies durch. Brüllend vor Schmerz fiel der Händler nach vorn. In kurzen Fontänen schoss das Blut aus dem Oberschenkel. Götz kroch mühsam ein Stück den Waldboden entlang und versuchte, sich irgendwie noch zu wehren, aber man schlug ihm das Schwert mit Leichtigkeit aus der Hand. Er erwartete jetzt den Todesstoß.

Plötzlich hielt der Ritter über ihm inne, dann nahm er seinen Helm ab. Götz schwanden allmählich die Sinne, die Schmerzen machten ihn rasend. Er blickte in das Gesicht von Herwig von Hörselgau. Sein Gewand war über und über mit Blut beschmiert.

»Ich hätte nie gedacht, auf diesem Feldzug einen Hellgreve mit seinen Waren zu treffen«, sagte der Bösewicht triumphierend. »Das ist eine zu schöne Beute für mich. Jetzt kann ich mich rächen. Hellgreve, schönen Gruß an deinen Bruder!«

Bei diesen Worten packte der Raubritter das Schwert fest mit beiden Händen, stieß es Götz tief in die Brust und drehte es genüsslich zweimal in der Wunde. Röchelnd hauchte der Kaufmann sein Leben aus. Dann zog der Ritter das Schwert aus dem Leib und schlug mehrmals auf den Hals des Toten ein. Erst mit dem dritten Schlag gelang es ihm, Götz den Kopf abzuschlagen. Verächtlich stieß er den blutüberströmten Schädel mit dem Fuß beiseite. Anschließend machte sich die Meute über die Wagen her. Alles, was von Wert erschien, stopften sie sich in die Taschen.

Im Gesträuch verborgen, musste Bruno tatenlos den tödlichen Kampf mitansehen. Ihm war speiübel. Er traute sich jedoch nicht, sich zu übergeben, die Geräusche hätten ihn vielleicht verraten. Es würgte ihn, er hatte das Gefühl, sein Magen drehte sich um. Hätte er seinem Herrn und seinen zwei Vettern nicht helfen müssen? Nein, dann läge er jetzt ebenso jämmerlich erschlagen bei jenen dort. Nein, er musste zusehen, wie er nach Freyburg kam, um zu berichten, um die Ritter des Landgrafen zu warnen. Für die Toten konnte er nichts mehr tun. Also blieb er zunächst in seinem Versteck und beobachtete, wie die Wagen geplündert und vollständig demoliert wurden.

Plötzlich wurde die Erde erneut erschüttert. Kam Hilfe herbei? Im Gegenteil, die jetzt Heranpreschenden trugen ebenfalls braunschweigische Wappen! Erst allmählich begriff Bruno, was er da sah. Die Ritter um Herwig waren nur ein Teil eines großen Heeres, sozusagen die Vorhut. Unzählige Bewaffnete zogen an dem im Gebüsch kauernden Knecht vorbei. Kein Zweifel, so viele Feinde bedeutete nur eines: Es herrschte wieder Krieg.

Bruno wusste nicht mehr, wie lange er sich schon hier im Waldesdickicht verborgen hielt. Seine Beine schmerzten jedenfalls, wegen der unnatürlichen Haltung. Er lauschte immer noch den donnernden Hufen hinterher. Erst als es völlig still war, im wahrsten Sinne des Wortes totenstill, wagte er sich aus dem Versteck. Er schlug das Kreuz vor der Brust, als er zu der Stelle kam, wo die Reste des Wagenzuges standen. Von den meisten Toten kündeten nur klebrige, blutige Haufen. Die eisenbeschlagenen Hufe der Pferde hatten den überwiegenden Teil der Leichen völlig zu Matsch zermalmt. Man konnte die Opfer nicht mehr voneinander unterscheiden. Lediglich die am Wegesrand liegenden Ermordeten waren mit einiger Mühe zu identifizieren. Bruno nahm einen Dolch und ein Schwert an sich, er wollte zumindest nicht wehrlos sterben, wenn man ihn entdeckte.

Dann machte er sich zu Fuß auf den Weg in Richtung der nächstgelegenen Stadt. Bei jedem verdächtig erscheinenden Geräusch stoppte er und hielt sich bereit zum Sprung ins Dickicht. Am Waldrand konnte er schließlich von Weitem die Turmspitzen der Stadt Merseburg sehen. Dazwischen sah er einige Rauchsäulen, gedämpfte Schreie glaubte er bis hierher zu hören. Der Feind verwüstete und plünderte die Dörfer. Sie töteten die Bewohner und vergewaltigten die Frauen und Kinder, bevor sie ihnen die Kehlen aufschlitzten. Auf der weiten Fläche vor ihm herrschte großes Durcheinander. Nah an Bruno vorbei trabten mehrere Pferde, die wohl in dem Chaos durchgegangen waren. Das war die Chance für den Knecht, zu entkommen. Vorsichtig näherte er sich zwei der Pferde, die einen Sattel trugen. Es kümmerte ihn momentan wenig, was aus den Reitern geworden war. Eines der Tiere war richtig zutraulich, und er konnte es am Zügel packen. Bruno schwang sich auf und trieb das Pferd an. Er wollte so schnell wie möglich weg von hier. In vollem Galopp ritt er Richtung Merseburg.

Früh am nächsten Morgen kam Bruno ziemlich erschöpft vor den Toren der Stadt Freyburg an. Die Stadt Merseburg hatte ihm den Einlass verweigert, weil man vermutete, er sei ein Spion. Also ritt er die ganze Nacht hindurch bis zur landgräflichen Residenz an der Unstrut. Bruno wunderte sich zunächst, dass schon so früh die Tore geöffnet waren. Dann erst fiel ihm auf, dass an den Torflügeln mehr schwer bewaffnete Knechte als üblich standen. Sowohl auf der Burg hoch oben über der Stadt als auch aus dem Ort selbst kündete Lärm von hektischer Betriebsamkeit. Man hatte wohl vom Einfall der Feinde erfahren.

Bruno ritt zum Tor und hoffte, man würde ihn nicht abweisen wie in Merseburg. Der Knecht der Hellgreves sah fürchterlich aus. Seine Kleider waren mit Staub bedeckt, das Gesicht schmutzig und verschwitzt. Mit den tiefen Ringen um die geröteten Augen sah er wenig vertrauenerweckend aus. Aber er musste irgendwie in die Stadt gelangen, er musste doch zu seinem Herrn.

Zwei eisenbewehrte Männer versperrten ihm den Weg. Er erzählte ihnen, von wo er herkam und was er mit ansehen musste. Er erwähnte auch den Namen Dietmar Hellgreve und die Herberge, wo dieser abgestiegen war. Die Wachen, denen der Name des Eisenacher Bürgers natürlich nichts sagte, sahen ihn immer noch misstrauisch an. Mit viel Überredungskunst gelang es ihm, einen der Bewaffneten zu überzeugen. Dieser schickte einen jungen Knecht in die Stadt, um sich nach Dietmar zu erkundigen.

Es dauerte nicht lange, und Dietmar erschien mit entsetztem Gesicht am Tor. Seit die Kunde von dem Einfall des feindlichen Heeres in die Stadt gedrungen war, machte er sich große Sorgen um seinen Bruder und dessen Gefährten. Rasch gab er dem Kommandierenden ein Zeichen, Bruno einzulassen.

»Was ist passiert, Bruno? Wo sind die anderen? So sag doch!« Dietmar sprach fürchterlich schnell. Seine Anspannung war unendlich groß.

Bruno fiel vor Dietmar auf die Knie. »Herr, Herr!«, stammelte er immer nur.

Dietmar ahnte, was sein Knecht ihm mitteilen wollte. Seine Miene wurde aschfahl.

Bruno kniete noch, als er mühsam herausbrachte: »Herr, sie sind alle tot! Und ich musste tatenlos zusehen.«

Der Markzoller setzte sich auf die Stufen eines Hauses, an dem sie gerade standen, denn er hatte das Gefühl, das Gleichgewicht zu verlieren. Er stützte die Ellenbogen auf die angezogenen Knie und vergrub sein Gesicht in den Händen. Bruno sah, wie Dietmar, als er schließlich den Kopf hob, Tränen über die Wangen liefen. Noch nie hatte er seinen Herrn weinen sehen. Auch er schluchzte, er hatte seine Verwandten verloren. Und Götz kannte er noch als kleinen Rotzbengel, er war ihm ans Herz gewachsen, obwohl es eigentlich sein Herr war. So ließen die beiden ihrem Kummer freien Lauf.

Es war ein seltsamer Anblick, den die zwei groß gewachsenen Männer abgaben. Die Vorübergehenden ahnten ihr Leid. Jedermann wussten, dass wieder Krieg herrschte und hier die ersten Opfer beweint wurden. Mancher Bürger verspürte Mitleid und sprach ein Gebet oder spendete Trost. Angesichts dieses Elends hoffte jeder, den neuen Konflikt unbeschadet zu überstehen.

Nach einiger Zeit hatte sich Dietmar wieder gefangen und fragte, wie alles passiert war. Bruno schilderte ihm die Geschehnisse in allen Einzelheiten. Als der Name Herwig von Hörselgau fiel, veränderten sich Dietmars Gesichtszüge. Seine Hände ballten sich zu Fäusten, und er stand auf.

»Gott, warum lässt du so etwas zu?«, rief er und hob dabei wie ein Prediger die Arme gen Himmel. »Was habe ich getan, dass du mir so viel Buße auf Erden auferlegst? Warum strafst du mich und nicht diese elende Brut, die schon wieder das Land mit Krieg überzieht? Warum lässt du den Hörselgauer seine Gräueltaten begehen?« Man hatte den Eindruck, als wartete der Trauernde auf eine Antwort.

Bruno, der noch immer auf den Knien lag, wollte sich selbst verwünschen, dass er der Todesbote war. Warum hatte Gott ihn am Leben gelassen, weshalb blieb ausgerechnet er verschont? Selbstzweifel nagten an ihm, er hatte sich feige versteckt, während die anderen starben. Er schämte sich, als er sich an seinen Herrn wandte: »Herr, vergebt mir meine Feigheit. Ich hätte ihnen zur Hilfe eilen sollen.«

Dietmar legte seinem Knecht die Hand auf die Schulter. »Bruno, es gibt nichts zu vergeben. Du hast richtig gehandelt, du wärst nur sinnlos gestorben. Nimm das Wort Feigheit nie wieder in den Mund. Ich habe dich immer tapfer erlebt, auch wie du dich wieder hierher durchgeschlagen hast, zeugt nicht von Feigheit. Du hast getan, was getan werden musste.« Nach einer kurzen Pause fügte er hinzu: »Und ich weiß, was ich jetzt zu tun habe. Der alte Rudolf von Vargula ist bereits auf dem Weg hierher. Man stellt ein Heer zusammen, dem werde ich mich anschließen. Es soll die letzte Freveltat gewesen sein, die Herwig von Hörselgau begangen hat. Nie wieder soll jemand durch ihn Schaden nehmen. Ich werde diesen Teufel in Menschengestalt ins Jenseits befördern. Das schwöre ich! Auf ihn warten die Feuer in der Hölle.«

»Herr, ich werde Euch begleiten.«

31

Am nächsten Tag trafen kleinere Reiterscharen aus verschiedenen Gebieten des Landes vor Freyburg ein. Lehnsmänner des Landgrafen aus der unmittelbaren Umgebung hatten spontan zu den Waffen gegriffen und lagerten jetzt vor den Mauern der Stadt. Nachbarstädte schickten Gruppen von bewaffneten Knechten, die man freudig begrüßte. Auch Bürger aus Freyburg gürteten sich das Schwert um. Es war beeindruckend, wie zahlreich sich die Menschen bereitfanden, in den Kampf zu ziehen. Ein solch schweres

Vergehen wie Landfriedensbruch sollte die Feinde teuer zu stehen kommen.

Ein Trompetenstoß lenkte Dietmar Hellgreves Blick von dem Feld ab, auf dem sich alle sammelten. Das Signal kam aus westlicher Richtung. Eine Zahl von circa hundert Schwerbewaffneten eilte von dort mit wehenden Fahnen heran. An den Rüstungen und den Wappen konnte man unschwer erkennen, dass es sich um die ritterliche Elite der Landgrafschaft handelte. An der Spitze ritt der junge Landgraf Albrecht. Anders als vor vier Jahren vor Creuzburg und Eisenach wollte man nicht auf die Ankunft der Aggressoren warten, sondern ihnen entgegentreten und sie in der Schlacht besiegen. Aus den damaligen Geschehnissen hatte man gelernt. Dieses entschlossene und energische Handeln Albrechts brachte ihm die Sympathie der Bevölkerung ein, wovon der Beifall der Menschen zeugte.

Noch mehr Aufmerksamkeit als der Landgraf erregte jedoch ein anderer Mitstreiter. Der weiße Haarschopf und der Vollbart des Reiters neben Albrecht ließen ein Raunen durch Menge gehen. Rudolf von Vargula! Rudolf von Vargula war gekommen! Er war also nicht ins Kloster eingetreten, wie man sich erzählte. Allein das Nahen des alten Ritters führte zu Jubelrufen. Er wurde mittlerweile im Land wie ein Gott verehrt. Ihm eilte der Ruf der Unbesiegbarkeit voraus. Wenn er das Heer anführte, war der Sieg gewiss. Landgraf Albrecht sah großzügig über das Entzücken hinweg. Aber manchmal merkte man ihm an, dass er Rudolf um dessen Beliebtheit beneidete.

Die Ankömmlinge mussten ungeheuer schnell geritten sein, denn die Schlachtrosse hatten flockigen Schaum um die Nüstern. Schon hallten die ersten Befehle des Heerführers über den Platz. Ritter lösten sich aus der Gruppe hinter Rudolf. Sie waren als Anführer für die einzelnen Abteilungen auserkoren. Dietmar freute sich außerordentlich, als er unter ihnen auch seinen Freund Siegfried von Nazza ausmachen konnte. Er nahm sein

Pferd am Zügel und ging ihm gemeinsam mit seinem Knecht entgegen.

Siegfried war sichtlich erstaunt, den Markzoller in Rüstung zu sehen. Eigentlich wollte Dietmar doch nicht mehr kämpfen. Er stoppte sein Pferd und stieg ab. Die Freunde umarmten sich. Der Ritter konnte an den traurigen Augen des Tuchhändlers ablesen, dass etwas Außergewöhnliches geschehen sein musste. Dietmar berichtete vom Tod seines Bruders, seine Stimme stockte dabei. Die Nachricht von Götz' Schicksal traf auch den Adelsmann. Beide packte die Wut auf den Mörder.

Aber allzu lange konnte sich Siegfried damit nicht aufhalten, schließlich war er von Rudolf von Vargula als Leiter eines kleinen Heereskontingentes ausersehen. Er musste nun schnellstens dessen Organisation übernehmen. So erfreulich der rege Zulauf an Freiwilligen auch war, einige waren wenig kriegserprobt. Gegen den Feind, der zum Teil aus Raubrittern bestand, die ihrem Broterwerb mit dem Schwert nachgingen, hätten sie keine Chance. Darum wurden sie für wichtige Hilfsdienste vorgesehen, wie Straßensperren zu errichten oder Nachschub an Lebensmitteln heranzuschaffen. Der ehemalige Stadthauptmann von Eisenach und jetzige Burgkommandant sollte diese für den Kriegsdienst untauglichen Freiwilligen aussortieren und einem blutjungen Ritter unterstellen. Der junge Mann fieberte seinem ersten Einsatz als Anführer entgegen. Siegfried würde anschließend aus den Waffengeübten eine kleine Abteilung zusammenstellen. Dieser schloss sich auch sein Freund Dietmar Hellgreve und dessen Knecht an.

Alle Vorbereitungen gingen in großer Eile, aber nicht überhastet vonstatten. Schon am späten Nachmittag hatten sich die einzelnen Gruppen im Wesentlichen formiert und lagerten an festgelegten Plätzen auf dem Feld. Ein Bote rief die Leiter der einzelnen Abteilungen zu Landgraf Albrecht und Rudolf von Vargula zur Lagebesprechung, die jedoch nicht lange dauerte. Denn der

Landgraf beabsichtigte, persönlich eine Rede vor dem Heer zu halten. Zu diesem Zweck rückten die Haufen näher zusammen.

Albrecht saß auf einem riesigen Streitross und trug ein schillerndes Kettenhemd. Der dunkelblaue Mantel von bestem Stoff zeigte den rot-weiß gestreiften thüringischen Löwen, das Wappen der Landgrafschaft. Den Topfhelm mit dem wallenden Federbusch trug der Herrscher in der linken Hand. An seiner Seite ritten seine Ratgeber, Heerführer und mehrere Priester. Als Albrecht mit der Ansprache begann, legte sich absolute Ruhe über den Platz, die nur durch das Schnauben der Pferde unterbrochen wurde.

»Ihr wackeren Herren, die ihr hier so zahlreich gekommen seid, ihr tapferen Ritter, ihr mutigen Bürger. Der Herzog Albrecht von Braunschweig hat einen erneuten Kriegszug gegen die thüringisch-meißnischen Gebiete unternommen. Er und seine Verbündeten plündern und brandschatzen die Gebiete nördlich von Merseburg. Sie konnten in unser Territorium nur eindringen, weil der Anhaltiner sie über verschlungene Wege durch den Harz hierher führte. Unsere Spione berichten, es sollen insgesamt sechshundert Mann sein. Sie benehmen sich nicht anders als die Raubritter, deren Burgen wir zerstören ließen. Deshalb sollten wir mit ihnen auch so verfahren als seien sie gemeine Strauchdiebe!«

Die letzten Worte waren so energisch gesprochen, dass spontane Jubelrufe aus der Masse aufstiegen und viele, auch Dietmar Hellgreve, die Hände zu Fäusten ballten.

Der Landgraf fuhr mit seiner geschickten Rede fort, viele hatten ihm so etwas gar nicht zugetraut: »Vertrauen wir auf unsere Kräfte und Gottes Beistand, so werden wir dieses Gesindel schlagen. Vernichten wir sie ein für allemal. Niemals sollen sie es wieder wagen, einen Fuß auf diesen unseren Boden zu setzen!« Albrecht zog sein Schwert aus dem Futteral an seiner Seite und hob es triumphierend, als sei der Sieg schon errungen, in die Luft: »Seht her! Dieses Schwert und eure Kräfte werden dem Spuk ein Ende setzen!«

Die meisten taten es ihrem Landesherrn nach und schwenkten ihre Waffen in der Luft, begleitet von Jubelrufen. Als der Lärm allmählich verklungen war, schritten die Priester die Heerscharen ab und sprachen den Segen für die Kämpfer. Anschließend unterrichteten die Anführer ihre Mitstreiter von den Plänen. Danach war für die frühen Morgenstunden der Aufbruch des Heeres geplant, in Eilmärschen wollte man den Feind erreichen und stellen. Jetzt sollte die Zeit zum Ausruhen genutzt werden, die Kräfte würde man später brauchen.

Aus der Stadt wie auch aus der Umgebung trafen verschiedene Lebensmittellieferungen ein. Brot, Schinken und Wein wurde verteilt. Manche der Knechte labten sich an diesen Dingen, weil sie sonst von ihren Herren nur mit Grütze versorgt wurden.

Am Abend brannten viele Feuer auf dem Platz. Wachen machten ihre Runden. An einem der Feuer saßen Dietmar Hellgreve und Siegfried von Nazza und unterhielten sich leise. Siegfried berichtete von Eisenach, wo bei seinem Weggang alles normal gewesen sei. Mit Dietmars Frau Katarina hatte er nicht mehr sprechen können, zu überhastet sei der Aufbruch gewesen.

Dietmar interessierte noch etwas anderes: »Wieso ist denn Rudolf wieder dabei, er wollte doch in ein Kloster eintreten?«

»Es war schon fast geschehen, als die Nachricht vom Kriegszug eintraf. Aber Rudolf hat geschworen, dieser sei wirklich sein letzter Kriegszug. In seinem Alter ist es schon erstaunlich, dass er den mörderischen Ritt hierher verkraftet hat. Er ließ sich nichts anmerken. Aber wer ihn kennt, der spürte, dass er Schmerzen litt. Die Knochen machen nicht mehr alles mit. Wir Ritter haben uns verständigt, verstärkt auf ihn zu achten. Sein Arm führt das Schwert längst nicht mehr so sicher wie früher. Darum passen wir auf, dass das der Feind nicht ausnutzt.«

»Niemand würde es Rudolf verübeln, wer er nicht mehr in der Schlacht mitkämpfte«, gab Dietmar zu bedenken.

Aber Siegfried antwortete: »Das Gleiche haben wir vergeblich versucht ihm klarzumachen. Er bestand auf seinem Einsatz, vielleicht hofft er auch auf den Tod auf dem Schlachtfeld.«

»Du meinst, er sucht den Tod?«

»Ich weiß nicht«, sagte Siegfried.

Sie starrten ins Feuer. Dann erhob sich der Ritter und riet: »Lass uns zu Bett gehen, der Tag wird lang und kräftezehrend.« Die beiden machten sich auf die Suche nach einer Schlafstatt und beteten noch einmal für den Sieg.

Die Sonne hatte noch nicht ihr Antlitz gezeigt, und kein Hahnenschrei kündete vom Morgengrauen, als das Heer sich zum Abmarsch formiert hatte. Gleich nachdem das Signal zum Aufbruch ertönte, wurde ein zügiges Tempo angeschlagen, man wollte so rasch wie möglich den Feind stellen und den Plünderungen Einhalt gebieten.

Den ganzen Tag war die landgräfliche Verteidigungsarmee ohne Pause unterwegs, und viele waren müde, hungrig, durstig. Alle sehnten sich nach einer Pause. Vom Feind war noch nichts zu sehen, die Berichte der Spione widersprachen sich auch. Nachts rastete man schließlich für ein paar Stunden, erschöpft schliefen die meisten an Ort und Stelle ein. Die Herbstkälte machte ihnen nichts aus, die Schmerzen in den Füßen und Beinen oder am Hinterteil der ungeübten Reiter waren stärker.

Den nächsten Tag marschierten sie weiter Richtung Norden. Dort, nördlich von Halle, wo Dietmars toter Bruder Geschäfte gemacht hatte, war der Feind gesichtet worden. Am späten Nachmittag befanden sie sich in unmittelbarer Nähe der Saale beim Städtchen Wettin. Von der dortigen Burg entstammten die Vorfahren des Landgrafen Albrecht.

Plötzlich preschten Reiter heran. Alle zückten die Waffen, aber es waren die Spione, die dem Feind gefolgt waren. Hinter dem nächsten Hügel lagere das braunschweigische Heer!

Sofort ergingen die Signale zum Angriff. Ungefähr hundert junge Ritter sollten den Kampf eröffnen, der Rest folgte ihnen, bis auf eine Reserve. Mit wildem Geschrei löste sich der Haufen und ritt im vollen Galopp auf den Feind zu.

Doch die Plünderer stellten sich nicht der Schlacht, sondern wichen aus. Diejenigen, die es nicht schafften, auf ihre Pferde zu kommen, wurden von den landgräflichen Rittern überrannt und niedergestochen. Von einem Hügel aus beobachteten Landgraf Albrecht und Rudolf von Vargula die Geschehnisse. Seltsamerweise stand ein unbekannter Ritter bei ihnen. Er wies mit ausgestreckter Hand auf eine Stelle in der hügeligen Landschaft. In diese Richtung bewegten sich auch die Aggressoren. Rudolf ließ sich von ihm die Geländegegebenheiten schildern. Plötzlich erging der Befehl an eine Heeresabteilung, den Feind an seiner Bewegung zu hindern.

Mit großer Hast stürmten die Ritter in die von Rudolf befohlene Richtung. Der Herzog von Braunschweig fühlte sich von den landgräflichen Bewaffneten in die Zange genommen und wandte sich einem Tal zu. Als sie in den Talkessel einbogen, erzitterte die Umgebung von den unzähligen Pferdehufen.

Derweil frohlockte Rudolf auf seinem Beobachtungsposten, der Gegner war in die Falle gegangen. Aus dem Tal, so hatte ihm der einheimische Ritter berichtet, gebe es keinen Ausweg. Die Hänge seien für Pferde viel zu steil, und selbst zu Fuß habe man Mühe. Jetzt gab es kein Entkommen mehr. Rudolf erteilte Befehl, die Öffnung zum Tal zu sperren und die Hänge von der zugänglichen Seite zu erklimmen und zu besetzen.

Der Herzog von Braunschweig und seine beiden Verbündeten stoppten im Tal so abrupt ihre Pferde, dass es fast zu Kollisionen gekommen wäre. Verdammt, warum hatte sie niemand vor der Falle gewarnt. Sie hätten einen Einheimischen als Führer gefangen nehmen sollen. Der Herzog stieß laut einen Fluch aus. Es gab nur eine Möglichkeit, sie mussten zurück. Vielleicht gelang es, aus dem Tal herauszukommen, bevor das landgräfliche Heer den Weg blockierte. Also wendeten sie die Pferde und ritten in höchstem Tempo den Weg, den sie gekommen waren, zurück.

Inzwischen waren die beiden Vorausabteilungen, die Rudolf von Vargula und der Landgraf ausgeschickt hatten, und Verstärkung vom Hauptheer am Taleingang eingetroffen. Die lauter werdenden Geräusche aus dem Talkessel zeugten davon, dass der Herzog seinen Irrtum bemerkt hatte und sich näherte. Darum teilte der landgräfliche General seine Männer in drei Gruppen ein. Die erste sollte den Aufprall auffangen und sich langsam etwas zurückziehen. In diesem Moment mussten die beiden anderen Gruppen dem Feind links und rechts in die Flanke fallen. Er würde regelrecht eingekesselt werden.

Der Aufprall der vorderen Linien der beiden Heerscharen war laut und todbringend. Von den jungen Rittern des Landgrafen starben ungefähr die Hälfte, auf braunschweigischer Seite mehr als doppelt so viele. Sie wurden beim Aufprall von den Nachrückenden regelrecht zerquetscht. Wer vom Pferd fiel, wurde erbarmungslos zu Tode getrampelt. Der Rest lieferte sich erbitterte Zweikämpfe mit Speeren, Äxten, Schwertern.

Eine Gruppe von zehn thüringischen Rittern unter Führung von Ludwig von Wangenheim kämpfte sich durch die Reihen und bahnte sich mit ihren Schwertern einen Weg. Ihren wuchtigen Schlägen konnte niemand widerstehen. Mal spalteten sie einem Ritter den Schädel, mal durchbohrten sie einem anderen den Rumpf. Ihr Ziel war die Fahne des braunschweigischen Herzogs. Aber um den Bannerträger hatten sich die Tapfersten der Tapferen gesammelt und verteidigten sich verbissen.

Siegfried von Nazza und Dietmar Hellgreve gehörten zu dem Flügel, der dem Gegner in die linke Flanke fallen sollte. Die Kriegslist ging auf. Siegfried von Nazza kämpfte zu Pferd mit einem ihm unbekannten Ritter. Immer wieder schlugen ihre Klingen aufeinander, zuweilen flogen Funken. Der fremde Edelmann wehrte sich geschickt. Jedes Mal, wenn Siegfried glaubte, ihn zu erwischen, wich er aus. Beim nächsten Schlag rutschte Siegfried etwas aus, zu spät sah er den blitzenden Dolch. Doch der Stoß des Feindes glitt am Kettenhemd ab. Plötzlich sank der Ritter vom Pferd, einer der Fußknechte hatte ihm seine Lanze in den Rücken gestoßen. Auf dem Boden stürzten sich gleich vier Männer auf den Ritter und hieben ihn in blutige Stücke. Derweil kämpfte Siegfried bereits mit dem nächsten.

Dietmar Hellgreve, der gemeinsam mit Bruno hinter seinem Freund kämpfte, hatte schon zwei Feinde vom Leben zum Tode befördert. Er war über und über mit Blut besudelt und sah aus wie ein Fleischhauer. Das Blut stammte bis auf eine kleine Wunde an der Schulter jedoch nicht von ihm selbst. Er ließ in seinen Kräften nicht nach.

Plötzlich übertönte von der anderen Seite der Umzingelung lautes Jubeln den Kampfeslärm und die Schreie der Verwundeten. Ludwig von Wangenheim hatte mit seinen Leuten das braunschweigische Banner erbeutet. Für den Unterlegenen war das immer ein schlechtes Omen. Mit neuem Mut fochten dagegen jetzt die thüringischen Ritter. Und schon begannen die ersten Feinde zu fliehen. Ihnen blieb nur der Talkessel. Die ersten vier Reiter wendeten ihre Pferde und ritten los. Sie überrannten dabei die eigenen Leute und trampelten mehrere zu Tode. Aber nur vier schafften es durchzukommen, denn die landgräflichen Ritter hatten den Kessel inzwischenn vollständig geschlossen.

Und da sah Dietmar ihn! Einer der vier war Herwig von Hörselgau. Dietmar brüllte, so laut er konnte, zu Siegfried von Nazza und griff zugleich nach den Zügeln eines Pferdes. Siegfried hatte gerade einen weiteren Feind erschlagen, als er die Rufe vernahm. Er begriff sofort und forderte mehrere Gefährten auf, ihm zu folgen.

Gemeinsam stürmten sie in das Tal, weit konnten die Bösewichter nicht gekommen sein. Man sah, wie sie versuchten, die

Hänge hochzureiten. Aber die Pferde glitten aus und überschlugen sich. Herwig von Hörselgau schaffte es gerade noch, vom Pferd zu springen, sonst hätte es ihm, wie seinem Nebenmann, ein Bein zerquetscht. Herwig kletterte auf allen vieren den Hang hinauf. Inzwischen war Dietmar herangekommen und sprang vom Pferd. Seine Begleiter kämpften mit den übrigen. Siegfried hatte einem von ihnen mit einem Schwertstreich den Helm vom Kopf gehauen, dass es nur so schepperte. Wie benommen schlug der Verletzte um sich, Blut tropfte von seiner Schläfe und behinderte seine Sicht. Ein Stoß von Siegfried traf ihn mitten in die Brust. Erst jetzt erkannte er den Toten vor sich. Es musste Kuno von Fürstenstein sein. Siegfried war ihm zwar nie persönlich begegnet, aber er erkannte dessen Wappen.

Inzwischen hatte Herwig fast den Hang erklommen. Auf der Höhe angekommen, traf ihn ein Fußtritt mitten ins Gesicht. Die ersten thüringischen Bewaffneten hatten, wie ihnen befohlen worden war, den Hang besetzt. Der Tritt kam für den Raubritter völlig unerwartet. Er taumelte einen Augenblick, schlug hin und rollte am keuchenden Dietmar Hellgreve vorbei den Hang wieder hinab. Dietmar folgte dem Bündel, das am Fuß der Erhebung auf dem Bauch liegen blieb. Der Tuchhändler griff sein Schwert fester und tippte den Leib mit dem Fuß an. Nichts regte sich. Siegfried von Nazza kam herbei. Dietmar schaute nur einen kurzen Moment zu seinem blutverschmierten Freund, da schoss der Dolch Herwigs hoch. Dietmar sprang geistesgegenwärtig beiseite, schlug mit dem Schwert zu, wurde aber dennoch am Oberschenkel getroffen. Es hatte eine handbreite Schnittwunde davongetragen, Blut floss. Aber seine Rachegefühle waren größer als der Schmerz. Er hatte Herwig mit seinem Abwehrschlag am rechten Arm schwer verletzt. Der Ritter warf plötzlich das Messer weg und winselte um Gnade. Aber Dietmar war nicht bereit, diese walten zu lassen. Erbarmen hatte dieser Meuchelmörder nicht verdient. Er stieß ihm das Schwert in die Brust. Der Raubritter war auf der Stelle tot. Unter

Zuhilfenahme seines verwundeten Beines zog Dietmar die Waffe aus dem Körper. Er hatte seinen Schwur erfüllt und seinen Bruder gerächt. Auch für die Übeltaten in Eisenach, wie den Mord an den Markzollern, hatte der Hörselgauer nun bezahlt.

Dietmar setzte sich erschöpft auf den Hang. Jetzt wurden ihm die Schmerzen erst richtig bewusst. Siegfried von Nazza hatte ein Stück Stoff von seinem Mantel abgetrennt und presste es auf Dietmars Wunde. Dann half er ihm auf ein Pferd. Gemeinsam ritten sie zurück zum Schlachtfeld, wo bereits Jubelgesänge vom Sieg kündeten. Als sie bei den Kampfgefährten angekommen waren, sahen sie den Herzog von Braunschweig mit niedergeschlagenem Gesicht unter den Gefangenen. Über die Hälfte seiner Ritter war im Kampf gefallen. Jetzt musste er sich die Verwünschungen und Demütigungen der thüringischen Kriegsknechte gefallen lassen. Und hätte nicht Landgraf Albrecht persönlich Einhalt geboten, wäre es nicht bei abfälligen Bemerkungen geblieben.

Von den thüringischen Rittern und Knechten waren ebenfalls einige tapfer gestorben, aber der Feind hatte viel höhere Verluste zu verzeichnen. Priester gingen nun über den Platz, sie gaben Sterbenden die Sakramente und spendeten den Überlebenden Trost. Die Bader und heilkundigen Mönche hatten alle Hände voll zu tun. Auch Dietmar Hellgreve erhielt einen fachgerechten Verband, Siegfrieds Blessuren waren gering und bedurften keiner Behandlung, während der treue Knecht Bruno einen Finger eingebüßt hatte. Alles in allem hätte es schlimmer kommen können. Jetzt hatten sie nur Sehnsucht nach Eisenach.

32

Der Sieg über das eingedrungene Heer sprach sich im Land herum wie ein Lauffeuer. Egal, in welche Stadt die Helden auch zurückkehrten, sie wurden euphorisch gefeiert. Auf den Straßen winkten ihnen Bauern oder Reisende zu. Der gefangene Herzog Albrecht von Braunschweig wurde wie eine Trophäe herumgezeigt. Kurze Zeit später wurde über ihn auf freiem Feld zu Gericht gesessen. Selten hatte man einen solchen Auflauf an Menschen gesehen. Von weit her kamen sie, um am Spektakel teilzuhaben.

Pilger unterbrachen ihre Wallfahrt, Ritter zogen mit Gefolge feierlich heran, Patrizier und gemeines Volk aus den Städten drängten sich zum Gerichtsplatz. Eigens für die Sieger wurden hölzerne Emporen und Logen errichtet, auf denen Landgraf Albrecht, sein Bruder und die engsten Vertrauten des Hofes Platz nahmen. In feierlicher Zeremonie wurde der mit einer gewöhnlichen Eisenkette gefesselte Herzog, begleitet vom Gejohle der Menge, vor die Tribüne geführt. Die Verhandlung dauerte nur ein paar Augenblicke. Der Herzog wurde zu einer einjährigen Haft in einer der landgräflichen Burgen verurteilt. Darüber hinaus hatte er ein Lösegeld von achttausend Mark zu zahlen und musste die acht Burgen und Städte, die er Jahre zuvor an der unteren Werra besetzt hatte, herausgeben. Mit steinerner Miene und herabhängenden Schultern ließ der geschlagene Herrscher das Urteil über sich ergehen. Anschließend wurde ein neuer Landfrieden verkündet und das Signal für den Beginn eines Festes gegeben, an dem alle teilhaben durften.

An den Feierlichkeiten nahmen Siegfried von Nazza, Dietmar Hellgreve und überraschenderweise auch Rudolf von Vargula nicht mehr teil. Sie hatten sich nach dem Sieg unverzüglich auf den Rückweg nach Eisenach gemacht.

Der kleine Zug bestand aus drei einfachen Händlerkarren, auf denen die verwundeten und aus Eisenach stammenden Kriegshelden saßen, sowie einer kleinen Schar Bewaffneter. Dietmar Hellgreve, sein Knecht Bruno und vier Burgmannen der Wartburg waren auf dem ersten Wagen. Immer wieder ritt Siegfried von Nazza, dem das Kommando übertragen worden war, zu ihnen. Der alte Haudegen und hochgeachtete Ritter Rudolf von Vargula wirkte dagegen seltsam verschlossen und hielt sich meist etwas abseits. Dietmar war darüber äußerst verwundert.

Bei einer Rast in einem Wirtshaus sprach er den grauhaarigen Mann an, obwohl er wusste, dass es ihm nicht zustand, zuerst das Wort zu führen. Doch er hatte das Gefühl, Rudolf benötige Trost und Zuspruch. »Herr, Ihr gebt uns Rätsel auf. Ihr habt erst vorgestern einen solch glänzenden Sieg errungen, dass kein Grund besteht, Trübsal zu blasen. Gott focht in der Schlacht auf unserer Seite, er hat unsere Gebete erhört. Warum seid Ihr also bekümmert? Welche Gedanken verdüstern Euren Blick?«

Der Ritter schaute aus traurigen Augen vom Tisch auf und legte seine Hände um den Krug mit dem heißen Wein. Er seufzte. »Hellgreve, du bist ein tapferer Mann, und es ehrt dich, dass dir mein Seelenheil am Herzen liegt. Aber erinnerst du dich noch an unsere Unterhaltung in der Kapelle der Wartburg?«

Der verwundete Tuchhändler konnte sich nur zu gut an das Gespräch erinnern. Rudolf zweifelte damals an seinem Glauben, darum nickte Dietmar stumm.

Rudolf fuhr fort: »Die damaligen Zweifel sind in mir immer stärker geworden. Meine eigene Gottesfürchtigkeit habe ich in all den Kriegsjahren nie für so wichtig gehalten. Doch seit einiger Zeit wird mir immer deutlicher bewusst, welche Sünden ich begangen habe. Wie viele Menschenleben habe ich mit dieser Hand«, er hob die Rechte, »ins Jenseits befördert? Es hat mir nie etwas ausgemacht, es waren eben Feinde. Heute ist das anders. Heute plagt mich der Vorwurf von Tag zu Tag mehr, Menschen – Geschöpfe Gottes – einfach so umgebracht zu haben. Ich habe Gott nie nach der Berechtigung meines Handelns gefragt. Das war ein Fehler. Die Schmerzen in den Gelenken und im Rücken und die Sehnsucht nach Ruhe und Abgeschiedenheit verstärken sich. Auch das sehe ich als Mahnung Gottes.«

Dietmar kannte die Selbstzweifel aus eigener Erfahrung. Sie erfassten ihn bei seiner Lieblingsbeschäftigung, dem Lesen in religiösen Traktaten, oder beim Disput mit dem Dominikanerprior. Dennoch glaubte er an Gottes ordnende Hand, die auch die Bestrafung von Sünden niemals versäumte. Und so erwiderte er: »Die Wege des Herrn sind unergründlich. Aber er hat die Gerechten immer für ihr Tun belohnt. Selbst wenn Ihr vor der Schlacht nicht gebetet habt, hattet Ihr seinen Beistand. Kein Sterblicher würde sonst so viele Siege davontragen. Und die, die Ihr besiegt habt, waren zweifellos große Sünder. Denkt an die Raubritter, die Ihr zu Recht so gehasst habt. Spendet für das Kloster, und ich bin sicher, dass Euch vergeben wird.«

Der Ritter schüttelte den Kopf. »Ich glaube, das reicht nicht aus. Ich verlange nicht nach Vergebung, sondern nach einem Zugang zu Gott und der Beseitigung meiner Zweifel. Mein Entschluss stand schon vor der letzten Schlacht fest, ich lege das Schwert nieder und gehe ins Kloster. Der Krieg hatte bei mir die Hoffnung genährt, in der Schlacht den Tod zu finden und so von meinen Selbstzweifeln befreit zu werden. Jetzt weiß ich jedoch, Gott hat ein anderes Schicksal für mich vorgesehen: ihm zu dienen.«

Dietmar Hellgreve versuchte gar nicht, den alten Mann umzustimmen. Er wusste, eine solche Entscheidung war unumstößlich. »Ich bin sicher, der Herr wird Euch in Gnaden aufnehmen. – In welches Kloster beabsichtigt Ihr einzutreten, Herr?«, fragte er nach einer Pause.

»Man hat für mich im Dominikanerkloster in Eisenach eine Zelle reserviert.«

Einige Tage später traf der kleine Wagenzug in Dietmars Heimatstadt ein. Rudolf von Vargula war nicht mehr bei ihnen. Er stattete der heimatlichen Burg, die unweit ihres Weges lag, einen letzten Besuch ab, bevor er seinen Entschluss, Mönch zu werden, in die Tat umsetzte.

In Eisenach wurde den Rückkehrern ein ebenso triumphaler Empfang bereitet wie in den anderen Städten. Auch wenn noch immer kein König das Land regierte und es der Willkür der Fürsten ausgesetzt war, war es zumindest besser, in der Obhut eines mächtigen und wehrhaften Herrschers zu sein.

Auf dem Marktplatz bei der Georgskirche wurde den Menschen auf den Wagen immer noch zugejubelt. In der vorderen Reihe erblickte Dietmar plötzlich Katarina und seinen Sohn. Reglos stand sie da, über ihre Wangen liefen Tränen. Sie passten gar nicht zu dem Lächeln in den Mundwinkeln. Kaum hatte er ihn erblickt, kletterte der Junge den Karren hinauf zu seinem Vater.

Als die Karren anhielten, reckten sich ihnen viele Hände entgegen, jeder wollte den Verletzten helfen. Sie hatten schließlich ihr Leben für sie aufs Spiel gesetzt. Die Verwundeten sollten in die Hospitäler der Stadt gebracht werden. Außerdem hatte das Schöffenkolleg den Beschluss gefasst, den Verstümmelten Hilfe und Unterstützung zuzusichern.

Als Dietmar endlich auch seine Frau in die Arme schließen konnte, schämte er sich seiner Tränen nicht. Gemeinsam mit Bruno machten sie sich auf den Weg zur heimatlichen Kemenate. Unterdessen musste Siegfried von Nazza Hunderte Hände schütteln, bis er zu seinem Heim gelangte.

Ein Jahr später, 1264, söhnte sich auch Herzogin Sophie mit dem Landgrafen von Thüringen aus. Sie setzte zwar ihre Ansprüche auf die Wartburg, Eisenach und Creuzburg nicht durch, erlangte aber dafür die acht Orte an der Werra als Ausgleich. Ihr Sohn Heinrich sollte schließlich Jahre später offiziell zum Landgrafen von Hessen erhoben werden.

Aber Landgraf Albrecht traute dem Frieden zunächst noch nicht. Trotz der Verständigung mit Sophie schloss er im Mai 1265 den sogenannten Vertrag von Eisenach mit den Grafen von Ziegenhain, deren Territorien zwischen den hessischen Besitzungen lagen. Die Vereinbarung wurde ausdrücklich als Bündnis zur beiderseitigen Abwehr etwaiger hessischer Angriffe bezeichnet.

Lediglich die freie Reichsstadt Mühlhausen, die auf braunschweigischer Seite war, leistete noch bis 1265 Widerstand. Er als die Stadt aufgab, war der achtzehnjährige blutige Krieg beendet.

Herzog Albrecht der Große von Braunschweig wurde nach einjähriger Haft auf freien Fuß gesetzt. Nach dieser Demütigung erwartete den glücklosen Herrscher wenig später der nächste bittere Schlag. 1266 erfolgte die offizielle Trennung zwischen ihm und seinem Bruder Johann. Das Herzogtum wurde geteilt, der Traum von der Auferstehung sächsischer Macht im Sinne der berühmten Vorfahren war ausgeträumt.

Auch wenn für eine Übergangszeit das Schultheißenamt in Eisenach noch Bestand hatte, die neue Stadtstruktur mit dem Schöffenkolleg ohne einen direkten landgräflichen Beauftragten setzte sich letzten Endes durch. Eine Neuerung, die in vielen Städten Parallelen fand. Das Schöffenkolleg hatte lange Jahre Bestand.

Die Stadt selbst erlebte zwar noch einen Aufschwung, vor allem weil Landgraf Albrecht oft auf der Wartburg residierte. Aber sie war vom Zentrum der früheren Landgrafschaft an deren Peripherie gerückt.

Nachwort

Die im Buch geschilderten Vorgänge basieren auf nur bruchstückhaften historischen Überlieferungen. Sie fallen in eine Zeit, die für die im Mittelpunkt stehende Region besonders dramatisch war. Zwei historische Ereignisse trafen damals auf verhängnisvolle Weise zusammen: der Zerfall der staufischen Machtstellung nach dem Tod Friedrichs II. und das Aussterben des ludowingischen Adelsgeschlechts in männlicher Linie, aus dem seit dem 11. Jahrhundert die Landgrafen von Thüringen hervorgegangen waren, zu deren Herrschaftsgebiet auch große Teile Hessens gehörten.

Nach dem Ableben des letzten staufischen Königs im Jahre 1250 konnte sich lange Zeit im deutschen Reichsgebiet kein neuer Herrscher durchsetzen. Die mächtigen Landesfürsten, stets auf Stärkung ihrer eigenen Positionen bedacht, hatten keinerlei Interesse an einem starken Königtum. Es liegen zahlreiche zeitgenössische Darstellungen über adlige Willkür, Raub, Mord, Chaos, ja Anarchie vor. Allgemein hat sich für diese Zeit der Begriff des »Interregnums« durchgesetzt, von späteren Historikern auch als »kaiserlose, schreckliche Zeit« bezeichnet. Dieser Zustand hielt bis zur Wahl des Grafen Rudolf von Habsburg zum deutschen König 1273 an.

Im Jahre 1247 starb mit Heinrich Raspe der letzte Regent der hoch angesehenen Dynastie der ludowingischen Landgrafen. Dieser Adelsfamilie verdanken wir die Erbauung bedeutender Burgen, wie zum Beispiel der Wartburg, und die Gründung bis heute bestehender Städte. Auch Kunst und Literatur erlebten unter ihrer Herrschaft eine Blüte – man denke zum Beispiel an den sagenhaften Sängerwettstreit auf der Wartburg. Die heilig gesprochene Landgräfin Elisabeth (gest. 1231) heiratete in dieses Geschlecht ein.

Das Erbe Heinrich Raspes trat dessen Neffe, Heinrich der Erlauchte, aus dem Haus Wettin, Markgraf zu Meißen, an. Bis dieser sich jedoch durchsetzen konnte, musste er die Ansprüche verschiedener Adelsdynastien abwehren. Das führte zu kriegerischen Auseinandersetzungen, die heute als »Thüringischer Erbfolgekrieg« (1247–1263) bezeichnet werden.

Als Hauptgegner standen dem Meißner die Tochter der heiligen Elisabeth, Herzogin Sophie von Brabant, zunächst auch Graf Siegfried von Anhalt sowie der Erzbischof von Mainz und Herzog Otto mit seinem Sohn Albrecht dem Großen von Braunschweig gegenüber. Die beiden Letztgenannten konnten zwar keine Erbansprüche geltend machen, wollten aber die Gunst der Stunde nutzen, um durch Lehenseinziehung und offene Okkupation ihre Einflusssphären zu erweitern. Gleiche Ziele verfolgten einheimische Adelsgeschlechter, die sich die chaotischen Zustände zunutze machen wollten.

Trotz mancher Kenntnisse über die Krieg führenden Parteien und über die politischen Auswirkungen sind wir über die genauen Abläufe nur sehr lückenhaft informiert. Der Geschichtsschreibung stehen für diese Zeit nur wenige schriftliche Quellen zur Verfügung.

In der ersten Phase des Krieges besetzten die Gegenspieler des Markgrafen Heinrich dessen Gebiete. Noch 1247 startete Sophie gemeinsam mit ihrem Ehemann die erste, nur symbolische Expedition nach Hessen, um ihre Ansprüche anzumelden. Vermutlich zwischen dem 17. und dem 28. Mai 1247 nahm sie die Wartburg in Besitz.

Heinrich stützte sich auf seine Dienstmannen, die Ministerialen. Die Truppenkontingente führte der landgräfliche Mundschenk Rudolf von Vargula, der nach mehreren Gefechten die Gegner besiegte. Am 1. Juli 1249 wurde in Weißenfels Frieden mit den thüringischen Grafen geschlossen, der mit der Anerkennung Heinrichs des Erlauchten als Landgraf von Hessen und Thüringen einherging.

Am 2. März 1250 kam es auf der Wartburg zum Treffen zwischen Markgraf Heinrich und Herzogin Sophie, die ihm die Vormundschaft über ihren Sohn übertrug und die Wartburg übergab. Sie beabsichtigte damit vermutlich, Heinrich gegen den Erzbischof von Mainz zu gewinnen, um Hessen zu sichern. Allerdings hatte sie bereits mit den Gebieten um die Lahn durch kluge Politik mithilfe des Deutschen Ordens ihre Macht erweitert.

Am 13. April 1252 wurde schließlich Markgraf Heinrich von König Wilhelm von Holland mit der Landgrafschaft Thüringen und der Pfalzgrafschaft Sachsen belehnt. In einem Vergleich vom 16. Mai 1254 erhielt Heinrich auch einen Großteil der Mainzer Lehen in Thüringen. In jener Zeit übergab er die Regierung in Thüringen an seinen Sohn Albrecht. Als Berater stellte er ihm seinen Halbbruder Graf Herrmann von Henneberg zur Seite. Damit endete die erste Phase des Krieges.

Über die zweite Phase existieren noch weniger Informationen, der Kampf ging aber vorzugsweise um Eisenach. Was Sophie von Brabant und Herzog Albrecht von Braunschweig konkret veranlasst hat, den Krieg gegen Heinrich den Erlauchten wieder aufzunehmen, lässt sich heute nur spekulativ umreißen. Eine Rolle gespielt haben könnten die Einigung Heinrichs mit dem Mainzer Erzbischof oder die ehrgeizigen Pläne Albrechts von Braunschweig, der von einer Wiederherstellung des sächsischen Herzogtums träumte. Vielleicht hängt alles auch mit dem Ablauf der Vormundschaft Heinrichs über Sophies Sohn zusammen, über deren Zusammenhänge wir keine Kenntnis haben. Sollte möglicherweise die Wartburg wieder an Sophie zurückgegeben werden? Ein undurchsichtiges Spiel trieb auch der Erzbischof von Mainz.

An Fakten ist bekannt, dass zunächst 1256 Sophies Sohn mit der Schwester des Herzogs von Braunschweig verlobt wurde. 1258 besetzte Herzog Albrecht von Braunschweig das Gebiet an der unteren Werra. Vermutlich Ende des Jahres 1259 fiel man in die Region um Eisenach ein. Der Zug gegen Heinrich wurde wahrscheinlich vom Herzog von Braunschweig, nicht von Sophie, geführt. Dessen Mannen zogen bis Erfurt. Creuzburg – die Burg konnte angeblich nicht genommen werden – und Eisenach wurden erobert, aber es fand keine Schlacht statt. Landgraf Albrecht gelang gemeinsam mit thüringischen Grafen die Vertreibung der Eindringlinge, nur Eisenach konnte nicht zurückgewonnen werden. Die Stadt wurde erst am 24. Januar 1261 in einer stürmischen Nacht zurückerobert. Andere Angaben legen das Datum ins Jahr 1263, doch dagegen spricht die Erwähnung eines landgräflichen Schultheißen im Jahre 1262.

Der Krieg endete mit der Niederlage des Braunschweiger Herzogs am 27. Oktober 1263 bei Wettin und dem Friedensschluss mit Sophie im Jahr darauf.

Resultate des knapp zwei Jahrzehnte dauernden Krieges waren schließlich der Übergang großer Teile der Landgrafschaft Thüringen an die Markgrafen von Meißen, die Entstehung eines eigenständigen Landes Hessen unter Sophie von Brabant und im Wesentlichen die bis heute bestehende Grenzziehung zwischen Hessen, Niedersachsen und Thüringen.

Den zeitgenössischen Chroniken zufolge öffneten die Bürger der Stadt Eisenach Herzogin Sophie die Tore und stellten sich auf ihre Seite. Anschließend ließ Sophie Belagerungsburgen errichten, die alle von der Forschung nachgewiesen werden konnten, zum Teil findet man ihre Reste noch heute.

Die Verwaltung in Eisenach vor 1259/60 oblag dem Schultheißen, dem städtischem Stellvertreter des Landgrafen. Er leitete die Verhandlungen des sogenannten Schöffenkollegiums, das Ratsfunktionen ausübte, dem somit die Erledigung der Gerichts-, Verwaltungs-, Steuer- und Finanzangelegenheiten zufiel.

Das Schöffenkollegium war seit 1196 bekannt und wurde nicht gewählt, sondern setzte sich aus angesehenen, vermögenden Bürgern zusammen. In der Stadt existierte kein Patriziat, neben dem

Schöffenkollegium gab es aber weitere einflussreiche Bürger, die man Markzoller nannte. Sie hatten allerdings keine Ratsfunktionen inne. Stark vertreten in der Stadt waren die in Zünften organisierten Handwerker. Auch wenn urkundlich nur die Goldschmiede bekannt sind, so gelten unter anderem folgende Berufe als gesichert: Messerschmiede, Wollweber, Schmelzer (Gießer), Spinner, Fleischhauer, Weißgerber, Lohgerber, Färber, Seifensieder. Vervollständigt wurde die Bevölkerung durch Angehörige der verschiedenen kirchlichen Einrichtungen und der großen Gruppe von Tagelöhnern, Knechten, Mägden und Bettlern.

Die Berichte aus der Zeit um 1260 lassen den Schluss zu, dass es innerhalb der städtischen Schichten sowohl Anhänger der brabantinischen als auch der landgräflichen Partei gab, ohne diese Kräfteverhältnisse genauer zu benennen. Mit Zustimmung Sophies von Brabant gelang es, die Selbstständigkeit des Schöffenkollegs durchzusetzen und sich von der Abhängigkeit des Schultheißen zu lösen. Interessanterweise beließ es auch Landgraf Albrecht nach der Rückeroberung bei diesem Zustand, auch wenn für eine Übergangszeit weiter Schultheißen benannt wurden. Vielmehr bestätigte Albrecht 1265 das Eisenacher Stadtrecht.

Einige Details bedürfen noch der Erläuterung, weil sie für den Zeitgeist des 13. Jahrhunderts stehen.

Die wichtigsten Burgen werden in diesem Buch aufgrund der besseren Lesbarkeit unter ihrem heutigen Namen geführt (Wartburg, früher Wartberg; Metilstein, früher Metenstein). Die beschriebenen Burgbauten und auch die Bewaffnung und Ausrüstung der Ritter entsprechen der damaligen Zeit. Die Gerichte auf dem Gelage in der Wartburg sind der Originaltafel eines Banketts am Beginn des 14. Jahrhunderts in Weißenfels, das ein Enkel Heinrichs des Erlauchten gab, entnommen.

Die Biersorten Kofent und Bräuhahn wurden in der Tat in Eisenach ausgeschenkt.

Geschildert wird in einer Chronik auch eine Szene mit Sophie vor den Toren der Stadt Eisenachs. Als der Herzogin nicht geöffnet wurde, habe sie mit der Axt eine so tiefe Kerbe in das Tor gehauen, dass diese noch viele Jahrzehnte später zu sehen gewesen sei.

In Eisenach wird bis in die heutige Zeit ein Fest veranstaltet, das Sommergewinn heißt. Bis zum vorigen Jahrhundert lief es nach folgenden Regeln ab: Junge Burschen zogen zum Metilstein. Sie nahmen ein Rad mit, auf das ein Strohmann gebunden war, zündeten es an und ließen es den Berg hinunterrollen; anschließend schlug man eine Tanne, die auf dem Plan bei der Wartburg eingegraben und dann mit Bändern behängt wurde. Kletternd musste man die Bänder abreißen. Möglicherweise geht der Brauch auf die Belagerung zurück, er könnte aber auch aus der Zeit von 1307 stammen, als die Wartburg ein zweites Mal vergeblich belagert wurde.

Aber das ist eine andere Geschichte …

Handelnde Personen

Die in den Klammern genannten Jahreszahlen und Daten sind historisch belegt.

Eisenacher Bürger

Dietmar Hellgreve – Ratsherr, Schöffenmeister und Tuchhändler (Familie seit 1200 bekannt, ein Dietmar 1268 und 1277 als Schultheiß genannt)

Katarina Hellgreve – Dietmars Frau

Götz Hellgreve – Dietmars zehn Jahre jüngerer Bruder

Henrich Hellgreve – Dietmars achtjähriger Sohn

Bruno – Knecht der Familie Hellgreve

Heinrich von Welsbach – Goldschmiedemeister und Freund Dietmars (als Schöffenmeister 1258–1263 genannt, wegen seiner Parteinahme für Sophie zur Strafe angeblich auf einer Blide den Berg hinabgeschleudert)

Heinrich Meinradis – Messerschmied, engster Freund Dietmars (1282 als Schöffenmeister erwähnt)

Siegfried Merke – Fleischhauer, Freund Dietmars (1282 als Schöffenmeister genannt)

Albert, genannt Lusso – Freund Dietmars (1239 wird Ritter Albert, genannt Lusso, 1269 Lussos Wiese erwähnt)

Friedrich – Schultheiß (Schultheiß 1262, Friedrich der Jüngere genannt)

Hans Atze – Städter, Sohn eines Ratsherrn (Familie seit 1252 nicht mehr genannt)

Petz Fachedorf – Ratsherr, Wollweber (als Ratsherr zwischen 1354–1384 erwähnt)

Sophia Fachedorf – Witwe von Petz Fachedorf

Heinrich Rost – Ratsherr, Schmelzer (als Ratsherr zwischen 1354–1384 erwähnt)

Gertrud Rost – Witwe von Heinrich Rost

Friedrich von Frankenhausen – Ratsherr, Wollweber (am 10.10.1262 wird in einer Urkunde bestätigt, dass Friedrich von Frankenhausen in das Kloster Georgenthal eintrat)

Heinrich von Meißen – Markgraf von Meißen und seit 1247 Landgraf von Thüringen, Neffe des letzten ludowingischen Landgrafen Heinrich Raspe IV. (1215–1288)

Albrecht – Sohn Heinrichs von Meißen, junger Landgraf von Thüringen (später Albrecht der Entartete genannt, 1240–1314)

Hermann von Henneberg – Graf von Henneberg, Halbbruder Heinrichs des Erlauchten und Stiefonkel Albrechts (reg. 1245–1290)

Rudolf von Vargula – berühmter Ritter, Ministerial (bereits 1248 als erfolgreicher Heerführer erwähnt)

Ludwig von Brandenburg – Ritter, Burgverwalter der Wartburg (Familie übte über Generationen das Amt des Burggrafen der Wartburg aus)

Ludwig von Wangenheim – Ritter, Freund Rudolfs, Leiter eines Kontingentes des Landgrafen

Rotemund von Sättelstädt – Burgmann der Wartburg

Hermann von Lupnitz – Burgmann der Wartburg

Siegfried von Nazza – Ritter, Hauptmann der Stadtwache und Freund Dietmars (die Familie war im 13. Jahrhundert als adlige bekannt)

Ludolf von Brüheim – Ritter, Burgverwalter der Creuzburg (Familie erst seit 1292 bekannt)

Giselher von Madelungen – Ritter und Stadthauptmann von Creuzburg (Familie erst seit 1307 urkundlich bekannt)

Herwig von Hörselgau – Ritter (stahl 1248 gemeinsam mit Hans Atze Eisenacher Vieh, wurde 1249 bestraft)

Friedrich Treffurt – landgräflicher Ritter (1236–1263 genannt, wechselte wohl 1258 und 1262 die Fronten)

Sophie von Brabant – Tochter der heiligen Elisabeth (1224–1275, Witwe Heinrichs II. von Brabant)

Heinrich – Sophies Sohn, »das Kind von Brabant« (später erster Landgraf von Hessen, regierte 1263–1308)

Walther – Kaplan Sophies (von 1238–1275 als Kaplan genannt)

Konrad – Deutschordensbruder (1261 als Deutschordensmeister erwähnt)

Volpert – Deutschordensbruder (1250, Komtur von Marburg)

Konrad von Elben – Ritter (1247–1263 genannt)

Johann Gulden von Grünberg – Ritter (1248–1263 genannt)

Gerhard von Wildenburg – Ritter (1247–1263 genannt)

Widerold von Nordeck – Ritter (1248–1263 genannt)

Guntram von Schweinsberg – Ritter (1249–1252 genannt)

Gumpert von Hohenfels – Ritter (1249–1263 genannt)

Eckhard von Hohenfels – Ritter, Sohn Gumperts (1249 genannt)

Heinrich von Blumenstein – Ritter (1252–1263 genannt)

Warmund von Blumenstein – Ritter, jüngerer Bruder Heinrichs (1252 genannt)

Braunschweiger Adlige

Albrecht von Braunschweig – Herzog von Braunschweig und Urenkel Heinrichs des Löwen (regierte 1252–1279, heiratete Sophies Tochter Elisabeth 1258; seine ungeheure Körperlänge wird von Chronisten erwähnt)

Kuno von Fürstenstein – Burgverwalter auf Burg Fürstenstein (Burg erst 1264 erstmals erwähnt)

Geistliche

Paul – Prior des Dominikanerklosters (als Prior 1250 bekannt)

Albustin – Mönch, des Heilens kundig

Sonstige Personen

Utz, Tilo, Albert, Brun, Erkenbert, Apel, Kunz – Mitglieder der Stadtwache

Hugo – Bettler

Prediger – namenloser Prediger unklarer Herkunft

Neckelwirt – Wirt im Brauhaus am Georgsmarkt

Schankwirt – Wirt in der Herberge am Spital vor dem Georgstor

Bitte beachten Sie auch folgende Buchhinweise

Buchhinweise

Der Hochzeitsring
Historischer Roman um den Erfurter Schatz

Henry Köhlert

12,00 €
978-3-86680-876-8

Erfurt, 1349: Bewundernd beobachtet Konrad seinen Lehrherrn Thomas von Weimar, während dieser aus purem Gold den schönsten Ring schmiedet, der je an den Ufern der Gera entstanden ist. Der reiche jüdische Kaufmann Kalman von Wiehe hat ihn für die Hochzeit seines ältesten Sohns bestellt. Doch als Konrad an einem kalten Wintermorgen die Leiche eines jungen Mädchens im Hof der Goldschmiedewerkstatt entdeckt, gerät das Leben in der mittelalterlichen Stadt aus den Fugen.

Doctor Boff
Weiberkranckheiten

Norbert Klugmann

12,00 €
978-3-95400-091-3

Halle 1732. Ein Rasender fällt über den allseits beliebten Stadtphysicus Tänzer her und prügelt wie ein Berserker auf ihn ein. Tänzer ringt mit dem Tod. Zum Glück weilt der weitgereiste Medicus Albrecht Boff gerade in der Stadt an der Saale und ist bereit, Tänzers Amt eine Weile zu versehen. Rasch gelingt es ihm, die misstrauische Hallenser Damenwelt für sich einzunehmen. Allerdings sind Boffs Ansichten und Methoden ungewöhnlich. Als Tänzer nach Wochen völlig überraschend die Augen aufschlägt, löst das einen Strudel städtischer Intrigen und Machtkämpfe aus, der Boff und seine Verbündeten zu verschlingen droht.

Buchhinweise

Scherben des Glücks
Das Leben der
Wilhelmine von Bayreuth

Cornelia Naumann

14,90 €
978-3-86680-460-9

Wilhelmine ist hin und her gerissen zwischen den widerstreitenden Interessen ihrer Eltern. Die Mutter drängt auf eine Heirat mit dem englischen Kronprinzen, ihr Vater, der strenge »Soldatenkönig«, hat sie dem Erbprinzen von Bayreuth versprochen. Als sich die beiden kennenlernen, verliebt sich die preußische Prinzessin Hals über Kopf in den charmanten Bayreuther. Zugleich hofft sie, durch diese Heirat dem von Intrigen geprägten Berliner Hof entfliehen zu können. Voller Hoffnung macht sich die junge Frau auf den Weg ins ferne Bayreuth. In der markgräflichen Residenzstadt feiert das Paar rauschende Feste und lässt das Markgräfliche Opernhaus erbauen. Doch schon kurze Zeit später ziehen dunkle Wolken auf: Auch der Bayreuther Hof ist nicht frei von Intrigen …

Der Ritter

Ralph Keim

12,90 €

978-3-86680-082-3

Pfingsten 1184: Von seiner Burg am Mittelrhein zieht der junge Ritter Wolfram von Rheinbod nach Mainz, wo Kaiser Friedrich Barbarossa auf der Maaraue seinen Hoftag abhält. Auf dem glanzvollen Ritterfest rettet Wolfram das Leben von König Heinrich, einem der Söhne Barbarossas. Zum Dank nimmt der Stauferkaiser den jungen Ritter in sein Gefolge auf. Wolfram nimmt an Barbarossas Kreuzzug teil und erlebt in Rom die Kaiserkrönung Heinrichs VI. Er wird Augenzeuge der Geburt Friedrichs von Hohenstaufen, der als der schillerndste Stauferkaiser in die Geschichte eingehen wird. Als Friedrich II. 1235 in Mainz Hoftag hält, ist Wolfram von Rheinbod selbstverständlich dabei.

Buchhinweise

Der Bayerische Hiasl
Das abenteuerliche Leben
des Matthäus Klostermayr

Manfred Böckl

12,00 €
978-3-95400-036-4

Kissing bei Augsburg, 1761: Der junge Matthäus Klostermayr wird von den Werbern des bayerischen Kurfürsten zur Armee gepresst. In letzter Minute gelingt ihm die Flucht, doch von nun an wird er gejagt und muss sich als Wilderer durchschlagen. Gefasst und zu Kerkerhaft verurteilt, schwört er Rache. Verehrt von der Landbevölkerung, wird der Bayerische Hiasl zum Schrecken der Obrigkeit zwischen Augsburg und Ulm, dem Donautal und den Allgäuer Bergen. Dass er 1768 für vogelfrei erklärt wird, spornt den Wildererhauptmann nur an. In offener Schlacht tritt er den Häschern entgegen und wird zum Symbol der wachsenden Wut auf die Herrschaft der adligen Prasser und Müßiggänger.

Agnes Bernauer
Hexe, Hure, Herzogin

Manfred Böckl

12,00 €
978-3-86680-761-7

Die schöne Agnes lernt 1428 im Badehaus ihres Vaters einen ungewöhnlichen jungen Mann kennen und lieben. Sie weiß nicht, dass es sich um den Thronfolger des Herzogtums Bayern, Albrecht von Wittelsbach, handelt. Die beiden heiraten heimlich. Doch Albrechts Vater Ernst, der Herzog von Bayern, fürchtet ob der Heirat seines Sohnes mit einer Bürgerlichen um den Fortbestand der Wittelsbacher Dynastie. Als ihm Albrecht den Gehorsam verweigert und sich mutig zu seiner Liebe zu Agnes bekennt, eröffnet Ernst die Jagd auf die junge Frau.

Buchhinweise

Schattenfehde
Verschwörung gegen
Hessen und Kurmainz

Alf Leue

14,90 €
978-3-86680-426-5

Hessen 1461: Berthold Graychen, Hübnersohn aus Dreieich, muss hilflos die Verbrennung seines Freundes Franz als Hexer mit ansehen. Als ihn dabei wieder die Vorahnungen und Visionen heimsuchen, die ihn schon seit der Kindheit begleiten, gerät auch er ins Visier des machthungrigen Vogtes Wolfram Etzelroth, der Franz unschuldig hinrichten ließ. Hals über Kopf muss Berthold fliehen und dabei alles zurücklassen, was ihm lieb und teuer ist. Nur langsam begreift der junge Mann, dass er die Schlüsselrolle in einer politisch hochbrisanten Verschwörung spielt, in die sogar der Papst verwickelt ist und die in der kriegerischen Auseinandersetzung um den Mainzer Bischofstuhl enden wird.

Weitere Krimis und Romane finden Sie unter:
www.sutton-belletristik.de